血の冠

香納諒一

祥伝社文庫

目次

一章　内勤警官

1

月曜の朝、現場《げんじょう》入りした小松一郎《こまついちろう》を、顔見知りの同僚たちが落ち着きの悪そうな顔つきで迎えた。中にはあからさまに困惑を露《あら》わにする者や、見下すような視線をむけてくる者もあった。

そういった視線には慣れていたものの、署内よりも数段強いことにはさすがにめげる。ここは刑事《デカ》部屋の人間たちが、正《まさ》に自分たちのテリトリーと思って疑わない場所なのだ。そんなところに、どうして内勤の警察官が……、というわけだろう。

やつらはある種の優越感とともに、内勤の人間をデスク組と呼ぶ。社会の秩序を保っているのは自分たちであり、自分たちこそが本物のデカだと言いたいのだ。だが、各警察署の、いや、警察という組織そのものの秩序を保っているのが、連中がデスク組と軽蔑《けいべつ》する人間たちである現実には決して目をむけたがらない。

とはいえ、確かにここは刑事課の連中のテリトリーだ。なぜ自分がここに呼ばれたのか、理由を聞きたいのはこっちだった。

小松が会計課係長の自分の机に坐《すわ》ったのが、いつも通りの七時半だった。ここで自分で淹《い》れた茶を飲み、朝刊を斜め読みしながら、上司や部下が出勤してくるのを迎えるのが毎朝の習慣だった。勤勉に見られたいわけではなかった。家にいつまでもいたくないだけだ。

八時半の始業時刻からまだ間もない頃、どうしたことか刑事課から連絡が入り、殺人事件の現場に駆けつけるようにと言われたのだ。

エレヴェーター前に立つ制服警官に、型通りに警察手帳を掲《かか》げ見せながら訊《き》くと、

「現場は何階だ？」

「最上階のデラックス・スイートです」

とのことだった。

ここは弘前《ひろさき》公園が見渡せるホテルだ。ただし、二年ほど前に倒産し、その後買い手がつかないままでほったらかされている。ＪＲ弘前駅と弘前公園とを繋《つな》ぐ県道が、公園の敷地に沿《そ》って曲がってじきの所にあり、場所的に客が入りにくかったわけではなさそうだが、噂《うわさ》では親族経営の社長一族がレストランやデリバリーフード等の新しい商売に手を出し

すぎたツケが来たらしい。街のこれぐらいの噂は、署のデスクから一歩も動かずとも耳に入ってくる。

何もないロビーはがらんとして殺風景《さつぷうけい》で、長い間閉め切っていた場所に特有の底冷えがしていた。

「エレヴェーターは停まってます。むこうを」

上りのボタンを押そうと近づきかけると、制服警官は小松を手で押し留《とど》めるようにして奥の階段を指差した。

小松は階段で最上階に上った。三十八歳。学生時代には長距離をやっていた。警察に入ってしばらくは、道場で柔道部の先輩たちにしごかれたものだった。

内勤に移ってからのこの十年は、ジョギングひとつしていない。階段を上り切った時には心臓が早鐘《はやがね》のように打ち、朝食に食べた納豆が胃の中で騒いでいた。

左右を見渡すまでもなく、デラックス・スイートというのが廊下の右側の突き当たりだと知れた。人が群れている。小松は呼吸を整えながらゆっくりと近づいた。

やはり自分に問わないわけにはいかなかった。地に足がついているか。みっともないところを見せれば、それこそデスク組めと嘲笑《わら》われることになる。殺人事件の現場に出むくのは、実に十年ぶりのことだった。

「何だば、おめ。何の用だば」

部屋の戸口を入ろうとすると、逆に中から出てきた一課長の沢村《さわむら》と鉢合わせしてしまい、廊下に押し戻された。沢村は、部下を三人ほど引き連れていた。咄嗟《とっさ》に言葉が返せず、「署長に」とだけ小声で告《つ》げた。電話を寄越《よこ》した刑事課の若いのから、署長が現場で呼んでいると言われたのだ。

「署長が、が――?」

沢村は訝《いぶか》る態度にまだどこか威圧的な雰囲気を残していた。どんな時でも方言で通そうとする男だった。そのほうがデカとして地元の人間に愛されるというのが長年の信条なのだ。莫迦莫迦《ばかばか》しい話だ。

「来てくれたか。さっさ、入ってくれたまえ」

奥から署長の木崎《きざき》が声をかけてきた。横にいるのは県警一課の課長だった。確か上島《うえしま》という名だった。殺しで出張《でば》ってきたのだ。弘前中央署一署で担当できるのは、せいぜい変死体の捜査ぐらいまでで、複雑そうな事件の時にはすぐに県警本部の主導に切り替わる。

沢村が不機嫌そうなわけがわかった。県警本部が出てくれれば、地元署の刑事一課長などはただの使い走りにすぎなくなる。

木崎が小松を手招きした。小柄で痩せた男で、いつも不自然なほどに胸を張っている。長いこと副署長の座におり、二、三年で交代するキャリアの署長の補佐役をしてきたが、停年を数年後に控えてついに自分が署長となった。ノンキャリアの人間としてはほぼ最上の地位を得たのだ。

部屋に足を踏み入れた小松は、無意識に目で死体を探した。そんなふうにするのは、やはり緊張のせいだと思う。

ここもロビーと同様に、調度品も家具も一切合切《いっさいがっさい》なくなっていたが、部屋自体は案外と綺麗《きれい》なものだった。

「いったい自分にどういった御用でしょうか？」

小松は木崎と上島の双方をなんとなく見るような位置に視線を置いて訊いた。

「彼に来て貰《もら》ったのは、私なんです。私から話しましょう」

奥の部屋から声がして目をやり、思わず息を呑《の》んだ。

自分の感情を摑《つか》みかねていた。おそらくは胸の中のどこかに潜《ひそ》む喜びを探していたのだと思いたかった。が、戸惑《とまど》いしか感じられない。

「風間《かざま》……」

口の中で、ほとんど息だけの声で呟《つぶや》いた。

だが、それが県警の上島に聞こえてしまったようだ。

「警視庁捜査一課の風間警視正だ」

上島の声は硬かった。

言うまでもなく、呼び捨てにしたのを咎《とが》められたのだ。警察は完全な階級社会だ。弘前中央署の署長は階級からすれば警視、青森《あおもり》県警本部の課長も同じく警視、ともに警視正の風間には逆らえない。警部補である小松が呼び捨てにするなどありえない相手だ。

なぜこいつがここに、という疑問で心は占《し》められていた。何年ぶりになるだろう……。

「まずは被害者を見てくれ」

風間はただそう告げると、小松の答えも待たずにさっと背中をむけた。

小松は木崎と上島の顔にちらちらと視線を送った。風間のあとについて殺人事件の被害者を検分する踏ん切りがつかなかった。木崎が目で、行けと言っている。

かつては寝室だったと思われる部屋に、小松は足を踏み入れた。それとともに血の匂いが強くなったのを、鼻孔《びこう》が敏感に嗅《か》ぎ分けていた。密閉された空間でない限り、血の匂いというのは実はそれほど強くはない。死体の臭《にお》いで辛《つら》いのは、腐敗が始まっている時なのだ。

隣りもここも窓が開いており、まだ冬の名残りの強い四月の風が吹き込んでいた。死体の不快な臭いを溜《た》めないためだ。

窓辺の椅子にこちらをむいて坐る男を目にし、小松は一瞬頭の中が真っ白になった。男の身に何が起こったのかわからなかったのだ。少し時間が経《た》ってから、自分の想像力の貧困さに苦笑を禁じ得なかったが、真っ先に思ったのは、男が頭に何かを被《かぶ》っているということだった。何か頭部をすっぽり覆《おお》うような物を。

だが、その先の思いつきは遠い昔の記憶と結びついた。冠《かんむり》。男は血の冠を被っているように見える。二十六年前のあの事件と同じように……。

思わず風間の横顔をそっと窺《うかが》ったが、どんな感情も読み取れなかった。

小松は死体に目を戻した。

頭蓋骨にメスが入れられている。顳顬《こめかみ》の上一、二センチぐらいの高さに円を描き、切り、そこから上の皮膚と頭蓋骨をすっぽりと外している。

しかも冠に見える理由はそれだけではなく、そうして切り取られた頭蓋骨の切り口に沿い、一定の間隔を置いて何かが刺さっている。銀色の太い鉄釘だ。それが王冠の飾りつけのように見えるのだ。

「ちょっと失礼……」

いつの間にか隣りに並んでいた署長の木崎が小声で告げ、小走《こばし》りに消えた。どこかへ吐きに行ったらしい。

小松は腹に力を込め、死体を睨《にら》みつけた。こんなことをしでかしたホシへの怒りを目に込めたのだ。県警一課時代、被害者の死体を目にする度《たび》にそうしたものだった。そして、胸の中で囁《ささや》いた。必ずこの手でホシにワッパをかけ、俺が代わって無念を晴らしてやる、と。

だが、今はそうは思わなかった。会計課係長は何も思わない。無理に自分を駆り立てようとしたところで、心のどこかが醒《さ》めている。

「誰だかわかるな」

風間から静かな声で訊かれ、小松は面喰らった。

慌《あわ》てて死体の顔に目を凝《こ》らす。

「越沼《こしぬま》さん……」

「そうだ。お宅の署のＯＢである越沼雄一《ゆういち》氏だ。署長に伺《うかが》ったが、退職されたのは三年ほど前らしいな」

そうだったかもしれない。指折り数えたこともなかった。越沼が在職当時、日に何度となく顔を合わせて過ごしたが、それを喜んでいたわけではなかったのだ。

たとえそうにしろ、死体の有り様にショックを受け、誰なのかまったくわからなかったのは、狼狽《うろた》えていたとしか言いようがない。

小松は唾《つば》を飲み下し、改めてじっと死体を見つめた。生前とは顔が変わっているのは、あらゆる死体の特徴だが、額《ひたい》から上をすっぽりと切り取られたために印象が大きく違う。だが、間違いなく越沼だ。

椅子に両手両足を縛《しば》られていた。背広姿。ネクタイも締めたままだ。背広は安値を売りにした量販店のものだと、確かめないでもわかる。警察にいた頃からそれしか着ない男だった。

首筋に細い紐《ひも》が巻きついている。それに、背後に棒が見える。あれで頭部を固定したのか。椅子にきちんと坐っているように見せるために。興味が動きかけたが、やめた。

「今は運送会社で顧問をしていたように聞いたが、そうかね」

風間は続けた。

「ええ——」

「運送会社の名は？」

「城東《じようとう》運輸」

名前がすぐに出た。交通課のコネで潜《もぐ》り込んだ職場だ。

「では、案内してくれ。現場検分は一通り済んだ。必要なことは、改めて監察医と鑑識から聞く。今はまずマル被の生前の足取り捜査だ」

小松は反発と戸惑いを覚えつつ、勝手に話を進めようとする風間をとめた。

「ちょっと待ってください。なぜ私が——」

「だから、私が署長さんに頼んで、あなたを指名したと言ったでしょ」

「そんなふうには言っていない。ただ、先ほど、ここに私を呼んだのは自分だと仰《おつしや》っただけだ」

そう訂正すると、風間は小松の目を見つめてにやっとした。

「私は補佐役を必要としている。それをあなたにやって貰いたい」

「それは、捜査を手伝えという意味ですか？」

「そんなに大げさに考えんでくれないか。なあに、俺はいつでも単独捜査でね。ただし、地元の人間がひとり案内役についてくれたほうがいい」

「御一緒するのは、越沼さんの職場まででよろしいんでしょうか？」

「それは困るな。補佐役だと言っただろ。事件が解決するまでつきあって貰うさ」

「無理です」と、即座に口をついた。「私は会計の人間です。現場に出たことなどありません。誰か他の人間にやらせてください」

「かつて本部の一課にいたことがあるだろ」

なぜそんなことを知っている。多少なりとも、この俺に興味を持ったことがあったのか。小松はふとそう思ったが、そんな大げさなことではあるまいと思い直した。ここで署長にでも聞いたのだろう。

「もう十年も前の話です。しかも、当時はまだ二十代の若造だった。その後はずっとデスク組です」

「そんな言い方はやめたまえ」

ぴしゃりと言われ、思わず口を噤《つぐ》んだ。

「内勤の人間をデスク組などと呼ぶのは、警察の悪《あ》しき伝統です。内勤のあなた自身が、そんな言い方をしてどんなつもりです」

俯《うつむ》くしかなかった。

幼馴染《おさなな》みに説教を受けている。別にそのことにショックはなかったが、長い時間の間に生じた隔《へだ》たりを思わないわけにはいかなかった。

「では、一緒に来たまえ。車は私のを使うから、気にしないでいい。ここに車で来たのなら、誰か同僚に託してくれたまえ」

風間はそう言い置くと、先に立って部屋を出てしまった。

小松は咄嗟に本部の上島の顔を見た。上島は無言で行けと促《うなが》していたが、不快さを押し隠しているのは一目瞭然《いちもくりょうぜん》だった。警視庁のエリートが、案内役に、地元署のしかも会計課の係長を指名したのだ。この先、陰湿な嫌がらせの標的にされることは覚悟せねばならないだろう。

それは上島という男の性格とは無関係な、警察という組織そのものが持つ習性とでもいうべきものだ。

小松は仕方なく風間のあとを追った。

2

倒産したホテルの駐車場に停まる風間の車は、東京ナンバーだった。こちらに来てからレンタカーを調達したのではなく、自家用車で来たのだ。

その車の助手席に坐った時、もしかしたらふたりきりになるとともに、本人の口からあれこれと説明を聞けるのではないかといった気持ちがあった。

だが、小松のそんな期待はあっさりと裏切られた。

城東運輸は城東中央《じょうとうちゅうおう》にある。JR弘前駅のむこう側の地域だ。駅の西側は早くから商業地として開発されたが、東の城東口側には今でも小さなビルや民家がすかすかに建つぐらいしかない。車でならば、十分とはかからない。風間は場所の指示を小松に任《まか》せると、あとは黙々と車を走らせるだけで、何も言おうとはしなかった。

小松のほうでも何か意地を張るような気分で、あれこれ知りたいにもかかわらず訊かなかった。訊いて無視されたら、お互いの距離を一層思い知らされることだろう。

城東運輸の応接室に通されてしばらく待つと、社長の大河原《おおがわら》が現われた。蝦蟇《がま》のような顔をした大柄な男だった。実際には既《すで》に七十を超えているが、がっしりとした躰《からだ》からも脂《あぶら》ぎった顔からも、まだ六十前ぐらいに見える。

すぐ後ろに茶を持つ事務員を引き連れていたが、入り口で彼女の手から盆を受け取り、自らが湯飲みを応接テーブルに並べた。

世間話のひとつも始めそうな様子の大河原を前に、小松は自分の表情が硬くなるのを感じた。胸のどこかには、自分のそんな表情から大河原が何かを察してくれればいいがとの思いがあった。

運送会社は所轄署と親しい業種のひとつだ。営業形態や利用車輛等について、官公庁の規制をどう解釈するかは警察の胸先ひとつであり、その見返りとしてOBを受け入れて貰う。いわば持ちつ持たれつの関係で、他でもない越沼雄一も、そういった繋がりでこの城東運輸へと潜り込めた。何年か腰掛け、それなりの退職金を貰ってやめていくはずだったのだ。

大河原は気さくな男であり、酒がかなり行ける口なので、小松も含めた内勤の人間は今まで何度となくもてなしを受けていた。

「で、御用件は何ですすば？」

と、大河原は多少他人行儀な口調で尋《たず》ねてきた。年の功だ。見知らぬ顔の風間が一緒であることに、それとなく警戒をしたらしい。

「実は、殺人事件の捜査で伺いました」

風間は静かな声でそう切り出し、胸ポケットから出した名刺を大河原に渡した。

「おお、これはまだ。警視庁捜査一課の課長さんでしたが」

大河原は老眼の目を細め、声を出して名刺の肩書きを読んだ。

「へば、東京がら来たんですが？」

「ええ、そうです」

「したけんども、まあ東京の警視庁てへば、これまたえらい刑事さまがおいでになったもんですが、いったい殺されたのはどこの誰だんですば？」

「被害者は、お宅で働いていらっしゃった越沼雄一さんです」

大河原はさすがにぎょっと両眼を見開き、益々蝦蟇を連想させる顔つきになった。

「なんたっけ、いったいいかんたい誰がすったこと……。いづだんだ？　越沼さんはいづ殺されだんです？」

「それがわからないかと思い、こうして伺いました。実は、被害者の足取りを調べているところでしてね。越沼さんは背広にネクタイといった出《い》で立ちで殺されていたんですが、こちらへの出勤も、いつでもそういった格好で」

「んだ。したけど、出勤途中で殺されだんだべが？」

「まだはっきりはわかりません。だが、時間からすると、仕事が引けたあとの確率が高いでしょう」

「だばって、そへば今日は月曜だっきゃ。週末に何かあったどすてもわがらねな」

「土日は、越沼さんはこちらには出勤されていない？」

「んだ」

「では、金曜に出勤された時の服装は？　社長さんがおわかりにならなければ、恐れ入りますが、どなたかわかりそうな社員の方に訊いていただけませんか？」

「そんだな。私だばちょっと。——事務の子さ当だってみます。ちょっと待っててけるべが（いただけますか）？」

大河原が椅子から立つのに合わせて風間も立った。

「その間に、越沼さんのデスクを見せていただけますか？」

「ああ、はい。へば、一緒にどうぞ」

大河原はそう応じながら、ちらっと小松に視線を送った。

小松は努めて何も反応しなかった。

応接室は車庫の奥の一階にあり、二階へは一旦《いったん》表に出て外階段を上る必要があった。二階に入ってすぐがいわゆる業務管理の部署であり、中年の女がいつでも二、三人ほど働いている。そのうちのひとりが大河原の妻で、大河原は彼女を手招きした。

「奥が越沼さんの部屋さなります」

小松たちを振り返って告げ、別の女に案内をさせた。

小松と風間のふたりが奥へとむかう途中で、大河原の妻が素《す》っ頓狂《とんきょう》な声を上げるのが聞こえた。越沼が死んだと聞かされたのだ。

案内の女が、奥のドアをノックして開けた。中には机が三つあり、うちのひとつに男がいた。笹岡《ささおか》という男だった。部長の肩書きを持ち、仕事は主に運転手のやりくりだ。小松とは顔見知りで軽く会釈《えしやく》をしたが、風間は無視をして案内の女に越沼の机を訊き、その前に立った。笹岡の机のむかいなのに、笹岡をちらりと見ようともしない。

笹岡の机にはファイルが並ぶが、越沼のほうには何も載《の》っていなかった。ドライバーが事故を起こした時の事後処理が、越沼に割り当てられた役割だった。普段は大した仕事もなかったはずだ。机上のガラス板に年間のカレンダーが挟んであり、他にはどこかの温泉場ででも行なわれたらしい職場の宴会の写真が一枚、全員が浴衣《ゆかた》姿で写っている。

風間は断わりもなく抽斗《ひきだし》を開け出した。

「警視庁の者です。越沼さんの予定が書かれているような物は何か?」

何事かといった顔で見つめる笹岡と背後に立ったままの女を順番に見やって訊く間も、手を休めようとはしなかった。

「予定表ていってもな。まんず、手帳ぐらいでねがな」

笹岡が答える。

「それは、どこに?」

「こごさはねえよ。越沼さんの鞄《かばん》の中だびょん（でしょ）。越沼さんさ何《なん》があったんですが？」

「亡くなってしまったんだ。殺されだんだよ。詳《くわ》しいことはまだわからないはんで、答えられないんだけども」

風間に答える様子がなかったので、小松が代わってそう答えた。意識したわけではないが、相手が弘前弁だとついこっちも方言になる。だが、風間はそうではないらしい。記憶をたどって数え、はっきりした。二十四年前だ。今から二十四年前に、風間はこの弘前をあとにした。風間も小松も十四歳だった。

二十年を超える歳月は、弘前生まれの少年から弘前弁を消し去るのに充分だったのだろう。小松たちこっちの人間は、標準語を話していても、サ行が喉に引っかかる感じがしてテレビなどで見る東京の人間とはどこか違うのだが、風間の言葉は完全な東京弁に聞こえた。

「鍵が掛かっていますね。この鍵は、越沼さん以外には」

風間が机の抽斗のひとつをがたがた言わせながら訊く。

「越沼さんしか持ってねけども、私《わ》の鍵でも開ぐよ。同じ物《ふとつだ》はんで」

笹岡が自分の机の抽斗から出した鍵を渡した。口調がぞんざいになり出している。

鍵の掛かった抽斗からは、アドレスブックとメモ帳が見つかった。メモ帳のほうは、裏が白い広告を小さく切り、隅《すみ》をホッチキスでとめたものだった。

風間はそれらを順番にめくった。アドレスブックに、写真が一枚入っていた。ちらっと見ただけで元通りに挟《はさ》み、アドレスブックとメモ帳の両方をポケットに入れた。

その時になって社長の大河原が顔を出した。

「わがったわがった。えの妻《かが》ど事務員とが喋《しゃべ》ってで記憶をたどったら思い出したど」

そう前置きして述《の》べた背広とネクタイの色は、死体が着ていた物と一致した。

「さて、次は監察医の所だ。きみが来る前に、署長に頼んで連絡を取って貰っています」

風間は車に戻るとそう言い、サイドブレーキを解《と》いた。

「ちょっと待って。車を出すのは待ってください。やはり、こんなことは困る」

慌てて小松は風間をとめた。意地を張って何も訊かずにいるのはもう限界だった。それに、こんなふうに勝手に連れ回されることを、なんとしてもやめさせねばならない。

「困るとはどういうことだ？　補佐役を頼むと言ったはずだぞ」

「だが、やはり私には荷が重すぎます。自分のことをデスク組だなどと卑下《ひげ》してるわけじゃない。しかし、部署毎《ごと》の特質があるのは、歴然とした事実です。内勤の人間がいきなり現場に出るなど、聞いたこともない。無茶すぎます。補佐役ならば、県警本部の一課の誰かにやらせてください」

「本部の連中はここの人間じゃない。地元の人間が必要なんだ」

「それなら、うちの一課にやらせればどうです」

「小さな署の一課に何ができる？　足手まといになるのがオチだ。おまえのほうがずっといい。ずっと能力があるはずだ」

「買いかぶるのはやめてください。あなたに何がわかるんです。子供の頃に別れてそれきりなんですよ」

「そうだな。だが、なんとなくわかるのさ」

口を開こうとする小松を手で制し、風間はこちらに顔をむけた。

「それから、ふたりきりの時には敬語はやめないか。どうにもやりにくくていけないよ」

小松は口を開きかけ、閉じた。

どう応じたものやら、考えなければならなかった。幼馴染みのふたりに戻るには、二十年以上の歳月は大きすぎた。自分がどんな人間になり果てているのかはわかっているつもりだが、相手がどんな人間になっているのかも、相手から自分がどう見えるのかもわからない。

小松の目は知らず知らずのうちに、風間の顔に少年時代の面影《おもかげ》を探していた。そんな自分に気づき、胸の中で苦笑した。そんなものがたとえ見つかったところで、それに何の意味があるだろう。時が流れた。それに、おそらく自分たちふたりは、再会を懐かしむような間柄ではないのだ。小松自身は、あの消せない記憶に囚《とら》われて生きてきた。この男は違うというのか……。

「どうした、いっちゃん。何を考え込んでいる」

昔と同じ呼び名で呼ばれ、小松ははっとして目を細めた。耳がこの男にこう呼ばれる感じを覚えていた。

「それじゃ、ふたりきりの時にはため口を利《き》かせて貰う」

顔が綻《ほころ》びそうになり、小松はそんな自分をとめた。敬語はやめたものの、方言は使わずに標準語で通すことにした。やりにくくていけないと言うのなら、まずは風間のほうから弘前弁に戻すべきだ。ここはやつの故郷ではないか。

相手が何か言わないよう、言葉を切らずに続けた。「おまえがどんなつもりか知らないが、正直、こんなふうに引き立てて貰うのはかえって迷惑なんだ」

風間は眉間《みけん》に皺《しわ》を寄せた。

「別におまえを引き立てているつもりはない。補佐役をしろと言ってるだけだ」

そう言うと、今度は小松が何か言う前に、ふと思いついた様子ですぐあとを続けた。

「そうだな。だが、確かにこの連続殺人事件を解決すれば、おまえは出世する。結果的には引き立てることになるかもしれん」

「俺は出世など望んではいない」

そう言い返したものの、風間の口にした一言が気になり、問い返さないわけにはいかなかった。

「連続殺人って、何だ？　言ってる意味がわからないぞ」

口にしてしまってから、相手がそう訊き返させるつもりで餌《えさ》を撒《ま》いたような気がした。くそ、上手《うま》く乗せられたのか。

「青森ではこれが一件目の殺人だ。だが、五日前に秋田《あきた》で同様の手口で、やはり犠牲者が出ている」

息を呑んだ。

「すったニュースは、聞いでねじゃ」

声がかすれてしまった。

「頭蓋骨が切り取られているという部分は、報道していない。それは俺の判断だ。警察の上層部は無論、知っているが、この点については各所轄にも流さないようにした」

「なぜ伏せている？」

「マスコミが騒がないほうが捜査がしやすい。それに、肝心な部分を報じなければ、こういった類《たぐい》のホシは自ら警察や報道機関に連絡を取ってくる可能性がある。それも犯人逮捕に繋がる近道だ。だが、必ずしも俺のやり方を支持する幹部ばかりではなかった。こうして二人目の犠牲者が出た以上、報道は避けられんかもしれんな。となると、大騒ぎになるぞ。二十六年前と一緒だ」

風間はあっさりと口にした。

敢《あ》えてそうした口調を保ったようにも思ったが、わからない。

「なぜ二十六年前のことなど持ち出すんだ？」

自分のほうの声は明らかに尖《とが》っている。小松はそう思わざるを得なかった。

「同手口だ。当然だろ」

「だが、長い年月が経っているんだぞ。関連などあるわけがない」

「なぜそう決めつけようとする？」

「決まっているだろ！」

風間のあまりに淡々とした口調が無性《むしょう》に腹立たしくなり、気がつくと言葉を荒らげていた。

風間は無言で小松の顔を見つめた。

小松のほうから目を逸《そ》らした。

「おまえが二十六年前の事件との関連を考えているから俺を指名したのだとしたら、やめてくれ。とんでもない考え違いだ。俺はあの事件になど触れたくない」

そう口にしても風間はなお何も言わず、小松は落ち着きが悪くなって目を戻した。

そこには、見たことのない男がいた。少年時代の面影など欠片《かけら》も見当たらない。目と唇に、あからさまな侮蔑《ぶべつ》が浮いていた。

「小松警部補、きみは何か勘違いをしていないか。私は警視庁で異常連続殺人捜査の指揮を執《と》るスペシャリストだ。そのためのキャリアを積み、現場での経験も豊富だ。だから、警察庁からの要請によって秋田の事件の捜査に出むいたし、こうしてここにもいる。何が言いたいか、わかるか。今度の事件の捜査を行なうのは、この私だということだ。私がきみを補佐役に指名したからといって、きみが捜査をするわけじゃない。所轄署の会計係に、殺人事件の捜査ができるわけがなかろうが」

小松は両手を握り締めた。

風間が続けた。「そして、二十六年前の事件との関連を考えたのは、捜査に当たる私の判断だ。大変に異例なケースだが、同一犯の可能性がないわけじゃないし、これもまた異例ではあるが、模倣犯の線だって検討せねばならない。手口が同一である以上、当然のことだ。しかも、あの事件もこの弘前で起こっている。きみがあの事件に触れたいか触れたくないかなど、問題外だと理解しろ。私が必要な人間を補佐役として任命した。これは警察の正式な仕事であり、命令なんだ。そう理解してくれたまえ。いいな、わかったか、いっちゃん」

小松は口が利けなかった。

「わかったな？」

念を押され、小声で「はい」と答えるしかなかった。

意外にも、説教をされたことよりも、最後に名前を呼ばれたことが何よりもショックだった。

「それじゃ、監察医のところへ回ろう。道を教えてくれ」

風間は言い、サイドブレーキを解いてアクセルを踏んだ。

3

弘前の市街地の端を、西から北へ岩木川《いわき》が流れている。白神山地《しらかみ》を源《みなもと》とし、津軽平野《つがる》全体を潤《うるお》して日本海へと注ぐ一級河川だ。雪が舞う季節になると、かなりの冬鳥が飛来する。市の監察医を務《つと》める長部医院《おさべ》は、その岩木川からほど近い場所にあった。かつては雨が降ると氾濫《はんらん》を繰り返していたこの川の被害に遭《あ》ってきた地域だ。

数年前に建て替えた真新しい建物の玄関を入ると、まだ診察時間に当たるためにロビーには順番待ちの患者が多かった。

小松が受付で確かめ、奥の外科手術室を目指した。

手術室には手術中のランプが点《とも》っていた。小松はなんとなく腕時計を見た。現場を離れて十年が経ち、捜査の手順はおろか、監察医に確かめるべきポイントもはっきりとは思い出せない。そもそも、どれぐらい待つ必要があるのだろう。

そう思いかけた時、通りかかった看護師を風間が呼びとめた。

「警察の者です。恐れ入りますが白衣を拝借したい」

入る気なのか。驚いて見ていると、看護師は風間の頼みを受け、二着の白衣を持って戻ってきた。

二着とも受け取った風間が、一着を目の前に差し出してきたが、小松は反射的に首を振った。ついさっき、ただの補佐だと言われたばかりではないか。補佐役の人間が、なぜ検死解剖に立ち会わねばならないのだ。

すると風間は、小松がそう思ったことを読んだかのようににやっと唇を歪《ゆが》めた。

「嫌ならここで待っていて構わんが、見ておいたほうが勉強になるだろ」

何のための勉強だと言い返そうかと思ったものの、手が半《なか》ば勝手に動き、反射的に受け取ってしまった。どこかで挑《いど》むような気持ちが頭を擡《もた》げていたためかもしれない。車の中で受けた説教の言葉が頭を離れず、しかも時間が経てば経つほどに心を掻《か》きむしっていた。風間が言った通りなのだ。だが、なぜあそこまで言われなければならないのか、と思えてならなかった。

風間は小松が白衣に袖を通し始めると、着終わるのも待たずに手術室のドアをノックした。小松は慌てて手袋とマスクまで身に着けた。

何度かしつこく叩いていると、中から厚い眼鏡をかけて豊かな髭《ひげ》を蓄《たくわ》えた初老の男が顔を出した。院長の長部だ。不機嫌な顔をしているのは、作業を中断させられたために他ならない。

「何だね、きみらは？」

「警視庁捜査一課の風間といいます。今度の捜査の責任者です。立ち会わせていただきます」

風間は小松の耳にもそろそろ馴染みになりつつある東京弁で立て板に水の如《ごと》く告げ、長部が答えるのを待たずに手術室に足を踏み入れた。

長部は何事かといった顔を小松にむけてきた。小松とは面識がある。警察の健康診断をしてくれるのがここだし、曹洞宗《そうとう》の寺を守る義父とは飲み友達でもあるのだ。

小松は長部に頭を下げ、ドアを閉められてしまう前に自分も入室した。

それをすぐに後悔し、そのことを顔に出すまいと努力した。ステンレスの手術台に、今は全裸となった越沼雄一の死体が横たわっていた。

頭部からは脳がすっぽりと抜き出され、手術台脇の台車に載っていた。白濁した膜に覆われつつ、細かい肉の皺《きざ》を刻むそれは、小松にふと茹《ゆ》でる前のインスタントラーメンの麺《めん》を連想させた。色も形態も異《こと》なるのに、皺の感じが近いからだろうか。そう思いかけ、吐き気が込み上げそうになってやめた。

胸部も腹も既に開けられているのは、死因や胃の内容物を調べるためだ。脳も内臓もあらかた抜き取られた死体は、小さく見えた。手術室の無影灯の光を受け、老人特有の萎《しな》びた皮膚が惨《みじ》めなほどに青白かった。陰部の小さな突起が何か滑稽《こっけい》で侘《わ》びしい。

思ってはいけないと思いつつ、今のこんな姿が越沼雄一という男の人生の本質を表わしているような気がしてならなかった。

越沼とは、足かけ二年ほど、同じ会計課で過ごしたのだ。その後、越沼は交通課の課長に昇進し、定年を迎えた。そして、城東運輸に第二の職を得た。

交通課課長の席を得たのは、言うまでもなく会計課の時の功績が認められた結果に他ならなかった。そして、会計課時代に越沼がしていた仕事は、現在、小松がやっている。ありとあらゆる手管を使い、表沙汰《おもてざた》にはできない費用を捻出《ねんしゅつ》するスペシャリスト。会計課係長とは、そのためにいるのだ。風間との隔たりを感じるのは、むこうが一方的に遠ざかったためだけじゃない。自分自身が、いわば反対方向に遠ざかったためでもあるのだろう。旧友は警視庁のエリートであり、こっちは地方の小さな警察署で、組織のためだと自分に言い聞かせながら裏金作りに勤《いそ》しむ会計課係長だ。

「どうぞ、お続けください。我々は、邪魔にならないように見ておりますので」

風間はそう長部を促した。

長部は無言で頷《うなず》き、作業を再開した。被害者の胃を開き、内容物を確かめる。

だが、ほとんど空《から》だった。口から入れたものが完全に消化されるまでの間、生きていたことになる。

「触《さわ》らんでくれ。どういうつもりだ！」

長部が手をとめ、風間を睨みつけて大きな怒鳴《どな》り声を上げた。風間は台車に屈《かが》み込み、脳にじっと顔を寄せ、手袋を塡《は》めた人差し指を伸ばしかけていた。

「失礼しました」

礼儀正しく詫《わ》びて手を遠ざけはしたが、顔は寄せたままだった。今にもキスさえしかねないような距離まで目を寄せている。

小松は壁際《かべぎわ》まで後じさった。つきあってはいられない。

長部はまだ不快そうなままで作業に戻りかけたが、思い直した様子で風間に顔を戻した。

「じきに終わる。きみもそれまで下がっていてくれんかね。気が散っていかんのだよ」

風間は黙って頷いたものの、その場を動こうとはしなかった。

ただ頷いただけであって、実際には長部の口にした言葉など耳に入っていないのかもしれない。その横顔を盗み見し、小松はどきっとした。何かに取り憑《つ》かれたような顔つきになっている。

「死体は頭蓋骨の切り口に沿って、脳に釘を埋め込まれていた。しかも、私には右脳と左脳に同数ずつ、正確に一定の間隔で埋め込まれているように見えるのですが、どうでしょう」

「だから何だね」

長部の声は不機嫌さを増したが、風間はまったく無頓着《むとんちゃく》だった。台車の下の段に巻き尺を見つけ、勝手に取り上げて釘同士の頭に当てる。

「およそ三センチ間隔です。すべてがそうか、あとで測《はか》っていただけますか。先生がお忙しいようでしたら、私がやりますが」

「私の仕事だ。必要ならばやるよ。だが、何のためだね」

「意見を伺いたいのですが、釘をただ無造作《むぞうさ》に刺したように見せつつ、実際にはすべて一定の間隔を置いて刺しているとしたら、何のためでしょう」

「そんなことを、私にいきなり訊かれても困るがね――」

「例《たと》えば、この釘に電流を通せば、それに対する脳の反応を測定できる」

長部は一瞬ぽかんとした。

「いきなり、何を言い出すんだ。きみはいったい、何を想像しているのだね。それとも、ふざけているのか？」

「仕事中にふざける人間などいませんよ。私が想像しているのは、脳の外周に、一定間隔で鉄釘が刺されたのはなぜなのかという理由です」

長部は風間の冷ややかな口調に気圧《けお》されたようだった。

「いや、だが、誰がいったい何のために、そんなことを……」

「それを考えるのは先生の仕事じゃない。私の質問に答えてください。鉄釘に電流を流し、脳の反応を見ることは可能ですか？」

「それは確かに、可能かどうかと言われれば可能だがね。しかし、それならばもっと細い針を使うのではないのかね。脳は微妙で、釘などではとても……」

「だが、釘を使わねばならなかった理由は別にあるのかもしれない」

「そうだとしても、もうひとつ、頷けないよ。もしも脳に対して電極実験のようなことをやりたかったのだとしたら、脳の外周に一定間隔で刺すよりも、頭頂部や前頭部など、もっと違った箇所《かしょ》にこそ刺すべきだ」

「つまり、そういった箇所のほうが、もっと的確に反応を見られると」

「私もやってみたことはないからわからんがね、例えば頭頂にある運動野は、筋肉の運動を司《つかさど》ると言われている。前頭葉について言えば、前頭連合野と呼ばれるのはもっと頭頂に近い上の部分だ」

「だが、ホシは素人《しろうと》で、大した知識などなかったのかもしれない」言いかけ、風間は自分で遮《さえぎ》った。「いや、違う。それは違うな。そうではないはずだ」

台車から今度は勝手にルーペを持ち出し、改めて脳に顔を近づけた。

長部は不快そうではあったが、叱責《しっせき》することはやめたらしい。黙って風間のやりたいようにやらせていた。

　長い時間はかからなかった。

「長部先生、ここを見ていただけますか」

　風間がルーペを長部に差し出す。

　長部は唇を引き結び、黙ってそれを受け取った。風間の隣りに並んで台車に屈み込み、指摘された辺《あた》りに目を凝《こ》らす。やがて、低く呟いた。

「これは……」

「ええ、おそらく釘で刺した跡です。頭頂だけでなく、前頭葉にもある。つまり、ホシは他の箇所にも釘を刺していた。だが、それは抜き取り、頭蓋骨の切り口付近の一列だけはそのまま残した」

「しかし、なぜそんなことを……」

「死体を飾るためでしょう。現場で椅子に坐らされた死体は、あたかも冠を被っているように見えました」

　長部の顔が歪む。

「キング……」

　かさつく声で呟いた。高齢であり、外科医ということもあり、二十六年前のあの事件をはっきりと記憶しているのだ。五人の男女が次々に殺害され、その死体のどれもが頭蓋骨を切り取られ、あたかも冠を被るかのように装飾がされていた。その手口から、犯人は《キング》と呼ばれることになった。

「いや、しかし……、まさかきみは、またあのような事件が起こると言うつもりじゃないんだろうね」

「既に起こっている」

「ちょっと待ってください」

壁際でふたりのやりとりを黙って聞いていた小松は、堪《たま》らなくなって話に割り込んだ。

「二十六年前の事件との共通性を云々《うんぬん》する前に、釘に電流を流して反応を見たという話には、前提がひとつ抜けている。頭蓋骨を切り取られた被害者が、その時点ではまだ生きていたんですか？　風間警視正は、何を根拠にそう判断されたんです？」

「根拠はないさ。私の場合は、勘だ」

風間はしゃあしゃあと言ってのけた。だが、そうしながら視線でそれとなく長部のほうへと小松の注意を誘導する。

その顔つきから、小松にもなんとなく長部が口にする言葉に予想がついた。

「被害者は、頭蓋骨を切り取られた時点では生きていたよ。麻酔の痕跡が残っているし、傷口に皮下出血の所謂《いわゆる》生活反応がある」

小松は深く目を閉じ、開けた。

越沼雄一がどんなふうにして死を迎えたのかを想像すると、ホシに対する怒りが沸々《ふつふつ》と湧いてきた。それは、この十年で一度として起こったことのなかった感覚だった。

「で、切り口から何かわかることは？」

風間は畳《たた》みかけるように質問を続けた。

「そう言われてもね」

「皮膚も骨も断面が綺麗ですね。押して引くといった動作は繰り返していない」

長部は唇を引き結び、僅《わず》かに眉間に皺を寄せた。医者の自分を差し置いて、風間が先へ先へと話を誘導していく形になっているのが不快なのだろう。

だが、風間は何も感じないのか、感じていても無視しているのか、こう断言してみせた。

「電動ノコですね」

「それは誰でもわかるだろ。問題はその先だよ」

「例えば外科医の使用する手術用のノコということは？」

風間は言いながら、台車に載った長部のノコを指差した。

「そんなことは、もっと詳しく切り口を調べてみないことにはわからない」

「しかし、慣れた手つきかどうかはわかるでしょ。それに、皮膚を切り取ったのが鋭利なメスのようなものかどうかも」

「風間さんといったね。きみは、私の判断をどこかに誘《いざな》いたいのかね」

風間はこの切り返しにはたじろいだらしく、首を振りながら身を引いた。

「まさか、滅相《めっそう》もない」

「それならば、そうやって先を急がずに、私に仕事をさせてくれないか」

「わかりました」

だが、長部がそう言った時、今度は小松が壁際から前に出た。

脳味噌は頭蓋骨に納まっているから形を保っているようなもので、非常に柔らかいために取り出したあとは自らの重みで形がぐにゃりと歪んでいる。それで今まで気づかなかったのだが、どうもその歪み方が妙だった。

目を凝らしながら近づいた小松は、「あの、これは——?」と指差した。

「ちょっと見てください、長部さん。風間もだ。この脳味噌は完全じゃない。一部が切り取られています」

だが、興奮してふたりの名を呼んだ小松は、彼らが自分を見返す表情から察した。ふたりとも、とっくにそのことには気づいていたのだ。

「一部を刳《えぐ》り取ったと言ったほうがいいだろう」長部が言った。「どれぐらいの分量を取ったのかは、もっと正確に調べてみなければ答えられない。何を使って刳り取ったのかの判断もだ。さ、とにかくあとは私に任せてくれんか。明日には報告書を届ける」

「今夜、いただけませんか？」

　風間は食い下がった。

「田舎《じゃいご》の監察医は、対応が遅ってが」

　長部は初めて弘前弁を口にした。そのあとは標準語で続けた。

「専門の監察医というわけじゃない。私には患者が待っているんだ」

　そうした分、敢えて弘前弁を使った部分の皮肉が際立《きわだ》った。

「それはわがってます。だども死者もまた先生さ犯人の手がかりを提供して貰えるのを待ってるんです。私の勇み足や失礼はどうぞ堪忍《かに》してください。一刻も早くお願いします」

　長部は一瞬、風間の顔を見つめ返した。

　ほお、こっちの人間だったのか、という表情の奥から、敵愾《てきがい》心を緩《ゆる》める気配が感じられた。

「わがった。今晩電話できみに一度報告を入れましょう。書面は明日の朝まで待っててけ。私も色々と多忙だはんでな」

「それで結構です。名刺ば残して行きます。携帯の番号も書いてあるはで、よろしくお願いします」

　小松はちらっと風間の顔を盗み見た。

　長部とは逆に、風間がこうして弘前弁を使ったことで、言うに言われぬ不快な気持ちが拡《ひろ》がっていた。田舎の人間は方言を話されると胸襟《きょうきん》を開くと踏んでいるような、何かそんな計算めいたものが垣間《かいま》見えた気がしたのだ。それとも、そんなふうに思うのもまた、自分の劣等感の裏返しにすぎないのだろうか。

ただ、再会してから数時間と経たないうちに、このことだけははっきりとわかっていた。風間本人は、誰に対しても胸襟を開いてなどいない。

もちろん、小松に対してもだ。

4

駐車場に戻ると、風間は車の後部シートからアタッシェケースを取り上げた。鍵を開け、中から書類袋を出した。車に乗るようにと促《うなが》し、運転席と助手席に納まるとそれを小松に差し出した。

「これをおまえに渡しておく。署で目を通しておいてくれ」

「何だ?」

「二十六年前の連続殺人事件の捜査資料さ。県警本部に回って取り寄せておいた」

「随分《ずいぶん》手回しがいいんだな」

風間は何も答えなかった。

「どうした、受け取れよ？」

と書類袋を軽く振ってみせたが、小松にはまだ手を伸ばすことができなかった。

「待ってくれ。俺はあくまでも捜査の補佐だろ。過去の資料に目を通す必要があるのか？」

「俺の捜査方針を理解した上で、補佐して貰わねばならない。そのためには、この資料を読んでおいて貰ったほうがいい」

「二十六年前の事件と今度の事件に関連があるとはっきりしたわけじゃない。なぜそこまであの事件にこだわろうとするんだ」

「またその話か。そういった判断は、私がすると言ったはずだぞ。なぜ素直に従えない」

「風間」と、小松は呼びかけた。躊躇《ためら》いを振り切り、訊いた。「おまえは、平気なのか？」

「何がだ？」

「決まってる。二十六年前の事件に触れることが、だ」

「これは捜査だぞ。おかしなことを訊くな」

風間は袋を小松の膝に置き、車のエンジンをかけた。

「おまえはもう目を通したんだな」

小松は質問を重ねた。引き下がれない気分だった。

「無論だ」

「教えてくれ。それで、平気でいられたのか？」

風間は一度解いたサイドブレーキを戻し、小松のほうに顔をむけた。

「二十六年前の事件のホシは、脳味噌の一部を刳り取って持ち去ったりはしなかった。だが、さっきおまえが指摘したように、今度のホシはそうしている。この点を、どう思う？」

「いきなりそう訊かれても、俺には」

そう答えながら小松はサイドウインドウを細く開けた。消毒液と遺体の匂いが躰に染みついたままのような気がした。

「わからんだろ。俺にだって、今はまだわからん。だが、頭蓋骨を切り取って外し、王冠のように飾りつけてる残忍で異常な手口は、二十六年前のキングと同じだ。今度のホシが、あの事件に何らかの影響を受けていることは間違いない。共通点と相違点を割り出す。そして、それがなぜかを考える。その先に、ホシに行き着く答えがある」

そうなのかもしれない……。しかし、本当にこの自分や風間が、あの事件ともう一度むき合う必要があるのだろうか。小松にはどうしても頷けなかった。

風間は続けた。

「それに、まだあるぞ。さっきも言ったろ。可能性は低いのかもしれないが、二十六年の時を隔てて、キングがまた動き出したということだって考えられる」

小松ははっと顔を上げた。

「まさか、そんな莫迦を言わないでくれ……」

「なぜ、まさかなんだ。あの事件は迷宮入りした。キングはまだこの社会のどこかにいるんだ」

「しかし」

「話は終わりだ。言ったろ。これは命令だと理解しろ」

「従えないなら、補佐役から外すか？」

「いいや、外しはしない。従って貰う」

風間の目に、僅かに違う表情が過《よぎ》った気がした。こいつは、俺を必要としてくれているのか。

「まだ答えてないぞ」小松は目を逸らさずに言った。「おまえは、二十六年前の資料を読んでも平気でいられたのか？」

風間の目の表情が、再び、今度はもっとはっきりと変わった。挑みかけている。

「平気だよ。俺はデカだぜ。この答えを聞けば、満足か」

小松は頷いた。

「わかった。俺も警察官として命令に従う」

風間は車をスタートさせた。

「じゃ、署で落としてやる。車なら大した距離じゃない」

「で、そっちはどうするんだ？　——と、こんなことを訊いていいのか？」

「気を遣《つか》い過ぎないでくれ。俺はこれから一度、付近の聞き込みに合流する。それから、捜査会議だ」

風間は一度言葉を切りかけたが、続けた。

「おまえは、捜査会議は出なくてもいいぞ。誤解しないでくれ。俺の補佐役だから、低く見てるわけじゃない。逆だ」

「——どういう意味だ？」

「捜査会議に出ても、おまえにとって時間の無駄だということだ。必要な情報は、俺が取捨選択した上で、必要に応じておまえの耳にも入れる」

小松は訝らざるを得なかった。この男は、こういう話を聞けば俺が特別扱いをされたとでも感じて喜ぶと思っているのだろうか。それとも、何の考えもなく話しているのか。

長部が方言で話したくなった理由がわかった気がした。

「田舎警察の捜査陣など、大して役には立たないと言いたいのか？」

「そんなことは言ってない。連中は俺の手足になってくれればいい。それをきちんと果たしてくれさえすれば、それでいいということだ」

気怠《けだる》い疲労に襲われて、会話をやめたくなった。時が流れた。そして、この男もまた変わったというだけの話か。目の前にいるのは、プライド高い東京のエリート刑事だ。

「そうそう、携帯は何番だ？　教えておいてくれ。必要に応じて、こちらから連絡する」

信号で停まった時に言われ、小松は携帯電話の番号を告げた。

風間のほうは告げはせず、携帯の番号まで刷《す》り込まれているらしい名刺を渡そうともしなかった。必要に応じて連絡を寄越すのは風間だけで、こっちじゃないということらしい。

弘前中央署は弘前の街の北東にある。長部の所から県道三号で弘前駅方面へと戻り、中《なか》土手町《どてちょう》を左折してひたすら北上した先だ。商業地ではなく、周囲には未《いま》だにりんご農地が点在する。もう少し北は、小綺麗な新興住宅地となる。警察署の建物は三階建てで、会計課は一階のエントランスホールを入った右側に交通課と並んでいた。左は地域課と警務課で、二階には刑事課と生活安全課に加えて署長室が、三階には警備課と大会議室と格技場があった。

小松たち会計課の人間は、密《ひそ》かにこの配置を嫌っていた。エントランスから見ると交通課のほうが手前なので、廊下には朝から夕方まで免許の書き換《か》えの人間が行き来していて鬱陶《うっとう》しいし、その時間が終わると、今度は交通課の人間たちがまだ就業時間中だというのに、自分たちの仕事は済んだとばかりに大声で交わす無駄話が薄い壁を通して聞こえてくる。

会計課には三列に机が配してあり、小松の机はその真ん中にあった。右側の列には庁舎施設と物品管理の署員が、左側には遺失物拾得物取り扱い係の署員が坐る。

係長職にあるのは小松だけで、机の配置もそれを示すように、他の署員の机はふたつずつむかい合わせに置かれているのに対し、小松の机は真ん中の列の一番奥にひとつだけ飛び出し、他の署員を見渡せるように置いてあった。

だが、小松の背後には会計課課長の千田穣《ちだみのる》が陣取っており、小松は仕事中いつも背後から自分の手許《てもと》を覗《のぞ》き込まれているような重苦しさを感じずにはおれなかった。

「どんですば？　小松君」

机に戻った小松に、千田のほうから声をかけてきた。

「署長から聞いだよ。警視庁の偉《えら》い刑事の接待役らしいじゃないか？　しばらぐ、こぢの仕事はいいから、御機嫌を損《そこ》ねないように頑張ってくれたまえよ」

椅子を立って近づいてきて、鰓《えら》の張った大きな顔を寄せるようにして言った。地声の大きな男で、やりとりはいつも会計課の部屋のみならず、廊下辺りまで筒抜けになる。

それにしても、接待役とはまた、署長がそんな言葉を使ったのか、それともこの千田が勝手な解釈で言っているのかわからないが、すごい歪曲《わいきょく》もあったものだ。

「小松さんは警視庁の刑事の幼馴染みだんだってな」

年齢は小松よりも上だが、役職は追い越されている遺失物拾得物取り扱い係の渡部《わたべ》が言った。

耳が早い。東京などの大都市では違うのかもしれないが、地方都市の警察署にはこういう人間が至るところにおり、捜査もかくあればというようなスピードで噂が拡がっていく。

「あら、それはまだいいでばな。したけど小松君、わかってるかもわからねけど、私《わ》だぢノンキャリアはマイペースが一番だね。誰かさ取り入っても、いいことだっきゃ何もねよ。それから一応言っておくけど、接待費は特別には出ねはんでな。必要だんだば自腹でな。わがってるんだいな？」

千田は大変なヘヴィースモーカーで、背広には煙と防虫剤の匂いが染みついている。それが鼻を突き、小松は相手に気づかれないようにそっと顔を顰《しか》めた。

鞄を机に置き、千田に頭を下げてロッカーに歩いた。マフラーを外して上着を脱ぎ、ハンガーにかける。下にはYシャツの上に厚手のセーターを着ていた。弘前の四月はまだ寒い。建物には暖房が入っており、室内に入るとこうして上着を脱ぐ人間が多かった。

給湯器横の盆に伏せてある自分の湯飲みを取り上げて焙《ほう》じ茶を注ぎ、机に戻ってそれを一口啜《すす》ってから鞄を開けた。

風間から預かった書類袋を抜き出し、鞄のほうは足下《あしもと》に置く。

それでもなお、書類袋の口を開ける気にはなれなかった。風間にはああは言ったものの、あの男と別れ、この馴染んだ会計課の部屋に足を踏み入れるとともに、二十六年前の事件とむき合う意欲が急激に失われていくのを感じていた。この部屋には、意欲の二文字は存在しない。

「それ、何だば?」

いつの間にかまた自分の机を立って背後に近づいていた千田が、小松の手許を覗き込むようにして言った。

「——捜査資料です。風間警視正に、目を通しておくよう命じられまして」

「捜査資料って、いったい何の事件のよ?」

千田は大して興味もなさそうな口調で訊いてきた。だが、目には抑《おさ》えきれない好奇心の光があり、小松の手の書類袋をじっと見つめている。

二十六年前の連続殺人事件の資料だと答えそうになって、小松は思いとどまった。この男とのやりとりに、これ以上つきあわされるのが億劫《おっくう》でならなかった。

「すみませんが、風間さんから、誰さも話せばまいね(駄目だ)と言われてまして」

千田は表情を動かしかけたが、それをすっと押し込めた。こうして何十年もの間、感情を押し込め、周囲と波風を立てないようにして勤めてきた男だ。

「んだのな。せば仕方ねな。したけど、私《わ》んどだって遊んでるわけでねはんでな。仕事さ支障がでね範囲で頼むじゃ」

ついさっき、うちの仕事はいいからと言ったことなど忘れたかのように、そんな捨て台詞《ぜりふ》を残して背中をむけた。

署長から本当に接待役と聞いただけで、風間の捜査の補佐をするという正確な話は聞いていないのか。怒りとともにそんな言葉が胸に湧いたが、小松はそれを押し込めた。千田だけじゃない。自分もまた会計課に異動になってからは、感情を仕舞《しま》い込んで外に漏らすことなく勤めてきたのだ。

茶をもう一口啜った。気が進まないが、千田の手前もあって手を動かさないわけにはいかない。

しかし、綴《と》じ紐《ひも》を解《ほど》きながら、嫌な予感がしてならなかった。指先に必要以上に力が入る。頭だけじゃない。躰もまたこの先へと行くことを拒否しているような気がした。二十六年前のあの事件に気持ちを引き戻してはならない、と。

風間はなぜ今度の事件とあの連続殺人事件に関連があると、あそこまで強固に言い張るのだろうか。他人には話していない何かを、既に摑んでいるということか。秋田で五日前に起こったという、一件目の殺人事件を調べる中で摑んだのか。風間と一緒の時には、むこうから説明しようとするまでは意地でも何も訊くものかと思って言い出せなかったが、こうしてみると気になってならない。それとも、この袋の中にある記録のどこかに、今度の事件との関連を思わせる記述があるのだろうか。

　ふと思った。

　――俺は好奇心を覚えているのか。

　まさか、会計課のこの部屋で自分を蝕《むしば》むようにして暮らし続けている毎日から抜け出せるものならば、たとえこの事件ではあっても、この手で調べてみたいと願ったりはしていないだろうか……。

　胸の中で自分自身にそう尋《たず》ねたが、答えはやはり否《いな》だった。この袋を開けるべきじゃない。

　だが、そう思ったにもかかわらず、開けた。いつでもこうして同じ間違いを犯し続けてきたような気がした。

　中から記録書類の束を抜き出した瞬間、二十六年前に嗅《か》いだあのじめついた陰気な臭いが突然蘇《よみがえ》り、小松は眩暈《めまい》に襲われた。地面の底に拡がる、あの絶望の臭い……。

　心臓の鼓動が大きくなる。風間はこの記録に易々《やすやす》と目を通したのだろうか。なぜやつは大丈夫なのだ。どうして何の躊躇いもなく二十六年前の事件のことを口にでき、今度の事件との関連云々などと言えるのだろう。

　この俺には到底無理だ。未《いま》だにあの恐怖に囚《とら》われている。

　いや、風間が大丈夫なわけがない。刑事としてのプロ意識などで自身を律しようとしても、律しきれるはずがない。

あの事件の連続殺人犯が最後に殺害したのは、他でもない風間の父親なのだ。

しかも、小松も巻き込んださらなる悪夢が、まだその先に待っていた。


思った通り、記録書類を読むのは、自らの記憶を掘り起こし、確かめ、補強する作業に他ならなかった。かつて県警本部の刑事だった頃の習慣をなぞり、メモを取りつつ読み進めることを自分に課してはみたものの、そうして手を動かすことで集中するどころか、なるべく先を読まないために一カ所に立ちどまったり、ただ機械的に手を動かして内容を頭から締め出したりと、マイナスの効果にしかならなかった。

そうする間にも何度も、あの闇の底に閉じ込められ、死の恐怖に怯《おび》えながら過ごした五十三時間の記憶が押し寄せ、搦《から》め取られそうになった。

それが苦痛でただ資料を読むことにのみ集中しようとしても、読み進めるうちにいつの間にかまたあの闇が大きくなってくる。

途中から小松は、長い時間を隔ててこんなふうにいきなり自分の前に現われ、二十六年前のあの事件の記録を読むようにと強制した風間に激しい怒りを覚え、禍々《まがまが》しい存在にすら感じるようになった。

やつはおかしい。どうしてこの記憶に易々とむき合えるのだ。なぜあの男にできることが、この俺にはできないのだ。

とてもじゃないが精読し、資料の内容が頭に入ったとは言い難《がた》かったものの、夕刻までにある程度のところまで目を通せたのは、最後に生じたこの感情のためだったかもしれない。風間にできたことが、この自分にできないわけがないと。

すっかり忘れていて思い出したことや、資料を読んで初めてわかったこともあった。いつしかキングと呼ばれるようになったこの犯人が、ひと月に一度犯行を繰り返したことは憶《おぼ》えていた。だが、それが決まって十九日の夜だったことはすっかり忘れていた。おそらくはニュースで盛んに報じられ、人々は十九日を恐れ、その日はできるだけ夜間に出歩かないようにと気をつけもしたのだろうが、当時十二歳の子供だった小松の意識には強くは残らなかったらしい。

初めてわかったことで最も大きかったのは、警察がこのホシについて、ほとんど何の手がかりも摑んでいなかったという事実だ。警察官になってから、警察がマスコミむけに発表する手がかりは決してすべてではなく、特に逮捕後に犯人と断定する材料になるような事柄については、敢えて発表を差し控えることを知っていたので、ニュースを見ても、マスコミ発表は事件の一部しか伝えていないと考える習慣がついた。それで、この連続殺人事件についても、伏せられた手がかりがいくつもあるものとばかり思っていたのだが、違ったのだ。

犯人のものと思われる靴跡がいくつか見つかったのと、遺留物として衣服の繊維が出たが、特定されたスニーカーもその繊維もともに市場に大量に出回っており、犯人を絞り込む手がかりにはならなかった。捜査を混乱させるために、犯人が敢えて残したのではないかという意見さえ出されたほどだ。

死体の頭蓋骨を切り取った刃物やノコなどの凶器も一切《いっさい》見つからず、被害者を眠らせるために使ったクロロフォルムの入手経路もわからなかった。そして、毎月十九日の夜に、四カ月間に亘《わた》って三人の男とふたりの女を殺害し続けた犯人は、五人目の被害者となった風間の父親を殺害したあと、忽然《こつぜん》と姿を消した。正確にはそれからおよそ三カ月後に、あのちょっとした悪戯《いたずら》をすることで、小松たちに一生消えない心の傷を残した例外を除けば、だ。


内勤の警察官は、他の地方公務員と同様に五時半に勤務を終える。課長の千田も含めて全員が引き上げてしまったあとまで残り、小松は捜査資料を読み続けていたが、段々とどうでもいいような気分になった。

風間から何か連絡が入るまで、ここでこうして待機していなくてはならないのか、それとも携帯の番号を教えたのだから、勤務時間が終われば引き上げてしまっても構わないのか、何も確認しなかったことが悔やまれた。

六時まで待っても何も連絡がないようならば、引き上げてしまおう。そう思った時に卓上電話が鳴った。

受話器を取ると、風間だった。

「今から捜査会議に入るが、そのあと、回ってみたい先がある。どこかで夕食を済ませておいてくれ」

風間は電話を受けたのが小松だと確かめると、何の前置きもなくいきなりそう告げただけで、細かい説明はなく一方的に電話を切ってしまった。

必要な時に自分から連絡をするとは、こういうことを言っていたのか。受話器を戻した小松は、皮肉な気持ちでそう思った。

店屋物を頼もうにも、ひとつでは持ってきてくれない。他の課で誰か出前に乗る人間がいないかを探すのも億劫で、外に食べに出ることにした。

その前に、自宅に電話をかけ、今日は遅くなるので夕食は要《い》らないと告げる必要がある。

それがせめてもの救いに思えた。妻の妙子《たえこ》は残念そうな声を出すかもしれないが、今の自分たち夫婦に最良の選択はできるだけ顔を合わせずにいることだと、彼女のほうでもわかっているにちがいない。

5

ＪＲに弘南《こうなん》鉄道弘南線が接続する弘前駅には広い駅前ターミナルがあり、周辺にはイトーヨーカドーなどのスーパーやデパート、ホテルなどが建っている。しかし、賑《にぎ》わいはむしろ、そこから一キロちょっと西の弘南鉄道大鰐《おおわに》線中央弘前駅に近い新鍛冶町《しんかじまち》界隈《かいわい》のほうが大きい。居酒屋、キャバレー、キャバクラなどが並ぶ飲食街だ。

夜九時過ぎ、小松が中央弘前駅の改札前で待っていると、じきに風間が徒歩で現われた。一緒に署を出るものとばかり思っていたのだが、捜査会議のあとで改めて携帯に電話が来て、ここで落ち合うように指示されたのだ。

「飯は食ったな」

風間はそう言いながら小松を促した。

「ああ、俺はな。そっちはどうしたんだ？」小松は訊き返した。「それと、泊まりはどうする？　あまり遅くなってからだと、見つけにくいかもしれないぞ」

「それなら心配は要らない。会議のあとでチェックインを済ませ、簡単に夕食も済ませてきたところだ」

署を一緒に出ずにここで待ち合わせたのは、そのためだったらしい。

「ホテルを自分で探したのか？」

「そうだが」

「今じゃ右も左もわからんのだろ。必要なことがあれば、言ってくれ」

　そんな言葉が自然に口を突いて出た。

「ありがとう。だが、そういった気遣いは必要ない。出張でどこに出むいた時でも、いつでもそうしてる。馴れ合いになるのは、よくないからな。おまえには、捜査の補佐をして貰いたいだけだ」

「そうか」と、答えるしかなかった。

「新鍛治町に、恋文太郎《こいぶみたろう》というキャバレーがあると聞いた。知っているか？」

　小松はその名前を聞いて軽い驚きを感じた。

「ああ、知ってる。何度か署の連中で飲みに行ったことがあるよ」

　実際には何度か、というより、特に管理職の署員たちの場合は、頻繁《ひんぱん》に入り浸《びた》っている店だった。

　だが、風間が聞き込みに回ったと知れれば、これでこの男が弘前を離れるまでの間は、当分誰も行かないだろう。店への払いの多くは、様々な名目で署の必要経費に転化されている。そんなところで東京の刑事と顔を合わせたらと思うとぞっとしない。

「じゃあ、案内してくれ。城東運輸の人間が、思い出したと言って連絡をくれた。被害者は、先週の金曜の夜、そこに飲みに行くと言っていたらしいんだ」

「越沼さんが……」

小松は呟《つぶや》いた。「こっちだ」と促し、並んで歩き出してから続けた。

「署にいた頃、あの店には越沼さんも何度か行ったことがあると思う」

「その頃からの馴染みというわけか」

風間はそう応じただけだったが、何か見透《みす》かされているような感じがした。

キャバレー恋文太郎は、ホステスを常時三十人前後は抱《かか》えた大型店だ。フロアにはテーブル席が二十近く、それにショータイムのための舞台も設《しつら》えられていた。不景気になってからは、どさ回りの芸人や歌手を呼ぶ回数は減ったが、それでも月に何度かは夜間二度のショータイムがある。

入り口を入ると、蝶《ちょう》ネクタイの小男が小松たちを迎えた。古橋《ふるはし》という男で、そろそろここで働き出して五、六年になろうか。小松よりも何歳か年下だと確かめたことがあるが、頭髪が薄いせいもあって老《ふ》けて見えた。

奥のフロアには、それなりの客の入りを思わせるざわめきが屯《たむろ》していた。

「いや、客じゃないんだ。『しのぶ』という子と『みさき』という子はいるかね？」

風間はそう言いながら、警察手帳を提示した。

忍《しのぶ》という源氏名《げんじな》が風間の口から出るのを聞き、小松はいよいよ驚いた。

風間はまだ知らずにいるようだが、それは小松にとっても風間にとっても幼馴染みの菅《すが》野《の》小百合《さゆり》のことなのだ。

小百合がこの店で働いてもう七年になる。今ではホステスの中で最も古株だし、年齢も小松や風間より二歳下の三十六で、既に最年長になっている。

古橋は小刻《こきざ》みに頷き、ちらっと小松のほうに視線を流した。

「ちょっとお待ちになってください。ええと、美咲《みさき》ちゃんは今日は風邪で休んでますが、忍ちゃんのほうは来ています。ここさ呼びましょうか？」

「ああ、頼む」

風間が頷くのを受け、背中をむけて遠ざかった。

忍とは小百合のことだと告げようとした時、風間のほうから先に訊いてきた。

「今の蝶ネクタイとは、おまえも顔見知りなのか？」

古橋の表情や視線の動きで気づいたらしい。あるいは、署で使っているという話を聞いた時点で、それならば会計課係長の小松も当然その中に入っていると理解していたのかもしれない。

何か意地を張るような気分が芽生《めば》え、小松は何も告げないままで小百合が出てくるのを待つことにした。風間が小百合と会ってどんな顔をするかを見てみたくなったのだ。

それほど待つまでもなく、古橋に連れられて小百合が現われた。胸の膨《ふく》らみや躰の線が強調される黒いドレスを着ていた。太股の半分以上が露わになっている。

幾分《いくぶん》視力が弱い彼女は、最初は小松の隣りに立つのが誰だかまったくわからなかったらしく、小松のほうだけを見て近づいてきた。途中で訝しげに視線を風間に移し、凝視した。一瞬、恐れが顔を過ったように見えたが、よくはわからない。すぐに驚愕と喜びが顔中に拡がった。

「次郎《じろう》君……」と口の中で呟いたのには、ほんとにそうなのかと尋ねるような調子があった。二歳年下のくせに、あの頃、小百合は、小松のことも風間のことも名前を君づけで呼んだ。たまたまふたりの名が一郎と次郎だったので、小百合にも、他の友達にも、兄弟のようだと言われたものだった。

「ねえ、風間君でねの。風間君だじゃさ？　いったいどしたのさ？　どういうことだのさ？」

仕事柄だろう、普段は滅多なことでは強い訛《なま》りは出ないし、ましてや店で出ることなどは決してなかったが、驚きが彼女を弘前弁にした。

小松に顔をむけ直し、睨むような振りをした。

「もう、小松さんったら、人が悪いんだから。戸口に警察の人が来てるっていうから、いったい何かと思ったら、こんな悪ふざけをして」

すぐに標準語に切り替え、小松のことも苗字《みようじ》に「さん」をつけて呼んだ。

「さあさ、入ってよ。久しぶりだなあ」

と風間の二の腕に手を伸ばすのは、再会を喜んではいるのだろうが、小松の目にはどこかホステスの職業的な馴れ馴れしさに見えた。

「待ってくれ。驚かせたのは悪かったが、今日は仕事で来てるんだ」

小松は慌《あわ》てて言った。

「なに？　どういうこと？」

小松が説明する必要はなかった。

風間が内ポケットから出した警察手帳を提示したのだ。

小百合が事態を理解するまでに、しばらく時間が要った。

「――じゃあ、あなたも小松さんと同じ警察官なの」

風間は頷いた。

「そうだ。警視庁に勤めている。今日は、殺人事件の捜査で来たんだ」

「殺人事件……？」

「越沼雄一さんを知ってるね。彼がここで飲む時は、だいたいきみか『みさき』という子がつくと聞いたんだが」

そう答える風間の横顔を小松は盗み見た。

何が「きみ」だと、胸の中でそんな声がした。さっきから芽生え出していた反感が、益々《ますます》大きくなろうとしていた。

なぜこいつは、小百合と再会しても眉《まゆ》ひとつ動かそうとはしないのだ。東京に暮らす間に、そんなに何もかもが変わってしまい、昔の友人など遠い存在になってしまったのだろうか。ましてや小百合は、この風間にとっても、あの同じ恐怖を共有する特別な存在のはずではないか。

だが、小百合は何も気にしていないようだった。

「ねえ、越沼さんに何かあったの？　殺人事件って、まさか……」

「今日は新聞を読んでいないか？　夕刊にはもう出ているから、店でも噂になったりしたんじゃないのかな」

「私、新聞はテレビ欄ぐらいしか見ないもの。こういう仕事だから、夕刊は取ってないし。今夜は店にもまだ入って間がないし。——そんなことより、どうして？　いったい、何があったの？」

小松と風間のふたりを均等に見ながら訊いた。

「それを調べてるんだ。先週の金曜の夜、ここに来たかな？」

「ええ、来たわよ」

「きみがついたんだね」

「そうよ」

小百合が頷いた時、小松たちの背後のドアが開いて新しいお客が入ってきた。「いらっしゃいませ」と小百合が元気よく声をかけ、小男の古橋が飛んでくる。小松と風間は自然に壁際によけた。

「あら、署長さん。いらっしゃい」

小百合が言うのを聞いて、驚いた。

署長の木崎が、店の戸口に立っていた。副署長の望月《もちづき》と警務課長の諸田《もろた》を引き連れていた。三人とも既にどこかで軽くやって来たらしく、顔が赤い。

小松と一緒にいる風間を見て、木崎はあっと息を呑んだ。いきなり立ちどまったものだから、すぐ後ろにいた大柄な諸田が背中に突き当たってしまい、背後から押される格好になった。

木崎はきまりが悪そうな顔で目を伏せたが、すぐに愛想《あいそ》笑いを浮かべて風間に顔をむけ直した。

「近くでちょこらっと食事してきたんだ。風間警視正も食事ですか？」

愛想笑いを浮かべながらも、小松をちらちらと睨むのは忘れなかった。なぜ自分たちの根城であるこの店に連れてきた、と言いたいのだ。

小松はそっと拳《こぶし》を握り締めた。

いつもの見慣れた光景だった。管轄内でどんな事件が起ころうとも、木崎たちは無関係に飲み歩いている。週に三日は誰かを連れて飲み歩き、その飲食費を署の会計に回していることを小松はよくわかっていた。

だが、それをこの風間の目には晒《さら》したくなかった。

風間が冷笑した。

「我々は捜査です。先週の金曜の夜、越沼さんがここに来ていたらしいとの情報が入りましたのでね」

木崎は言葉に詰まった様子だった。

内心では帰りたくて仕方がないのだろう。だが、ここで踵《きびす》を返すこともできないと思ったらしく、風間に頭を下げて口の中でぼそぼそと何か言い、古橋の案内で店の奥に消えた。

「ねえ、ここにふたりに立ってられると、あんまりよくないんだけれど、奥に坐《すわ》って話さない。一郎君のボトルもあるんだし」

決して鈍《にぶ》いわけではないのに、小百合には時折場の空気が読めない時がある。木崎たちの姿が見えなくなると、そんなふうに言い出して小松をたじろがせた。いや、それともわかっていて、敢えてこう振る舞っているのだろうか。

「仕事中なんだよ。ここに立ってるのがまずいのなら、ちょっと一緒に表に出よう」

だが、そう言いかける小松を風間が手で制した。

「今夜はこれで上がる予定だったんだ。久々に再会したんだし、ひとりでホテルに戻ったところで味気ない。それじゃあ、一杯やりながらにさせて貰うかな」

こちらを見て「おまえもそれで構わんだろ」と確かめた。

小松は驚きを押し隠して頷いた。

「ああ、そうしよう。それじゃ、俺のボトルを出してくれ」

ついさっき、風間が小百合と再会しても驚きもしなければ懐かしみもしなかったと思ったのは間違いで、この男なりにあれで感情を表わしていたのだろうか。

風間はマフラーを外してコートを脱いだ。

小百合がそれを慣れた手つきで受け取り、古橋とは別の蝶ネクタイを呼びつけて渡す。

「格好がすっかり、東京の人ね」

奥に誘いながらそう話の接《つ》ぎ穂《ほ》をむけると、風間は薄く微笑《ほほえ》んだ。照れ臭そうにも、酷薄そうにも見える笑みだった。

「すっかりこっちの寒さがわからなくなってる。それでちょっと重装備で来た」

「そうじゃなくて、着てるものが垢抜《あかぬ》けてるってことよ」

さすがに気を利かせたのだろう、小百合は木崎たちがいるのとは反対の壁際のテーブルへと小松たちを坐らせた。

「長いのか、ここは？」

「七年かしら。すっかり主《ぬし》になってるわ」

風間が訊き、小百合が答えた。

そんなふたりを眺《なが》めながら、小松はやはり奇妙な感じを抱かないわけにはいかなかった。

このふたりは今、どんな気持ちでこういった会話を交わしているのだろう。

二十六年前、キングによってあの防空壕跡の暗い穴蔵に閉じ込められることになったのは、小松と風間と小百合の三人だった。

6

署長の木崎たちは一時間ほどで引き上げた。それはあのメンバーの行動からすると珍しいことだった。普通は看板近くまで粘り、気に入った娘をそれぞれに送って行きたがる。もちろん、そうして使うタクシー代も署につけるのだ。

木崎たちが姿を消したあとしばらくして、小松と風間も席を立った。小百合がほとんどひとりで喋《しゃべ》り通していたようなものだった。風間は時折低く笑ったり、小百合から振られた話題に短く応じたりしながら、ウィスキーのオンザロックをちびちびとやり続けた。

ちびちびとは見えても、小百合が何度か新たな氷を追加してはボトルを傾けていたので、実際にはかなり速いペースで飲んでいたことになる。小松も途中まではなんとなく対抗するような気分でペースを合わせていたが、そのうちについていけなくなって薄めの水割りに替えた。

風間がどうだったのかはわからない。小松のほうは、胸の奥に何かが引っかかっているような感じがして決してくつろげなかった。

小百合だけではなく、古橋や他の黒服、それにホステスたちにも話を振ってみたものの、結局、事件に関する新たな情報は何も引き出せなかった。帰り際に、風間は何か思い出したら連絡が欲しいと言って小百合に名刺を渡した。さり気なく見ていると、ホテルの電話と部屋番号も書いているようだった。

引き上げる小松たちを小百合が表まで送ってくれた。また寄って欲しい。時間がある時には、夕御飯の美味《おい》しい店に案内するというようなことを小百合は風間に言った。

「寒《さ》びな」

ふたりで歩き出してじきに、風間が肩をすぼめるようにして言った。

空を見上げ、続けた。「星も綺麗だ。まだ、しばらく冬の陽気だな」

「今年は公園の桜が少し遅《お》せがもわがねよ」

小松はそう応じた。

どこかでもう少し熱燗《あつかん》でも飲《や》らないかと誘ってみたい気がしたが、そうしてもおそらくは断わられるだろう。捜査の初日なのだ。

県道に出、会話もないまま駅の方角を目指して歩いた。

「ホテルまでの道筋はわかってる。今夜はこれでいいぞ」

駅が近づき、風間が言った。

家まで真っ直ぐ帰るのならば、バス停までは風間と同じ方向に歩くべきだったが、そこで別れることにした。もう少し飲んでいたいというより、家には帰りたくない気分だった。

「寒びな、か」

ひとりで歩き出してじきに、小松は口の中で呟いてみた。今日初めて風間の口を突いた、自然な弘前弁だったような気がした。

振り返ると、コートを着た後ろ姿が早足で遠ざかっていた。

馴染みの縄暖簾《なわのれん》で一杯飲り出したが、酔いすぎないように気をつけつつ飲むのでくつろげなかったし、おかみとの会話のタネも途中で尽きた。

小松は日付が変わる前にはそこを出て、弘前駅からほど近いマンションへとむかった。エントランスのロックを暗証番号を入力して開け、エレヴェーターで七階へと上がる。エレヴェーターの中で鞄を開け、その底に忍ばせて持ち歩いている正露丸《せいろがん》の瓶を出し、蓋《ふた》を開けて鍵を摘《つま》み出した。

それはここを訪ねる時にいつもしていることで手慣れたものだったが、習慣的な動作をなぞりながら居たたまれないような気分になるのもまたいつものことだった。

ドアを開けて中に入り、上がり端《はな》にあるスイッチを押し上げると、玄関とキッチンとが揃《そろ》って明るくなった。リビングダイニングの奥に、横に並んで、ともに六畳の広さの洋室と和室がある2LDKの部屋だった。

キッチンの床には、足の踏み場がないほどに、コンビニの袋が転がっていた。どの袋にもゴミが詰まっているのは確かめずともわかった。この間来た時よりもまた数が増えていた。

小松は革靴を脱いで部屋に上がり、ゴミの袋を踏まないように気をつけて奥へと歩いた。洋室のほうの電気をつける。そこの床は、脱ぎ散らかされた服と下着で埋まっていた。それに、適当に読み散らかした週刊誌が、積み重ねられることすらなくあちこちに投げ出してある。

溜息《ためいき》を吐《つ》きつつ、とりあえずはエアコンのスイッチを入れ、炬燵《こたつ》の周辺の服をよけ、自分が坐るスペースを作ってから、小松は転がるハンガーのひとつを取り上げた。ジャンパーを脱いでそのハンガーに掛け、ハンガーを部屋の入り口脇のいつもの場所に掛ける。

坐る前に薬缶《やかん》をガス台に掛け、勝手知ったる他人の部屋で食器棚からお茶の葉を出した。ガス台には吹きこぼれて付着した麺が数本、干涸《ひか》らびていた。この間来た時もここにこうして麺がくっついていたことを小松は思い出した。

汚れた食器がシンクで山をなしていた。小松がいつも使う湯飲みもまた、その山の中に埋もれていた。たぶん、この間ここに来て使った時から、洗っていないままなのだ。小松はしばらく食器の山を見回していたが、そのうちに食器棚の中にマグカップを見つけた。それを使うことにして急須《きゅうす》だけを洗った。お湯が沸《わ》き上がるのを待って番茶を淹《い》れ、流し台の下から引っ張り出した焼酎《しょうちゅう》で番茶割りを作って炬燵に戻った。

なんとなくテレビをつけ、芸人が軽口を言っているような番組にチャンネルを合わせ、ちびちびと番茶割りを啜り出した。

ゆっくりとペースを上げないようにしていたので、半分も飲まないうちに冷《さ》め始めた。そうすると味が変わってきて、大して美味《うま》くもないものを飲んでいるような気分になった。それでもしばらくそのまま啜り続けていたが、やがて小松は立ち上がってキッチンにむかった。

シンクの山を片づけるか、それとも先にコンビニの袋に入ったゴミをやっつけるかだ。既《すで》に零時を回っていた。朝にならぬうちにゴミをゴミ置き場に出すのはルール違反だが、人の目がある時刻は過ぎている。だが、それでも念のためにそれはもう少し時間が経ってからのほうがいいだろう。

小松は上着を脱ぎ、ジャンパーの上から同じハンガーに掛けた。Yシャツとセーターの袖《そで》を捲《まく》り上げてシンクの前に立った。

ゴミ置き場で後ろから声をかけられた。コンビニの袋をゴミ専用の大きなビニール袋に入れ、小松は両手に持っていた。一度では到底運びきれず、二往復目に入ったところだった。

「来たんだ。わあ、嬉《うれ》しい。でも、そったどごで何やってらの？」

小百合は小松の腕に自分の腕を絡《から》め、体重を凭《もた》せかけて甘えた。

「見ればわがるべな。部屋のゴミ捨《な》げでらんだね」

「そったことする必要ねえって、いっつも言ってらのに」

と言いながら、小松をマンション脇のドアへと押すようにして歩き出した。ドアを開け、大して広くないエントランスホールに入る。

「する気だっきゃねがったばてさ。だけど、あんまり汚ねもんだはんで、坐って飲んでられねぐなったのさ」

小百合はほんの一瞬、悲しそうな顔をした。

エレヴェーターのボタンを押すと、一階で待っていたのですぐにドアが開いた。

小松は上昇するエレヴェーターの中で腕時計を見た。

「早《はえ》えな」

まだ一時過ぎだった。店は普通は二時までなのだ。

「月曜だもの。あまりお客さん来ねくてさ。タクシー使わねばまねんた（ならないような）子の中には、十二時に上がっていいって言われた子もいだのさ。でも、私もそろそろ潮時《しおどき》なんだべの。時間前に上がっていいだなんてさ」

小百合はからからと笑った。

「署の人間は、あのあとは？」

小松が訊くと、首を振った。

「今夜はあれだげ。署長さんたちもあれっきり戻って来ねかったし、呼ばれて行った子もながったみて」

「風間がこの街さいる間は、当分は誰も来ねがもわがねよ」

「あら、んだの。困ってまるの。なんでだの？」

「そういうもんだべ」

「そういうもんだべってどしてさ？　でも、ま、いいか。その分いっちゃんと風間君とで飲みに来てくれるんでしょ」

つきあい出してから、ふたりきりの時には小百合は小松を「いっちゃん」と呼ぶようになった。彼女とやりとりをしていると、何もわからず言っているのか、わかっていてわざと言っているのか、考えさせられてしまうことがある。今もそうだった。小松は適当に言葉を濁《にご》した。

「どこさ行ぐの？」

玄関を開け、足下に置いてあるゴミ袋を手に持ってもう一度外に出ようとする小松を小百合が呼びとめた。

「これで最後だ。捨《な》げでくるよ」

そこで言葉を切りかけたが、「雑誌は捨げでね。和室の壁際に積んである」とつけたした。以前に雑誌を紐《ひも》で括《くく》って捨てたら、まだ読み残した記事があると言われてえらく怒られたことがあったのだ。

「いいがら、放っておいで。あとで私が捨げておくがら、いいの」

信じるわけにはいかなかった。自分で捨てるつもりなら、部屋がこんな状態になるまでそのままにしておくわけがないのだ。

「ついでだはんで、俺がやってやるよ。その間に、シャワーを浴びれば？」

「いいって言ってるじゃな」

「シャワーを浴びなが」

小百合はそれ以上言い返すことはやめて頷いた。

小松はゴミ袋を手に部屋を出た。エレヴェーターのボタンを押したが、今度は短時間の間に動いてしまっていて、しばらく待たねばならなかった。表示ランプが上がってくる。ドアが開くと、たまたまこの階の住人が乗っていた。小松は慌てて脇によけ、目を合わせないようにしつつ入れ違いにエレヴェーターに乗った。

小百合がゴミや脱ぎ散らかした衣服などの中に暮らすようになったのは、およそ一年半ほど前、可愛がっていたミーという名の猫が死んでからのことだった。小松も初めは驚いた。そして、当然ながら理由を問いただし、もっとちゃんとするようにとも言った。だが、いくら口を酸《す》っぱくして言おうとも、小百合は決して耳を傾けようとはしなかった。代わりの猫を買ってやろうかと言ってみたこともあったが、自分が愛していたのはミーだけだから要らないと、すげなく断わられてしまった。

だが、おそらくミーの死が直接のきっかけではあったのだろうが、小百合がこんなふうに暮らすようになった理由はもっと別にある。小百合は高校を卒業するとともに、実家を捨てて東京へ出た。それから三、四年経った頃に受け取った年賀状で、結婚したことを報《しら》せてきた。結婚生活は三年ほど続いた。亭主となった男が、彼女の父親と同じく、一緒に暮らし出すとじきに殴《なぐ》る蹴《け》るの暴行を働くようになったことと、別れようとしても別れてはくれず、離婚までに三年かかってしまったこと、小松が知るのはそのふたつぐらいだった。小百合はこの話題に触れるのを極端に嫌うのだ。

小松のほうは青森市の県警本部で刑事をしていた三年間以外、この街の外で暮らしたことはなかった。あの三年間にしても、非番の日には必ず弘前に帰っていた。妻の妙子は実家である寺を父ひとりにはできないと言い、小松と一緒に青森市の寮に暮らすのを拒《こば》んだ。弘前中央署の会計課へと転属になった時、妙子はそれを喜んでいた。これで危険な目に遭う心配もなくなるし、それに何より家から通《かよ》える。妻にはそんなことのほうが大きな比重を占《し》めていたのだ。

七年前、署の幹部連中が入り浸っているキャバレーでホステスとして働き出した小百合と再会した時には、小松は心底《しんそこ》驚いた。その後、ふたりがこっそりとつきあい出すまでに長い時間はかからなかったばかりか、少なくとも小松のほうには、こうすることこそが正しかったのだという確信が芽生《めば》えていた。ひとつひとつの分かれ道で、正しいと思うほうを選択して来たはずなのに、ふと気づいてみるととんでもなく違った道に出ていた。だが、小百合と再会してつきあい出すことで、それが本来あるべき姿に戻ったのだと。

だからといって、それで自ら選び取って生きてきた人生をチャラにすることはできなかった。

「冷えてきたな」

ゴミ置き場にゴミを置き、小松は思わず肩をすぼめて呟いた。

小百合がこの間口にした一言が頭の隅に張りついて、どうしても振り払うことができずにいた。どうして部屋を片づけられない。なぜこんなゴミと脱ぎ散らかした服の中で暮らしているのだと言い募《つの》る小松に、彼女はぽんと投げ出すような口調でこう言ったのだ。だって、こうしておいたほうが自由を感じられるんだもの。

小松がシャワーを浴びて出てくると、小百合は炬燵でビールを飲んでいた。

「風間君とは、今日会ったの？」

そう訊きながら、缶ビールを小松に差し出した。

「ああ、んだよ」

「あの人少しも変わってないね」

「んだが」と、小松はビールを飲んだ。

「いっちゃんと再会できて、嬉しいんでしょ」

「んだが」と繰り返してビールを返したが、ふと気になって問い返した。「ほんとにそう思う？」

小百合は小首《こくび》を傾《かし》げてみせた。

「なしてわざわざそったこと訊くの？　見てればわがるじゃな」

「あの頃、おめはあいつのことが好きだったんだべ」

茶化すように言ってみると、小百合は小松のほうに顔をむけて笑った。

「ああ、やだ。いっちゃん妬《や》いでらの？」

「否定はしねんだ？」

「莫迦じゃない、そんなこと。みんなまだ子供だったじゃな」

風間は二十四年前に弘前を出て東京へむかった。行方《ゆくえ》がわからなくなっていた母親の居《い》所《どころ》が知れ、兄とふたりで引き取られて行ったのだ。夜行で弘前を発《た》つふたりを、何人かで駅まで送りに行った。小松も小百合もその中に入っていた。照れ臭げに、どこか寂しげに、電車の窓からこちらを見ていた風間の顔を憶《おぼ》えていた。そうか、こうして再会するまで、あれが最後に見た風間の顔だったのだ。

小百合が躰を凭せかけてきた。

「私は今のいっちゃんが大好き。ふたりでこうしてるのが一番いいの。そうでしょ」

小松は小百合の髪を撫《な》でた。風呂上がりにドライヤーで乾かした髪は、仄《ほの》かに温かくて柔らかかった。その中に隠れた耳朶《みみたぶ》を摘んでいじるのが好きだった。

小百合は躰を起こして小松を見た。少し口調を変えて言った。

「ねえ、そういえば話が変わっちゃうんだけど、いっちゃんたちが帰ってから、私、ひとつ思い出したのよ。金曜の夜、越沼さんの携帯に電話あったの。確か、相手は田中《たなか》って苗字でったよ。こんな話だば、何の足しにもならないかしら」

小松は坐る位置をずらし、小百合とちゃんとむき合えるようにした。

「いや、そんなことはねよ。それは何時頃だったんだ？」

「そだね、店に入って三、四十分ぐらい経った頃だったびょん。電話が鳴って、おう、田中な、待ってだじゃ、みたいに言ったのね」

「待ってだじゃ、と言ったんだな」

「うん、んだ」

「つまり、これからどこかで会う様子だったっていうことだが？」

「ううん、それはどうだろう。ただ電話を待ってだって意味にだって取れるんでないの。――いえ、待って。違うわ。電話が終わって私が席さ呼び戻されて、もう帰っちゃうの、みたいに訊いたら、越沼さん、いや別に今の電話は違うんだって。そのあと特に時間を気にしてるんだ様子もながったし。ただ電話を待ってだってことだったんでねの」

だが、ただそう振る舞ってみせたという可能性だってあるだろう。

「今、席に呼び戻されてって言ったけど、そうすると電話を受けた越沼さんは、一度きみを遠ざけだんだが？」

「ええ、そう。だがら、電話の詳しいやりとりは何もわがらねの」

「相手は男だと思うが？　それとも女だが？」

「改めてそう訊かれると考えぢゃうんだけど、あの話し方だば男じゃないがな」

事件とは無関係なのか。しかし、たとえそうにしろ、生きていた越沼と最後に話した人物ということになるかもしれない。

越沼の携帯は見つかっているのだろうか。自分が知る限りでは発見されていないように思ったが、その後、捜査員の誰かが見つけているのかもしれない。そうだとすれば、通話記録からすぐに田中にたどり着いているはずだし、既にそれなりの聴取も済んでいるかもしれない。なにしろ捜査会議に出ていないのだから、そんなことすらわからないのだ。

「ねえ、いっちゃんってそんなふうに刑事さんみたいな話し方もするんだね」

黙って考え込んでいた小松は、小百合にそう言われて思わず見つめ返した。

僅かに遅れて苦笑した。小百合は会計課に勤めるこの自分の姿しか知らないのだ。デカだった頃の自分を見たら、どんな顔をするのだろう。

7

いつものように勤行《ごんぎょう》の声で目覚めた。朝五時半。寺の本堂と小松たちが暮らす住居とは棟《むね》続きで、しかも小松たち夫婦の寝室は本堂に近いため、毎朝の勤めを行なう義父の声でどうしても起こされることになる。

起き出すにはまだ早い時刻だし、ましてや小百合の部屋に寄った翌朝は睡眠不足なので寝直すのが普通だったが、昨夜少しビールを過ごしたせいだろう、小松は尿意を覚えてべッドを抜け出した。妙子はそれにも気づかずに、すやすやと寝息を立てていた。あと三十分ほどすると、自然に目を覚ます。それが妙子の何年も変わらない習慣で、それは夫が小便のためにベッドを抜け出そうが、義父の読経《どきよう》が聞こえてこようが関係ない。ましてや、義父本人ではなくテープとあってはなおさらだろう。いつからか木魚《もくぎよ》の音違いで聞き分けられるようになっていた。トイレからの帰りに本堂を覗《のぞ》いてみると、案の定、今朝はテープを回していた。

義父は週に何日かは檀家《だんか》との寄り合いだと言って飲みに出る。そうして飲みに出た翌朝は、大概《たいがい》こうしてカセットテープに録音した自分の声を流すだけで、朝の勤めに代えてしまうのだ。起き出してカセットの再生ボタンを押す手間さえ面倒らしく、夜のうちにタイマーをかけておく。

昔は小松は、こうした義父のインチキを、近所の檀家に対して体裁《ていさい》を保つためだとばかり思っていたが、ある時、義父が親しい檀家連中には、朝の勤行をテープで済ませることがあると半ば公然と話しているのを知った。特に歳を取ってからは睡眠が大事だ。酒を飲んだ翌朝は、ゆっくりと眠って肝臓を休めねばならない、ということらしい。

万事がそんな具合の男だった。あけすけで、飾り気がなく、だが、愚《おろ》かで堪《こら》え性もない。もしも子供の頃から育てて貰った恩人でなく、義理の父でなかったならば、案外と楽しいつきあいができる相手なのかもしれなかった。

布団に戻った小松は、もう一眠りしようとしたが、眠れなかった。そんな時に習慣的に頭をよぎるいくつかの嫌なことが浮かびかけた。だが、どうやら今朝はそれとは少し違っていた。

ほどなく気がつき、驚いた。自分は早く署に出たいと思っている。昨夜、小百合が漏《も》らした手がかりを早く風間に報告し、その線を洗ってみたいと思っている。ただの勇み足かもしれないし、逆にもうとっくに捜査陣の誰かが見つけている手がかりかもしれない。だが、少なくとも署に出て風間と話せば、そうかどうかがはっきりする。

やがて妙子が目を覚ます気配がして、小松は眠っている振りをした。妻は夫に気を遣いつつそっと部屋を出ていった。六時半になると、朝食の支度を調《ととの》えた上で小松を起こしにくる。何年もの間、ほとんど変わることのない夫婦の習慣だった。

今のこのわくわくした気分を、もうしばらく誰にも邪魔されたくなかった。

義父の晋造《しんぞう》は、小松たちが朝食を食べ終える頃に起きてきた。大分《だいぶ》飲み過ぎたのかもしれない、顔を洗ってもなお皺と紛れてしまうほど細くしか開かない目をしょぼつかせながら、妙子がよそってやった熱い味噌汁に口をつけた。

だが、茶を啜りながら朝刊に目を通していた小松がやけに静かなことに訝ってふっと目をやると、いつの間にか頭《こうべ》を垂れて船を漕《こ》いでいた。

「もお、お父さんてば、嫌だっきゃ。何してらの」

自分たちの食器を洗いに台所へ立っていた妙子が戻ってきて気づき、父に声をかけながら小松に目で笑いかける。

晋造は照れ笑いを浮かべた。

「歳には勝でねな。どうもこのところよ、体力が弱ってでまいねな（いかんな）」

「ただの飲み過ぎだべさ、お父さん。歳のこと言うのならちょっとは控えてね」

「おめ、口うるせのが母《か》っちゃさ似できたんでねな」

父子が交わす会話を聞くでもなく聞きながら、小松は頭の隅でちらっと思った。今頃、小百合はどうしているだろう。まだ布団《ふとん》から起き出してはいないだろうか。小百合と会ったあとはいつでもそうだが、昨夜の彼女の乱れた姿態が、今なおはっきりと脳裏に焼きつき離れなかった。

晋造からこっそりと声をかけられたのは、いつもよりも早く身支度を調え、寺の参道を通って門を出ようとしていた時だった。

竹箒《たけぼうき》を持った晋造は小走りで小松に近づいてくると、秘密めかして顔を寄せた。

「いっちゃん、迷惑《めやぐ》だばって（悪いんだが）、あとでちょっと妙子さは内緒で相談さ乗って貰いてことがあるんだけども。なあに、時間は取らせねね。したけど、できれば今日のうちに聞いで貰いてのよ。署を訪ねてんだけどいづだば都合いいば？」

おそらくは何と口にするか予《あらかじ》め考えていたのだろう、早口で、一息に捲《まく》し立てるように言った。まだ息が酒臭かった。

「今日ですか?」

「長く時間は取らせねはんで頼むじゃ。昼休みとかはどんだば?」

小松はしばらく答えを考えた。いつ風間から命じられ、一緒に動くことになるかわからなかった。だが、会計課の自分が昨日から捜査に駆《か》り出されていることも、それを命じたのが風間であることも、今ここで義父に説明するのは億劫《おっくう》だった。

それに、僅かながらも躊躇いがあった。まさか、とは思う。前に一度、きつくお灸《きゅう》を据《す》えたことがある。それ以来、さすがに懲《こ》りたようで、晋造が警察官である小松に迷惑をかけることはなくなった。だが、こうして妙子には内緒で相談を持ちかけられて、ろくな用件だった例しはないのだ。

「ちょっと急な仕事が入ってまして、今日はどこで時間が空くかわがねんです。だはんで空きそうなことがはっきりしたら、その時点でお義父さんさ電話をします」

「あ、いや。それだばまいねんだ。君から家に電話が入ったら、妙子が何かと訝るがもしれねはんでな。せば、裏のやっちゃんさ言《こと》づてしてけねべが(くれないか)」

裏のやっちゃんとは、この寺の近くで喫茶店をやっている矢島《やじま》のことだった。晋造とは古い友人同士だ。出がけに呼びとめられてこんなやりとりをしていることに、小松は突然猛烈な嫌気《いやけ》を覚えたが、それを晋造の目から押し隠すことには慣れていた。

「わがりました。せばそうします」

小松はそう応じると、まだ何か言いたそうにしている晋造の視線を拒むようにして背中をむけた。

足早に門を出る。弘前の寺はかつての領主である津軽家の政策によって、すべてが西茂森《にししげもり》の長勝寺《ちょうしょうじ》を中心とした禅林街《ぜんりんがい》と銅屋町《どうやまち》の最勝院《さいしょういん》から西の新寺町へと伸びる寺院街のふたつに集められている。この二カ所以外、街中どこにも寺は見当たらず、市内の人間の法事の際には必ずこのどちらかの地域に足を運ぶ様は、小松が知る限り弘前だけの独特なものだ。

晋造の寺は禅林街の中のひとつだった。寺の門だけが並ぶ真っ直ぐな道をバス停へと走りかけ、小松ははっと足をとめた。目つきの悪い中年男がひとり、物陰からこちらを窺っているのに気づいたのだ。

男のほうでも小松の視線に気づき、さっと身を翻《ひるがえ》して消え去ってしまった。コートの衿《えり》を立て、その中に顔を埋《うず》めるようにしていたので、顔つきはよくわからなかった。

義父から妙子に内緒で相談を持ちかけられて、ろくな用件だった例しがない。小松はつい今し方思ったことを繰り返し思い、不吉な予感に包まれた。

8

どこかに勇んだ気持ちがあって署に出勤したものの、じきに肩すかしを食ったような気分になった。小松は二時間近い間、会計課の自分の机でいつも通りのデスクワークをして過ごした。署長から風間の補佐につくようにと言われたので、普段の仕事はしなくてもよさそうに思ったが、直属の上司である課長の千田からは、会計課の仕事も疎《おろそ》かにするなと言われている。机に坐っている以上は、手を動かさないわけにはいかなかった。

「東京の刑事殿の行方は、おめのほうで何かわがねんだが？」

十時を回って十時半近くなった頃、いきなり声をかけられ顔を上げると、署長の木崎がこちらの手許を覗き込むようにしていて面食らった。

「ああ、いえ。実は私も連絡を待っているんですが、今朝はまだ」

「んだのな……。おめのほうからは連絡はつがねのな？」

「いや、それは……」

風間は小松の携帯番号を知っていたが、小松のほうではわからなかった。一本携帯に連絡を貰えれば、非通知になっていない限りはむこうの番号が知れるが、昨日の風間からの呼び出しは同じ署内から内線でかかってきたのだ。

「せばしょうがねけど、まんず何してらんだべな。単独で勝手だごとばかりされるのも困ったもんだね。んだべ。せめで、居所をはっきりさせるぐらいは警察官の常識だと思うんだばってな」

木崎は小松を相手にひとくさり愚痴《ぐち》ったのち、顔を寄せてきて囁《ささや》いた。

「昨夜は、きみらは何の聞き込みだったのよ？　捜査っていうのは本当だのな。ほんとはちょっと繰り出したんだべ。おめだぢ古い友人同士《けやぐ》だもんな」

小松は思わず木崎を睨み返してしまい、すぐに自分を窘《たしな》めた。感情を波立てず、露わにせず、黙々と勤務をすると心に決めているではないか。

「わいわい、すった顔をするなじゃ。私は何もそれが悪いって言ってるんでねんだ。息抜きは必要だってな。息抜きは」

「あれは捜査の一環です。城東運輸から風間さんさ連絡があって、被害者の越沼さんが金曜の夜に、あの店で飲んでらことがわかったんです」

「ほお、んだのな。で、聞き込んで、何が出だのな？」

訊き返され、小松は口を滑らせてしまったことを悔《く》いた。

「いえ、特に何も――」

些細《ささい》な手がかりか、もしくは完全な外れにすぎないのかもしれないが、「田中」という人物についてこんなところで漏らしたくはなかった。これは風間にだけ報告するのだ。

木崎はまだ何か言いたそうにしつつ引き上げた。

それと一足違いで携帯が鳴った。ディスプレイには見慣れない携帯番号があり、小松は風間からかと期待した。通話ボタンを押して耳元へ運ぶ。そうだった。だが、一拍ずれていたら、木崎が部屋にいるうちに携帯が鳴るところだったのだ。

風間は挨拶《あいさつ》もそこそこに、泊まりと定めたホテルの名を挙《あ》げ、すぐにそこに来るようにと告げた。

「ホテルにって……、せば、おめ、どこにも出ないでずっとホテルにいだのが?」

あまりの意外な話に、思わず敬語を忘れて問いかけた。

捜査責任者が署に詰めるのは常識ではないか。署に顔を出さないだけでも異例だというのに、こんな時間までホテルでのうのうと過ごしていたなんて。

「ああ、部屋のパソコンでずっと調べものをしていた。それに、今朝一番に、近隣の各所轄に連絡を取って問い合わせをしたんでな。その返答待ちをしてたんだ。なあに、大丈夫だ。俺のパソコンから、警察の情報が漏れるような心配は要らんよ」

風間はしゃあしゃあと言ってのけた。

「そうじゃなくてだな――」

小松は言い返そうとした言葉を呑み込んだ。会計課課長の千田の視線を背後に感じたのだ。声を低め、改めて言った。

「実は、ちょっと耳に入れたいことがあったんだ」

だが、風間は言いかける小松を遮《さえぎ》るようにした。

「会ってから聞こう。電話で話してるのは時間が惜《お》しい。とにかく、至急こっちに来てくれ。ここからの足は俺の車を使うから、そのつもりでいいぞ」

「わかった。すぐに行く」

そう答えて携帯の通話を終え、出かける支度を調えた。

「ちょっと出てきます」

千田に一言声をかけて部屋を出ようとすると、呼びとめられた。

「東京の刑事さんはホテルさいらしたのが？」

仕方なく頷いた。

この話がすぐに千田から木崎の耳に入るのは間違いなかった。

風間はコート姿でホテルの駐車場に立ち、小松の到着を待っていた。

「時間が惜しい。午前中なら、相手を捕まえ易いだろう。すぐに車に乗れ」

小松は署の警察車輌から風間の車へと慌ただしく移った。

「行く先は？」

「黒石《くろいし》」

「なあ、余計なことかもしれんが、あまり勝手な真似《まね》はしないほうがいいんじゃないのか？」

「行けばわかる」

「黒石のどこだ？」

　言わずもがなとも思ったが、結局そう言ってしまった。風間のことを慮《おもんぱか》ってというよりはむしろ、自分を抑えられなかったのだ。

「勝手な真似って、どういう意味だ？」

「おまえが何の連絡も寄越さんし、どこにいるのか居所も知れないと言って署長が気にしてた」

　風間は唇の片端を歪めた。

「何だ。何かと思えば、そんなことか。殺人事件が起こったというのに、キャバレーに繰り出してるような男の言うことなど関係あるまい」

「――――」

　小松は口を噤《つぐ》んだ。自分もこんなふうに言ってみたいものだ。

「そんなことより、おまえのほうのネタは何だ？　電話で何か言いかけてただろ」

「実は、今朝、小百合から俺のほうに連絡があってな。俺たちが帰ったあとで思い出したらしいんだが、被害者の越沼さんが店で飲んでいる時に、田中という人物から越沼さんの携帯に電話が入ったらしいんだ」

小百合から今朝連絡が入ったという点については、彼女に口裏を合わせるように頼んでいた。

「『田中』か」風間が呟く。

「被害者の携帯は見つかっているのか？」小松は訊いた。

「いや、見つからないままだ。だが、電話会社からすぐに追えるな。で、その田中というのはどんな人物だったんだ？」

訊き返され、戸惑った。

「――そこまではまだ調べていないよ。まずはおまえに報告して、判断を待つつもりだったんだ。捜査員たちの手で被害者の携帯が既に見つかっていて、田中という人物の身元もとっくに割れているかもしれないとも思ったし、それに、会計課の仕事もあったんでな――」

話す途中で自分に嫌気が差した。いったい何を言っているのだ……。

風間は最後まで聞こうとはしなかった。

「おまえ、俺に言い訳してるのか」

目と目が合い、小松は反発と畏怖《いふ》とを感じた。なぜこいつの目は、こんなにこっちを落ち着かなくさせるんだ。自分がとっくの昔になくしてしまった何かを、この男は胸に抱《いだ》いて生きているからなのか。

「おまえ、警察官だろ。子供の使いじゃないんだ。補佐だからといって、どうしてそれぐらいの手がかりひとつ、自分で追えない。まずは俺に報告してからだと。それで情けなくないのか。それとも、何か署内で俺を補佐することへの遠慮でもあるのか？」

捲し立てられ、小松は気圧《けお》された。

「いや、そんなことはないが」

「それなら、二度と言わんから、肝《きも》に銘《めい》じてくれ。デカの仕事をしろ」

唇を嚙み、両手に力を込めた。

そうしないと、手が震えそうに思ったのだ。

「田中という人物の件は任せてくれ。じきにまた改めて報告する」

「じきに、じゃない。必ず今日中にしろ」

「わかった」

小松は頭の隅でちらっと思った。わざと侮辱《ぶじょく》するような言い方を選んでいるのだろうか。なんとなく昨日とは感じが違ったような気もする。だが、おそらくそれは、この男のデカとしての本能に火がついてきたということなのだろう。侮辱されたなどと思うのは、こちらがデカとして鈍りきっているからにちがいない。

いや、鈍りきっているなどというのでは到底収まるまい。デカの感覚など、すっかり消え失《う》せている。この十年、会計課の警察官を続けてきた。デカであったことなどないのだ。

だが、この風間とならば、何かが変えられるかもしれない。

「やはり先に言っておこう。黒石では、容疑者のひとりと会う。今のところ、この男が第一容疑者だ」

僅かな間を置き、風間が言った。一応は気を遣ってくれたらしかった。

「第一容疑者、だと――」小松は思わず訊き返した。「名前は？　誰なんだ？　昨日の今日で、いったいどうやって見つけた？」

「名前は井丸岡《いまるおか》惣《そう》太郎《たろう》。井丸岡病院というのを知っているか？　そこの院長だ」

驚いた。井丸岡というのは青森には比較的ある苗字のひとつだが、井丸岡病院の井丸岡惣太郎といえば、他にはいまい。

「待ってくれ。ちょっと待て、風間。何を言ってる？」

「この人物を知っているのか？」

何と言い返そうかと考えたがまとまらず、「待ってくれ」と繰り返した。

「なあ、風間。井丸岡さんが容疑者だというのは、いったいなぜなんだ？」

「そこまで今、おまえに話す必要はあるまい」

「いや、話してくれ。おまえは今、この人物を知っているのかと訊いたが、もちろん知っている。黒石でも弘前でも、たぶん青森や平川辺《ひらかわあた》りだって、みんなこの井丸岡病院は知っているんだ。そして、もちろん院長の井丸岡先生の名前もだ」

「有名な男なんだな」

醒めた、冷ややかな言い方だった。

小松はつい少し前に思ったことを、早くも打ち消したい気分になった。この男と一緒にいて自分の何かが変われば、とんでもないことになるのではないか。

つい少し前に感じた風間への羨望《せんぼう》は、あっという間に違うものへと形を変えようとしていた。おそらくは、恐怖だ。自分はこのまま変わらないほうがいい。既にデカでもないのだし、この十年、様々なものに目を瞑《つぶ》って暮らしてきた。それが生きるということだったのだ。

「教えてくれ、風間。なぜおまえは、井丸岡惣太郎に疑いを持ったんだ？」

小松はもう一度そう言って風間を促した。

風間はちらっとだけ小松を見、徐《おもむろ》に口を開いた。

「先日、東京の世田谷《せたがや》で、子供たちの死体の写真を自分のサイトに公開していた小学校教諭が逮捕された。それから、およそ一年前のことだが、猫を惨《むご》たらしく拷問して殺す模様をビデオに撮影し、やはり自らのサイトに公開していた男が逮捕されている」

「それがどうしたんだ？」

「ここ数年、こういった事件が起こった場合に、本庁ではそのサイトへのアクセス記録を調べてデータ化している。井丸岡惣太郎は、この両方のサイトにアクセスし、しかも書き込みまで行なっていた」

「それだけなのか？　それに、ちょっと待て。アクセス記録を調べてリストを作るなど、プライバシーの侵害に当たるんじゃないのか？」

「暢気《のんき》なことを言うな。プライバシー云々《うんぬん》を言うよりも、異常な犯罪に走る可能性を持った人間たちを予めチェックしておくことのほうが、よほど大事だろうが。数年前、法律により、アクセスした記録《ログ》を保存する義務がプロバイダーに課せられた。違法なサイトへアクセスした人間を、警察がリストアップしていけないわけがなかろう。断わっておくがな、こういった点について、ここでおまえと議論をするつもりはないぞ」

風間はわざわざ最後にそうつけたすことで、小松からの反論を封じるつもりらしかった。

確かにこういった点について議論をしてみたところで、始まらないだろう。法律論議からいっても、おそらく違法性を云々するところまではいかないのかもしれない。サイトの制作者を逮捕した以上、そこにアクセスのあったアドレスも証拠の一部といえないこともない。だが――、

「それはわかった。しかし、ただそれだけで井丸岡さんを容疑者扱いするというのは、い

くら何でも強引じゃないか。ネットで特定のサイトを覗くのは、あくまでも個人の趣味や嗜好《しこう》で、それ以上のものじゃない」

「それだけじゃないのさ」

そう言ってから、風間はアクセルを踏み込み、変わりかけていた信号を擦《す》り抜けた。元の速度へと減速する間もなお、続きを言おうとはしなかった。

「他に何があるんだ?」

「半年前、井丸岡は青森で婦女暴行未遂を起こしてる」

「嘘だ。そんなわけがない……」

井丸岡惣太郎の穏《おだ》やかな顔が脳裏を過《よぎ》り、小松は思わず呟くように言った。

「なぜ嘘などつく必要がある」

風間の声は冷ややかだった。

「だが……」とのみ呟き、詰まった。

風間は小松を試すかのように、口を開くまでまた間をあけた。

「もっとも、起訴はされなかったがな。田舎《いなか》の名士だ。警察とも、それなりに良好な関係があるんだろう。未遂ならば周囲がうまく庇《かば》い、被害者を納得させたってわけさ」

もうこれで何度目だろう、小松の中で、意地を張るような気分が頭を擡げた。

「たとえそれが事実だとしたって、今度の殺人事件の容疑者と断じるにはやはり不充分だ」

「井丸岡は外科医だ。メスもノコも扱える。人間の躰を切り慣れてる」

「そんな断じ方は飛躍しすぎだ」

「この男の専門を知ってるか？」

「そこまで知らんが……」

「脳外科だよ」

「被害者との具体的な繋《つな》がりはあるのか？」

「それは直接訊くさ」

「そんな乱暴な……。たったこれだけの材料で容疑者扱いだなんて」

「名士だから困るのか？　あとで署長から怒られるか？」

「俺はそたらだ話をしてるんでねじゃ」

「おまえ、昨日渡した二十六年前の事件の資料にはしっかり目を通したのか？」

「――一応はな」

「嘘だな。きちんと目を通したのなら、こんなやりとりにはならないはずだ」

「どういう意味だ？　井丸岡さんが、二十六年前の事件に関わっているというのか？」

「あの資料からでは、直接の関わりはわからんさ。だが、その端緒《たんしょ》はある。その先は本人から訊けばいい。昨日も言ったように、俺は今度の事件のホシは、なんらかの形で二十六年前の事件と関係があると思ってる」

小松は口を開きかけ、閉じた。これ以上、この件についてここで議論をしても無駄だと思うしかなかった。この男は、自分がこれと思った方向に、独断で捜査を進めていく。地元署の存在も、捜査会議すら眼中にないのだ。どうして旧友にすぎない会計課係長の忠告など聞こうとするだろう。

それでもこれだけは言っておきたかった。

「俺も直接、井丸岡さんを知っている。それほど親しい間柄だったわけじゃないし、会った回数も数えるほどだ。だが、俺の父の後援会に入ってくれていた。父が亡くなった時、葬儀にも来てくれたような気がする」

気がする、と、そんな曖昧《あいまい》な言い方しかできなかったのは、小松の父親の笠石伸介《かさいししんすけ》が亡くなったのが、小松がまだ十一歳の頃だったからだ。キングの事件が起こったのは、その翌年だ。無論のこと父の思い出も、父の死の前後の思い出そのものも、明快に、ある部分については明快すぎるほどに残っているが、葬儀に誰が来てくれたかといったような細かい点についてまでは、きちんと思い出したりできなかった。

だが、井丸岡のあの穏和《おんわ》な顔を思い浮かべると、間違いなく出席してくれたような気がしてならなかった。

「で、おまえは彼の何を知ってる？」

風間が言った。

カチンと来た。だからどうした、と言いたいらしい。

「捜査上必要なことを知っているのかと言われれば、知りはしない。それほど親しい間柄だったわけじゃないと断わってるだろ。だが、俺が言いたいのはそんなことじゃない。子供の時分から、彼の穏やかで大らかな性格は、折りに触れて感じていたと言ってるんだ」

小松は自分の口調に滲《にじ》んだ反感に気づかざるを得なかった。

「それで充分だ。その印象から、今日会う井丸岡の素顔を見極《きわ》めるように努めてくれ。それが捜査に役立つ」

風間の口調は変わらなかった。

少ししてから、思い出したようにつけたした。

「誰も、素顔を他人には見せまいとしてるもんだ。そうだろ？」

9

黒石市は弘前の北東に隣接する。弘前市街から車で三、四十分ほどで市の中心部にたどり着く。雪除《よ》けの庇《ひさし》を伸ばした小見世《こみせ》が有名で、江戸時代に造られたものがそのまま残されている。井丸岡病院は県道三十八号線沿いの、黒石市役所にも御幸《みゆき》公園にもほど近い一角にあり、井丸岡の自宅は病院と敷地続きに当たるすぐ裏手だった。

この時間ならば病院にいるだろうと見当をつけた風間に従って受付を訪ねたものの、自宅のほうだと言われて改めて訪ね直した。

井丸岡は腕の良い外科医としてだけではなく、その人柄からも名医として県の広い範囲に知れ渡っている。だが、病院も自宅も、評判とは不釣《ふつ》り合いなほどにこぢんまりとしており、特に自宅に至っては、建て直す手間を惜《お》しんだのか、そんな気が回る暇《いとま》さえなかったのか、昔ながらの日本家屋を、屋根や窓などの一部をリフォームしただけなのが一目でわかるような代物《しろもの》だった。

表札の下の呼び鈴《りん》を押すとじきに女の声で応答があった。

風間が警察だと名乗ると、痩《や》せ型の上品そうな女性が玄関の引き戸を開けてくれた。小松にはどことなく見覚えがあったが、むこうは小松を見てもそれらしい様子は示さなかった。

「警察の方がどういう御用ですか？」

と、歳《とし》の割には比較的綺麗な標準語で尋ねるのに、風間は警察手帳を提示して見せながら確かめた。

「病院で、御主人はこちらだと伺ったのですが、御在宅ですね」

「主人にどういった御用でしょう？」

「現在捜査中の事件について、ちょっとお話を伺いたいことがございまして。よろしければお呼びいただけないでしょうか？」

「――いったいどうした事件ですか？」

「それは御本人に直接お話しいたします。御在宅なんですね」

「そうだばって本人でなければまいねん（駄目）でしょうか？」

口を開きかける風間を半ば制するようにして、夫人は続けた。

「実は、病気で長く横になっているものですから」

「誰とも話せないほどにお悪いのですか？」

「それはその日の体調にもよりますけど、しかし……、あの、知らせて貰えませんが？　いったいどうした事件の捜査のために家《うち》の人と会いたいんですが？」

「殺人事件です」

風間は答えるのを躊躇わなかった。夫人の反応を窺うだけの間をあけ、自分に質問役を引き戻した。

「井丸岡先生は、どちらがお悪いんですか？」

夫人は不安げに風間を見つめてから、顎《あご》を引き、視線を手許に引き寄せるようにして言った。

「癌《がん》です。現在は、放射線と抗癌剤に頼って治療を行なっている状態です」

「それは、つまり、外科的な治療はもう不可能という意味でしょうか？」

遠慮がちに訊いた小松のほうに、彼女はゆっくりと視線を移した。どこか虚《うつ》ろな目をしていた。小松にはそれは、助からない病人を一定の期間介護してきた人間の目つきに思われた。そうして間近で目が合ってもなお、彼女には小松を思い出す様子はなかった。

「そういうことです」

彼女は低い声で告げて頷くと、「とにかく、刑事さんがお出《い》でになったことを話して来ます」とすぐに言い足し、自《みずか》らの今の答えから離れたがってでもいるかのようにそそくさと背中をむけた。

耳を澄《す》ましてみたものの、会話は何も聞こえては来なかった。

「どうぞ……主人がお会いすると申しております。お上がりください」

ほどなく戻ってきた夫人は言い、小松たちを家に上げ、廊下の先へと誘《いざな》った。

本来は玄関の傍《そば》にある客間で来客に会うことになっていたのだろうが、今は庭沿いに延びた廊下を奥へ奥へとむかった。障子《しょうじ》の閉まった部屋が並び、この季節にはまだ草木の彩《いろど》りも乏《とぼ》しい庭から斜《なな》めに射《さ》す光が、サッシのガラス窓を通してその障子に当たっている。靴下越しに感じる床がひんやりと冷たかった。

行き止まり近くになると廊下の感じが変わったのは、家屋を建て増ししたのかもしれない。そう感じた先にドアがあり、夫人はそのドアを静かにノックした。

「失礼します」と断わって開ける彼女について中に入ると、そこは思いの外に広い洋間で、ふたつのものが瞬時にして小松の目を引いた。その一は壁中を埋め尽《つ》くした棚に綺麗に並べられた書籍の数々で、二点目はそんな部屋の真ん中に置かれたベッドだった。

老人がベッドに横たわっていた。

顔だけゆっくりとこちらにむけた。

目が合い、小松は胸に僅かに引き攣《つ》るような痛みを覚えた。痩せて皮膚の艶《つや》の褪《あ》せた顔には、かつての脹《ふく》よかな印象は微塵《みじん》も見当たらなかった。

井丸岡惣太郎は夫人に介護用ベッドの頭部を持ち上げさせた。

上半身を起こし、椅子に坐ったような形が取れると、夫人はただ黙って小松たちに頭を下げて部屋を出て行った。

そうして間もない時だった。

「一郎君、か……？」

井丸岡が言った。

その声には、確信のない問いかけをする時の遠慮深そうで控えめな調子があった。だが、目と目を見交わすとすぐ、声には確信と懐《なつ》かしさとが満ちた。

「笠石さんの息子さんの一郎君だろ？」

痩せた顔に微笑みが拡がり、瞳《ひとみ》を優しい色が占めた。痩せて年老いてはいたが、そんな顔つきは小松の中にある井丸岡の記憶とぴたりと重なった。

「はい、一郎です。すっかど（すっかり）御無沙汰《ごぶさた》してしまいまして、申し訳ありませんでした」

「なあに、わいこそ。もうどのぐらいさなるべな。お父さん亡くなって」

「二十七年です」

「そだが、そうなるべなあ。へばまだすっかど大きぐなるわけだな。——ま、と言うのも、あんたぐらいの歳の男を目の前にしておかしいな」

井丸岡は僅かに笑い声を漏らした。噎《む》せ返る直前のような苦しげな音だった。

「わいも歳取るわけだあ……今度だばまいねんたな（駄目だろうな）」

「今度だばって言うと？」

「六年前にも一度やられでらんだね。五年間再発しねば一安心ていうのが、まあ医学界の俗説だな。俗説さも一理ある。これで一安心と思った矢先のことだったのさ。今度はまいね」

「——癌はどこに？」

ふたりの会話に割り込むようにして、風間が訊いた。

井丸岡は視線を風間に移した。

「こちらは？」

小松にとも風間にともなく訊く。

「警視庁の風間と申します」

「風間さんですか。それにしても、警視庁の方がこんなところにいらっしゃるとは、珍しい。どういったことなんでしょう。ワイフから、何でも殺人事件の捜査だといった話を聞きましたが」

「はい、そうです。殺人事件の捜査中です。ところで、癌は躰のどちらに？」

さすがに井丸岡は顔色を変えた。小松は顔を引き攣らせた。

「もうあちこちに転移しています。それがあなたの捜査に何か？」

風間だけが平静だった。

「脳にも？」

「はい、しています。徐々に抗癌剤よりもモルヒネの投与量を増やしつつある段階ですよ」

井丸岡はあっさりと言ってのけたが、小松の目にはその奥に抑えつけた怒りが見えた気がした。

ドアにノックの音がして開き、コーヒーを持った夫人が現われた。

「迷惑《めやぐ》だばってそこのテーブル、ベッドさセットしてけねが？　それど、書棚の前の折り畳み机を、あんたたちの前さ拡げでけ」

盆を持つことで両手が塞《ふさ》がった夫人を見て、井丸岡は小松に言った。

小松は立ってベッドに近づき、その傍に立てかけてある細長いテーブルを持った。ベッドの左右にある転落防止用のレールに端を塡《は》め込み、病人の躰の前に固定できる仕掛けになっている。

その後、書棚に折り畳んで寄りかからせてある小机を拡げて置くと、夫人は小松に礼を述《の》べてコーヒーカップを並べた。

「私《わ》はいづものやづでいい」

目で問いかけたのに応《こた》えて井丸岡が言い、夫人は夫の前にも同じようにカップを置いた。だが、ふと見ると中は空だった。「いづものやづ」とはそういう意味らしい。

「――あんた、大丈夫だが？」

顔を寄せて小声で尋ねる夫人にそっと掌をむけて宥めるように動かしながら、井丸岡はゆっくりと首を左右に振った。

「心配すなって。今日は気分いい。それにそらほど長ぐかがねど思うはんで」

夫人は頷き返しながらも、ちらちらと小松たちを見た。本当に長くはかからないのかと訊きたいのだ。

「どうぞ、コーヒーを召し上がってください。それで、話の続きをどうぞ」

夫人が去るとすぐ、井丸岡は言った。

「昨日の朝、弘前で、男の死体がひとつ見つかりました。この死体は、二十六年前と同様に頭蓋骨を切り取られ、頭部に冠のような装飾が施されておりました」

風間はそこで口を閉じたが、井丸岡はしばらく何も言おうとはしなかった。

「――で、それで？　その事件がいったい私とどのような関係があると？」

やがてそう促した。

「二十六年前の事件と言われて、すぐに理解されましたか？」

風間が言った。

井丸岡は瞬《まばた》きした。ゆっくりと言問《ことと》いたげな顔を小松のほうにむけ、また何度か瞬いてから、今度は素早く顔を風間へと戻した。

「申し訳ないが、私には刑事さんが何のことを仰りたいのかも、先ほどされた説明もよくわからない。もう一度お尋ねするが、弘前で殺人事件があったのはわかりました。だが、それでいったいどうして私を訪ねて見えたんです」

「嘘ですね」

「何が嘘だと言うんです」

「あなたは二十六年前の事件と言われて、すぐにあの連続殺人事件を思い出したはずです。キングと名づけられた犯人が、五人もの被害者の命を次々と、それも惨たらしく奪ったあの事件です」

「そう言えば、確かにそんな事件がありましたね。それじゃ、あなたが今仰った殺人事件の被害者は、その事件とまったく同じ手口で殺されただと？」

「そうです」

「だが、それと私とどう関係があるというんです？」

「あなたは磯島良平《いそじまりようへい》を知っている。御自分でこの病院を開けられる前、あなたは彼の同僚だった。そうですね」

突如《とつじよ》口にされた名前に小松は戸惑いを覚えた。聞き覚えはある気がするものの、すぐには誰のことだかわからなかった。ここに来る車の中で風間が、二十六年前の事件の捜査資料に目を通したのかと訊いたのは、目を通したならば当然この名前に気づくはずだという意味だったのだろうか。

井丸岡もやはり戸惑ったらしいが、小松とは違い、磯島という男に心当たりがあるらしかった。

「いかにも。私はかつて、磯島さんと同じ病院に勤務していました。だが、それがどうしたというんです？」

「同じ病院というだけじゃない。同じ医局にいらした」

「いい加減《かげん》にしてくださらんか、刑事さん。私には、あなたがいったい何を仰りたいのか一向にわからない。それに、正直な話、長くお相手をしていられるほど体調がよくはないんです。こうしてわけのわからない話をなさるだけならば、申し訳ないがすぐに引き取っていただきたい」

だが、風間はやめなかった。

「磯島良平は、二十六年前の事件で重要参考人となった男です」

「しかし、それは警察の誤解だった。あなたが仰る通りだ。私は一時、彼と同じ医局にいた。彼が警察の誤った捜査によって、どれほどの迷惑を被《こうむ》ったかも知っている。だから何なんです。いったい、あなたは何が言いたいのだ」

小松は口を開こうとする風間の腕を摑んでとめた。

「相手は病人なんだ。もうこれぐらいにしたらどうだ」

風間はすごい顔で小松を睨《にら》みつけた。

「口を挟《はさ》むな」

「病人を相手に、いい加減にしてくれ。頼むから、風間」

言葉だけは辛《かろ》うじて抑えていたものの、声は風間と同様に高めてしまっていた。

近くで様子を窺っていたのかもしれない、井丸岡の妻がドアを開け、慌てて部屋に飛び込んできた。

「いったい、何事だの？　病人を相手に声荒らげずで。警察の方だはんでってこういうこと許されるんですが？　お願いだがら、もう帰ってください」

井丸岡が妻の声を押しのけるような声を出したのは、その時だった。

「そうか。あんたは、風間泰蔵《たいぞう》の息子が……。気がつがねがった。だばって、そんだんだべ（そうなんだろ）？　泰蔵さんの倅《せがれ》なんだな？　弟のほうだ。そうだろ」

両眼を見開き、食い入るように風間の顔を見つめている。驚愕《きょうがく》の奥から、何か別の感情が沸々と泡立ち、井丸岡の表情を歪めようとしていた。

「なぜ父のことを……」

風間が掠《かす》れ声で呟くように訊いた。一瞬ながら小松の目には、その顔に恐怖が走ったように見えた。

「なして親父のこと知ってるんだば？」

改めて訊く。

だが、その答えは得られず、井丸岡は訝るように風間を見つめるだけだった。

「いい加減にしてけ。もう帰って。これ以上続げるつもりなんだば、弁護士を通じで正式に抗議しますから」

両眼を吊り上げ、すっかり形相《ぎょうそう》が変わった夫人が、小松と風間のふたりを追い立てた。

10

　玄関を出た風間は小松に何も告げないまま、井丸岡の家の敷地に沿って歩き出した。

　駐車場へむかうとばかり思っていた小松は、慌ててあとを追った。井丸岡の家は病院の周辺から一続きの外壁で囲まれ、外の道からでは中の様子はわからなかった。

「どこへ行くんだ？」

　声をかけたものの振り返ろうとしない風間は、自分だけの物思いに沈み、他人に話しかけられるのを嫌っているように見えた。

　そんな態度が小松をかっとさせた。

「待て、風間。駐車場はそっちじゃないだろ。いったいどこに行くんだ？」

　歩調を速めて横に並び、風間の顔を覗き込むようにして訊き直す。

「一応、裏口の様子を確かめておこうと思ってな」

　風間はそう答えただけで、やはり小松を見ようとはしなかった。

「何のために？」

「井丸岡惣太郎が寝る部屋は、屋敷の一番奥だった。裏口があれば、妻に知られずにこっそりと家を抜け出せる」

「何を言ってるんだ。なぜそんなことを調べる必要がある。あの状態の井丸岡さんが、こっそりと家を抜け出して人を殺しになどむかえるはずがないじゃないか」

「状態がどうなのかが、医者でもないおまえにわかるのか？」

「おまえだって医者じゃない」

「だから疑ってかかってるんだ。ほんとは見かけよりもずっと元気なのかもしれない」

「なぜそんなことまで疑うんだ」

「デカは一々疑うのが仕事だ」

「それにしたって、疑う根拠がない」

「おまえ、何を聞いてたんだ。根拠なら、さっきあの男に直接ぶつけただろうが。やつは磯島良平の身近にいた。そして、磯島良平は、キングの事件の重要参考人だった」

「だから何なんだ。それだけじゃないか。どうかしてるぞ、風間。たったそれだけの根拠で、病人に対してあんな態度を取るなんて。おまえはわざと井丸岡さんの気持ちを逆撫《さかな》でしてたんだ」

風間は小松がそう話す途中で足をとめた。むき直り、小松の顔を睨みつける。

口を開きかけ、はっとした様子で井丸岡の家の外壁に目をやり、小松の腕を引いて道を横断した。

「それじゃあ言うがな、気づかなかったのか。俺があんな態度で臨《のぞ》んだにもかかわらず、あの男はなるべく俺と話そうとして、おまえには何の助けも求めなかった。おまえのことを、知り合いの息子だと思い出していたのにだ」

「だからどうした？」

「やつは、今度の事件についてデカから何かを訊かれたらどう応対すべきかを予め考えていて、それを正確になぞったのさ。演技をしていたんだ。おまえのような人間が同席したことが予定外で、だから俺が気持ちを逆撫でするような言葉を重ねたにもかかわらず、俺とばかり喋ることになった」

「考えすぎだ」

「そう思うなら、おまえなりの結果を出せ。それから、これだけははっきりと釘を刺しておくぞ。今後、俺が容疑者と話している時に、二度と話に割り込むんじゃない。これは命令だ。従って貰うぞ」

「納得のできる命令ならば従うさ。それで不服なら、いつでも俺の首を切ればいいだろ。こんな職場など——」

言いかけ、小松は慌てて口を閉じた。

風間が意地の悪い笑みを浮かべた。

「こんな職場など、いつ辞《や》めても構《かま》わないってか。それならそれでいいだろう。会計課なんぞで腐ってるのがやりきれないと言うのなら、辞めりゃいいさ。見下げ果てたやつだ」

「何だと、風間。もう一遍《いっぺん》言ってみろ」

思わず相手の胸ぐらに手を伸ばしかけ、小松は辛うじて思いとどまった。

「模倣犯だ」

風間が吐き捨てるように言った。

「――何？」

「今度の事件の犯人が、二十六年前の事件を模倣したのだとすれば、あの事件と関係のあった人物は要注意だと言ってるんだ」

「それは前にも聞いた。だが、それにしたって、井丸岡さんはただあの事件の容疑者だった男を知っていただけじゃないか。それだけの理由で――」

「そういった発言は、あの事件の捜査資料にきちんと目を通してからにしろ。俺はまだここで聞き込みをする。おまえは先に帰れ。やることはわかっているな」

「ああ、わかっている」

小松は風間の話の途中で答えて背中をむけた。


弘南鉄道のホームで手早くパンを食べて昼食代わりとした。黒石、弘前間は乗ってしまえば三十分ほどだ。弘前に戻った小松はその足で携帯電話会社の支店を訪ね、警察手帳を提示して調査を依頼した。専門の部署を通せば署から電話で確認が可能だったが、自分で足を運んだほうが早いと思えたし、他人の手を煩《わずら》わしたくはなかった。

結果がわかったら連絡を入れるとの約束を取りつけて署に帰ると、いつものようにジャンパーと上着を脱いでロッカーに掛け、千田に頭を下げた。給湯器で茶を入れ、机の鍵の掛かる抽斗に仕舞った捜査資料の袋を取り出した。

茶を啜りながら綴じ紐を開ける。いつも領収書の束を捲る時に使っているゴムサックを指に填め、手早くページを捲り始めた。携帯電話の通話記録を調べるのには、大した時間はかからないはずだ。あまり時間はないだろう。

報告が来たら、自分で何らかの対応を取るつもりだった。風間からぶつけられた言葉の数々が、細かい棘のように胸に突き刺さっており、自分にも刑事としての仕事がきちんとできることを見せたかった。いや、そうではなく、自分自身がふと漏らしかけてしまった言葉こそが胸に刺さっていたのかもしれない。警察をいつ辞めてもいいなどと、なぜよりによってあんな言葉を、しかも風間に対して言ってしまったのだろう。

ざっとながらも昨日一度目を通していたことが幸いし、該当箇所はすぐに見つかった。元々目立つ箇所でもあって印象に残っていた。風間も指摘した通り、磯島良平は二十六年前の連続殺人の重要参考人として、三度に亘《わた》って県警本部に呼ばれて事情を聞かれていた。

無論のこと、逮捕状、所謂《いわゆる》お札《ふだ》を取った上での正式な尋問でない限り、容疑者を警察に勾留《こうりゅう》することはできない。だが、任意同行という形で呼びつけ、深夜まで留《と》め置き、翌日また早朝から呼びつけるといったことは可能だ。中央の事情はよくわからないが、地方の警察ではどこでもこういった手法が結構使われる。

だが、改めて資料に目を通すと、この磯島に関しては、県警本部の大ポカだったと言わざるを得なかった。

磯島は、三人目の被害者となった秋村彩子《あきむらあやこ》と三年越しの不倫を続けていた。犯行が繰り返された十九日の夜は、磯島は決まっていつも非番であり、妻とは別居中のためにアリバイがなかった。事件現場周辺の聞き込みから浮かんだ犯人の年格好が磯島と一致したこと、職業が外科医で人間の肉体を切るのに慣れていることが、磯島に嫌疑をかける理由となったらしい。

しかし、それだけの理由で嫌疑をかけることが、そもそも妥当《だとう》だったのかどうかが疑わしい。それとも捜査資料には残らないような類の材料があったのだろうか。例えば捜査員の誰かが親しくつきあうネタ元等から、有力な情報提供を受けたといったようなことが。

それに、三人目の被害者である秋村彩子との間で別れ話が縺《もつ》れていた故《ゆえ》に、磯島が彼女に殺意を抱いたとの説明はまだしも頷けるとしても、他の被害者への殺意はどうなるのだろう。無差別殺人の中に、ひとつだけ動機のある殺人が混じっていたというのが、当時の捜査本部の主張だったらしい。だが、小松にはそれも素直には受け入れられないような気がした。

そんな主張自体、数日後には覆《くつがえ》されることとなる。肝心《かんじん》の秋村彩子が殺された夜、磯島のアリバイを証言する人間が現われたのだ。小松は証人となった女の名前を手帳に控えた。

江渡《えと》ハナ、という女だった。

だが、その時には既に取り返しのつかないことになっていた。三度目の任意同行が終わった翌朝、自宅の書斎で首を吊って冷たくなっている磯島が見つかったのだ。

それからしばらくの間、マスコミも含めて世間は磯島真犯人説と警察の勇み足説の間を揺れ動いた。警察の勇み足であることがはっきりしたのは、磯島の自殺から二週間目のことだった。

キングがまたもや犯行を繰り返し、五人目の被害者を狙《ねら》ったのだ。それが風間の父親だった。秋村彩子との間にもうひとり被害者がいるが、この被害者の死体が発見されたのはそのあとのことなので、発見の順番からいえば秋村彩子の次が風間の父の風間泰蔵になる。

小松は頭を整理するために、各々《おのおの》の事柄の日付を手帳に書き写した。その途中で、自分の几帳面《きちょうめん》な文字がすっかり会計課の人間のものになっていることに気づいて微《かす》かに苦笑した。刑事だった頃、手帳のメモは殴り書きで、あとで自分で読み返せない部分さえあったりして、上司に注意を受けたものなのに。

ふと捜査資料の一カ所に目がとまり、小松は凍りついた。

四度目の任意同行を求めにむかい、首を括《くく》って死んでいる磯島良平を発見した記録の記載者として、越沼雄一の名前があった。


風間は資料にこうして越沼雄一の名前があることに気づいていたのだ。「そういった発言は、資料にきちんと目を通してからにしろ」と自分を窘《たしな》めたのは、おそらくはこのことを指《さ》していたにちがいない。そういえば、会計課時代だったか交通課時代だったかは忘れたが、越沼が自分もかつては刑事課にいたと話していたことがあるのを小松は思い出した。こうしてその事実を知るまでは思い出しもしなかったのは、話をきちんと聞きたいと思うような相手ではなかったからだ。

だが、――と小松は資料を前にしたまま、考え込まざるを得なかった。

今度の被害者である越沼雄一が、二十六年前の連続殺人の容疑者となった磯島良平を取り調べるか、あるいは直接取り調べないにしろ、任意同行を求めて迎えに行く担当のひとりだったからといって、それがいったい何なのだろう。

磯島良平は容疑者にはなったが、その後、アリバイが確認され、シロだったことがはっきりしている。しかも、磯島は自殺し、もうこの世にはいない。

そんな磯島と関わりのあった越沼が、二十六年の歳月を経て、あの連続殺人事件の被害者と同じようにして殺害されたからといって、すぐにあの事件との関係を考えるのは、正直なところ小松にはどうもピンとこなかった。

しかも、ただそれだけの関係から、風間はなぜ磯島良平とかつて同僚だった井丸岡惣太郎にあれほど強い疑いの目をむけ、挑発し、何かを引き出そうと試《こころ》みたのだろうか。それとも、自分がまだ知らないだけで、風間は何かこれ以上の材料を摑んでいるのか。

そう問いかけてみた時に、小松は風間と井丸岡のやりとりの中でふと気になっていたことを思い出した。井丸岡は風間が第五の被害者である風間泰蔵の息子だと知って、なぜあんなに驚いたのだろう。驚いたというより、狼狽《うろた》えたようにも、何かを恐れたようにも見えた。風間のほうも、井丸岡からその点を指摘され、なぜだかあの男にしては珍しく狼狽えたような気がする。

風間と井丸岡にだけわかる何かが、あのふたりにあんな反応を取らせたのだろうか。

そうだとすれば、それは何なのか……。

ここで腕組みをして考え込んだところで答えが出るはずがないと思いつつ、小松はどうにも身動きが取れない気分でいた。

湯飲みを口に運ぼうとして、空《から》になっていることに気がついた。

携帯が鳴り、通話ボタンを押して耳に当てると、携帯電話会社の担当者からだった。

当たりがあった。小百合が聞き取った「田中」という名前に間違いはなかったのだ。金曜日の夜、田中繁夫《しげお》という人物の携帯から、越沼雄一の携帯に電話がかかっていた。田中繁夫の携帯の登録住所は鶴田町《つるたまち》。案外近い。鶴田ならば、五所川原《ごしょがわら》へ行く手前で、電車の時間がうまく合えば三、四十分ほど、車を飛ばしても同じぐらいだろう。

これから直接、足を運ぼう。小松はそう判断をした。

電話をくれた担当者に頼み、越沼雄一の携帯の通話記録をファックスして貰うことにしてこちらのファックス番号を告げた。念のために、ここ一カ月分はすべて送って貰うことにした。

卓上のパソコンで五能《ごのう》線の時刻表を調べ、適当な電車がなかったので車でむかうことにした。

到着したファックスを抜き取って手早く鞄に仕舞い、机に戻ろうとした時に上司の千田がこっちを見ていることに気づき、風間の補佐でこれから出かけることと警察車輌を使うことを報告した。千田はどこへ行くのか訊きたそうにしていたが、実際に尋ねることはなかった。

一旦《いったん》机に坐り、目を通していた捜査資料を書類袋に戻し、丁寧《ていねい》に紐を綴じた。机の一番上の抽斗を開けて戻し、閉めようとした時のことだった。

小松ははっとし、手をとめた。

書類袋を抽斗に仕舞う時は、自分は必ず口のほうを手前にして入れる。それは癖《くせ》というより、性分なのだろう。袋がばらばらなむきで納まっているのが嫌なのだ。

だが、さっきここからこの捜査資料を入れた封筒を取り出した時、袋は尻のほうが手前にあったような気がした。

思いすごしか。あるいは自分が昨夜、たまたま入れるむきを普段と逆にしたのだろうか。

しかし、もしもそうではなかったとしたら、自分がこの部屋にいない間に、誰かがこの資料をここから抜き出し、こっそりと目を通していたことになる。

小松は背中に視線を感じた。

振りむくと、千田がこっちを見ていたが、小松と目が合うと素早く逸らしてしまった。

同じ会計課の人間が、好奇心からそんなことをしたのだろうか……。それとも、風間の単独捜査を面白く思わない誰かの仕業《しわざ》なのか。

書類袋を手に持ったまま、小松は僅かに躊躇った。この抽斗には鍵が掛かるが、こんな鍵などいくらでも開けられる。

とはいえ、重要な捜査資料を持ち歩き、もしも紛失でもしたら大変なことになる。それに、自分が今抽斗から資料を持ち出せば、覗き見をした人間はそれが気づかれたと思うかもしれない。

結局、元のように抽斗に戻して鍵を掛けた。

そうしたことがじきに自分の首を絞めようとは、この時の小松は思いもしなかった。

11

鶴田は弘前の北北西にある人口一万五千人ほどの小さな町だ。国道三三九号を走ってたどり着いた時、夕暮れが近づきかけていた。辺《あた》りに高い建物がないため、色を濃くする空が広い。田中繁夫が暮らすアパートは五能線の線路沿いにあった。陸奥鶴田《むつつるだ》駅から徒歩で四、五分ぐらいだろう。建った当時のままで外観が補修されることもなく時を経てきたらしいアパートは、薄闇を増す中でほの寂しく見えた。

携帯電話会社から聞いた部屋は二階の突き当たりで、他の部屋のドアが三つ並んだ奥だった。厚紙に手書きの表札が、黄ばんだプラスチックケースに入っていた。

小松がノックしてしばらくすると、「はい」と低い男の声で返事があった。

「田中繁夫さんのお部屋はこちらですね？」

「そんだけども誰だば？」

「弘前中央署の小松と申します」

「警察の人間が俺《わ》さ何の用だば？」

声が硬くなったような気がした。口調もぞんざいになっている。避けたがっているのだ。

「実は越沼雄一さんのことで少しお話を伺いたいんですが、ドアを開けていただけませんか？」

小松はそうとだけ告げて待つことにした。こんな場合、あれこれこちらから言うよりも、こうして相手の反応を待ったほうがいいはずだった。

「いったい何の話聞きてんだ」

「ドアを開けてください、田中さん。少しでいいんです。お時間をいただけませんか」

やがていかにも渋々という感じながらも、田中がドアを開けて姿を見せた。

中肉中背と言うには幾分肉が多かった。顔色は悪く、脂《あぶら》ぎった感じよりもむしろ全体にむくみを帯びた感じがした。年齢は六十をいくつか超えているだろう。むしろ七十近いのかもしれない。

にこりともせずに、どろんと澱《よど》んだような目で小松を見ていた。

「ちゃんと警察手帳と名刺見せでけるか」

口を開こうとするといきなりそう吐きつけられ、僅かに戸惑った。手帳はまだしも、名刺まで見せろと言い出すような類の人間には見えなかった。

小松が警察手帳を提示すると、「名刺はどしたんだ。所属ば知りてんだね」と追い打ちをかけられ、仕方なく会計課の肩書きの入った名刺を渡した。

「会計課だってな？　すったどごの人間がいったい何の用よ？　俺《わ》も忙しいだはんで、とっとど済ませでけじゃ。出かけるどごだんだね」

「先週の金曜の夜、あなたは越沼さんに電話をしましたね」

「そう言えばしたけど、だばって、あれは大した用事でねよ」

「越沼さんが亡くなったのは御存じですね」

「――ああ、それはニュースでな。だばって何が事件と関係しているのかと思って俺《わ》のどごさ訪ねできたんだば、とんだお門《かど》違いだよ。別に大した用事でねって喋ってらっきゃ（言ってるだろ）」

「どんな用事だったのか教えていただけませんか？」

「なしてすった質問さ答える必要があるんだば？　だいたい、なんで会計課の人間がこったことしてらのよ？」

それを言われると弱い。小松は相手の指摘を無視して質問を続けることにした。

「殺人事件の捜査なんです。田中さん、協力して貰えませんか」

田中は口を閉じ、暗い目でじっと小松を見つめた。目の奥に怯《おび》えと、それにもかかわらず自分を少しでも大きく見せたいといったプライドとが見え隠れしている。こういう目をした男は小狡《こずる》い。十年の間刑事課を離れていても、それはすぐにわかった。身近にたくさんいるのを見ながら暮らしてきたのだ。

「あんた弘前中央署の署員だよな。ここは管轄が違うじゃな。それにひとりで行動してるづのは、正式な捜査でねんだべよ。どったつもりだのよ？」

反撃のつもりだったのだろう、田中は幾分声を高め、糾弾《きゆうだん》するような口調で言った。

小松ははたと気がついた。

「田中さん、あんた、元警察官だのが？　もしかして、越沼さんと同じ青森県警のデカだったのな？」

田中の顔に、見る間に戸惑いが拡がった。

「俺《わ》のこと、警察ＯＢと知ってで訪ねで来たわけでねがったのな？」

それは問いかけるというよりも、自ら墓穴を掘ったことを悔やむ独り言《ひとりごと》に聞こえた。

「教えてください。かつてあなたは、亡くなった越沼さんの同僚だったんですね」

小松は斬りつけるように訊いた。各捜査記録には記載者本人と上司の名しか残らない。それで名前に出喰わさなかったのだろう。あるいは、走り読みで見落としただけかもしれない。

しばらく待っても答えがなかったので、畳みかけることにした。

「二十六年前、あなたもキングの事件の捜査をしていた。そうですね。容疑者となった磯島良平が自宅で首を括って死んだ時、あなたも越沼さんと一緒に彼の死体を見つけたんですか。先週の金曜に、越沼さんと連絡を取ったのも、その事件絡みで何か気になることがあったからですか？」

田中は唇を固く引き結び、相変わらず黙り込んでいたが、磯島の名前を聞いて明らかに狼狽《うろた》えるのがわかった。それを必死で押し込めようとしている。握り締めた皮膚が白くなるほどに拳《こぶし》を固く握っていた。

「田中さん、答えて貰えませんか？　それとも、一緒に署に来ていただいたほうがいいですか？」

追い打ちをかけた。

だが、詰めを間違ったらしく、田中は瞳に暗い炎を湛《たた》えて小松を睨み返してきた。

「管轄違いの、しかも会計課のあんたがひとりで来て、俺《わ》を引っ張るってが？　嘘喋るなじゃ。そったつもりでねべ？　帰ってけ。あんたさ話すことは何もね。俺《わ》は忙しいんだ。もう帰れじゃ」

「あなたは越沼さんが殺された理由に心当たりがあるはずだ。この殺人事件は、二十六年前に起こったキングと名乗るホシの連続殺人事件と関係してる。そうですね」

「そったこと、俺《わ》が知るわげねべ。帰ってけ」

田中は小松を肩で押し出しにかかった。咄嗟《とっさ》のことに踏ん張り損《そこ》ね、後ろに一歩よろめいた途端、目の前でドアを閉められてしまった。

くそ、刑事課にいた頃の勘が戻らない。再びドアを開けさせ、公務執行妨害で引っ張るか。そう思ってもみたが、踏ん切りがつかなかった。

結局小松は表に出て、このアパートが見えるところに駐車した車に戻り、躊躇いつつ風間の携帯に電話した。また罵《ののし》られるか嫌みのひとつも言われるかもしれない。

じきに風間が電話に出た。

「実は越沼雄一の携帯に電話をした男が鶴田にいたんで、会いに来たんだが――」

小松はそう切り出し、たった今、田中と交わしたやりとりと、その挙《あ》げ句《く》に閉め出されてしまったことを包み隠さずに報《しら》せた。

風間の反応は予想とは違った。

「かつての越沼の同僚で、しかもおまえの訪問にかなり狼狽えた様子だったんだな」

そう確認し直し、考えをまとめるように一拍置くと、幾分声を高めた。

「興味深いな。でかしたじゃないか、小松。捜査本部から誰か人をやり、その男にぴたっと張りつかせよう。それまではおまえが目を離すな」

「俺がこのまま張りつこうか？」

「おまえは俺の補佐だぞ。傍《そば》にいて、もっと他にやって貰わねばならんことがある。これから指示を出すから、一時間ぐらいでそっちに着くだろう。正確な場所を教えてくれ。今夜はその連中と張り込みを代わって、引き上げてくれて構わん。明日また一番から俺についてくれ」

風間の口調は相変わらず立て板に水で、何か意見を差し挟む余地はなかった。

小松は言われた通りに住所を教えて電話を切った。

だが、なんとなく心に引っかかりがあってすっきりしなかった。風間から命令が下れば、当然ながら捜査本部から誰か人手が割《さ》かれ、自分と入れ替えに田中繁夫を見張ることになる。しかし、その張り込みに当たることになった人間は、小松に対して面白くない気持ちを抱くだろう。気にすまいと思っても、気になってしまう。この事件が解決すれば風間は東京へ帰るからいいが、自分はそのあともずっとこっちで勤務し続けなければならないのだ。

いや、今はそんなつまらないことは考えまい。それよりも大切なのは、刑事だった頃の勘を早く取り戻すことだ。

小松は改めて田中のアパートを見やり、ここでは相手からも見咎《とが》められる危険があると気づいて駐車位置をいくらか下げた。

それからほどなくして、しまった、と口の中で呟き平手を額《ひたい》に当てた。義父の晋造に電話する約束をすっかり忘れていたのだ。

直接家にはかけないでくれと言われ、近くで喫茶店をしている矢島にかけることになっていたのだが、そもそも昼休みにでも相談に乗ってくれないかと言われていた。それを完全にすっぽかしてしまったことになる。

　小松は携帯を改めて取り出すと、田中のアパートから目を離さないように気をつけつつアドレスを開けたが、矢島の店の番号は登録していなかった。仕方なく今度は手帳に挟んだアドレス帳のページを捲るが、そこにも控えてはいなかった。矢島とは挨拶をするような仲ではあるものの、義父のように家の近所の喫茶店にわざわざ入り浸るような時間も習慣もないので、番号をメモしていなかったのだ。

　仕方なく番号案内にかけて書き留めた。なぜ仕事の途中でこんなことをしなければならないのかと思うと、心に燻《いぶ》されたような不快感が拡がるのをとめられなかった。

　呼び出し音が数回で電話が繋がったが、矢島は留守だった。何時に帰るかはわからないという。一度電話を切った小松は、しばらく考えたのちに自宅にかけた。これからでは、夕食を外で食べて帰ることになる。いずれにしろそれを妻の妙子に伝えなければならない。

　電話口に出た妙子は、小松がその旨《むね》を告げると意外そうな声を出した。

「あら、珍しい。二日連続で帰りが遅いって、何があったの？」

　仕事の話は家ではしないことにしていたし、ましてや刑事課の仕事を手伝っているといった話をするのは何か億劫《おっくう》に思え、今朝も小松の口からは何も告げていなかった。

「まあな、ちょっと立て込んでるんだ。しばらくは遅くなる日が続くかもしれない。今日としている。

「そうなんだ……」

妙子は残念そうに言った。それでいて、夫を責めるような雰囲気は決して表に出すまいとしている。

軽い心の痛みを覚えながら、小松はさり気なく訊いてみた。

「ところで、お義父《とう》さんは？」

「また飲みに出ちゃってるよ。矢島さんどごが、そうでなくても矢島さんと一緒なんでしょ」

どうりで矢島もいないわけだ。

「何か用だの？」

「いや、そういうわけではないんだども」と口を濁《にご》して小松は電話を切った。

そんなふうに妻との電話を切ったあとの、寂寞感《せきばくかん》とも罪悪感ともつかない感情が起こりかけ、今日は本当に仕事で遅くなるのだと思い直す。

だが、交代の人間が来れば自分は弘前に帰れる。小百合が勤める恋文太郎にわざわざ顔を出さずとも、彼女の携帯に一報し、どこかで軽く腹に入れてから先に部屋に行っていれば、小百合は必ず定時に戻ってくるはずだ。

ちらっとそんな考えが過ってしまうともう駄目で、見えない手に導かれるようにして自宅から足が遠のいてしまう自分を小松は知っていた。

妙子を愛していないわけではなかった。そんなわけではないはずだった。結婚してからこの方、よくできた女だと感じることは数え切れないほどにあった。母親が亡くなったあと、寺を支えてきたのが晋造ではなく、一人娘の妙子であることは間違いない。義父は檀家とのつきあいと称して飲み歩くだけで、それ以外のことは何から何まで妙子が段取りをつけている。今からちょうど十年前、二十八歳の時に赤ん坊を死産した挙げ句、そのままもう子供を産めない躰になってからは、妙子はチャリティー等の行事にも忙しく飛び回るようになっていた。それでいて夫の世話を決して疎《おろそ》かにするわけではなく、電話を入れない限りは必ず温かな夕食を用意して待っていてくれる。

そのことに胸が苛まれるような痛みを覚えることもあれば、義父がいなくて夫婦ふたりきりで食卓を囲んだ時には、ふっと心が和《なご》んでいることもある。

だが、そういった様々な気持ちの遥《はる》か手前で、自分が小百合を愛してしまっていると感じないわけにはいかなかった。

この世に「もし」などないのは百も承知だが、それでも、もし小百合が高校を卒業してすぐに上京してしまったりしなかったならば、そして、早々とむこうで結婚などしてしまわなかったならば、彼女とふたりで寄り添って生きる人生があったように思えてならないのだ。

しかし、小百合のほうからすれば、父親が亡くなって小松の家に引き取られてきた一郎という少年は、彼女が出会った時からもう将来は妙子と結婚し、そして、そのまま本当に小松の家の人間になるように見えたそうだった。

なぜそんなことを思ったのかと、冗談に紛らせて問いかけたことがある。

「まだみんな子供だったのに、どうしてそんな莫迦なことを思い込んでいたんだ？」

と。

「だって、私の目にはそう見えたんだもの」

小百合は急に真顔に戻り、寂しげにそう答えただけだった。

ボタンの掛け違いを直せない。

直せないままで時間だけが経っていく。

今までもそうだったし、おそらくはこれからもそうなのだ。そして、ひょっとしたらどこかで突然に破綻《はたん》がくる。もしかしたら自分はそれを恐れながらも、どこかで待っているのかもしれないと思うこともあるが、わからなかった。小百合とのことだけではなく、何もかもだ。

12

交代要員としてふたりの捜査員が現われたのは、それから小一時間後のことだった。ひとりは弘前中央署一課の刑事で、もうひとりは県警本部の人間だった。捜査本部が設けられた場合、そうやってふたりセットになって動くのが慣わしだ。

ふたりは田中の年格好や特徴を小松から聞いて手帳に控え、あとは自分たちでやるから引き上げて構わないと高飛車に告げた。

アパートの階段に田中が現われたのはちょうどその時だった。

「あれです」

小松が小声で囁くと、車の外にいたふたりは素早く後部に回って姿を隠した。

小松も運転席に身を屈《かが》めてそっと様子を窺っていると、線路沿いの道を駅の方角へと歩いていく。

「そういえば、先ほど自分が訪ねた時、どこかに出る用事があると言ってたんです」

刑事たちに小声でそう告げたが、ふたりは煩《うるさ》げに手の先を振った。

「あんたはもう引き上げていいぞ」

弘前中央署の刑事のほうが潜めた声でそう言い残し、ふたり揃って田中のあとを追い始めた。

会計課の人間の出る幕はないのだ。小松はハンドルに両腕を乗せ、夜の闇の中を遠ざかる刑事たちをしばらく眺《なが》めてからエンジンをかけた。


翌朝、いつも通りの時間に起きた小松は、睡眠不足で躰が怠かった。小百合の部屋で二時過ぎまで過ごし、自宅に帰って眠りについたのは三時を回っていたのだ。

「お義父さんは?」

昨日の約束を破ったことが気になっていて、食事の席で妙子に訊くと、妻は苦笑を浮かべて小さく首を振った。

「ひどいのよ。昨夜はものすごいお酒の匂いさせて帰ってきて。あれだば、きっと昼過ぎまで起きてこないわ」

「飲めるのは健康な証拠だろうが、もう少し控えてくれないとな」

「でも、あなただって今朝は父のこと言えないでしょ」

二日続けて帰りが遅くなったことを言っているのだ。

妙子には、小百合の部屋に行く時にはいつも、署のつきあいでお偉方たちに遅くまで引き回されたと言うことにしていた。実際にそうして引き回されたあとで部屋を訪ねることが多くもあった。

小松が見る限り、妙子はそんな説明を鵜呑《うの》みにし、疑いを抱いているような素振りを見せることは一度もなかった。

だが、こうして帰りが遅いことを持ち出されると、引け目からつい弱気になってしまう。

「実はさ、臨時で捜査を手伝ってるんだ」

それでそう口にした。そのくせ、こうして話しておけば、しばらくは連夜のように遅くなっても疑いを抱かれる心配はなかろうと計算している自分が嫌だった。これでは事件発生などおかまいなしで、管轄区内を飲み歩いている署長連中と変わらない。いや、妻には内緒の女に会いに行くのだから、もっとひどいと言うべきだろう。

「捜査って、どうして会計のあなたが？」

妙子はそう訊き返しながら、小松のほうに左手を伸ばした。茶碗が空だった。

「軽ぐでいいよ」と茶碗を渡す。「幼馴染《おさなな じ》みの風間って男が、警視庁からこっちに捜査に来てでさ。御指名で補佐をやらされてるのんだ」

「風間って、あの風間さん？」

妙子に問い返され、小松はやや意外な気分で妻の顔に目をやった。子供の頃、風間と小百合と一緒に遊ぶ時には大概が三人だけで、他の人間を入れたことがなかった。同じ屋根の下に暮らす妙子も、風間たちとは一緒に遊んだことがほとんどない。ましてや風間は子供の時分に東京へ越してしまったので、妙子は何も憶《おぼ》えていないだろうとばかり思っていたのだ。

「風間って聞いてすぐにわがるのか？」

「それはわがるわよ。あなたよく一緒に遊んでたべさ」

小松の友人だからわかると、当然の顔で言っている。妻の顔と言うべきか。だが、ということは、小百合の名前を出せばやはり即座にわかるのだろうか。ふとそれを確かめたい衝動に駆《か》られた。

小松は二杯目を平《たい》らげて茶を啜《すす》ると、用を足しにトイレに立った。起きてすぐに一度使うが、出かける前にもう一度小便をするのが長年の習慣だった。

「いっちゃん、いっちゃん」

廊下に出てトイレにむかいかけたところ、かすれ声が聞こえて目をやり、ぎょっとした。

義父の晋造が、這《は》い出すような格好で自室のドアの隙間から顔と両腕だけを覗かせ、必死な形相《ぎょうそう》でこっちを見ていた。大分飲んだらしく、アルコールの匂いがぷんぷんしている。手招きをするので、仕方なく近づいた。

「大丈夫ですか？　胃の薬を持って来ましょうか？」

「なあに、大丈夫だよ。ちょっと吐き気してらだげだね。もう少し横になってれば治る。

「それよりも昨日、電話けねがったな。待ってだのに」

　いかにも恨みがましそうに言われ、返す言葉がなかった。

「捜査に駆り出されまして。一日中飛び回ってだんです。すみませんでした」

　とりあえずそう言ってみたものの、義父は自分の悩みで頭が一杯なのか、それとも宿酔《ふつかよ》いを堪えるのに懸命なのか、なぜ会計課の人間が捜査で一日飛び回っていたのかと訊き返すようなことはなかった。

「あとで署を訪ねてもいべが？　なあに、時間は取らせねよ。でも至急に相談に乗って欲しいことがあるんだね」

「何時頃ですか？」

　その必死の形相に気圧《けお》され、ついそう訊いてしまったが、いつ風間から呼ばれて署を出なければならないかわからないのだから、予《あらかじ》め時間を約束するのは不可能だった。

「もう少し休んで起き出すから、十時か十一時でどんだ？　君が忙しいんだば昼休みでも構わねよ」

　義父は急《せ》いた早口で言った。

「――すみません。やはり今は捜査に駆り出されてる最中なので、予め時間を約束することはできないんです。いつ出かけるか予測がつがねえもんだがら」

「昨日だげでねがったのが」

恨みがましい表情を深め、まるで責めるような口調で言う義父を見ているうちに、腹立たしい気分が込み上げた。

「もしも時間できそうな時には電話をします」

小松はそう言い置き、トイレにむかった。

「それだば困るんだよ、いっちゃん。頼むから」

そんな声が聞こえたが、振りむかなかった。

用を足しながら、ふと思った。義父の晋造と小百合のふたりだけは、なぜか小松のことをいっちゃんと呼ぶ。親しい人間でも普通は「一郎」と呼ぶのに、どうしてかこのふたりは「いっちゃん」なのだ。

いや、もうひとり、子供の頃の風間はやはりそう呼んだ。


寺の門から表の通りに出てすぐに、妙な男の存在に気がついた。

昨日の朝もいた男だった。昨日とは別の物陰からこちらを窺っている。昨日と違うのは、半ばこれ見よがしに姿を晒《さら》していたことで、男は小松と目が合っても物陰に逃げようとはしなかった。

そればかりか、ひとつ息を吐くくらいの間を置くと、自分のほうから近づいて来た。顔色の悪い痩《や》せた男で、よれたスーツを着ていた。ネクタイだけは替えているが、スーツは昨日と同じ物に見えた。

「ちょいとお義父さんのことでお話があるんですがね」

伸び上がるようにして顔を寄せ、男は言った。朝だというのに、息が大蒜《にんにく》臭かった。

身分を名乗るわけでもなく、小松が誰だか確かめるでもなく、いきなりそう切り出してきたことに、小松は僅かな戸惑いを感じた。

「いきなり、何なんだ。こっちは出勤するところなんだぞ」

足をとめずに、そう応じた。

「なあに、時間は取らせませんよ。ちょいとあなたのお耳に入れておいたほうがいいと思うことがありましてね。それとも、お義父さんからもう何かお聞きになってらっしゃいますか？」

男は小松にぴたりと寄り添うように動いた。薄ら笑いを浮かべ、小松の反応を窺うような目をした。曲がった前歯が二本覗き、鼠《ねずみ》に似た顔になる。不快感を催《もよお》させる顔だった。

「あんた、いったい誰なんだ？　まずは名乗ったらどうだ。昨日もうちの前にいたようだが、妙なことを続けるようならば警察を呼ぶよ」

「警察なら、すぐに呼べるでしょうな。旦那はそこの人間なんだ」

小松は唇を引き結び、相手の顔を凝視した。この男は、小松が警察官だと知っており、そのことを隠しもせずに自らひけらかしてきた。珍しいケースと言わざるを得なかった。

たとえ何か難癖《なんくせ》をつけたがっている場合でも、相手が警官だと知ればすぐに引き下がるのが普通だ。それを、自分からわざわざ知っていることをひけらかすとは、どういうことだ。

「何の用なんだ？」

「お義父さん、このままじゃ、手が後ろに回ることになりますぜ」

思わず足をとめ、男の顔を見つめ返した。

「――何を言ってる？」

「御住職が捕まるようなことがあったら、この寺は終わりだ。そればかりか、あなたももう警察にはいられなくなるでしょうな」

「妙な難癖をつけると、逮捕するぞ」

「会計課のおまわりさんが、なんとも勇ましい台詞《せりふ》ですな」

男は薄ら笑いをやめようとさえしなかった。舐《な》めてかかっている。

「貴様、何のつもりだ。難癖をつけると逮捕するというのは脅《おど》しじゃないぞ」

相手の胸ぐらを摑み上げるとともに、スーツの襟元《えりもと》についたバッヂに目が行った。青森市に本部を置く暴力団のものだった。この弘前にも出先機関がある。

男は陰気な笑みを過らせた。

「まあ、慌てててもいかんでしょうからな。お義父さんとまだ話していらっしゃらないのならば、まずは義父子《おやこ》でお話しになるのを待ちましょう」

それまでの貧弱そうな印象からは想像もつかないような素早い動きで小松の手を襟元から外すと、男はすっと一歩遠退《とおの》いた。

「おい、待て。いったい何のつもりだば」

小松の制止する声などまるで耳に入らないかのように歩き出した。

「待てと言ってるのが聞こえないのか。いったいうちの義父が何をしたというんだ」

追って引き留めるべきかどうかわからないまま、小松は徒《いたずら》にそう声をかけるしかなかった。

男が歩く速度を落とし、首だけこちらに振り返った。

「お義父さんに直接訊くんですな。青い顔をして、あんたに相談を持ちかけようとしてるはずだ。放ったままにして、あんまり冷たくしていると、そのうちに取り返しのつかないことになりますぜ」

一旦《いったん》口を閉じてから、「係長さん」と、気色の悪い声でつけたした。

最後のその呼びかけを聞き、ふっと背筋が寒くなるのを感じた。こうして言葉で相手をいたぶることに慣れた男だ。どんな手の内を、どんな順番で晒していけば、最も応《こた》えるかをよくわかっている。

いったい義父とあの男の間に何があったのだ。男のあとを追い、力尽くでもそれを聞き出すべきではないかという気持ちと、まずは義父の口から聞くべきだという気持ち、さらには何も知りたくないといった気持ちが順番に頭を擡《もた》げた挙げ句、その最後の気持ちが一段と大きさを増した。

何も知りたくはない。これ以上、義父の尻拭《ぬぐ》いはたくさんなのだ。

クラクションの音がし、見やると車の運転席の窓を下ろした風間が顔を突き出していた。

「ちょうどよかった。出勤するところだと思って、車で拾いに来たんだ。遠慮は要《い》らんから、乗れ」

好意からただ乗せに来てくれたとは到底思えないような雰囲気がその顔にあり、小松は何も訊かずに助手席に乗った。

風間はすぐに車を出した。だが、ふと思いついた様子で、顎《あご》をしゃくった。

「あの男は誰だ？　ヤクザっぽいな」

道の端に寄った男をちょうど追い越すところだった。

「——いや、何でもないんだ。大したことじゃない」

小松はそう言葉を濁した。

狼狽えた様《さま》を気取《けど》られたにはちがいないが、風間はそれ以上何も訊こうとはしなかった。他に言うべきことがあったのだ。

「これから真っ直ぐに鶴田に走るぞ」

「鶴田で何かあったのか？」

思わず問い返すと、フロントガラスに顔をむけたままで静かに応えた。

「田中繁夫の他殺体が見つかった。はっきりしたことはこの目で見るまでわからないが、やはり越沼雄一と同様に頭部を顳顬《こめかみ》の上ぐらいの位置で円形に切り取られ、剝《む》き出しになった頭蓋骨に装飾が施《ほどこ》されているそうだ」

二章　孤立捜査

1

風間の運転でむかったのは、同じ鶴田の街でも、昨日、小松が一度訪ねた田中のアパートではなく、県道を町中から西に走った先にある津軽富士見湖《つがるふじみこ》だった。

数年前、町興《おこ》しの一環として、この湖畔にプラネタリウムが造られた。同じ敷地内に公園、キャンプ場、ボート乗り場、それにゴーカートのサーキットなども設けられ、開園当初はちょっとした話題になって弘前辺りからも遊びに行く家族連れがいたものだが、大した時間も経たずに飽《あ》きられた。その後は寂《さび》れる一途をたどったのは、おそらくこの国のあちこちで起こっている状況そのままだろう。《空と湖の記念館》といった名前がつけられていた。

湖畔に沿って拡がるその駐車場に風間は車を入れた。

そこは既に警察車輌だけではなく、新聞社の旗を立てたハイヤーやテレビ局の中継車などでごった返していた。

「田中繁夫はここで警備員をしていた」

風間は小松にそうとだけ説明し、ドアを開けて降り立った。

小松が遅れまいとあとを追うと、風間はリモコン・キーを握った右腕を後方に突き出し、後ろも振り返らずに車のドアをロックした。

駐車場から先はロープが張られ、立ち入り禁止区域となっていた。風間と小松が近づくと、決まり通りに制服警官に警察手帳を提示するまでもなく、ふたりの捜査員が駆け寄ってきた。昨夜、小松から田中の張り込みを代わったふたりだった。どうやら駐車場が見渡せるところに待機していたらしい。

「面目《めんぼく》ない。自分たちがついていながら」

そう話の口火を切ったのは、弘前中央署のデカのほうだった。長岡《ながおか》という苗字《みようじ》だった。ふたりのうちで年長のほうで、風間や小松と比《くら》べても五、六歳は年上だろう。もうひとりの県警本部刑事のほうは三十そこそこで、刑事課に配属されてからまだ大した時間は経っていないはずだった。

長岡はとりあえずそう詫《わ》びてみせはしたものの、間髪《かんはつ》を入れずにさらに続けた。

「しかし、なにしろこの敷地の広さですからな。しかも、我々は許可なく駐車場から先へ入ることは叶《かな》いませんでした。なかなか、目が行き届きませんで」

結局は詫びることよりも、こうして責任回避をしてみせることが狙いらしかった。そのために駐車場が見える場所で風間の到着を待っていたのだ。

「つまり、犯人らしき人物もまったく見ていないし、犯行があったことにも気づかずにいたというわけですね」

風間の口調には皮肉らしき響きは感じられなかったが、こう指摘されること自体が長岡たちには耳が痛いにちがいない。長岡は昨夜の相棒だった若い刑事とちらっと目を見交わし、口の中で何か聞き取り難《にく》い返事をしただけだった。

「とにかく時間が惜《お》しい。話は歩きながら聞こう。中を案内してくれ」

風間はそう言うや否《いな》や、先に立って歩き出した。正門を目指す。

長岡たちが慌ててあとを追う。小松はそのさらに少し後ろから続いた。

「警備室はどこです？　この正門の傍にはないのか？」

正門を入るとともに、風間が訊いた。それらしい建物が付近には見当たらない。

「プラネタリウムの建物の中ですよ。中央口を入ったすぐ右手に事務所がありましてね。閉園時間以降は、そこに守衛が詰めることになっとったようです」

長岡はそこで一度口を閉じたが、念を押しておくことにしたらしかった。

「駐車場からじゃ、中がどうなってるのかはおろか、人がいるのかどうかもわからなかった。それにだいいち、まさかマル被が襲われる可能性があるとは、指示も引継も受けておらんかったですからな」

あくまでも自分たちに落ち度はなかったと言いたいらしい。

風間は長岡が話すのに何とも応えず、聞いているのかいないのかわからないような素振りで辺りを見渡していた。湖畔へと僅かに下った辺りにはキャンプ用のコテッジが並び、プラネタリウムの先にはゴーカート場があった。

湖畔を走る舗装道路はプラネタリウムやゴーカート場の周辺を回り込み、その先で湖畔と再び寄り添っていた。一般道と施設の間にどれぐらいの柵があるのかはきちんと確かめねばならないが、ここから見る限り、人気のない夜間にこっそりと越えることは比較的容易《たやす》かったのではなかろうか。つまり、駐車場にいた長岡たちには気づかれないように施設に入り、田中を殺害して逃げることはいくらでも可能だったわけだ。

「で、被害者の遺体はどこに?」

風間はただそう訊いた。

「中です」と、長岡がプラネタリウムの建物にむけて顎をしゃくる。鼻持ちならない東京野郎めと、そんな台詞が顔にでかでかと書いてあった。そのくせ、敬語を使い、遜《へりくだ》り、自分には決して落ち度がなかったと必死で抗弁しなければならないのだ。地方の警察官がキャリアの人間たちと応対する時の典型的な態度というしかなかった。

風間は黙って軽く頷き、プラネタリウムの入り口を目指した。長岡たちふたりが、足早にその前へと回り込む。

横に広い数段ばかりの階段を上った先が正面入り口で、中のロビーは大した広さはなかった。

風間がロビー右手にある事務室を軽く指先で指し示す。

「警備員は、夜間はここに詰めているんだね」

「ええ、そうです」

「昨夜は、被害者の他には警備員は？」

「いえ、被害者だけです」長岡はそう報告して一旦口を閉じかけたが、思いついた様子でつけたした。「不景気で、ここも閉鎖間近だったみたいですよ。そんなに雇う余裕などなかったんでしょ」

風間はただ黙って頷いた。

「遺体は、こっちか」と次に指し示したのは、正面の湾曲した壁にある厚いドアだった。中が円形のドームらしい。

「そうです」と、長岡が繰り返し、若いほうの刑事がそのドアを引き開ける。

今度は風間が真っ先に中へと入った。

小松の行く手を遮《さえぎ》るようにして長岡たちが続く。

最後に中へと入った小松は、ドアのすぐ先で立ちどまることになった。先頭の風間が足をとめたためだ。

仁王《におう》立ちになった風間の背後で、長岡たちふたりが小さく肩を揺すっている。それでも小松の目にもはっきりと見えた。

田中繁夫は、プラネタリウムのドームのちょうど真ん中辺りに、こちらをむいて坐っていた。この距離だとちょうど、血に彩《いろど》られた赤い王冠を被っているように見えた。弘前の廃ビルにあった越沼雄一の死体に次いで、これで二人目だ。到底慣れることなどできなかった。十年前、県警本部の捜査一課にいた時ですら、こんなに短期間のうちに、こんなに惨《むご》い死体を次々に目にしなければならなかったことなどなかったのだ。

「指紋と足跡は？」

鑑識課員に声をかけ、済んでいることを確かめてから、風間が死体に近づいた。

上着の内ポケットを漁《あさ》ろうとすると、小松の隣りの長岡が口を開いて声をかけた。

「マル被が所持してたものなら、こっちにありますよ」

心得《こころえ》顔でプラネタリウムの操作盤があるデスクへと歩き、ビニール袋を持ち上げた。中には財布、手帳、携帯、それにタオルハンカチなどが入っていた。

「ただ、何も気になるようなものはありませんでしたね」

「あとで見る。そのままにしておいてくれ」

長岡が僅かに表情を変える。

風間はそんな長岡を後目《しりめ》に、ひとり死体に接近し、顔、首、手の指などを眺め回したのち、血の冠を被っているように見える頭蓋骨の切れ目に顔を寄せた。

自分には到底堪《た》えられないと、小松は思った。冠の中には、脳が見える。それに顔を寄せて凝視するような真似が、なぜ風間にはできるのだろう。しかも、表情ひとつ動かさずに……。

「この施設には、警備用の監視カメラは？」

風間はこちらを振り返らず、死体の頭部に顔を寄せたままで訊いた。

「いや、そういった物は特にはなかったようですね」

長岡が答えるのを聞き、硬い顔をこちらにむけた。

「なかったよう、とはどういうことです。ここの関係者に確かめたのか？」

「――いや、特には確かめてませんけど。出入り口にそんな物は見えなかったでしょ。監視カメラをつける金なんか、ありゃしませんよ」

「きみの感想や意見を訊いてるわけじゃないんだぞ。すぐに調べてくれ」

長岡がいよいよ表情を変える。

「自分が――」

長岡と組んでいた県警本部の若い刑事が、その場の空気を察して言い、慌てて事務所のほうへと走って消えた。

風間は再び死体に見入り出した。

小松は仕方なく風間の傍《そば》に寄った。だが、なるべく死体のほうは見ないようにした。昨日、自分と相対した男が、今はこんなおぞましい姿になっている。

風間が何か呟いたような気がした。独り言なのか、それとも小松が近づいたことに気づいて話しかけてきたものか、判断がしにくいような言い方だった。

しばらくしてからまた同じような言葉を繰り返すのが耳に入り、何と言っているのかはっきりした。

「どうも変だ。何かが違う」

風間は死体に顔を寄せ、しきりとそう呟いていたのだ。

「何だ――? いったい、何が違うんだ?」

「一昨日《おととい》の越沼雄一の遺体とは、何かが違うと言ってるんだ」

不機嫌そうな声だったが、それは小松にむけられた感情ではなく、何が違うのかを明確には言い当てられない自分へのもどかしさを表わしているようだった。

小松は仕方なく死体を凝視した。案外と吐き気は感じなかったものの、そんな自分に対する誇らしさはなかった。

一昨日発見された越沼雄一の死体の様子を懸命に思い出してはみても、いったい何が違うのかわからなかった。

「――わからないな。俺には同じ手口の殺人に見えるが」

「いや、何かが違うんだ。どうもわからん。今すぐ弘前の長部先生に連絡して、至急時間をあけて貰ってくれ」

「今からか――?」

小松は戸惑い、訊き返した。

ふたりのやりとりが漏れ聞こえたのだろう、背後から長岡が声をかけてきた。

「だけど、風間さん。鶴田には鶴田の医者がいますよ。検死なら、その医者が。――実は、もう声をかけてましてね。じきに来ると思うんです」

「誰の指示で、そんなことをしてるんです?」

風間の声は冷たかった。

「そう言われてもな……、誰の指示でもないですよ。検死に地元の医者が立ち会うのはあたりまえだ。気を利かせで呼んだんです」

風間は長岡を睨みつけた。

「余計な気を回さず、捜査責任者の私の指示を待ちたまえ。これは連続殺人なんだぞ。同じ医者に見せなければ意味がない。監察医が代わるなど、愚《ぐ》の骨頂《こっちょう》だ」

「だけども、死体はこの状態なんですよ。運べば脳味噌が溢れでてまる。長部先生だって忙しいんだ。弘前がらわざわざここさ来て貰うんですか」

長岡の声がプラネタリウムの壁に反響し、それぞれに手がかりを求めて床や壁に顔を寄せていた捜査員たちが一斉に長岡と風間のふたりを見た。言うまでもなく、運べば脳味噌が溢れてしまうという一言に反応したのだ。

クスッと、どこかで笑い声がした。

緊張が逆に、そんな反応を招いたにちがいない。

長岡が凄《すご》い顔で辺りを見回す。

「誰だば？　今、笑ったのは。前さ出ろ！　マル被がいるどころで不謹慎だべ！」

誰もが目を伏せ、再び機械的に手を動かし始める。

「誰だばって訊いでるべ？　性根を叩き直しでやる」

風間が長岡に近づいた。

険《けわ》しい顔で睨みつける長岡にむかって頭を下げた。

「まあ、そう興奮しないでくれ。あなたの顔を潰《つぶ》したのなら、謝《あやま》る。あなたのようなヴェテランの捜査官が、事件解決のためには是非《ぜひ》必要なんだ。協力を頼む。一緒にホシを挙《あ》げようじゃないか」

長岡は相手に下手に出られて、一瞬虚をつかれたらしかった。

「別にあなたのせいで興奮したわけじゃありませんよ。被害者に対して、失礼な態度を取る人間がいたものですから……」

中途半端に語尾を切った。

続きを何と言うか考えているようだったが、風間のほうが再び口を開き、付近の聞き込みを率先して行なって欲しいと言うほうが早かった。長岡は頭を下げて歩み去った。大分気分が回復したようだ。

小松が密《ひそ》かにほっと胸を撫《な》で下ろす間もなく、風間に呼ばれた。

「頼み込むでも脅《おど》しつけるでも、何でも構わん。とにかく状況を話し、長部さんに来て貰ってくれ。この死体は、最初の死体と何かが違う。それが何なのかを知りたい。渋るようならば、俺が話す。これは警察の捜査なんだ。首に縄をつけてでも協力させるぞ」

「わかった。俺が説得する」

小松は頷き、携帯電話で長部にかけるために廊下に出た。

心は重かった。風間の言うのは捜査手順として正論だろう。連続殺人の可能性が極めて高い以上、同じ医者が死体検分を行なうべきだ。

しかし、それは専門の監察医がいる大都市での話で、ここでは地元の手の空いている医者が変死体を検死するのが通例なのだ。

最初に電話に出た看護師に、長部と代わって欲しいと頼んでから、かなり長いこと待たされた。案の定《じょう》、診察時間が始まっており、なかなか手が離せないのだと簡単に察せられた。

　やっと電話口に出た長部も、応対が早口で、いかにもすぐに仕事に戻らねばならないという雰囲気が強かった。

　遠慮がちに切り出す小松の話を、一応は最後まで聞いてはくれたものの、長部はほぼ予想通りの答えを口にした。

「同じ医者に死体検分をさせたいというのはわかるが、ここには専門の監察医などいないんだ。そっちで工夫してくれないかな。鶴田にだって医者はいるじゃないか」

「しかしですね、死体の状態はほぼ同じなんですが、どうも先日の死体とはどこかが違う感じなんです」

「――それはどういう意味だ？　何が同じで、何が違うんだね？」

「前の被害者の越沼雄一と同じく、被害者は頭蓋骨が切り取られ、そこに装飾が施《ほどこ》されて殺されていました。しかし、どうも何かが違う気がしてならないと」

「そうか。きみではなく、あの東京のデカさんがそう言ってるんだね」

「――はい、そうです」

　長部は沈黙し、しばらく何も言おうとはしなかった。

「参ったな。あのデカさんにも……。仕事熱心だのはわかるけど、私《わ》にだって目の前の患者がいるんだどもな」

「しかし、どうしても先生に見ていただかなければ、捜査に支障が出ると。頼りは先生しかいないと言ってるんです」

電話を通し、鼻から微《かす》かに息を抜くような音が聞こえた。苦笑したのだ。

「それは今、きみが考えて言ったことだろ」

「――――」

「わかったよ、私が出むこう。ただし、往復の時間を少しでも短縮したいので、車をそっちで手配して欲しい。いいかね」

「もちろんです。すぐに署からパトカーをむかわせます」

小松は繰り返し礼を述べて電話を切った。

表がやけに騒がしいことに気づき、正面玄関が見えるところへと移動して驚いた。表の駐車場にいた報道陣が、建物の前まで押し寄せていた。しかも、数が増えている。

制服警官のひとりが飛び込んできて、小松に救いを求めた。

「困ってるんです。どうしたらいいでしょうか。新聞社やテレビ局の人たちが騒いでまして。一昨日の弘前で起こった殺人事件との関連を説明しろと」

「そう言っているのか？」

「はい、そうです。それに、二十六年前の連続殺人がどうしたとか喚き立てる記者もおりまして……、私にはいったい何のことやら……」

いきなり騒ぎが大きくなった理由が領けた。風間は捜査方針だと言って、殺人事件であること以外は公表せず、極秘の捜査を続けようとしていたが、どこからか情報が漏れたのだ。

風間の判断を仰《あお》ぐしかないと思った時、背後から近づく足音がし、風間が小松の脇を擦《す》り抜けて表にむかった。

小松はあとを追った。

プラネタリウムの玄関を開け、風間が多くの記者たちの前に立った。反射的にフラッシュを焚《た》く記者や、カメラライトを浴びせてくる社もあった。

「まだ捜査の途中だ。写真等は遠慮してくれ。事件の詳細はすべて、本日、午後からの記者会見でお話しします。会見場は、一昨日の事件を担当しております弘前中央署。以上です」

何を言うかと待ち構えていたのだろう、記者たちは一瞬、水を打ったように静まり返ったが、伝えられた情報がそれだけと知るとまた一斉に騒ぎ出した。

それらを綺麗に無視して風間は背中をむけ、小松のところへと戻ってきた。

「つまらないことで時間を使わなければならなくなった。フォローを頼む」

「わかったが、会見でどこまで話すつもりなんだ?」

「俺は記者会見になど行かんよ。ここでの捜査を続行する。長部さんだってわざわざ来てくれるのに、俺がここにいなけりゃ失礼だろ」

「――しかし、それじゃあ」

「記者会見は、お宅の署長でも県警の一課長でも、やりたいやつがやればいい。署に戻り、段取りを相談してくれ」

2

署長の木崎は嬉しそうだった。それを小松に気取《けど》られまいとして、敢《あ》えてしかつめらしい顔をしている。署長だけじゃなく、副署長の望月も、総務課長の米塚《よねづか》も、自分たちの署で記者会見が行なわれると知ってからは、一様《いちよう》にどこかうきうきしているようだった。

署長たちが相談し、署の一番広い会議室を記者会見場と定めると、総務の人間だけではなく会計課や交通課の人間までが駆り出され、倉庫にあるスチール椅子を手渡しで運ばせられた。これを出すのは新年初日の署長の挨拶の時ぐらいなので、すっかり埃《ほこり》が溜《た》まっており、綺麗に並べ終えたあとで総務課の女性職員が手分けしてせっせと拭《ふ》いて回る必要があった。

「記者の方たちの昼食が済んだ時刻がいいんでねが?」「夕方のニュースとの兼ね合いで最悪でも三時ぐらいまでには終わらねばまいねべ」などと、時間についてしばらく議論が交わされたあと、会見の席次は弘前中央署長の木崎が真ん中か、それとも県警本部から来ている一課長の上島を真ん中にすべきかで、また議論が続けられた。その議論の途中で、恐る恐る小松が上島には記者会見のことは知らせてあるのかと確かめたところ、署長たちはお互いの顔を見合わせたあと、一斉に小松を見、「それはおめの責任だべよ」と声を合わせた。

小松は慌ただしく昼食を済ませ、総務課の人間たちと一緒に会見場で待機した。記者会見には、思った以上の取材陣が押しかけた。人が大勢集まれば、なんとなく弘前弁があちこちから耳に飛び込んでくるのが常なのだが、今は標準語が圧倒的多数を占めている。標準語の硬く突っ慳貪《けんどん》な響きを聞くでもなく聞いているうちに、小松は否応《いやおう》なく緊張が増した。

総務課長の米塚の指示で、一応お茶の用意をしておいたところ、外を走り回って喉《のど》が渇《かわ》いていた記者が多かったのか、あっという間になくなってしまった。望月と米塚のふたりは、総務の女性を怒鳴《どな》りつけてさらに茶を用意させ、自分たちで率先して記者たちに湯呑みを配った。愛想《あいそ》よく記者たちの応対をする彼らが、小松には何か不思議な人間に見えた。

義父の晋造から携帯に電話が来たのは、会見が始まって間もない頃のことだった。マナーモードにしていた携帯が振動し、ディスプレイを見ると見知らぬ携帯番号が表示されていた。何か捜査の関係の連絡かと思い、廊下に出て通話ボタンを押し、小声でそっと応答したら、甲高《かんだか》く裏返った男の声が聞こえてきた。

「いっちゃん、いっちゃん、緊急事態だ。すぐに来てけ。賀田《よした》のコンビニだ」

あまりに声が裏返ってしまっていたために、小松には最初、それが義父だとはわからなかった。

「お義父さんだんですか？」

「他に誰がいるのよ。俺《わ》だね、晋造だよ。頼むじゃ、いっちゃん。絶体絶命。おめが来てけねば、警察さ捕まってまるんだ。逮捕だんだよ、逮捕だんだよ」

逮捕という一言を聞いてドキッとしたのは、今朝の妙な男のことが頭にあったせいだった。あの男は、昨日、今日と、敢えて寺の前に立ち、これ見よがしに小松の出勤を待っていたのだ。典型的なヤクザの脅しのかけ方だ。

――お義父さん、このままじゃ、手が後ろに回ることになりますぜ。

そして、あの男は秘密めかして、そんなことを言った。

「三号線の先の賀田ですね」

「んだ、一町田《いっちょうだ》の先の賀田だ。おめが来るまでは何とか堪えてみせるはんで、どうか俺《わ》を見捨てねんでけろ」

「わがりました。すぐにむかいます」

小松は答えて電話を切った。

総務の人間のひとりに声をかけ、どうしても抜けねばならない用ができたと告げて記者会見場をあとにすると、一刻を争う気がして覆面パトカーを使うことにした。

事態がわからぬままコンビニの正面で覆面パトカーを降りた小松は、動揺せざるを得なかった。その駐車場には白バイが二台とパトカーが一台駐車していた。

むこうでも車を飛び出して来た小松に気づき、表にいた制服警官のひとりが近づいてきた。付近の派出所の警官だろうか、小松の知らない顔だった。

「弘前中央署の小松と言いますが、いったい何が――？」

小松は規則通りに警察手帳を示して訊いた。

「それが、どうもこうも、とんでもねぇ連中でさね。酔っぱらい運転でバイパスから県道さ逃げ回った挙げ句、このコンビニのトイレさ逃げ込んで中から鍵をかけてまって。どしても出てこようとさねんですよ。ドアキーだばよかったんですが、閂《かんぬき》なものだはんで、中から開げねと、ドアを蹴破らない限りはどうしようもなくて」

小松は言葉をなくした。

頭を抱えたい気分に襲われつつ、さり気なく訊いた。

「――連中ってことは、ひとりでねんですが？」

「ふたりです。両方とも、男性の老人だんです。あったら歳《とし》さなって、昼間っから酒飲んで逃げ回るとは……。まったく何をしてる連中だべな」

警官が腹立たしげに吐き捨てた時、コンビニの自動ドアが開いた。

「――あれ、小松さんでないですか？　どうしたんですば？　なんであなたがこごさ？」

姿を見せたのは、県警本部所属の交通パトロール隊の主任で、笹《ささ》という男だった。各署合同の運動会等のレクリエーションにいつでも家族で参加しており、顔見知りだった。

そういえばこの男の実家はこっちで、晋造とこの男の実家の両親とは顔見知りだったはずだ。そのことをふと思い出し、藁《わら》にも縋《すが》る気分で小松は笹に近づいた。

身振りでふたりだけで話したい旨を示し、雑誌が表から見えるように陳列してあるガラス窓の前へと引っ張っていった。

「――もしかしたら、トイレさ立て籠《こ》もってるのは義理の父かもわがねんです」

声を潜めて言うと、笹はぎょっと目を見開き、コンビニの窓ガラスへと顔をむけた。

「なんだって……、ほんとですが？」

窓の奥にちょうどトイレの入り口が見え、制服警官と白バイ隊員とがしきりと何かを呼びかけている。

「まだはっきりしたわけじゃないんですけど、実は私の携帯さ電話がありまして、ここのコンビニさいると……、それで、絶体絶命だがら、すぐ来てけと……」

そう話すうちに妙なおかしみを感じ、いよいよ泣きたい気分になった。絶体絶命とは、よくぞ言ってくれたものだ。

「せば、たぶんお義父さんなんでしょうな」

「笹さんは、うちの義父を御存じでは……」

一層声を潜めるようにして言ってみると、笹は一瞬考え込むような顔をしたあと、あっと思い至ったようだった。

「そういえばうちは代々、小松さんの奥さんのお寺の檀家ですよ。――せば、そうすると、トイレにいるのは御住職ですか……」

笹は中途半端に口を閉じ、しばらくしてから口調を変えて続けた。

「駆けつけた時には、もうトイレに立て籠もってったので、私は顔を合わせておらんのです。まあ、それはそれとして、なんぼお寺の御住職でも、これはちょっと……。昔であればまたあれだったんだども、今はそういうこともうるさくて」

後半は、やたらと指示代名詞を使って話を曖昧《あいまい》にした。かつては署のお偉方の親類縁者などは、交通違反をする度《たび》にお偉方の口利きで揉《も》み消すのがあたりまえだったが、現在ではそうもいかないと言いたいのだ。

「それはわかっています。そんなごとは……。ただ、男がふたり立て籠もっているって聞いだんですが、運転してだのはどっちなんでしょうか？」

「さあ、それも――。お義父さんでねばいいんですが……、ただ、今は飲酒運転には厳《きび》しいですからね。同乗していても、飲酒運転幇助罪《ほうじょ》に問われるがもわがらないし」

「――とにかく、私に一度話させて貰えませんか」

「それは我々も望むところです。一刻も早く莫迦なことをやめて、出てくるように言ってください。このままでは、騒ぎが大きくなるばし（ばかり）です」

小松は笹につき添われて店に入った。

レジカウンターの中に困惑と好奇心が入り交じった顔で立つ店員たちに頭を下げ、トイレのドアへと歩く。

「お義父さん」と呼びかけようとして、店員の耳を考えてやめにした。その代わりに「一郎です」と名乗った。

「連絡を受けて飛んできたんです。もう、およその事情は聞きました。ドアを開けて出てきてください」

「いっちゃんんか。遅がったんでねが。何してったんだ。おめだけが頼りだったんだよ」

晋造の声は、小松の声とは対照的なほどに大きく、切羽《せっぱ》詰まった感じがした。

前にもこんなふうに必死な声で、必死な顔をしたこの男に縋られたことがある。――そう思うとともに、いきなり予期しなかったような感情が込み上げ、胸を締めつける痛みに襲われた。

——この男のために、俺の警察官としての人生は狂ってしまったのだ。

もう何年も前に打ち消し、忘却の彼方《かなた》へと置き去りにしたはずのそんな言葉が蘇り、脳裏に居座り、息苦しくなる。

小松は深呼吸し、自分の声が上《うわ》ずったり震えたりしないと思えるまで待った。

「ドア越しだば話さなりません。とにかく鍵を開げで出てきてください」

「しかし、開げれば捕まるんだべ？　まいね（困る）よ、いっちゃん。それはまいね」

「何を子供みてなこと言ってるんですば。ここで一生暮らすつもりですが？　とにかく警察さ行きましょう。そこで正直に何もかも話すしかないでしょ」

「したばって捕まるのはまいねって言ってるでばな。妙子さだって合わせる顔がねんだね。頼むよ、いっちゃん。きみの力で何とかならねんだが？」

笹の視線を感じ、小松は顔から火が出るような気がした。制服警官も笹の部下の白バイ隊員たちも、あからさまに呆《あき》れたという表情をしている。

「なあ、俺はどうなってもいいんだ。けど、やっちゃんを巻き込んでまったんだ。やっちゃんを警察に逮捕させるわけにはいがねんだ。なんとかしてけろ、いっちゃん」

やっちゃんとは、寺の近所で喫茶店を営《いとな》む矢島のことだった。昨日も、晋造は、娘の妙子には聞かれたくない相談があるので、こっそりこの矢島の店に連絡をくれと言っていたのだ。どうやらトイレの中から矢島の携帯で、小松に連絡をしてきたものらしいと察しがついた。

「運転をしていたのは矢島さんなんですか?」

「したはで、俺《わ》よりやっちゃんを逮捕させるわけにはいかないと言ってるだろ」

どうやら矢島が運転していたらしいと察せられ、小松は僅かながらも胸を撫で下ろした。義父が酔っぱらい運転の本人だとなれば、下手をすると小松の進退問題にまで発展する。いや、同乗者であっても同じことか……。

それ以上にむしろ考えるべきは、今朝の男が口にしたあの言葉なのかもしれない。なるべく考えたくはなかったし、鶴田で田中繁夫の死体が発見されてでんてこ舞いだったこともあって、頭の隅に押しやっていたのだが、こういう事態が持ち上がると急に不安が込み上げた。もしも義父が何らかの犯罪を犯したりしたのだとすれば、即座に警察にいられなくなる。

「いっちゃん、おめが悪いんだ。おめが昨日の時点で俺《わ》の相談に乗ってけでくれでれば」

何秒かの間静かだと思ったら、晋造はいきなり泣き喚き出した。

今度は泣き落としにかかる腹なのだ。

小松は腑《はらわた》が煮えくり返るような怒りに襲われた。ついさっき思った言葉がまた蘇り、胸の中に無数の傷を生みながら暴れ回っている。

——この男のために、俺の警察官としての人生は狂ってしまったのだ。デカとしての人生は終わりを告げ、毎日デスクにしがみつき、お偉方たちの不正な金を捻出《ねんしゅつ》するような汚れ役を引き受けざるを得なくなった。

　この男によって自分の人生が変わるようなことなど、もう決してあってはならないのだ。

3

　結局、何分か辛抱《しんぼう》強く説得を続けた結果、晋造たちはやっと閂を外してトイレから出てきた。店員の目を考えてふたりに手錠を掛けなかったのは、笹のせめてもの温情だった。だが、これから県警本部のある青森に連れて行かれて取調を受けることはどうしようもなかった。交通パトロール隊は県警本部に所属している。

「いっちゃん、きみは一緒に来てけねのが?」

　晋造がいかにも情けなさそうに言ったが、小松はその顔を見ないようにした。

「身元引受人が必要な時には、すぐに行きます。とにかく、きちんとアルコール濃度検査を受け、それから事情聴取にも正直に答えでください」

　そう言い、晋造と矢島を促《うなが》して店を出かかった。ふたりとも、煮詰めたようなアルコールの匂いがしている。朝、義父は宿酔いで布団で呻《うな》っていたが、その後またふたりで飲んだにちがいない。

店を出る前に、カウンターの中の店長らしき男と店員たちとに頭を下げて丁寧《ていねい》に詫びた。もしもマスコミが取材に来たら、面白おかしく話すことはとめられないだろう。しかし、せめて少しでも印象をよくしておきたかった。

小松が表に出た時には、晋造たちはパトカーのすぐ脇に立たされ、アルコール濃度検査を受け始めているところだった。

昼の光の下で見ると、晋造の頭に随分《ずいぶん》と白髪が増えていることに気がついた。一応剃髪《ていはつ》をしているが、億劫がって月にほんの何度かしか頭に剃刀《かみそり》を当てていないのだ。

父親が死んだ自分を何の躊躇《ためら》いもなく引き取ってくれた時には、今の小松ぐらいの年だった。あの頃の姿がいつでも頭にあるためなのか、ここ数年は何かにつけてこの義父が老《ふ》けたように感じられてならなかった。

笹に頭を下げ、手間をかけたことを詫びてこれから先のことを頼むと、小松は義父のほうには近づかずに自分の車にむかいかけた。

「もう行ってしまうんだが？」

晋造がいかにも情けない声を出し、まるで子供が親を見るような目で見つめてくる。

小松は相変わらず目を合わせないようにして小さく頭を下げた。

「言ったでしょ。今、手が離せない捜査の最中なんです。あとでまた行きますから」

早口にそれだけ告げると、妙子にはどうか黙っていてくれと頼む晋造の言葉から逃《のが》れるようにして車に乗り込んだ。

自分があの男を好《す》いていることが辛《つら》かった。


署に戻るととっくに記者会見は済んでおり、総務の女性署員たちが茶を下げているところだった。小松はとりあえず会計課の部屋に顔を出した。

「記者会見の途中で抜け出したんだってな。どごさ行ってたんだ？」

会計課長の千田が、小松を見かけるなりそう声をかけてきた。

だが、小松が言葉を濁すと不服そうな顔で自分の仕事に戻り、その先の話はなかった。別段、何かの用があったわけではなく、ただ小言を言いたかったらしい。

とりあえず自分の机に坐ったものの、そうするや否《いな》やどうして署に戻ってしまったのだろうと悔《く》やまれた。風間からはその後、何の連絡もなかったが、それならばこちらから電話を入れ、どうすべきか指示を受け、場合によっては真っ直ぐに鶴田の街へと戻ればよかったのだ。

長部の検死はどうなったのだろう。現場での検死を終えたあと、弘前へ戻って解剖を始めたのか。風間ならば、時間を惜しみ、鶴田の町の医院に場所の提供を手配し、既に解剖を終えているのかもしれない。越沼雄一の死体と田中繁夫の死体の違いは、はたしてはっきりしたのだろうか。

そう考え出すと、居ても立ってもいられないような気分になった。

そんな気持ちのどこかには、この事件の捜査に没頭し、義父の件や、その絡《から》みで今朝声をかけてきたあの男のことなどを忘れたいとする気持ちが潜んでいるのかもしれなかった。本当にあのヤクザ者が言ったように、手が後ろに回るのだとしたら、いったい晋造は何をやったのだろうか。いや、今は考えたくはない。

記者会見が終わったことを報告がてら、風間に電話をしようと思ったが、それも躊躇われた。自分は風間の補佐にすぎない。こちらから連絡をしても、ただ迷惑がられるだけかもしれない。しばらくは二十六年前に起こったキングの事件の捜査資料に目を通し、風間からの連絡を待ってみようと思って机の抽斗の鍵を開けた小松は、息を呑んだ。そこに入れておいたはずの捜査資料の封筒がなくなっていた。

まさか……、という気持ちを抑《おさ》え、もしかしたら捜査資料を入れた封筒の上に、他の事務封筒を載《の》せたのかもしれないと思い直して探してみたが、やはりなかった。

心臓が早鐘のような勢いで鳴り出すのを感じた。もしやという願いを捨てきれずに他の抽斗も漁ったのち、諦《あきら》めきれずに机の正面にある書類立てまで探したものの、無駄だった。

なくなっている。

昨日のことが、突然脳裏に思い浮かんだ。昨日、あの捜査資料を抽斗に戻す時、なんとなく中の様子に違和感を覚えた。そして、誰かが抽斗の鍵をこっそりと開け、自分に無断で捜査資料を取り出して読んでいたのではないかと訝《いぶか》ったのだ。

くそ、それなのにそれをただの思いすごしと判断し、そのまままた同じ抽斗に捜査資料を戻してしまった迂闊《うかつ》さに腹が立った。

だが、同じ署内の人間が無断で他人の抽斗を開け、中に仕舞ってある捜査資料を盗み読みするなど、いったい誰が想像できるだろうか。

しかもそれを盗み出すなど……。

「何してらんだば」

背後から千田に声をかけられ、小松はドキッとして手をとめた。

凄い目で睨んでしまったのかもしれない、千田は一瞬、虚を突かれたような顔で視線を逸《そ》らした。

「なんだば、大掃除の時期でもねえのに、机をあっちこっちひっくり返して。おめは捜査の手助けをさねばまいねんだべ。こごの仕事はいいはんで、早く行げばいいじゃな」

すぐに思い直したように目を戻してきて、言った。冗談めかしつつ、どこか揶揄《やゆ》するような口調だった。会計課の部屋はそれほど広さもなく、会話はすべて他の職員にも筒抜けになる。千田はそういった耳を気にしているのだ。

「――はあ、今行こうと思っていたところです」

小松はそう応じ、抽斗を下まで漁るために机に出していた事務封筒を仕舞いにかかった。

だが、そうする途中で、捜査資料を抽斗に仕舞ったというのは自分の思い違いで、ロッカーに入れたのではないかという気がした。

そうであってくれと願いつつ部屋を横切り、ロッカーの中を覗いたが、やはりない。

そうだ、間違いなくあの封筒は、机の抽斗に仕舞って鍵を掛けたのだ。それを他人の目を盗んでこっそりと開け、盗み出すとは……。そう繰り返し思ううちに、そんなことをした人間に対する怒りで顔が火照《ほて》ってきた。

「実は、抽斗に入れた捜査資料がなくなってるんです」

いつの間にかまた傍らに来ていた千田に対し、口に出してそう言ってしまってから、自分の愚かさに胸の中で舌打ちしたが、あとの祭りだ。

「何て言ったんだ？　捜査資料って今度の事件のな？」

千田が訊き返した。

「――いや、そうでなくて、今度の事件に関連した別の事件のものです。内容は詳しくは言えませんが」

応対をしながら、自分が無意味なやりとりを始めてしまったことに気づいていた。だが、こうなってしまうともう、走り出したトロッコにでも乗ってしまったかのように、会話を切り上げることが難しい。

「どうして抽斗に鍵を掛けておがねがったのよ」

千田は小松が鍵を掛けていなかったと決めつけ、しかも掛けていなかったのならば盗まれても仕方がないとでもいうような言い方をした。

「掛けました」

「せば、鍵の掛かっている抽斗を誰かがわざわざ開げで、中さ仕舞ってあった捜査資料を盗んだってな」

千田は気色ばんだ。

「おいおい小松君。おめ滅多《めった》なこと言うもんでねよ。そうしたら、おめは、うちの署の中で窃盗《せっとう》事件が起ごったって言うのな」

「――――」

小松は唇を引き結んだ。正にそう言っているのだ。自分はそう確信している。しかし、それをここで言い立てれば反感を買うのは間違いなかったし、署全体の大騒動になる。

「もしもそれが本当だら一大事だど、おめ。しかし、本当によく探したのな？　思い違いでした、では済まされねよ。わがってらんだよな」

「――もう一度よく探してみます」

低い声でそう応じた。この場合、そう言うしかなかった。

机に戻り、まだ出しっぱなしの事務封筒の山からひとつずつ封筒を取って抽斗に戻しつつ、その中に捜査資料を入れた封筒がないかを探す振りを始めた。そうするうちに、段々と頭がぼおっとしてきて、泣きたいような気分になってきた。こんなところに大事な封筒がないことはわかっている。

記者会見を前にして興奮を隠せずにいた署のお偉方たちの姿が思い浮かんだ。最初の死体が発見された夜には、そんなことにはお構いなしに繁華街のキャバレーに繰り出していたような連中だった。次には酔っぱらい運転の挙げ句にいったい何を考えたのか、コンビニのトイレに逃げ込んだ義父のことが思い出された。そして、大事な捜査資料がなくなったというのに、そんな出来事などないものにしたがり、もう一度机を探せと命じるだけの上司が今、自分の真後ろにいる。

人がふたり殺されている。

ふたつの惨たらしい死体を、ほんの数日の間に目の当《ま》たりにしたのだ。

一刻も早くホシを挙げたい。——心底《しんそこ》、それだけを望んでいた。

だが、自分は今この瞬間も、十年一日《いちじつ》の如《ごと》く、この下らない毎日を生きている。

4

鶴田から戻った風間は、今夜の捜査会議は特別なので小松も出るようにと告げた。相変わらず時を惜しむような忙《せわ》しない態度をしており、小松のほうから消えた捜査資料の件を切り出すことは叶《かな》わなかった。

会議室に入った小松は、目立たないように一番後ろの隅の席に坐った。今の自分が置かれた状態でなかったならば、十年ぶりに出席する捜査会議にもう少し集中できたのだろうか。だが、捜査資料のことと、義父の晋造のことが頭を大きく占めてしまっていた。

ただし、会議の内容自体には留意すべき点はほとんどないように思われた。鶴田に入った捜査員から順に報告がなされたものの、田中繁夫が殺害された前後の目撃者はなく、怪しい車輛も見つかっておらず、現場に残された指紋にマエはなし。犯行現場であるプラネタリウムの出入り口にはやはり防犯用の監視カメラは設置されておらず、犯行時の手がかりは皆無《かいむ》だった。

続いて長部の手による検死の見解が、話を聞いた風間の口から告げられた。死亡推定時刻は今朝の三時前後、死因は絞殺。——風間はそう告げてから、わざわざこうつけ足すことを忘れなかった。

「先日、死体が見つかった越沼雄一のケースとの違いは、越沼の場合は生前に頭蓋骨が切られ、切り口に装飾がなされた上で殺されていますが、今度の田中繁夫の場合は、首を絞めて殺害されたのち、頭蓋骨が切り取られています」

犯行現場で風間がこだわり、そのためにわざわざ長部を呼んで検死を頼んだ「違い」とは、正にその一点にあったのだ。

だが、会議に出席した捜査員たちの誰からも、その点について突っ込んだ質問が出ることはなく、風間もそれ以上の見解を語ろうとはしなかった。小松には、なぜ風間が今夜の捜査会議は特別だと言い、敢《あ》えて自分のことも参加させたのか、その理由が今ひとつピンとこなかった。

「おいおい、おまえまでそんなことじゃ困っちまうぞ。セオリーからすれば、この二件の殺しは別のホシによるものだってことさ」

小松が風間の見解を聞いたのは、捜査会議後、一緒に来いと呼ばれて連れて行かれた小会議室でだった。風間は小松に捜査会議の感想を訊いたのち、呆れた様子でそう切り出した。

「驚くべきことだよ。それなのに、会議に出席したどの捜査員からも、この点について何の質問も出なかったんだぞ。見下《みくだ》すわけではないが、日本の警察捜査は、東京と地方とでは十年近い時差があると言うしかないな」

　小松は驚き、訊き返さざるを得なかった。

「――ちょっと待ってくれ、風間。俺にはよくわからない。越沼雄一と田中繁夫を手にかけた人間は、別だと言うのか？」

「だから、セオリー通りならば、その可能性を疑ってみなければならんと言っているだろ。連続猟奇殺人には、パターン踏襲《とうしゅう》の法則というのがある。ホシは、正確に同じ手口を繰り返そうとするんだ」

「しかし……」

　そう言いかけたものの、余りに唐突な話すぎて、何を言えばいいのかわからなかった。

「しかし、被害者ふたりには繋《つな》がりがある。ふたりとも、二十六年前にキングの事件を担当し、磯島良平という容疑者の捜査に関わったんだ」

「そんなことは、おまえに言われんでもわかっている。だから、俺も迷っているんだ。被害者は一本の線上にいる。それにもかかわらず、加害者は別の人間だといったことがあり得るのか。しかも、頭蓋骨を切り取ったのが被害者が生きているうちなのか、死後なのかという違い以外は、椅子に坐らせて手足を縛っている点も、頭部以外の死体損傷はない点も、そして何より、血の冠を被ってでもいるかのように頭蓋骨の切り口を装飾している点も一致する」

「セオリーがそこまで信用できるのか？　どう考えても同じホシじゃないのか？」

「どう考えてもというのは、いったい何を考えてるんだ？」

「それは……」

睨みつけられ、小松は言葉に詰まった。

「生前に頭蓋骨を切り取ったのか、死後に切ったのか、という違いが、おまえにはほんの些細《ささい》なものに思えるか？」

「いや――」

「それならば、そこに着目せずに捜査を進めてどうするんだ。セオリーとは、着目すべき点を教えてくれるものなんだ。その上で、様々な謎を解いていけば、必ず正しい答えが導《みちび》き出される。逆にもしもセオリーが間違っていて、この二件の殺人の加害者が同一犯であるならば、越沼の頭蓋骨を生前に切り、田中の場合は殺してから切ったことには必ず何らかの意味があるはずだ。その点も心に留《とど》めておけば、それだって犯人を割り出す手がかりのひとつになる」

小松は何も言えなかった。風間の話は確かにその通りかもしれない。しかし、同じ線上で結びつく被害者を、こんなに短期間のうちに、別の加害者が襲って殺害するなどということがはたしてあり得るのだろうか。あるいは、同じ加害者が、片方は生前に頭蓋骨を切り取り、もう片方は死後に切り取ったことになど、何らかの論理的な理由を求められるものなのか。そのどちらの仮説に対しても、実感を伴ってむき合うことは難しい気がした。

だが、考えてみればそもそもが二十六年前の連続殺人事件の手口をなぞりながら、あの事件に関わったかつての捜査員を殺害するなどということ自体が、理解を超えた出来事なのだ。自分の常識を超えたところへと手を伸ばし、あれこれと考え続けてみることが必要なのかもしれない。

「そう言えば、おまえが秋田で担当した殺人事件はどうなっているんだ？　あの被害者も、何らかの形で磯島良平と関わりがあったのだろうか？」

思いついて訊くと、風間は小松の目を覗《のぞ》き込むようにして小さく頷いた。

「それをいつ訊いてくるかと思っていたところだ。俺もずっとその点が気になってるのさ。手口については、田中繁夫殺しとまったく同じだ。しかし、被害者は、越沼雄一や田中繁夫のように元捜査員だったわけじゃない。だが、必ず何らかの形でキングの事件と関わっているはずだと思っている。そして、そういった俺の意見は、むこうの捜査本部にも伝えてある」

「田中繁夫と同じということは、死後に頭蓋骨が切り取られてるんだな」

「その通りだ。その意味では、二人目の被害者である越沼雄一だけが別で、あとの二人は完全に同一手口ということになる」

「被害者について、詳しく教えてくれ」

「姓名は本木《もとき》廉太郎《れんたろう》。年齢、七十八歳。若い頃からずっと左官屋をしてきたが、もう何年も前に家業は息子に譲っていた」

「キングの事件が起こった頃に、弘前にいたことは？」

「いや、本木はずっと秋田の能代《のしろ》だ」

能代ならば、秋田の中でも比較的青森寄りといえないことはないが、それでも車で日本海岸を下って二、三時間はかかる。

「年齢も、職業も、この弘前の事件と一致点はない」と、風間は続けた。

「だが、同じ手口によって、越沼雄一の数日前に殺された」

「五日前だ」

「たとえ捜査員ではないにしろ、何らかの形で磯島良平と関わっていた可能性はあるかもしれない」

はっとした様子の風間に見つめ返されたが、小松には理由がわからなかった。

「小松、なぜそう思った？　キングの事件と関わっていたと言わず、磯島良平と関わっていた可能性と言ったのはなぜだ？」

小松は戸惑《とまど》った。

「改めてそう訊かれてもな……。ただ、越沼雄一も田中繁夫も、ふたりとも磯島良平の捜査をしていたからそう言っただけで、深い考えがあったわけではないよ」

「——そうか。俺は俺で反省しなければならないかもしれんな。二十六年前のキングの事件との類似性や関連性ばかりを考えるあまり、うっかり考え違いをしていたのかもしれん。キングの事件の捜査全般や、あの時の五人の被害者たちとの関連を調べるのじゃなく、嫌疑をかけられた末、結果的にはシロであったにもかかわらず首を括って自殺した磯島良平の線を、もっと深く調べるべきだったんだ。磯島の関係者ならば、当時の捜査を担当した越沼雄一や田中繁夫に対して恨みを抱く可能性は充分にある。その観点から、秋田県警にもう一度本木廉太郎の周辺を洗って貰おう。おまえは磯島良平の家族を捜してくれ」

「わかった」

「今夜、もう一度磯島の誤認逮捕の経緯を読み返してみたい。渡してある捜査資料を持ってきてくれ」

小松は自分の顔が凍りつくのを感じた。

訝しがる風間の目を真っ直ぐに見られなかった。

「どうした。どうかしたのか？」

「——すまん。実はひとつ報告しなければならないことがあるんだ。捜査資料が消えた」

話を最後まで聞いた風間は表情を消した。

顔色が幾分《いくぶん》青白くなったのは、この友人の怒り方なのかもしれない。心底《しんそこ》怒った時、顔が紅潮するのではなくむしろ青白くなる人間がいる。

「本当に申し訳ない。どんな処分も覚悟している」

そう言ってしまってから、小松は背筋が冷たくなるのを感じた。自分が今、いかに脆《もろ》い立場にいるかを思い出したのだ。この件で処分されなかったとしても、もしも義父の晋造が飲酒運転、公務執行妨害、建造物侵入などの罪状で有罪になれば、自分は警察にはいられなくなる。

この十年、警察などいつ辞《や》めても構わないと思って暮らしてきた。いや、むしろ自分の意思ひとつで辞めることすらできないことに、憎悪と苦悩を募《つの》らせていたというべきだ。しかし、今だけは引導を渡されたくなかった。風間と一緒に捜査を続け、冷酷極《きわ》まりないホシにこの手でワッパをかけてやる。自分がすべき仕事は、それ以外にはないと思えてならなかった。この十年、デカとして仕事をしたことなどないのはもちろん、警察官として大っぴらに誇れるような仕事すらしてはこなかった。これが最後になっても構わない。このヤマだけは、自分で片をつけたかった。そうするためにこそ、二十四年ぶりに風間と再会したのだという気さえする。

「なあ、消えたなどという言い方をするな」

長い沈黙ののち、風間が言った。静かな、押し込めたような声だった。

「資料がひとりでに消えるわけはないんだ。なぜ盗まれた、とはっきり言わん」

「すまん……」

気持ちがくじける。気弱くそう謝るしかできなかった。

小松は目を伏せたままで頭を下げた。

「署の中に、会計係長の俺が東京から来たエリート刑事の手助けをしているのを、面白くないと思う空気があるようだ」

風間が鋭くとめた。

「待てよ、小松。ほんとにそれだけのことだと思ってるのか？」

「――」

「おまえが言いにくいのなら、俺が言おう。それとも、長い冷や飯生活の間に、真実を見極める目をなくしたのか。盗んだのは、おまえに対する嫌がらせなんかじゃない。俺たちに二十六年前のキングの事件を調べさせたくない人間が、すぐ近くにいるんだよ。弘前中央署の中にだ」

小松は吐き捨てるように言う風間の顔を見つめ返した。

「莫迦な……」

そう呟いたものの、しかし、心のどこかではわかっていた。そうだ、自分も同じことを思っていた。ただ、長年の習慣で、気づいた真実を見まいとしていただけだ。

「何が莫迦な、だ。他にいったいどんな理由がある。おそらくそいつは、越沼雄一と田中繁夫のふたりが、磯島良平を無理な取調べで自殺に追いやった担当刑事だったことに気づいている。今になってそれをマスコミにでも蒸し返され、スキャンダルになることを恐れているのか、それとも何かもっと深く事件と結びついた動機があるのかはまだ不明だが、いずれにしろそいつは捜査資料を盗み、俺たちの動きを妨害しているのさ」

小松は頷いた。

「そうだな。確かにおまえの言う通りだ」

「じゃあ、決まりだな。これから先、過去の事件を洗うことに関しては、俺とおまえのふたりだけの秘密事項だ。しかも、俺たちが洗っていることすら誰にもわからないようにしなければならない」

「わかった」

「まずはキングの事件があった二十六年前の人事記録が欲しいな。県警本部には、俺が明日話を通そう。しかし、他人任せでは見つけるのに時間がかかるかもしれない」

風間の言う意味はわかった。その当時の記録は、当然ながらまだパソコンのデータ化がされていない。本部の資料保管室のどこかで埃《ほこり》を被っている名簿を探し出すのに、どれだけ時間がかかるだろうか。かえって弘前中央署に眠る資料を探すほうが早いかもしれないが、これには署内の人間の目に留まらないように気をつけねばならない。

「よし、今夜は俺も動ける。何か腹に入れてから一緒に足下を探すか」

小松は腕時計に目を落として言う風間をとめた。

「いや、おまえが署内で動き回っていたら目立っていけない。それは俺に任せてくれ。それに、実はこれからちょっと用足しもあるんだ。だから、そのあとひとりで調べよう」

「捜査の間は、会計課の仕事はやる必要はないぞ。その点、きちんと伝達されてるんだろうな」

「それは大丈夫だよ」

口調が重たくなった自分が嫌だった。これ以上何か訊かれても、言葉を濁《にご》すしかない。

風間の携帯電話が鳴り、話は中断された。

電話の相手が誰なのか、ふと興味が湧《わ》いた。短いやりとりで電話を切ったものの、その間、風間の口調は随分打ち解けたものになっていた。

「兄だった。こっちに帰ってるそうで、これから飯でも食わないかと誘われた」

携帯をポケットに戻しながら、風間は言った。どこか照れ臭そうな表情は、再会してからずっと身に纏《まと》っているエリート刑事のものではなかった。

「随分急だな。東京からか？」

二十四年前に風間と一緒に東京の母親に引き取られて以来、小松は風間の兄とも会ったことがなかった。

「いや、兄は今は秋田だよ。もう東京を離れて随分になる。八郎潟《はちろうがた》で鍼灸院《しんきゅういん》をやってる。今度の捜査で能代に来た時も、何泊かは兄の家に厄介《やっかい》になったんだ。今日は青森で鍼灸師の集まりがあって、こっちに来た帰りだそうだ。それじゃ、悪いが今日はお言葉に甘えて引き上げさせて貰うよ」

この間会ったばかりなのだから、一緒に飯を食う必要もないのだがと、風間はまた照れ臭そうにつけ足して腰を上げた。キングの事件で父親を殺されたあと、母親の居所がわかるまでの間、兄弟で親戚の家に厄介になっていた風間にとって、兄こそが父親代わりなのだ。

5

「入りたまえ」

署長室のドアをノックすると、どこかもったいつけるような間が空いてから木崎の声がした。

小松は一度小さく息を吐いた。気持ちを決めてやって来たはずなのに、これからこの部屋でなされるだろう会話を想像すると、早くも暗い沼の底へと引っ張り込まれていくような気分に押し包まれていた。

いや、そう考えるのはおそらく間違いなのだ。なぜならば、これは自分から願い出たことだ。

「失礼します」

部屋に入った小松は後ろ手にドアを閉め、深々と頭を下げた。

「話は一応、望月君から聞いだよ。なんだがおめも大変だったみてだな」

小松は顔を伏せたままで、「はあ、どうも。まったぐ。御心配をおかげしまして、すみません」と、口の中でぼそぼそと応じた。そうしながら、頭の片隅でちらっと思った。弘前弁というのは、どうしてこんなふうに意味不明瞭なことを言うのにむいているのだ。──それとも、弘前弁を使っている自分の暮らしがそうなのか。

義父の件では、木崎に相談に来る前に、副署長の望月に一度相談を持ちかけていた。結局のところ、こうして木崎に相談をすることになるのだが、もしも望月の頭を飛び越えて一直線に木崎に話を持っていこうものならば、それはそれでまたえらいことになるのだ。

「ま、ま、坐れ。とにかぐ私《わ》さ相談してきたのはよがった。ま、坐らなが」

木崎は手の先で応接ソファを示し、自らも執務机から立ってそちらに歩いた。

小松は木崎がソファにどっかと陣取るのを待ち、むかいに肩をすぼめて坐った。

「それにしても、まずいな、小松君。まずいよ、身内の人間がこういうことをするのはな」

木崎はさらにそう言いながら、たばこを抜き出して唇に挟んだ。

本当はここでライターの火を差し出すべきなのだろう。望月たち腰巾着《こしぎんちゃく》ならばそれもできるのだろうが、小松は目を伏せて俯き気づかぬ振りをした。

木崎は卓上ライターの火を口元に運んで煙を吐き上げた。

「しかも、おめのどごのお義父さんは、いわば前科があるがらな」

俯いたまま、小松は自分の顔色が変わりそうになるのを感じた。やはりその話からねちねちと、恩着せがましく言われることになるのか。

「ま、ただな、おめにとっては大切な細君《さいくん》のお父上だしよ。御住職として、地域の尊敬を集めてもいらっしゃる」

それからしばらく、木崎は晋造が小松にとっていかに大切な人間であり、そんな大切な人間を自分が見殺しにするのは忍びないということを、長々と時間をかけて話して聞かせた。

「それに、おめには何かと世話さなってることだしな」

最後に、軽く取ってつけたように言うことももちろん忘れなかった。

つまり、ここでまた木崎に世話になれば、いよいよその恩恵を肝《きも》に銘じ、会計課係長としてせっせと警察官の業務以外の活動に励《はげ》み続けなければならないということだ。

木崎はいよいよ本題だというように、上半身を乗り出してきた。

「ただき、まったぐ白紙にってわけにはいがねよ。そういう時代でねえのさ。さっき県警本部の友人にも、それとなぐ当だりをつけでみだんだばって、やっぱり逃げだのがまずいな」

「はあ、それはわがってます」

「ただ幸いなことに、運転してだのはおめのお義父さんではながったんだってな」

「そうでしたが。その場ではっきり確かめるまではできながったので、やきもきしてたんです。ありがとうございます」

「なんだ、んだのな。でもよ、礼を言われるのはまだ早いよ。まあ、罰金刑だな。それだば、おめだってまあそれなりにはな」

「はあ、ありがとうございます」

「したはんで、礼は早いって言ってらべな。おめもまだ気が早《はえ》えな」

木崎はいつも持ち歩いている扇子《せんす》を抜き出すと、この季節に暑いわけもないのに自分を扇《あお》ぎ出した。

得意な時の癖《くせ》なのだ。

「だけども、今度の連続殺人の件でブン屋連中はてんてこ舞いだはんでいいようなものの、やっぱりこういうスキャンダルは気をつけて貰わねばな。お義父さんさは、おめがらもしっかど言っておいでけろじゃ（くれよ）」

「はい、その点はもう」

　自分はなぜこんな情けない応対をしているのだ。連続殺人が起こっているのに、それでこの件が新聞ダネにならずに済んで幸いだと口にする署長というのは、いったいどんな神経をしているのだ。何かを思えば今すぐにでも怒りが爆発しそうな気がして、小松は何も考えまいとした。

「そう言えば、もう例のコンビニさは、頭、下げに行ったんだな？」

「いえ、それはしておりませんが。その場ではしっかりと詫びましたので……」

「それがまいね（まずい）んだね。最近の若い人は、そういうところを億劫がるんだきゃ。菓子折コのひとつでも持って、必ずこれがらすぐに行ってこいじゃ。こういうことは時期が大事なんだはんでさ」

「はあ、承知しました」

　これで話が終わったのかと思い、深々と頭を下げて立とうとする小松を木崎は手で制した。

「待だなが。ところで、どんだば？　東京の警視正殿は？」

「はあ」

「長い年月弘前を離れでれば、何がとわがらねこともあるだろうがら、きちんと面倒見でやるようにな」

何を言いたいのだろうと思って見つめ返すと、木崎は再び応接テーブル越しに上半身を寄せてきた。

「明日もまだ、記者会見をやらねばまいねだろうからな。おめはあの人の補佐だんだ。何か新しいことが耳さ入ったら、すぐに報告してけろじゃ。わがったな。いづまでも、ひとりで勝手なことをされてても困るんだ」

「はあ、承知しました」

と小松は繰り返した。

木崎は上着の内ポケットに右手を入れた。

「それから、これ、先月から先日の分まで入ってるはんでな。いつもみたいによろしく頼むじゃ」

飲食費の領収書の束だった。

コンビニの店長は、菓子折を持って訪れた小松に温かな応対をしてくれた。

店を出、バス停にむかって歩きながら、小松は一旦携帯を抜き出したものの、しばらく手で弄んだのちそのまま仕舞った。妙子に電話をし、何と告げたものかわからずにいた。

木崎がどんなふうに手を回してくれようとも、少なくとも今夜は義父は留置場で過ごすことになる。何か適当な嘘をついておき、あとで晋造と口裏を合わせるべきなのか。いや、そんなことをしたところで、ばれるのは時間の問題だ。

段々と考えるのが面倒になり、馴染《なじ》みの焼鳥屋で腹ごしらえをしながらビールでも飲むことにした。その後、再び署に帰り、二十六年前の人事記録を探してみよう。夜が少し更《ふ》ければ、フロアは完全に無人になるだろう。

バスの中で少しうとうとした。新土手通《しんどてどおり》裏の焼鳥屋で二、三本焼いて貰いながら生ビールを飲み出して間もない頃だった。携帯電話が鳴り、ディスプレイを見ると小百合の携帯の番号が表示されていた。

もし今夜会えば、三日続けて会うことになる。長いつきあいの中でも、今まで連続して毎晩会うことは滅多になかった。だが、小百合のほうからそう望むのならば、あとで部屋を訪ねてみたくなった。

通話ボタンを押して携帯を耳に運ぶと、小百合の甲高《かんだか》い声が聞こえてきた。どこか切羽詰まった感じがする。

「いっちゃん、今、どこ?」

「飯を食ってるとごろだけど」

そう答えて、小松は小百合もよく知る焼鳥屋の名前を告げた。

「よがった。そこにいるならちょうどよかった。風間君とお兄さんが、大変なことになっちゃってるの。すぐに来てけね?」

小百合は早口でそう捲《まく》し立て、やはりこれも小松たちには馴染みになっている居酒屋の名前を挙《あ》げた。小百合が働くキャバレーのすぐ傍《そば》の店だが、ここからでも徒歩で七、八分ぐらいだろう。走ればすぐだ。

小松は勘定《かんじょう》を済ませて夜道を小走《こばし》りに進んだ。

小百合から聞いた店に入ると、レジ脇の椅子にハンカチで額《ひたい》を押さえた風間が坐っていた。顔馴染みの店長にしきりに詫びていた小百合が、小松のほうを振り返った。

小松は事態がわからないままで風間に目を戻した。ハンカチに血が滲《にじ》んでいる。風間はちらっと小松を見て、一瞬驚いた様子で目を見開いたのち、きまり悪そうに視線を逸らした。そうする仕草《しぐさ》が、ふと少年時代の記憶を呼び覚ました。

「いったいどしたんだ？　きちんと説明してくれねが？」

小百合に小声で問いかけた時、奥のトイレのドアが開いて男がひとり出てきた。どことなく暗い目をした大男に、昔の面影が重なった。

「兄《に》っちゃ、兄っちゃ、てば」

風間はそう呼びかけると、足下をふらつかせつつ、どこか凶暴な目つきで店内を見渡す男へと走り寄った。

6

風間の兄の太一《たいち》も、風間と同じ駅前のホテルにチェックインしていた。小松と風間のふたりは、眠りこけてしまった太一を両側から抱《かか》え、タクシーに乗せてホテルへとむかった。

店が暇だからと言って一緒についてきた小百合が、兄を部屋に連れて上がった風間を待つ間にホテルのロビーで小松に聞かせてくれた話によると、太一はあの店の客と突然口論になり、挙げ句の果てにその客に殴《なぐ》りかかってしまったそうだった。それをとめに入った風間を力任せに押し退《の》け、風間はよろけた拍子《ひょうし》にテーブルか椅子の角に額をぶつけたという。

「ところで、どうしておめが一緒だったんだ？」

「風間君から電話があって、飯を食いたいんだけど、どっか適当な店はねがって訊いてきたのよ。でも、そう言ってから、彼、ちょっと言い淀《よど》むみたいな雰囲気で、実は兄さんと一緒にいるんだけど、懐《なつ》かしがって会いたがってるんで、もしも暇なら、店の前にちょっと顔を出さないかって。ほんとは、私とお兄さんと三人で飲みたいってことだったみたい。でも、あの人の立場じゃ、事件の真っ最中に私の店に来る訳にはいかないでしょ」

「なるほど。だけど、風間の兄貴とは、子供の時以来だよな」

「そうだけど、どうして？」

「いや」

と小松は言葉を濁した。

子供時分、小松は正直なところ口数が少なくてどことなく暗い雰囲気のある風間の兄の太一に対して、近づきにくいような感じを抱いていたのだが、それは自分だけのものだったのかもしれない。太一は、風間や小松たちよりも四、五歳上だった。子供の頃のその差は大きい。一緒に遊んだ記憶がないので、どこか遠い存在に感じられたのだろう。風間たちが弘前を離れた時、風間は十二歳だったが、兄のほうは十六、七だったことになる。少年と青年だ。

「そんなことより、もしかしたら風間君のお兄さん、ちょっと酒乱の気《け》があるがもよ」

小百合は少し小松のほうに顔を近づけ、声を落とすようにして言った。

「だって、最初は楽しく飲んでだのよ。昔と比《くら》べたら随分よく話すようになったんだなって気がしたわ。でも、そのうちに段々訳《わけ》のわからないことを言うようになって」

「他の客と口論になった原因は、何だったたんだば？」

「それだって、大したことでないのよ。風間君のお兄さんが鍼《はり》をやってるって聞こえだみたいで、隣りのお客さんたちが話しかけてきたのね。最初は普通に話してたのに、少しあとで、そのお客さん同士で、でもやっぱりツボだけで何もかも治るってのはちょっと、みたいな話をしたのが聞こえたら、喰ってかかり始めぢゃったの。店さ来たお客さんでも、ああいう目をした人に会ったことあるけど、やっぱりお酒で人格が変わっちゃう人だったわ」

小松は手でそっと小百合を制した。ロビーを横切って近づいてくる風間の姿が見えた。

「すまなかったな。迷惑をかけちまった」

後頭部を片手で撫でながら、言いにくそうに言った。

「何、ちょうど傍で飯を食ってたんだ」

「そうだったか」と応じながら、小松たちと一緒に坐るべきかどうか迷っているようだった。

「お兄さん、どうしたの?」

小百合が訊く。

「ああ、もう部屋で眠ってしまったのよ。最近、弱ぐなったみたいだな」

「風間君のおでこの傷は大丈夫なの?」

「なあに、ただちょっと切っただげだね。大したことはねえよ」

「あら、雨だのね」

小百合はふっとロビーのガラスに目をやった。

「今年はなかなか暖かくならなくて、嫌になってしまうっきゃ。桜も遅いんでしょうね」

窓ガラスから顔を戻してくると、いかにもいいことを思いついたというように頷きながら、小松と風間の両方を見た。

「ねえ、こんな夜はどうせ暇だろうし、私、今夜はこのままもうお店休んじゃおうかな。そして、三人で飲み直そうか？」

小松は風間の反応を窺《うかが》いつつ答えを躊躇った。自分はそうしたい気分だったが、風間は乗らないだろうと思ったのだ。殺人事件の捜査の真っ最中だ。

「ねえ、いっちゃんも風間君も、いいでしょ」

案の定《あんじよう》、小百合が重ねて誘っても、風間は身についた刑事然とした態度で首を振った。

「そうしたいのはやまやまだけど、明日も早いんで、躰《からだ》を休めておかねばまいね（ならない）んだ」

「そうなの……、残念ね。一杯ぐらい駄目だの？」

「雨だし、タクシーで店に落としてやるよ。俺《わ》はそのまま一度署に戻る」

小松は小百合に言って腰を上げた。口ではそうは言うものの、気分次第ではこのまま小百合とふたりだけで飲み出して、そのまま部屋に行ってしまうような気がした。胸の奥が荒《すさ》んでおり、到底署に戻る気分ではなかった。

風間に別れを告げようとすると、僅かに早く風間が言った。

「だが、一杯だけやるが？　ホテルのラウンジでどうだ」

刑事然とした態度ではなかった。


一杯では終わらず、十一時近くまで三人で飲んだ。一昨日《おととい》の夜と同様に、喋《しゃべ》っていたのはほとんど小百合ひとりで、小松と風間のふたりは時々思い出したようにしてその話に加わる他は、黙って酒を啜《すす》るだけだった。

そうするうちに小松は思い出していた。昔、子供の時分にも、こんなふうだったのだ。小百合が喋り、それを自分と風間のふたりで聞く。そうしているだけで楽しかった。三人で、あの防空壕跡の穴に閉じ込められた時でさえ……。

ラウンジから引き上げることにしたのは、風間がこくりこくりと船を漕《こ》ぎ始めたからだった。

小松よりも先に小百合が気づき、目で小松にそっと知らせた。

その寝顔は、捜査指揮官としての毅然《きぜん》とした姿からは想像のできないものだった。だが、考えてみればひとりで地方の警察に乗り込み、捜査の指揮を執《と》っているのだ。その精神的な疲労は並大抵のものではないのだろう。

「疲れでるんだよ」

小松は小百合にしばらく風間の傍についていてくれと言い置き、レシートを摘《つま》んで一足先にレジにむかった。

勘定を済ませ、領収書は貰わずにふたりの元へ戻る。

「立でるか?」

そっと訊いても、風間はよほど疲れて眠り込んでいるらしく、うんともすんとも答えなかった。

「もう少しここで眠らせてあげだらどうなのかしら? 私たちは夜景でも眺めでるべし」

ホテルのラウンジは最上階にあり、窓の外には雨の弘前の街が見下ろせた。車も人も少ない道に、街灯の明かりだけが目立っている。

「風邪引いでまるじゃ。さあ、風間、立ってけ。部屋まで送るよ」

小声でもう一度促すと、風間はとろんとした目を開けた。一瞬、姿勢を正し、手を貸されるのなど心外だとでも言いたげに「ひとりで立でるじゃ」と言ったものの、腰を上げた途端によろめいた。

小松は風間の躰を支えてラウンジを出た。

エレヴェーターを待つ間も、やって来たエレヴェーターに一緒に乗り込んでからも、風間の躰の重さを感じていた。言うに言われぬ感じとして、風間のほうでも意識のどこかは目覚めていて、すぐ隣りにいる自分のことを感じ続けているような気がした。

小百合が風間の上着のポケットから部屋のキーを出してドアを開け、ふたりで抱え込むようにしてベッドに運んだ。

そっと横たえ、ベッドサイドのスイッチを見つけて押し上げると、入り口付近のフットライトしかなかった部屋が明るくなった。

小松は思わず息を呑み、小百合のほうは小さな悲鳴を上げかけた。

ベッドのすぐ横の壁一面に、今度の事件の被害者である越沼雄一の写真が貼ってあった。

「ここさも、あそこさも――」

小百合に指摘されて気がついた。横の壁だけじゃない。ヘッドボードの上にも、天井にも、残忍に血の冠のような装飾を施された越沼の死体の写真が、所狭しと貼ってある。

死体の顔はどれも、薄く開いた瞼《まぶた》の奥から、恨めしげにこちらを睨んでいるように見えた。

「気味が悪いわ。どうしてこんなふうに死体の写真ば、自分の周りさ貼っておげるのかしら……」

ベッドの周辺に貼られた写真を怖々《こわごわ》と眺め回しながら、小百合はかすれ声で呟いた。

「仕事だんだ」

「でも、いくら仕事だって、これだば神経が参ってまるわよ」

「これも自分の手でホシば捕らえるのに必死だんだよ」

そう言いながら、小松自身も胸の中では首を捻らざるを得なかった。なぜここまでする必要があるのだ。ここまでして自分を捜査へと駆り立てる必要が本当にあるのだろうか。自分には到底堪《た》えられない。こんなふうにしてガイ者の写真を間近に貼り、絶えずガイ者から見つめられているように感じたら、それこそ一刻たりとも神経が休まらず、夜もおちおち眠れはしない。いや、普通の人間の神経ならば、そうなって当然なのだ。

テーブルに拡《ひろ》げてある書類や報告書の上に、どうやら風間自身の手による捜査メモがあるのを見つけ、小松は興味を覚えて手を伸ばそうとした。

「おい、勝手に見ねんでけるが。捜査指揮官のメモだんだ」

声がしてドキッとした。振りむくと、眠っているとばかり思っていた風間が目を開けてこっちを見ていた。

その顔には穏《おだ》やかな笑みがあり、冗談で言ったのだと知れた。

風間は躰を起こそうとしたが、頭痛に襲われたらしく、軽く顔を顰《しか》めて動きをとめた。

「小百合、すまねけどコーヒーを淹《い》れてけねが？」

首だけ回し、小百合に頼む。

小松は風間が小百合のことをこうして名前で呼ぶのを久しぶりに聞いた。

「いいけど、もう眠ったほうがいいんでねの？」

小百合はそう訊《き》き返しながら、意見を求めるように小松をちらっと見た。

「寝るよ。でも酒で神経が立ってまってな。こった時は、熱いコーヒーを飲んだほうがよく眠れるんだ」

「そんた話、私、初めて聞いたわ」

「東京風のスタイルってやつだよ」

「嘘ばっかり。風間君、酔うとくだらないことを言うようになるのは、中年化の始まりよ」

小松は軽口を言い合うふたりを眺めつつ、ポケットからたばこを抜き出した。

「たばこは構わないのが？」

一応訊くと、風間は意外そうな顔をした。

「喫《す》わねのかとばり思ってだよ」

「飲んだ時だけ、たまにな」

「俺《わ》さもけ（くれ）」

「そっちこそ、喫わねのがとばし思ってだ」

「飲んだ時だけ、たまにだ」

「嫌だじゃ、ふたりとも。もう三日も一緒にいるんでしょ。それなのに、変なの」

コーヒーを淹れに立っていた小百合が言った。そして、私にも、と手を伸ばすのにも一本渡し、小松はマッチで順番に火をつけた。

煙を吐き上げたのち、腰を伸ばして窓を細めに開けた。表の雨音と、湿り気を含んだ冷たい風が忍び込んでくる。

顔のむきを戻すと、こっちを見ていた風間と真正面から視線が出くわしてしまった。風間のほうでも僅《わず》かに視線をずらしたが、そのまま窓から目を動かそうとはしなかった。

弘前城址《じょうし》が窓の左前方に見渡せる。ということは、昼間ならもう少し右の空に岩木山《いわきさん》が聳《そび》えているはずだ。弘前の人間ならば、そんなふうにすぐに思い浮かぶ。だが、こんな雨の夜には城址公園の樹木が街灯に照らされてぼんやりと見えるぐらいで、岩木山は闇の中へと搦《から》め捕《と》られてしまっていた。

「なあ、おめだぢ、今でも自分があの穴さ閉じ込められでるような気がすることはないが？」

風間が言った。

小松は窓から目を動かせなかった。窓ガラスに風間と自分が映っていた。風間は暗い窓ガラスのむこうから、不安げに小松たちの様子を窺っているように見えた。

「穴って何のことだ――？」

「穴ってば、あの穴だよ。他の穴があるのが？」

風間は問い返す小松を腹立たしげに睨みつけた。どこか拗《す》ねたような目つきでもあり、そこにかつての少年の面影があった。

「さあ、コーヒーが入ったわよ。カップがふたつしかないから、私は湯飲みでいいわ」

小百合がそう言いながらカップをひとつずつ小松と風間に渡す。

「小百合はどんだ？」

「やあだ、何よ、風間君。それも東京風の言い回し？　今もまだ穴の中に閉じ込められてるなんて、気障《きざ》ね。東京じゃ、こっちのことを思い出すような暇さえないんでしょ」

小百合が軽口に逃げた。仕事柄、そうするのが上手いのだ。

風間は気弱げに笑ってコーヒーを啜った。

7

雨のせいでホテルの正面に着けているタクシーはなく、呼んで貰《もら》ってしばらく待たねばならなかった。小松は小百合をロビーの椅子に坐らせ、エントランス付近に立って車の到着を待った。そうしながらもなお、風間の漏らした一言が頭に張りついたままで離れなかった。

――今でも自分があの穴さ閉じ込められでるような気がすることはないが？

雨なのでタクシーを使っただけで、乗ってしまえばもう小百合のマンションまではあっという間の距離だった。

結局、今夜も寄ってしまった。これで三日続けて訪れたことになる。人気のないマンションの廊下に小百合がドアの鍵を開ける音が響くのを聞いているうちに、胸の中が虚《うつ》ろになった。

小百合のあとから靴を脱いで上がろうとして、驚いた。

部屋の中のあちこちに下着が脱ぎ散らかしてあり、それればかりか店用のドレスまでもが何枚も皺《しわ》くちゃになっていた。流しにはまた食器が山になりかけていて、キッチンの床にはゴミを仕分けもせずに突っ込んで口を軽く結んだだけのコンビニの袋が増えている。

つい一昨日、自分が綺麗《きれい》に掃除をし、ゴミをすべて捨てたばかりだというのに……。

「なあ、いったいどんな生活をしたら、こんなふうになるんだ」

苦笑を噛み殺しながらそう言うしかなかった。

先に奥の部屋へと歩いていた小百合は、バッグをベッドの足下に置き、鏡台の椅子に坐ってストッキングを足から抜き取った。

「だって、今日はちょうど服を選んでる時に風間君から電話が入って、ばたばたしちゃったんだもの。文句だら、風間君さ言ってよ」

「そういうのを、責任転嫁って言うんだよ」

「はいはい、気をつけます、刑事殿。風間君もいっちゃんも、警察の人間はみんな口じゃ勝でないから嫌よ」

小百合は髪留《ど》めを外して髪を揺らし下ろした。項《うなじ》から髪を掻《か》き上げる時に覗いた腋《わき》の下が白い。

小松は冷蔵庫を勝手に開け、中から出したビールのタブを抜いた。

「口で勝づも何も、これじゃしょうがないべ。段々ひどくなっていぐぞ」

苦笑し、冗談めかしつつも、小言のひとつも言ってやりたい気分だった。

小松はもう一口ビールを飲み、キッチンテーブルの椅子を引き出して坐った。椅子の足が床を擦《こす》る耳障《ざわ》りな音がした。

「そったこと言うんなら帰ってけろ」

冷たい声がし、小松ははっとして小百合を見た。

小百合は小松に背中をむけ、鏡台を覗き込むような格好をしていた。奥の部屋は天井灯が消えたままで、闇の中に居坐った鏡にこちらのキッチンの光が反射している。小百合の顔は影になって見えなかった。なぜだか一瞬、背中の細い線が馴染みのない知らない女のものに見えた。

「私、ひどくだっきゃ（なんか）なってねじゃさ。私は私よ。いづでもこうして生きてきただげ」

何と言っていいかわからぬまま、その後ろ姿を見ているしかなかった。

華奢《きゃしゃ》な背中が微《かす》かに震えていた。

あの震えをとめてやらねばならない。それができるのは、この自分だけのはずだと思うのに、小松はキッチンテーブルから動けなかった。自分にしかできないなどと考えることが不遜《ふそん》に思えた。いや、だが自分にしかできないのだ。そうわかっているのが苦しかった。

その夜は、シャワーを浴びずに互いを求め合った。小百合の皮膚は、雨ですっかりあちこちが冷えていて、掌《てのひら》で触れて回ってもなかなか温《ぬく》もりを探せなかった。

やがてふたりはいつものように揃《そろ》って薄暗い天井を眺めた。

「いっちゃん、私さ、今度は本当に弘前を出ようかと思うの」

小百合が言った。小松の右腕を枕にし、頬を小松の胸にそっと押し当てるようにしていた。耳朶《みみたぶ》が、今でもなお冷えていた。

「こごを出で、どすんだ？」

「決まってるでしょ。東京さ戻るのよ」

小百合は東京へ行くではなく、必ず「戻る」という言い方をする。一度として実行に移されたことがないまま、何十回と繰り返し口にされてきた言葉だ。

小松が小百合とこうしてつきあい出して二、三年が経《た》った頃から、彼女は時折こう言うようになった。

東京へ戻ってどうするつもりなのか。むこうには、ただ暴力を揮《ふる》い続け、小百合のことを虐《しいた》げ続けた夫との結婚生活の思い出以外に、いったい何があるというのか。小松は何度かそう詰《なじ》ろうと思ったが、実際にそうしたことはなかった。

雨が小降りに変わったので、タクシーを少し手前で降り、自宅の寺までぷらぷらと歩いて帰ることにした。

小百合の手前、妻の妙子に電話をできないままで深夜になってしまっていた。妙子はまだ父の晋造が勾留《こうりゅう》されたことを知らずにいるだろうか。そうだとしたら、さぞかし気を揉《も》んでいるかもしれないが、案外とまたいつものようにどこかで飲んで引っかかっているだけだと思っているかもしれない。どちらともわからず、考えることが億劫だった。

禅林街の三十三カ寺はどこも、まめに補修を欠かさずに外観を保っている。そんな中でひとつだけ寂《さび》れ、ただほったらかしにされているような外観を晒《さら》しているのが、晋造が住職を務める寺だった。

昔はこうではなかったが、少なくともこの十年ぐらいは、妙子の努力もむなしく檀家の数も減る一方で、晋造のほうはそんな寺の状態には無頓着《むとんちゃく》に酒を飲み、毎日面白おかしく暮らし続けている。

本堂と棟《むね》続きになった自宅の玄関の鍵を開け、大きな音を立てないように注意して引き戸を引いた。

薄暗い廊下からお勝手へと回り、上着を脱いでキッチンテーブルの椅子の背にかけた。水道で手を洗おうとしかけた時、居間の襖《ふすま》のむこうから「あなた」と呼ぶ声がした。

小松は驚いた。居間とお勝手の間の襖は閉まっているが、上の欄間を通し、むこう側が暗いのは見て取れた。妻は、真っ暗な部屋にひとりで坐っている。

小百合との関係がバレたのか。咄嗟《とっさ》にそう思った。それは今や習慣的な恐れになっていた。この七年、何度かそんな恐れを抱く瞬間に出くわしたことがあって、幸いどの時もただの思いすごしにすぎなかったが、その度にほっと胸を撫で下ろす自分と、いっそのこと何もかも知られてしまったほうが、よほどこの胸の支《つか》えが下りるのにと思う自分がいた。この俺という人間は、子供の頃からずっと妙子が思ってきたような人間ではないのだ。

「妙子――」

と小松は妻に声をかけながら襖を開けた。どこか怖々とした仕草《しぐさ》だった。

炬燵《こたつ》に妻が坐っていた。炬燵布団の僅《わず》かな隙間《すきま》から漏れる赤い光が、その横顔をぼんやりと照らしていた。背中が小百合よりもずっと華奢だ。胸の膨《ふく》らみも、腰の肉づきも、妻はどこか子供のように幼い。だが、抱き締めた時にすっぽりと自分の腕の中に納まる感じは、小松にとって馴染み深い懐かしいものだった。

「どうしたんだ。電気もつけねんで、こった暗い部屋で?」

「矢島さんの奥さんに聞いだんだけど、矢島さんどお父さんが警察に捕まってまったの」

「そうだんだ。心配するだろうと思って報せなかったが、僕もその場さ居合わせた」

「あなた、やっぱり知ってだんだ……」

顔を上げて見つめ返してきた妙子の顔には、知っていてなぜ知らせてくれなかったのだという驚きと怒りが見え隠れしていた。

小松はそれが完全に形を取ってしまう前に素早くあとを続けた。

「だけど心配はねよ。その場にいだ白バイ隊員は、両親がうちの檀家であったし、その後、すぐに署長さよぐ頼んでもおいだ。明日には帰れるだろうさ。たぶん罰金で済むびょん(だろう)」

妙子は開きかけた口を閉じ、自分の手に目を落とした。

「——矢島さんはどうなるんだべ……」

「それはまだはっきりはわがらない。どうやら運転していたのは、矢島さんのほうらしい。ハンドルを握っていだ本人となるとね、まだちょっと事情が違う。なにしろ、追われて随分と逃げ回ったらしいんだ」

「わあ、なしてそったこと……」

妙子は呟き、絶句した。

「でも、矢島さんに無理矢理運転をさせたのはきっとお父さんよ。いつでもお酒に誘うのは、お父さんのほうだんだもの」

小松は妻の言葉を聞き咎《とが》めた。

「おい、タエ。滅多なことを口にしねんでけろじゃ。おかしなことを言うと、お義父さんの身の破滅になりかねねぞ。おめも新聞で読んだことがあるべな。最近は、酒を飲んで運転した人間だけじゃなく、飲ませたほうまで罰せられるんだ」

妙子は不安げに目を瞬《またた》いた。

「わがったな」と、小松は念を押した。「この件は、僕に任せておいてくれ。きみは何も心配しなくていいんだ。さあ、もう布団さ入《はい》ながさ。僕も風呂を浴びたら、すぐに行くから」

ええ、と頷いたものの、妙子はまだその場を動こうとはしなかった。

「ごめんなさい、忙しいだろうとは思ったんだけど、夜になってがら一度だけ、携帯さ電話をしてしまったの。電源がオフだったがら、伝言を残したのよ。お父さんのことを知って、不安で」

「そうだったんだ。僕のほうこそ、電源を切ったままにしてあってすまない。喋ったべさ、今、捜査さ戻ってらはんでって。ちょうど捜査会議中か、風間と打ち合わせ中だったんだと思う」

「風間さんと、上手《うま》く行ってる？」

「どういう意味だば？　上手ぐ行ってるさ。何があるっていうのが？」

「そうでないけど、子供の頃の知り合いだから、一緒に働くのがかえってやりにくいってこともあるのかと思って。このままずっと捜査に戻れるといいわね」

自分が険《けわ》しい表情になるのをとめられなかった。

「今の仕事は、あくまでも仮のものだよ。僕は会計課の人間なんだ。事件が解決したら、また元の仕事さ戻る。デカさ戻るんたごとだのあり得ねんだ」

妙子が困惑して言葉を探そうとするのを前にして、小松は自分が口調を荒立ててしまったことを知った。


布団の中で、いつしかまた風間が口にしたあの言葉が蘇った。——今でも自分があの穴さ閉じ込められでるような気がすることはないが？

そのうちにふと、風間が刑事になったのにも、二十六年前のあのキングの事件が影響しているのだろうかと思いついた。そうなのだ、影響していないわけがない。キングの五人目の被害者は、風間の父親だったのだ。やつは防空壕跡に閉じ込められ、三日三晩に亘《わた》ってあの闇の恐怖に晒され続けただけじゃない。いや、やつにとってはあの穴の奥の闇など、むしろ何物でもないのかもしれない。自分が父親の惨殺死体を発見してしまった記憶と比べたら……。

　今までその点に気づかなかったというより、たぶん考えたくはなかったのだ。キングに父親を惨殺されたことへの怒りから刑事の道を選び、連続猟奇殺人の捜査のスペシャリストとなった友人と自分の間には、あまりにも大きな隔《へだ》たりがありすぎる。

　小松は寝返りを打った。隣りの布団は静かで、妙子もまだ寝つけずにいるのかもしれない。

　いつしか父のことを考え出していた。小松の父は弘前の裕福なりんご農家の長男で、地元の大学を出たあと家業の広大な農園を継ぐ一方、三十歳で県会議員に初当選を果たした。伝え聞くところでは、これ以前から既《すで》に父は新幹線を青森県まで延ばすことを考え始めていたらしい。県会議員となって間もなく、それはいよいよ父の悲願となった。

　父は新幹線誘致委員会を率先《そっせん》して作り、自《みずか》らが委員長となった。勉強会と称しては他県会議員や国会議員はもちろん、多くの有力者たちを接待し、青森の発展のためには東京と太いパイプで繋ぐことが欠かせないと説《と》き、それには是《ぜ》が非《ひ》でも新幹線を誘致する必要があると論じた。

　小松は父が三十も半《なか》ばをすぎてから生まれた子供で、小松が物心ついた時には父は三期目の当選を果たしていた。小松の記憶にある父の姿は、いつでも三つ揃いの背広を着込んでいる。家でもっとリラックスした格好でいたことだってあるはずなのに、なぜだかそんな姿は一向に記憶に留まってはおらず、びしっと背広を着た姿ばかりが思い出されるのだ。度の強い銀縁眼鏡をかけて口髭を生やし、興奮してくるとしきりと眼鏡を押し上げては口髭をしごくように触るのが癖《くせ》だった。

小松が小学校の四年生になった春に、農園が潰《つぶ》れた。父が四期目の選挙で落選したのは、その翌年のことだった。その後一年ちょっとの間、父はコネで入った市営住宅の薄暗い部屋で寝つき、死んだ。小松の母親は産後の肥立ちが悪く、小松を産んで間もなく亡くなっており、家を空《あ》けがちな父に代わって農園を見つつ小松を育ててくれたのは祖母だった。だが、祖母は父の死の数年前には既に亡くなっていて、父の死とともに小松はひとりぼっちになった。そんな小松を引き取って育ててくれたのが、亡くなった小松の母の弟であり、小松の父の後援会長でもあった晋造だった。

「一郎、正しいことをやる人間さなれ」

それが父の口癖だった。

他の誰が何と言おうとも、自分が正しいと思ったことをやれる人間さなれと、父は何度も小松に言って聞かせた。

そんな父の最期の姿は、瞼の裏に焼きついて決して離れない。

その日、小学校から帰った小松は、いつものように自分で食パンにマーガリンを塗っておやつとして食べると、すぐに友達と遊びに出た。奥の部屋に寝つく父に声をかけるのさえ億劫だった。父は選挙に落選してからはすっかり老け込んでしまい、陰気な人間になっていた。躰を悪くし、奥の部屋と病院を往復するだけで、たったひとりの息子である小松のことを気にかける素振《そぶ》りも滅多に見せなかった。小松のほうでも、そんな父と口を利《き》くのが嫌だった。だからその日も、勝手におやつで腹を満たし、父を無視するようにして遊びに出かけたのだ。

小松が天井からぶら下がった父を見つけたのは、遊び疲れて戻ってからだった。日が暮れているにもかかわらず灯《あか》りひとつない我が家に訝《いぶか》りつつ鍵を開けて入り、襖を開けると、暗い部屋の真ん中に父がぶら下がっていた。死んだ時に漏らしたにちがいない糞尿の匂いが鼻孔《びこう》を刺激したことを、その瞬間には気がつかなかったくせに、あの光景を思い出す時には必ずあの匂いが蘇る。それに、父があんなにも痩《や》せこけていたことへの驚きも。

警察によって降ろされた死体の耳の後ろが、不思議なぐらいに白かったことを憶えている。なぜそんなことを憶えているのだろう。遺書はなく、いつもかけていた銀縁眼鏡が卓袱台《ちゃぶだい》に置いてあるだけだった。病気を苦にし、発作的に首を括ったのだと噂《うわさ》する人々の声が小松の耳にも入った。だが、それは違うと小松は思った。遺書がなかったのは、父は自分が正しくないことをするとわかっていたからだ。だから息子に何ひとつ書き残せなかったのだ。それとも、死の直前、息子のことなど何一つ思わなかったのだろうか。そんな気がしてならない時もないではなかったが、小松はすぐに打ち消した。

また寝返りを打って目を開けた小松は、暗い天井を睨みつけるようにした。たった今頭に浮かんだ思いが嫌だった。父親の惨殺死体を見つけてしまった風間と、首を括って亡くなっている父親を見つけた自分と、いったいどちらがマシなのだろうと思ったのだ。莫迦莫迦しい。どちらもただ不幸なだけだ。

8

翌朝、磯島良平とその親族の戸籍を上げることで、磯島の弟と息子がまだ健在であることが知れた。ただし、磯島のつれあいのほうは、夫の死の翌年に、まるでそのあとを追うかのように亡くなっていた。とにかく弟と息子のふたりから話を聞くことだ。弟は真之《まさゆき》といい、息子は孝《たかし》という名だった。住民票の孝の住所は弘前市内となっていたので、早速《さっそく》番号案内で調べてみたが、電話の登録はなかった。しかし、真之のほうは五所川原の住所に該当する番号があった。

平日の午前中だ。普通の勤め人ならば家にはいないだろう。だが、戸籍の生年月日から数えると、磯島真之は既に七十二歳の高齢だった。

小松はとりあえず電話で話してみることにした。五所川原まで足を運んでもしも留守だったならば、それだけで半日近い時間が無駄になってしまう。

やりとりを会計課の同僚たちや上司の千田に聞かれないほうがいいと思ったので、使っていない小会議室のひとつに入った。誰が自分の机の抽斗から、キングの事件の捜査資料を盗み出したのかわからないのだ。

だが、電話をしたのは失敗だったとすぐに知れた。

「警察が私さ何の用ですば」

電話に出たのは磯島真之本人だった。小松が身分を名乗ると、それを遮《さえぎ》るようにしてすぐに訊き返してきた。

「お兄さんのことで、少しお話を聞かせていただきたいのですが」

「何を聞きてが知らねけども、私には警察さ話すことだの何もねえど」

今にも電話を切ってしまいそうな気配を感じ、小松は慌てた。

「実は、現在殺人事件の捜査を進めておりまして、できればその関係で御都合のよろしい時にお話を聞かせていただきたいんです。一度、お訪ねしてもよろしいでしょうか」

「あんた、何喋ってらんだば？　殺人事件だの、私たちにはまったく無関係ですよ。それを、兄を犯人扱いして殺した警察がまだ話を聞きてとは、何の話だか皆目《かいもく》わがねじゃ。いい加減にしてけろじゃ」

小松が何か言って引き留める前に、電話は一方的に切られてしまった。

迂闊《うかつ》だった。二十六年前の出来事とはいえ、冤罪《えんざい》による疑いをかけられた挙げ句に自殺した磯島良平の親族の気持ちは少しも癒《い》えてはおらず、その恨みは想像がつかないぐらいに今なお深いのだ。

——ということは、しかし、事件は少しも風化していないということだ。

今度の三件の連続殺人と二十六年前のキングの事件がどう結びつくのかは未《いま》だに何もわからない。正直な話、風間からその結びつきをいくら強く主張されようとも、小松自身は心のどこかで疑いを払拭《ふっしょく》しきれずにいた。これは風間のある種の妄執にすぎないのではないか、と。

だが、電話の磯島真之の応対を聞き、小松の中で変化が生じた。事件が風化せず、その当時の感情が今なお生き続けている以上、二十六年の歳月を飛び越えて何かが結びつく可能性は大いに考えられる。感情が生き続けている限り、時の流れなどないに等しいのだ。

小松はポケットのキーを確かめ、会議室を出た。移動しなければならないことが増えるのを予想し、今日は車で出勤していた。

五所川原にむかう前に住民票にあった磯島孝の住所を訪ねることを忘れなかった。もしも孝がこの住所にいなかった場合、叔父に当たる真之に甥の居所も訊く必要が生じる。

孝の住所は弘高下《ひろこうした》駅に近い富田《とみた》だった。案の定というか、その住所のアパートには現在別の住人が住んでおり、大家を訪ねて訊いたところ、磯島孝は既に一年近く前に越しているとのことだった。評判のいい住人ではなく、

「仕事が夜の商売だはんで、昼間、部屋でごろごろしてることも多がったみてだよ。こっちは何の商売だろうと、家賃さえきちんと入れて貰えればそれでよがったんですけどね」

とのことであったが、最後は家賃を二、三カ月溜め、そのまま出て行ってしまったらしい。

磯島孝が入居した折りに出した履歴書が大家の手許《てもと》に残っていたので、小松はそれを見せて貰った。孝は工業高校を中退したのち、いくつかの職を転々としていた。入居時の勤め先となっていたのは、鍛冶町にあるスナックだった。念のためにその名と連絡先を控えた。連帯保証人には、叔父の真之がなっていた。

磯島真之の家は、五所川原の上平井町《かみひらいまち》に建つ一軒家だった。五所川原佞武多《ねぶた》のスタート地点や立佞《たち》武多の館が近く、小松も夏の立佞武多祭で足を運んだことのある辺《あた》りだった。

呼び鈴を押して待つと、ほどなくインタフォンから男の声がした。

「朝、お電話を差し上げだ警察の者ですが」と名乗るとすぐに、電話と同じ不機嫌な声が返ってきた。

「警察が私《わ》さ何の用です。兄のことであんだ方さ喋ることだの何もねって言ったはずだけ

ど」

「そう仰《おつしや》らずに、ちょっと会っていただけませんか。長いお時間は取らせません。私は現在、連続殺人事件の捜査をしておりまして」

「したはで、それがうぢの兄ど、どう関係しているって言うんだば?」

「弘前で殺されだふたりの被害者は、ふたりとも磯島良平さんの捜査を担当した元刑事だんです」

インタフォンが沈黙した。

だから何なのだと言われてしまうと時間がかかると思いかけたとき、玄関ドアのむこうに人の気配がし、鍵が外された。

玄関のドアを開けたのは、痩せた白髪の老人だった。老眼鏡を鼻のほうにずらしてかけており、上目遣《うわめづか》いにこちらを見ている。

小松は慌てて抜き出した警察手帳をその顔の前に呈示した。

「弘前中央署の小松と申します。御協力、感謝します。お時間は取らせませんので、よろしくお願いします」

早口になりすぎないように注意しつつ一息に言い、愛想《あいそ》のいい笑みを浮かべて頭を下げた。

「磯島です」と、老人は頭を下げ返した。

「兄の捜査を担当した刑事さんが殺されたとは、どういうことだんです？　私さあなたの仰《わ》る意味がよくわがらねんですが、それはもしかして、新聞さ出でる猟奇殺人のことを仰っているんですが？」

興味を示している。これは期待のできる反応だった。

「その通りです。ふたりの被害者は、そろって磯島良平さんの捜査を担当した捜査員でした」

磯島真之の目が泳いだ。

「どうもやはり、私にはあなたの仰る意味がよぐわからね。とにかぐ立ち話もなんだはんで、どうぞ上がってください」

と、小松を中へ招じ入れた。

居間に通すと、つけっ放しになっていたテレビを消した。そして、食器棚からひとつ湯飲みを出し、炬燵のすぐ脇にあった盆のポットと急須《きゅうす》で茶を淹れてくれた。表札には女名前も並んでいたが、部屋の隅に仏壇があり、まだそれほど古くない写真が立っていた。ここ数年でつれあいを亡くしたのかもしれない。部屋には男所帯の匂いがする。

「お茶をどうぞ。電話では、失礼を申し上げですみませんでした。しかし、私どもにとって、兄の身に起こった出来事は、思い出したくない記憶だんです。正直な話、兄を疑ってかかった刑事たちへの怒りは未だに消えでおりませんし、あれがら警察を信用したことは一度もありません」

詫びの言葉を添えてはいるものの、むしろ警察への率直な気持ちを語っていた。だが、小松が警察官として詫びることまでは期待していないらしく、さらにすぐに続けた。

「それにしても、どういうことだんでしょうか。兄が亡くなってから、二十六年です。今になって、兄の捜査を担当した刑事さんが殺されだと仰られでても、関連があるとは思えませんが。おふたりとも刑事さんであったんですから、他にも一緒にした捜査はあるんでないですか？」

「そうお考えになるのももっともですが、キングと呼ばれだ連続殺人犯のことは憶《おぼ》えておいでですね」

「それはもぢろんです。兄は間違ってそれで疑いをかげられだんですがらね」

「今度の事件の被害者は、あの時のキングと同じ手口によって殺害されでいます。偶然とは思えません」

「――それはつまり、頭蓋骨を切り取られでだってことを仰っているんですか？」

「その通りです」

頂戴《ちょうだい》しますと断わって、小松は湯飲みに口をつけた。

そうしながら磯島の様子を窺っていた。老人は困惑している様子だった。

慎重に質問を進める必要があると、小松は思った。こうして部屋に上げてはくれたものの、この男は警察に対して決して好感情を持ってはいない。だが、どう質問をすればいいか、きちんと整理がつかなかった。なにしろ、二十六年前の事件と関連があるとは言ったものの、どう関連しているのか、小松自身にもまだ一向にわかってはいないのだ。

「しかし、刑事さん。あなたがこうして私を訪ねていらしたということは、誰か兄の関係者で警察さ恨みを抱いでいる人間を探しているのですが？」

先に磯島のほうからそう訊かれ、戸惑わざるを得なかった。

「――いや、実は私自身、こうして伺いはしましたが、二十六年前の出来事が現在起こっている殺人事件とどう関係するのか、なんとも想像がつかないんです。それで、とにかくお兄さんに重要参考人として任意同行をお願いした時の状況などを、詳しくお聞きできればと思いまして」

磯島は疑わしそうに小松を見つめ返した。

「そういったことであれば、警察の内部でなんぼでも調べられるんでないですか？　記録だって残ってるんだべ？」

「それが、なかなかそうはいかないんですよ。なにしろ長い時間が経ってしまいましたので。実際、今度の被害者のように、二十六年前にお兄さんの捜査を担当した刑事は、大概《たいがい》はもう警察に残ってもいないんです」

「しかしですね、こうして訪ねでいらしても、兄を追いつめた時の状況についてだの何も話すことはありませんよ。あしたひどい話はないです。見込み捜査の典型でねが。私たちだって、本当は警察を訴えたかったぐらいですよ」

「どういった経緯でお兄さんが疑われたんでしょうか？」

「だはんで、そういうことについては、私ではわがらないと喋っているでしょ。警察の記録を当たったらいがべな」

「警察の記録は無論、読みました。お兄さんは自殺なさる前、三度に亘って警察に呼ばれでいますね。そして、四度目の事情聴取の朝に、自宅で首を吊っているのが見つかりました。その朝、お兄さんを迎えに行った捜査員のひとりが、今度殺された越沼雄一氏なんです」

磯島は手許に目を伏せて、じっと小松の話を聞いた。

「当初、お兄さんには犯行日時が特定された三件の犯行の夜のアリバイがありませんでした。それに、三人目の被害者と不倫関係にあり、別れ話が縺れてもいたそうです。ですが、そういったことだけで、なぜ再三再四に亘って警察がお兄さんを呼びつけようとしたのが、私には今ひとつわがらないんです」

「したはんで、それはあなた方警察が横暴だったからだと喋っているでしょ。それに、当時兄が、ある女性と不倫関係にあったのは確かですが、決してあの当時、別れ話が縺れてなどはおりませんでした。それは、私があとで確かめた。それだって警察のでっち上げだんだ」

　磯島は顔を上げ、激昂《げっこう》して声を震わせた。

「それだらなおさら、お兄さんが何度も警察に呼ばれたのはおがしい」

「だがらそう言っているでしょ」

「それにもかかわらず、当時の捜査担当者がお兄さんを疑ったのには、何か理由があった。磯島さん、あなた、それについて何か御存じなんじゃないですか？」

　磯島は目を見開いた。図星を突いたのだ。

「私《わ》は何も知らね。知ってでも話す必要はねえ。あれは警察の横暴だ。あんだがた警察が兄を偏見の目で見だがらだんだ。そいだって――」

　興奮が老人を一瞬雄弁にしかけたが、慌てて先の言葉を呑み込んだ。

「偏見とは、どういう意味です？」

「知らねっ。私《わ》の口がらは何も話すことはねんだ。帰ってけねが。もう兄は二十六年も前に亡くなったんだ。おめだぢ警察のせいで首を括ったんだど」

「お兄さんの捜査を担当した人間がふたり殺されでいるんです。お願いです、磯島さん。協力してください」

「帰ってけって言ってらんだね（言ってるだろ）。どうしても私《わ》さ何か喋らせてんだら、兄さしたのど同《ふとづ》じように、私《わ》を毎日警察さ呼んだらいがべな。だどもこったら老《お》い耄《ぼ》れでも、とことん闘《たたか》うはんでな」

駄目だ。今ここでこれ以上粘ったところで、この男から何かを引き出すことはできないだろう。

「では最後にひとつだけ。磯島孝さんが住民票の住所にいらっしゃらないのですが、どちらにお住まいか御存じありませんが?」

「孝さ、何の用だんです?」

「やはりお話を伺いたいんです」

「私《わ》は知らね」

この男は、知っている。

小松は頭を下げて腰を上げた。

そこで動きをとめ、さり気なく磯島の表情を窺いつつ訊いた。

「そう言えば、本木廉太郎という男を御存じですが?」

磯島が答える前に、答えは知れた。

「いや、知らねな。誰だんですばそれは?」

老人は明らかに顔色を変えていた。

小松は再び頭を下げて玄関へむかった。

今後の捜査に、大きな方向性がひとつ見つかった。弘前の二件の事件と関係がわからなかった秋田の猟奇殺人の被害者を、どうして磯島良平の弟が知っているのか。この点を、一刻も早く究明しなければならない。

9

「秋田の事件のガイ者である本木廉太郎を、磯島良平の弟が知っていただと——」

風間は電話のむこうで小松の言葉を反復し、絶句した。磯島の家を出たあと、車に戻るなりすぐ電話をしたのだ。

「いや、すまん。話を遮《さえぎ》ってしまって。順を追って、全部聞かせてくれ」

小松は風間に促されて、そうした。携帯を耳に押し当て、自分の話を熱心に聞く風間の姿を想像すると、僅かながら誇らしげな気分がした。

話を聞き終わった風間は、再び沈黙し、しばらく何も言わなかった。

誇らしげな気持ちが小松の背中を押し、つい自分のほうから話を急いだ。

「どうしよう。俺はもう少し五所川原で磯島真之の周辺を探ろうか？」

「いや、それはあまり意味がなかろう」

風間は不愉快そうな声を出した。思考を遮られるのを嫌ったのだ。

「ただ、磯島真之はもっと何か知っていて、それを隠しているように思うんだ」

「何かって、何だ?」

風間の声は相変わらず不愉快そうだった。

「はっきりしたことは言えないんだ。忘れてくれ。ただ、勘に引っかかっただけだ。考えの邪魔をしてしまってすまん」

「勘だと——。遠慮をするな。言ってくれ。何が引っかかったんだ?」

「なんとなくだが、磯島真之は、どうして当時の警察が兄の磯島良平を疑ってかかったのかという理由について、何か知っているような気がしたのさ」

「なぜそう思った? 何が引っかかった?」

改めてこう訊かれると、小松は急に自分が弱気になるのを感じた。

「——磯島真之は、警察が自分の兄を疑ったのは、兄への偏見があったからだ、といった言い方をした」

「偏見——」

「ああ。いったい、何に対する偏見だったのだろう。磯島が外科医だったことも、秋村彩子という女性と不倫関係にあったことも、別に偏見の対象にはならないだろ」

風間は再び考え込むような間をあけ、やがて言った。

「つまり、見込み捜査に走る理由が何かあったと言うのか?」

「そんな気がする」

「小松、おまえ、いいところに目をつけたのかもしれんぞ。捜査資料を読んでも、なぜ当時の警察が磯島良平の取り調べにあそこまで固執《こしつ》し、何度も事情聴取を繰り返したのかという点がはっきりしなかったんだ。だが、磯島真之は秋田の被害者である本木廉太郎のことも知っていた。今度はこれは俺の勘だが、もしかしたら越沼雄一と田中繁夫、それに秋田の被害者の本木廉太郎を結ぶ線は、磯島真之が口を閉ざして語ろうとしない何か、言葉を換えれば当時の警察がそれによって磯島良平に対する偏見を持ち、猟奇殺人のホシだとして疑ってかかることになった何かと関係してるのかもしれん」

「おまえもそう思うならなおさら、俺はこっちで磯島真之の周辺を探ったほうがいいんじゃないのか?」

「いや、捜査手順としては、それはあまり意味をなさないだろう。おまえ、その老人の周辺を探れば、老人が何を隠して口を閉ざしているのかがわかると思うか。それとも、スッポンのように本人にずっと喰らいついてみるか?」

「——いや、それは」

「そうだろ。それよりも、捜査方針を二つに絞ろう。ひとつは、行方がわからない磯島良平の息子の孝を捜し出して話を訊くこと。そして二番目は、磯島良平、真之の過去と、本木廉太郎の過去を徹底的に洗い、その接点を探ることだ」

「わがった。で、俺はどっちをやればいい?」

「いや、この二点については、すぐに俺が捜査本部から人員を割《さ》くよ。秋田県警にも連絡して、改めて協力を乞う。それより、おまえには至急やって欲しいことがある。昨夜はあれから署に戻り、資料室を漁ったのか？」

意気込んで訊いたのに、些《いささ》か拍子《ひょうし》抜けした気分だった。結局、メインの捜査はデカ部屋の人間たちが行なう、ということか。

「――すまん、さすがに昨夜はあれで引き上げてしまった」

「いやいや、それを責めてるわけじゃないんだ。俺のほうが酔い潰れたんだからな。昨夜はすまん。念のために訊いてみただけだ。まだならば、至急署に戻り、さりげなく資料室に足を運んで調べてくれ」

「ああ、わがった」

小松の口調から何かを感じ取ったらしく、風間は説明を続けた。

「小松、考えてみてくれ。俺はおまえに大事なことを頼んでるんだぞ。二十六年前、捜査員の全体か、もしくはその一部かはわからんが、とにかく誰かが何らかの偏見を持ったために磯島良平を重要参考人とし、しつこく事情聴取を繰り返した。そして、それを苦にして磯島が首を括った。もしこの想像が正しいとすると、今度殺された越沼雄一や田中繁夫とともに磯島良平を自殺へと追い込んだ人間ならば、自分がその関係者だったことを隠したいと考えると思わないか」

そうか、そうなのだ。その人間が、二十六年前の捜査資料を隠し、過去の事件に捜査の手が及ぶのを妨害している可能性は充分にある。

「しかし、捜査資料は俺の机からなくなったのだから、やったのは署内の人間の可能性が高い」と、小松は言った。「越沼も田中も、既に退職して随分《ずいぶん》時間が経っている。何期か後輩だったとしても、同様に退職しているだろうし、当時の捜査に関係した人間が、今の弘前中央署に残っているだろうか」

「直接捜査に関係した人間ではないかもしれないぞ。親しくしているか、あるいは何らかの理由で利益を共有する人間ということだってあり得る。だから、おまえに頼んでるんだ。弘前中央署に長いおまえならば、キングの事件に関わった捜査員の名前を見て、現在の署の職員となんらかの形で関わっている人間に思い至れるかもしれない。県警本部には俺が出むき、当時の県警の一課の人事リストをなんとか見つける。その連中の中の誰かが、あの事件の捜査に加わってるはずだ。おまえは弘前中央署の当時の人事配置図を探し出してくれ。ただし、あくまでも動きは慎重にな。昨日も言ったが、この件は俺たちふたりだけの間に留《とど》めねばまいいね」

「ああ、わがってる」

「だが、迅速《じんそく》に調べる必要があるぞ。もしかしたら、その人間が次のターゲットになるかもしれない」

「まだ次の被害者が出ると言うのか?」

小松は思わず訊き返した。

「出ないという保証はあるまい」

「——ああ、確かにそうだな」

「ところで、小松」

と呼びかけてから、風間は珍しく何かを言い淀《よど》むような間をあけた。

「ちょっと小耳に挟んだんだが、義父の晋造さんが、昨日、本部のパトロール隊に逮捕されたそうだな」

風間に知られるのは気まずい気がして何も言わずにいたのだが、誰か捜査員の口から耳に入ってしまったのかもしれない。

「ああ、その件なら大丈夫だ。心配は要《い》らない。穏便《おんびん》に片づきそうだ」

うっかり口を滑らせてしまってから、しまったと思った。穏便に済むようにと署長の木崎に頼んだことのほうは、間違っても風間には知られたくない。

「それはどういう意味なんだ?」

「いや、大した意味はない。親父は助手席に乗ってただけなんだ。だから、たぶん今日中には釈放されるさ」

「しかし、車は逃走したんじゃないのか?」

「心配は要らないと言ってるだろ」

「――そうか。それならばいいんだが……。ところで、昨日、おまえの家の前におかしな男が立っていたろ。あの男はいったい何だったんだ？　もしも親父さんに何か困ったことが起こっているのならば、相談に乗るぞ。俺は今やよそ者だが、よそ者だからこそやれることだってあるはずだ」

恐ろしい勘働きというべきなのか、それとも、こちらから相談を持ちかけるのを待っているだけで、実際にはもっと何か噂を耳にしているのだろうか。そうだとすれば、どんな噂だろう。義父が何をしでかし、あの門前の男が義父のどんな弱みを握っているのか、小松は一刻も早く知りたかった。

だが、それはこの男にして欲しいことではなかった。

「大丈夫だ、風間。心配してくれてありがとう。だが、個人的なことでおまえに迷惑をかけるつもりはないよ。もしも何かあったとしても、その時は俺が義父を問いつめるなり、義父に代わって責任を取るなりする。だから、心配はしないでくれ」

風間が電話のむこうで黙り込む。

「何かわかったら、すぐにまた連絡を入れる」

小松は事務的にそう告げ、自分のほうから電話を切った。

帰路で昼食時間に差し掛かりそうになり、昼休みに入る前の空《す》いているラーメン屋で手早く炒飯《チャーハン》と餃子《ギョーザ》を腹に入れた。風間の補佐で動くようになってから、会計課で自分の机にしがみついていた時よりも腹が減り、昼食にも麵《めん》類よりもきちんと飯ものを食べたくなっていた。

署に戻り、駐車場に車を入れて建物の側面の通用口から中に入ると、交通課の椅子になんとなく見覚えがある男が坐っていた。免許の更新は昼休み時間中は窓口を閉めているので、そこに坐るのはその男ひとりだけだった。

男は正面玄関のほうをむいていて後ろ姿しかわからなかったし、急《せ》く気持ちもあって誰かは思い出せないまま会計課の部屋に入ると、上司の千田から声をかけられた。

「小松君、お客さんだど。いつ帰るかわがらねって言ったんだけど、待ってでも構《かま》わねって言ってでさ。約束だつうはで、一応あそこで待ってで貰うことにしたんだけど、本当に、んだだが?」

「ええ、まあ」

否定しなかったのは、千田が話すのを聞く途中で、あの男が誰かを思い出したからだった。風間の兄だ。

「風間って名乗っただけど、風間さんど何が関係あるんだが?」

「はあ、秋田さいるお兄さんです。仕事でこっちさ来てるらしくて、風間警視正さ届け物を持ってらしたんですよ。私が預かっておぐようにと指示を受けでます」

今度は口から適当な出任せを言い、小松は踵《きびす》を返して会計課の部屋を出た。

近づく小松を、風間の兄の太一はぼんやりと見上げた。

一見してすぐに気づかなかったのは、まさか風間の兄がこんな所に自分を訪ねて来るとは想像もしなかったこともあるが、昨夜とは別人のような雰囲気だからだった。太一はきちんと背広を着込み、短い頭髪を整髪料で固め、交通課の粗末《そまつ》な椅子にぴんと背筋を伸ばして坐っていた。

小松が大分近づいてから、太一はすっと腰を上げ、躊躇いがちな笑顔を浮かべて頭を下げた。

「一郎さんですね」

その態度と口調から、むこうが自分の顔を認識するのに手間取ったのを知った。目が悪いわけではなく、おそらくは昨夜、会った記憶がまったくないのだ。酒に酔っている時と素面《しらふ》の時の印象が大きく違うのは、決して喜ばしいことではない。むしろアルコール依存症や酒乱の人間に共通の特徴だった。

「久しぶりです」と、小松は頭を下げた。

「ああ、ほんとに久しぶりだな。あんだだのユリちゃんの顔を見ると、懐かしいっきゃ」

太一は照れ臭げに平手で首の後ろを撫でた。

「昨夜はどうも、めぐせ（恥ずかしい）どご見せでしまったみたくて、申し訳ねぇ」

秋田が長いとのことだが、言葉にはほとんどその影響は感じられなかった。同郷の人間と話すと、自然に弘前弁になるのだ。

「なも、お互い様ですじゃ。風間から聞いだがもわがねけども、俺《わ》だぢもあのあと、かなり酔いまして、風間も酔い潰れだんです」

「ほう、んだったのな。今朝はあえど話さねがったはで――」

太一はそう言いながら、何か言葉を探しているようだった。

「そいで、どういった御用件だんですば？」

小松のほうから促すと、幾分落ち着きがなさそうに辺りをきょろきょろした。

「うん、それだんだけどもさ。忙しどご、こったらふうに訪ねで来てまって申し訳ねぇ。そったに長《な》げ時間取らせねはんで、どっかふたりだけで話せねべが？」

「ええと、ここだばまずい用件だんですが？」

小松は言いつつ、壁の時計に目を流した。じきに一時になる。午後の窓口が始まれば、再び免許の更新の人間がやって来る。

「うん、できれば誰もいねどごで、俺《わ》どあんだだけで話してんだ。わりいな、一郎さん」

「なも、とんでもね。そせばこぢさどうぞ」

と太一を案内したが、危惧《きぐ》した通り、小会議室には婦警たちが陣取って、まだ弁当を拡《ひろ》げていた。この近くには、気の利《き》いた喫茶店もない。

「屋上でいいですか？」

風間は仕方なく、上を指差した。大分気候が緩《ゆる》んではいるが、桜祭りになる前には、表で弁当を使おうという人間は滅多にはいないはずだった。

10

思った通り、屋上は無人だった。

「今日は岩木山が綺麗だな。毎日、ここで暮らしてる人さはわがらねがもしらねばて（しれないけれど）、離れだ人間がらせば、あの山ば見れば弘前さ帰って来たなって気がすんだ」

太一は西の空の岩木山を見やって目を細めた。頭に雪を被《かぶ》った円錐形の山が、晴れた空の下に聳《そび》えている。頂に、岩木山、鳥海山《ちょうかいさん》、巌鬼山《がんきさん》の三峰がくっきりと分かれ、日射しが陰影を浮き立たせていた。

「こたらものですみませんが、どうぞ」

と、小松は署内の自動販売機で買った缶コーヒーを差し出した。

「いや、恐縮です」

太一が受け取って開けるのを待ち、小松も自分の缶のタブを開けた。

「仕事で青森さ行った帰りだんだ。通り道だて思うと、懐かしくて、弟もちょうどこごさいだもんだはんで、突然に立ち寄ってまったのさ。もっとも、弟からせば、捜査で忙しい時に来られで迷惑《めやぐ》だったがもな」

太一は缶を軽く口に傾けてから、言った。

屋外で見ると、肌ががさがさしているのが目立ち、顔色にも日焼けとは別のどす黒さがあるように思われた。歳《とし》よりも老けて見える。

「しばらぐ弘前さ滞在なさるんですか？」

「いやいや、さすがにそういうわげには。こう見えでも、むこうで俺《わ》を待ってる患者さんもいるもんだどごでさ。弟から聞いでるかもしれねけど、私、鍼をたしなみまして」

「ええ、伺ってます。で、今日はどういう？」

当たり障《さわ》りのない話だけしていても埒《らち》が明かないと思って促すと、太一は顔を曇らせて俯いた。

「実は、折り入って一郎さんさお願いがあって、それで伺ったんです」

「はあ、なんでしょう？」

もう一度促してみたが、話の口火を切っただけで押し黙ったままだった。

しばらくして、やっと顔を上げた。

「──弟は、ちゃんとやっておりますでしょうか？」

「もぢろん、素晴らしい手腕を発揮されでます。我々田舎警察の人間さとっては、いい手本を示して貰ってますよ」

「そうですか……、そいだば、いいんだども。──私は弟のことが心配だんです。秋田の事件といい、今度の弘前の事件といい、やはり二十六年前のキングの事件ど関係してるって見るべきだんでねがって」

「事件のことは、外部の方にはお話しできないんです」

「ああ、それはそうですね。わがっています。ただ、今度の被害者は皆、二十六年前の事件の関係者だのがどうがというのが気になってらんだ」

風間の兄なのだ、とは思いつつ、小松は警戒の必要を感じた。

「なしてすったこと気になさるんですが？」

「弟が心配だはんで」

「──申し訳ありません。どうも今ひとつ仰りたい意味がわからないのですが」

「おわがりになりませんが？」

「ええ、すみません」

「しかし、一郎君。あんただって、キングの事件のことを忘れだことはなかったはずだ」

いつの間にか「一郎さん」が「一郎君」になっていた。

「それはもぢろん、その通りです」

「それだら、わがりませんか？　弟の場合は、あんだだぢよりももっとずっと深い心の傷を負っている。なにしろ、実の父親が殺されているのを、この私とふたりで見つけてしまったんですからね。憶えてますか、一郎君。あいは、そのために一年近ぐ、口が利けねがった。失語症というやづです」

小松は驚いた。そうだ、すっかり忘れていたが、そんなことがあったのだ。子供の頃の記憶とは、不思議なものだ。何もかも鮮明に憶えているような気がするのに、間がすっぽりと抜け落ちていたりする。そう、風間の父親が自宅で風間たち兄弟の留守中に殺され、さらには小松たち三人がキングと思われる人間の手で防空壕跡の穴に閉じ込められてからしばらくした頃だった。風間は突然、ものが喋れなくなった。それにしても、一年近くもの間、喋れなかったとは、改めて指摘されると驚くべきことだ。

「それに」と太一はひとりで喋り続けた。

「あえは、今、えらぐ思いつめでる。あんた、あえのホテルの部屋を見ましたが？」

指摘され、たじろいだ。

「ええ、見ました」

「で、どう思いました？　なんぼ捜査のためとは言え、なしてまだあったら惨《むご》く殺害されだ死体の写真ば、自分の周りさ貼っておげるんですば？　私《わ》だきゃ、あれの気持ちがわがらね。たんだ、あした写真を部屋さ貼って、ルームクリーニングも拒《こば》んで、仕事が終わればあの部屋さひとりで戻って死体を眺《なが》め回しているあえを思えば、私にはあえが不憫《ふびん》でならね。一郎君、次郎は思いつめでるんです。自分の過去の闇を、なんとかして今、自分の手で払拭《ふっしょく》しようと焦《あせ》ってる。我々の東京での生活は、さんざんでした。私はまだいい。しかし、次郎はこの弘前でひどい思いをし、東京さ行ってもまだ、ひでぇ少年時代を送った。成人し、あえが警察官さなりてって言い出した時、私は驚きました。ましてや、ここ数年は、猟奇殺人の捜査のスペシャリストなんがの研修を受けて、すったひでぇ事件ばり捜査してる。私には、あえがたんだ、自分ば痛めつけでるだげにしか思えない時があるんです」

「あえは……、風間は強い男ですよ。だから、きっと大丈夫です……」

「一郎君」

太一は小松の名を呼びながら、いきなり手を取った。ふたりの手にある飲みかけの缶コーヒーがぶつかった。

「一郎君、どうか、あれのことをよろしくお願いします。あれから目を離さねでやってください。それに、もしも何かが起こりそうな時には、どうかすぐに私に連絡をいただけませんか」

「——何がとは、何です？」

「あ、なも、これは言葉の綾《あや》で、もぢろん、そったこどはねぇと思います。でも、私は怖いんです」

「何がです――?」

「あれに……、次郎さ何かよぐねぇこと起こりそうな気がしてならねんです……。一郎君、あえば頼みます。どうか、あれのことをお願いします……」

太一は小松の手を強く握り締め、いつまでも放そうとはしなかった。


風間との会話の中では一々否定はしなかったが、県警本部や大規模署とは違い、弘前中央署の場合、大仰《おおぎょう》な資料室といった物はなかった。事件関係のファイルは、無論のこと刑事課や生活安全課など専門部署で厳重に管理されているが、過去の人事表などの資料の場合は、半《なか》ば物置部屋を兼ねた保管庫に眠っているはずだった。

保管庫の鍵は、総務にある。鍵を借り出し、小松は保管庫に入った。パソコンを検索すれば大概《たいがい》の記録に行き着ける現在のシステムとは違う。目当ての人事表を探し出すまでに、キャビネットの一角を占める埃まみれのファイルを、二時間近くも漁り続けなければならなかった。

落ち着いて目を通すのはあとだと思い、小松は誰かが入って来ないだろうかと気にしつつ、当時の人事配置の一覧をコピーした。ファイルを元の位置に戻す時になって、二十六年前というのが弘前中央署が現在の庁舎に移った年であることに気がついた。それまでは白銀町《しろがねちょう》にあったのだ。ファイル棚の片隅に、新庁舎移転に伴《ともな》う式典や、新庁舎完成を祝って行なわれた催《もよお》し物などの様子を、おそらくは当時の総務課員辺《あた》りが写したと思われる写真を貼ったアルバムが立っていた。

それを抜き出してなんとなく捲《めく》るうちに、ふと何かが頭に引っかかったような気がしたが、携帯電話が鳴って注意が逸れた。

ディスプレイに、小百合の携帯の番号が表示されていた。勤務時間中にかけて来ることなど、今まで一度もなかった。

「もしもし、小松です」

我知らずよそ行きの応対になってしまった。

「ごめんなさい、いっちゃん。こった時間に電話をしてまって」

「いや、大丈夫さ。それよりどした？」

「今、少し話しても大丈夫だの？」

小松は保管庫の入り口付近へと移動した。ここからならば、廊下を誰かが近づいて来たら、すぐにそれと気づく。幸い、滅多に人の来ない部屋だった。

「ああ、大丈夫だよ。いったいどうしたんだ？」

「ごめんね。でも、いっちゃんの耳に入れだほうがいいかと思って。実は、今まで、風間君のお兄さんと会ってだの」

「ってことは、いっちゃんの所にも現われたのな？」

「そっちさも行ったのね」

「ああ、署で俺を待ってだよ」

小百合の所に現われた時間を確かめると、ここをあとにしてからほとんど真っ直ぐにむかったとしか思えなかった。もっとも、部屋にいきなり来たというわけではなく、昨夜、携帯の番号を教えてあったので、連絡が来て、今の今まで小百合のマンションの近くの喫茶店で話していたそうだった。

「それでね。電話したのは、他でもない、あのお兄さんのことだんだけど。いっちゃん、どう思う？　あの人、どこかおがしくない？」

「おがしいって、どしたふうに？」

「いっちゃんのとごには、どした話をしに来たの？」

「まあ、事件の経過を知りたがってだようだけど、それは外部の人間には話せねって答えだよ。兄貴として、風間のことを心配してるようだ。弟は二十六年前の事件で大変に傷ついているから、今度の事件の捜査に当たるのが心配だって。そんなどごがな」

「普通の様子だった？」

そう訊かれ、小松は太一が手を取って握り締めてきた時の、どこか熱に浮かされたような視線を思い出した。

「ねえ、私、やっぱり、あの人ちょっとおがしいと思う」小百合は自分で答えを続けた。

「だって、いっちゃんや風間君から事件のことで何か耳にしたら、何でもいいから知らせてくれないかって、私さ頼んだのよ」

「そったごと頼んだのが――」

なぜそんな必要があるのだ。この自分に対しては、大人しく引き下がってみせたものの、実際には現在起こっている事件の経過がそこまで気になるのか。なぜだ。

「ええ、そう。ねえ、それに、気づかなかった？　あの人、絶対にアル中だよ。昨夜の酒乱振りもそうだけど、今日会って、私、もっとはっきりそうわがった。同じような感じの人、仕事で何人も見でるもの。ねえ、どうしてだと思う？　どうしてこの事件のことをこんなに知りたがるのかしら」

何と応じればいいのかわからなかった。

「俺には、風間のことが心配だとしか言わなかったから」

「それだけのはずがないわよ。ねえ、いっちゃん。こんなこと言うの、すごく恐ろしいんだけれど、今度の事件の犯人が風間君のお兄さんだってことは考えられないの」

「おい、どうしていきなりすったごど言い出すんだよ」

「だって、あの人、前の事件があった秋田に住んでるんでしょ。そして、今度はこうして弘前に来てる。それに、二十六年前のキングの事件にも関係してるわ」

　苦笑するしかなかった。

「莫迦だこと言うのは、いい加減にしてけ。それだけで犯人扱いされだら、たまらねぞ。第一、彼が弘前に来たのは昨日で、それまでは青森で鍼灸の勉強会か何かに出でだんだ」

「そんなの、本人がそう言ってるだけかもしれないでしょ」

　小松はついには呆《あき》れた。

「なあ、小百合。どうしてそんなことを思いついたんだよ」

「それにまだあるもの。鍼灸師って、すごいのよ。私、テレビで見たことがあるけれど、鍼で麻酔をして、外科手術だってできるんですって。それなら、生きてる人間の頭蓋骨を、相手を騒がせないで切り取ることだって可能でしょ」

「なあ、いい加減にしろよ――」と言いかけ、小松ははっと一旦《いったん》口を閉じた。「生きたまま頭蓋骨を切り取られた被害者がいるというのを、おめはどうして知ったんだ？」

「だって、ホテルの部屋で写真を見てるじゃない」

「そうじゃなく、なぜ生きたまま切り取られだって知ってるかと訊いてるんだよ」

「ああ、それだば、風間君のお兄さんが言ってたもの」

　その件は、新聞発表されていないのだ。なぜそれを太一が知っていたのだろうか。

「ねえ、いっちゃん。それに、私、いつかは話さないと、と思ってた話があるの。ずっと言わずに来たのだけれど、やっぱりいっちゃんの意見を訊いてみたい」

「なんだよ、勿体《もったい》ぶった前置きだなんて、おめらしくねぇぞ」

小百合は黙り込み、しばらく何も言わなかった。

「私が言いたいのは、あの穴のこと。私たち三人を今でも苦しめてる、あの防空壕跡の穴のことよ。あそこに私たちを閉じ込めたのは、風間君のお兄さんだったんじゃないかしら」

「——どうしてそった想像したんだ?」

小百合が何か言いかける気配を感じ、先回りをして小松のほうから続けた。

「だって、あれはキングの仕業でねが」

「あなたがそう思ってるのは、昔からわかってたわ」

「俺がそう思ってるって……、それは違うだろ、おめだって、風間だって、俺と同じこと思って来たんでないのが?——というか、あれはキングの仕業なんだよ。当時、みんながそう言ったんでねが?」

「周りの大人はみんな、そう言ったわ。でも、それは、閉じ込められた子供のうちのひとりが、キングに父親を殺された風間君だったから、大した考えもなくそう言ってただけよ。現に、当時の警察がそう断定したわけではないんでしょ」

小松は戸惑った。そんなことを確かめたことなどなかった。当時、自分はただの子供だったのだ。そして、その後も自分から積極的に触れたくなどない記憶だった。

「それに、憶えてる、いっちゃん。私たちがあの穴に閉じ込められたのは、キングが風間君のお父さんを殺してから、三カ月近くも経ってからだったのよ。でも、風間君のお父さんが、キングの最後の犠牲者で、その後、キングはぴたっとどこにも現われなくなった。そうでしょ。そんなふうに姿を消したキングが、どうして私たちを防空壕跡の穴に閉じ込めたりするの」

言葉を失った。

「でも、あの頃、きみも風間も……」

「それは違うわ、いっちゃん。私たち、あの穴のことを、ちゃんと話したことなんかなかったでしょ。ただ、誰もがずっと忘れようとして生きてきただけ。私は、風間君がどう思ってるのかは知らない。あなたは、時々寝物語とかで、キングのことを言ってたから、そう思ってるんだとはわかったけど、敢えて否定はしなかったの。だって、私は風間君のお兄さんがやったのかもしれないと思ってるなんて、言いたくなかったもの」

「おめは、どうしてそうしたことを思ったんだ?」

「――そのことは、電話では言いたくない。会って話したい。いいでしょ」

小松は訊きたい衝動を抑《おさ》えた。

「わがったよ。じゃ、今度会って話そう」

「連絡くれるの、待ってる」

自分のほうからは、次はいつ会いたいとは、決して言い出すことのない女なのだ。

「でも、風間君のお兄さんのこどでもしも何かあったら、またすぐに電話をしてもいいでしょ」

「もぢろんだ」

「私、あの人どはもう会わないこどにするわ」

「ああ、それがいい」

小松はすぐにまた連絡をすると約束して電話を切った。

もうここでの用は済んだのだから、部屋を出ようと思ったにもかかわらず、傍のスティール椅子にぺたりとしゃがみ込んだ。そして、思った。どうして自分は風間も小百合も、自分たちがあの穴に閉じ込められたのはキングの仕業だと思っているとばかり決めつけていたのだろうか。

記憶というのは、嘘をつくものなのかもしれない。

同じ体験をしていても、記憶はそれぞれに異《こと》なるのだろう。いや、こう言うべきなのか。三人で共有する記憶など、ただの幻想にすぎなかった、と。

それは、寂《さび》しい発見だった。

11

コピーをした人事配置図を、自分の机で見るわけにはいかなかった。二十六年前の事件の捜査資料がなくなる前ならいざ知らず、警戒をするに越したことはない。署から車でならすぐの所にあるファミリーレストランに陣取り、じっくりと人事配置図を眺め回すことにした。携帯電話は忘れずに持って出て、テーブルに置いた。夕刻が近づいており、義父の件でそろそろ何か連絡が来てもいいはずだった。

コーヒーを啜りながら人事配置図に目を落として間もなく、二十六年前の弘前中央署に在籍した人間で、現在もなお在籍している人間は皆無《かいむ》だとわかった。こうなると、可能性はふたつ。県警本部から事件の捜査本部に出むいて来ていた刑事たちの誰かなのか、あるいは風間が言ったように、当時あの事件に関わっていた人間と親しい誰かが現在の弘前中央署にいるのかだ。

小松はある種の執念にも近い集中力を発揮して、この人事配置図にある中で何か引っかかってくる名前はないかと探ってみたが、何も思いつかなかった。

そうする途中でふと考えた。警察官は、任官の際に、本人はもちろん、家族の分も含めた、非常に詳しい履歴書を書いて提出する。もしもそれを閲覧《えつらん》できれば、二十六年前に弘前中央署に在籍した人間や、当時、県警本部から、キングの事件の捜査のために出むいてきていた刑事たちと関連のある署員を見つけ出せるかもしれない。

だが、自分の力ではそんな閲覧は到底無理だし、風間が命じて行なうにしても、それでは自分と風間のふたりがやっていることが署内の多くの人間に知られてしまう。

マナーモードにしてあった携帯が振動し、慌《あわ》てて取り上げて通話ボタンを押すと、妙子の声が聞こえてきた。

「私よ。お仕事中にごめんなさい。警察がら電話あって、お父さんを帰すがら、家族の誰が迎えに来てけって言うの」

小松は溜飲《りゆういん》を下げた。

「ほら、俺の言った通りだったろ。すぐに釈放されるがら、心配ねって」

「そだね、ほんとによがった」

そう呟く妻が、半ば涙声になっているのに気づいて胸が締めつけられた。

「私も一緒に行ぐわ。やっぱりそのほうがいいもの。そうでしょ」

「いや、それはどうがな……。お父さんも、いぎなりおめど顔を合わせると、やっぱりふうえぐね（きまり悪い）と思うんだ。だから、僕が行くよ。心配は要らないから、したはんで、おめは家で待ってたほうがいい」

本当は、妙子のいないところで、ふたりきりで義父にきちんと話を訊く必要があった。

何ひとつ包み隠さずに話して貰わなければならない。

「タエ、大丈夫だから。むこうを出る時に、まだ連絡を入れる。いいね」

小松がそう重ねると、妙子はしばらくしてからやっと小さな声で、「うん、わかった」と応じた。

夫を信頼しきっているように聞こえる妻の声が、小松の胸を微かに疼《うず》かせた。


青森県警本部へは車を飛ばして一時間ちょっとで着いた。受付を訪ねると、交通課で待つようにと言われ、そこに行くと昨日、義父がトイレに立て籠《こ》もってしまったコンビニで顔を合わせた交通パトロール隊の笹と出くわした。互いに気まずく、小松も笹も視線を逸《そ》らし合ったままで挨拶を交わした。

「あちらですよ」

笹が悪いことでも耳打ちするかのように声を潜めて指差す先を見ると、ドアが開け放たれた小部屋があった。その部屋に、既に留置場から出された義父の晋造がひとりで坐っていた。

「ああ、いっちゃん。来てけだんだが？」

晋造は戸口に立った小松を見て、かさつく笑いを漏らしながら腰を上げた。さすがに顔に疲労の色がある。

「あぁ、大丈夫だ。心配かげでまってすまねがった。したばって、いっちゃん、俺《わ》のことよりも、矢島さんもなんとがならねもんだべが？」

「大丈夫ですが？　辛くながったですが？」

　小松は思わず義父の顔を見つめ返した。

「なんとがって、何です？」

「――なんとがは、なんとがさ」と答えながら、義父は気弱げに瞬きした。

「お義父さん、彼は酒さ酔ってハンドルを握ってたんですよ。しかも、警察の追跡を受けて逃走した。いったいかんたいどうやって庇《かば》えるんですば？」

「したげども、飲ませだのは俺《わ》だよ。いっつもみたぐ、やっちゃんはつきあってけだ（くれた）んだ」

「そったこどを、大声で言うのはやめてください」

　語気を強めると、晋造は俯いて口を閉じた。

「んだばって、俺《わ》だげここから帰るわけにもいがねべな。いっちゃん、おめがらも次郎君さ頼んでみでけねが？　大変な出世でねが。東京の偉い刑事さんだば、なんとかしてけるんでねが？」

「風間ど会ったんですが？」

「なんぼさなっても、昔の面影は変わらねもんだっきゃ」

そんなことを訊いているのではないのだと爆発しそうになった小松は、戸口に人の気配を感じて振り返った。そこに風間が立っていた。

風間は小松から晋造へと視線を流し、部屋に足を踏み入れてごく自然にドアを閉めた。

「どうしてここにいるんだ？」

小松は問いかけた。我知らず声が硬くなっていた。

「例の件を調べに来たんだ」

風間は晋造の耳を気にした様子でそんな言い方をした。二十六年前、県警の一課でキングの事件の捜査に当たった人間を調べに来たという意味だ。

だが、それならばどうして交通課をうろうろしているのだ。しかも、どうやら風間のほうが自分よりも先に晋造と話したらしい。

「俺が訊いているのは、そんなことじゃない」

「なぁ、いっちゃん、すった言い方もねがべな。次郎君は、いろいろ親身さなってけだんだど」

「お義父さんは黙っててけねが」

ぴしゃりと言うと、義父は不満そうに口を尖らせ、坊主頭を掌で磨き回すかのように擦《さす》った。

風間は小松たちを交互に見てから、五、六人用の小さな会議机を指差し、「ちょっと坐らないか」と静かに言った。

「おまえも今すぐ知っておいたほうがいい話があるんだ」

「余計な心配は要らないと言ったはずだぞ」

「差し出がましいと感じてるなら、謝る。だが、とにかく話を聞いてくれ。さあ、小松さん。さっきの話をこいつにもしてください」

そう促され、晋造は頭から手を離した。両手を膝に突き、幾分前屈みになり、両肩を下から突き上げるように上げて口を開いた。

「借金で困ってる人ば助けようど思ったんだね」

「まだ借金をしたんですが？」

小松は、話をろくに聞かずに思わず問い返した。十年前、義父は借金が原因で、あんなことをしでかしたのだ。

晋造は激しく首を振った。

「違うね、いっちゃん。話を聞いでけ。今度だっきゃ違う。俺《わ》が借金したわけでねよ。借金でどうしようもなぐなってる人ば助けられるど思って、それで、その人だぢがまだお金を借りられるようにしてやったんだ」

「——いったい何をしたんです」

「借籍を売ってあげだんだよ」

言われた意味を理解するまで、いくらか時間が必要だった。

「多重債務者が僧門さ入って戸籍を変え、ブラックリストから名前を消すのを手伝った。そういうことですか？」

「ああ、んだ。そういうようなことだ」

腹立ちよりもむしろ呆れる気持ちが先にきた。

「いったい、何人、そったことしたんです？」

「三人ほどだよ。僧門さ入ったって、戸籍を変えるってのは結構大変なんだ。そうそうする人だっていねね」

小松は胸の中で溜息《ためいき》を吐《つ》いた。なんてことだ……、債務者が実際には新たに借りることの不可能な借金を増やしたり、あるいは返済を誤魔化《ごまか》すために戸籍を変えるのに手を貸したとなれば、詐欺《さぎ》の共犯になるし、立件されればすぐに晋造自身の僧籍も剝脱《はくだつ》されかねない。

「晋造さん、あなたは、脅《おど》されてやったんだ。そうですね。そこのところを、小松にきちんと説明しなければ。ヤクザがあなたを脅して、そんなことをさせたんだ。そうでしたね」

風間が話に割って入り、口早に耳打ちするような口調で言った。

晋造ははっとした様子で頷《うなず》いた。

「ああ、その通りだんだ。風間さんの言う通りだ。俺は脅《わ》されたんだ。そこでこったことをしたんだよ、いっちゃん」

「風間、おまえは引っ込んでいてくれ」

　小松がそう言いかけるのを、風間は遮るようにして晋造に問いかけた。

「あなたを脅したヤクザは、寺の前にちらちらと姿を見せていた男ですね」

「ああ、そうだよ」

　小松は風間の袖《そで》を引いた。

「ちょっと話がある」と、半ば強引に戸口へと引っ張っていった。

「それを確かめて、どうするつもりだ？」

　潜めた声で訊いた。

「なに、おまえは心配するな。こんなせこい手を使うのは、どうせただの下っ端か三流の組だ。脅しをかければ、すぐに引っ込む」

「余計なことはしないでくれ」

「わかってるのか。事が表沙汰《おもてざた》になれば、おまえは警察にいられなくなるぞ」

「覚悟はでぎでるって言ったはずだど」

「何の覚悟だば？」

「俺の警察官としての人生だの終わったて構わね。とにかく、ヤクザを脅しつけるだの、おめがそったことをするのはまね（よせ）。おめはそったらことする人間でねんだ」

風間は小松を睨みつけた。

「そったこと言うな、小松。おめ警察官ば好きだんだべ？　警察官さなりてってあの頃がら言ってってたでばな」

小松は驚いた。俺はガキの頃にそんなことをこいつに言っていたのか……。

「とにかく、おめはすった小細工だのせばまいね（してはならない）男だんだ。すったことして、キャリアとしての経歴さ傷ついたらどすのよ」

「別段出世してどは思ってねよ」

「そった話でねべ？　とにかく、おめはこの件さ一切関わるな。必要だら俺が自分で始末すはんで」

「署長さ頼んでな？」

小松は思わず風間の顔を見つめ返した。風間の冷ややかな視線が痛かった。

「もう行っても構わねえな。例の件は、俺のほうも調べた。報告は明日する。それで許せ《かに》じゃ」

目を逸らして一息に言うと、椅子に坐ってこちらに好奇の目をむける晋造を促した。

「さあ、行きましょう。妙子が待っています」

義父とふたりで走り出してからも腹立ちが収まらなかった。最初それは、十年前と同じようにして再び自分に迷惑をかけようとしている義父の晋造に対するものだとばかり思っていたが、そのうちに違うふうに思えてきた。風間が自分には内緒でこっそりと義父に会い、一肌脱ごうなどとしていたことが許せないのだ。

だが、さらにしばらく走るうちに、それもまた違うと気がついた。風間という男には、こんなことになど関わって欲しくはなかった。あいつには自分など手の届かないところにいるエリートでいて欲しかった。やつはあくまでも自分や木崎たちとは別の世界の人間のはずではないか。

警察機構そのものが巨大な権力であり、ましてやその中の頂点に立つキャリア組は、巨大にして強力な権力集団だ。風間だってキャリア警官のひとりとして、裏では当然、様々な駆け引きや、場合によっては汚いことだってしているのかもしれない。だが、そんなことは自分とは関係ない。この自分と関係したことで手を汚す風間を見たくなかった。

さっきからずっと、風間の漏らした一言が胸に引っかかっていた。警察官になりたいなどと、子供の時分に風間に話したことがあったのだろうか。

「いっちゃん、まだ怒ってらんだが?」

助手席から晋造がそっと顔を覗き込むようにして訊いてきて、小松は物思いから解放された。

「怒ってだきゃねばて（などいませんが）、妙子さあまり心配かけねんでください」

「すまね。ほんとにすまね」

「どしてお金が必要だったんです？」

何も答えないのが答えだった。

随分してから、晋造は蚊の鳴くような声で、「もう博打《ばくち》はしね」と呟いた。

「ほんとだ。今度っていう今度はもうほんとに思い知った」

十年前の再現を見ているようだった。あの時も、この男は同じことを言ったのだ。

あの時、晋造は博打の借金が返せなくなって脅され、古い仏像を金に換《か》えようとした。それも、自分の寺のものではなく、知り合いの寺からこっそり持ち出したものだった。あと一歩というところで売却されるのこそ免《まぬが》れたものの、仏像を盗まれた住職は怒り狂って警察に訴え出てしまった。捜査が始まれば、すぐに晋造は手が後ろに回っていたはずだ。それを、住職を説《と》き伏せたというよりは、知り合いの県会議員等に頼んで圧力をかけることで盗難届を撤回させ、始まっていた捜査もすっかり有耶無耶《うやむや》にしてくれたのが、当時副署長をしていた木崎だった。木崎はその後一度他の署へ転属になったあと、三年前に署長として戻ってきたのだ。他の署でも木崎がどうした働きをしていたかを想像するのは容易《たやす》かった。

あの時に木崎が奔走してくれたことへの見返りとして、以来小松はずっと、木崎たち一派のために裏金を作り、彼らが飲んで騒ぐ飲食費はもちろん、警察幹部が他の官公庁の人間や政治家、あるいはOBなどを接待する費用、さらには異動の季節の度《たび》に餞別《せんべつ》の名目でキャリア組に差し出す多額な金銭等、およそありとあらゆる表沙汰にできない金の処理を受け持つことになった。これが自分の十年なのだ。

本当はあの時、警察を辞めるべきだったのではないだろうか。いや、今度こそ、警察を辞めるのが正しい選択とはいえまいか。

亡くなった父に誇れるような男になりたいと思い、警察官になったつもりでいたが、本当はそんな綺麗事ではなく、父のようにはなりたくない、父のように人生を終えるなど真《ま》っ平《ぴら》だという恐怖心が背中を押し、自分を警察官にしたのかもしれない。自分が正しいことをしていると思える人間になりたかったのだ。

しかし、足掻《あが》けば足掻くほどに、まるで波打ち際《ぎわ》の砂が波に洗われているかのように足下が頼りなくなっていく。そんな毎日の繰り返しには、もうほとほと疲れ果てた。昔は大切に思っていた気がするものに対して、いつからかすっかり無感動になっている自分がいる。それでもなお必死でこだわっていたいもの、この手で守っていたいものがあるような気でいたが、それはただの錯覚なのかもしれない。

ただ、たとえ警察を辞めるにしても、今度の事件だけはこの手で解決したかった。風間とふたり、ホシにワッパをかけた時、自分が何か変われるような気がするのだ。

「いっちゃん、ほんとに怒ってねんだが？　何が言いたいことあるんだば今、言ってけろ。俺《わ》はもう決してこしたことはさねて約束するはんで。な、いっちゃん」

しばらくしてまたそんなふうに話しかけて来る声が、急に疎《うと》ましく煩《うるさ》く思われた。

「いいんです。もう謝らねんでください。それより、留置場でゆっくり眠れねがったでしょ。目を閉じていたらいいですよ」

「いっちゃん。だけど、さっきの件はどすんだ？」

「俺《わ》がなんとかします。怒ってはいませんから、だから、お願いだからしばらく黙っていて貰えませんか」

ついに声を荒らげてしまった。

晋造は息を呑んだらしかった。すぐに小刻みに頷き、「すまね」と低い声で呟いた。言われた通りに目を閉じ、腕組みをして頭を垂れる。そんなふうにして随分時間が経ったので、本当に眠ったのだろうかと思いかけた頃、また唐突に声がした。

「いっちゃん、俺《わ》は怖いんだ。あんだが、俺《わ》と妙子の元を離れでどっか遠くさ行ってしまうんた気してよ」

小松は一瞬フロントガラスから目を離して義父を見た。

「なしてそったことを思ったんです。俺《わ》はどこにも行きませんよ」

しばらくしてから、言い直した。

「いったい、どごさ行けるっていうんです」

夕食を三人で摂《と》るのは久しぶりだった。

妙子は父親の好物のカツと、小松の好物の煮物を食卓に並べた。晋造はしきりとすまながり、そんな義父を見ているうちに小松まで妙子に対してすまないような気持ちになった。妙子は自分からは何ひとつ訊こうとしなかった。それは自分の父親をひたすら信じているようにも、晋造のことは任せろと言った小松を信じているようにも見えた。

あるいはただ単に、どうしていいかわからぬまま、自分の母親と同じような態度を取ろうとしているだけなのだろうか。晋造の亡くなった妻は口数の少ない女で、小松はここに引き取られてから、ただの一度として彼女に叱《しか》られた記憶はなかった。少年時代の小松には、それが自分が信じられている証《あかし》に思えたが、今はそういった態度が無言のプレッシャーにもなることを感じざるを得なかった。

家族三人が順番に風呂を使って布団《ふとん》に入った。小松は風呂上がりにビールを飲み、それでもまだ頭が冴えて眠れそうにないので、日本酒を電子レンジで燗《かん》をして飲んだ。だが、布団に入ってからも、一向に眠気はやって来なかった。

三日間、続けて小百合のマンションを訪ね、彼女と躰《からだ》を求め合ったことが、こんな時になぜか脳裏《のうり》に浮かんだ。そうするとすぐ隣りの布団で横になっている妻の存在が疎ましくも、それでいて自分がこの手で守ってやらねばならないかけがえのないものにも思えた。今では躰の交《まじ》わりはほとんどなかった。しかし、妻を抱いた時の躰の感触は、何もかもはっきりと小松の躰に染みついている。

「父のことで迷惑をかけてしまってごめんなさい」

寝返りを打ち、妙子が言った。

小松は顔だけ彼女にむけた。

「なあに、気にするな。大丈夫だよ。俺さ任《わ》せでおげばいいんだ」

小さく頷いてみせてから顔を戻す。妻がまだこっちを見ているのを感じたが、小松はぼんやりと天井を眺め続けた。

布団の隙間から、小松の手を求めて手が入ってきた。握り返してやって少しすると、妙子が小松の布団に移ってきた。

小松は妙子の肩の下に腕を滑り込ませた。

「腕が重たくなってまるよ」

「大丈夫だね」

昨日から、自分はこの言葉ばかり口にしていると思うとふっとおかしくなった。

小松はふと思いついて訊いてみた。

「なあ、タエ。俺や風間たち三人が防空壕跡に閉じ込められた事件のことを憶えてるか?」

「どしたの、いぎなり? どしてそった古い話?」

「いや、なに。今日、ちょっとそった話さなったもんでよ」

「風間さんと?」

「ああ、んだ。でも、憶えでねんだらいいんだ」

「憶えでねわけねじゃさ。キングっていう凶悪な殺人犯が、あんだど風間さんど小百合さんの三人を閉じ込めて、三日も行方《ゆくえ》がわがねかったんだよ。みんな大騒ぎで、私の母だっきゃ、半狂乱さなりかげだんだ」

小松は妙子を見た。

「おめは、あれをキングの仕業だど思うのが?」

「違うの?」と妙子は訊き返した。「だって、大人たちはみんなそう言っていたし。それに——」

「それに、何だ?」

「あんだがずっとそう言い続けていたもの」

「——」

「私もあの穴さ閉じ込められたかったたな」

「なんでそった莫迦なこと言うんだ?」

「だって――」

と何かを言いかけ、妙子はふいに口を閉じた。

電話が鳴り、小松ははっと躰を硬くした。上着のポケットに入れたままの携帯だった。壁の時計を見ると、じきに零時になろうとしていた。こんな時間に電話をしてくる人間は限られている。小百合の顔が脳裏を過《よぎ》る。

「仕事の連絡だべ」とわざわざ言い置き、小松は布団から出て簞笥《たんす》を開けた。上着の内ポケットに手を入れて取り出すと、ディスプレイには風間の携帯の番号が表示されていた。

「やっぱり風間だ。気にしねんで寝ででけ」

小松は改めて妙子に告《つ》げ、居間に歩いて通話ボタンを押した。

「もしもし」

「小松か。こんな時間に悪いが、磯島良平の息子の孝の居所がわかったぞ。鰺ヶ沢《あじがさわ》署のブタ箱に留置されてた」

風間はいつもの突《つ》っ慳貪《けんどん》な口調だった。青森の県警本部で言い合いとなったことを気にしている様子はなかった。

「留置?」

「無銭飲食の上、泥酔し、隣りで呑んでた客に絡んで怪我を負わせたらしい」

えらい玉らしい。

「これから行くのか？」

「いや、さすがにこの時間だぞ。だが、明日一番でむこうに行く。この季節、鯵ヶ沢街道はもう通れるんだっけかな？」

「ああ、もう大丈夫だ。岩木山のスカイラインはまだ専用バスしか行けんかもしれんがな」

「わかった。それじゃ、六時に車で迎えに行く。いいか？」

「その気遣いはいらない。自分で運転するほうが落ち着くんだ。準備を整え、寺の表で待っていてくれ」

「俺のほうから車でホテルへ行こうか？」

「わかった」

「それからな」と言われ、晋造の件を蒸《む》し返されるのかと思って身構えかけたが、違った。

「夜はできるだけ安眠したいんでな。県警で会った時に聞けなかった報告をしてくれ。弘前中央署の二十六年前の人事表は見つかったのか？」

「ああ、それは見つかったよ。だが、現在の署にそのまま残っている人間は見当たらないし、誰か関係のありそうな人間がいるという線も、今のところは思い浮かばない」

「そうか。実はこっちも駄目だった。運よくあの事件の捜査本部に出むいた人員まで具体的にわかったんだが、その中に、今の弘前中央署にいる者はいない。あとは、おまえがこの県警の人員表を見て、何か思いつくかだな。それでも駄目なら、いよいよ嗅《か》ぎ回らねばならないだろう。じゃ、明日。よろしく頼むぞ」

風間はそう告げると、あっさり電話を切った。

今夜もやつは、あの死体の写真に囲まれて眠るのか。そんなことを思いながら、小松は日本酒を新たにコップに注いだ。もう少し飲まないことには眠れない。眠れなければ、明日の捜査に響く。

三章　記憶と恐れ

1

翌朝、風間の運転で鰺ヶ沢へとむかう車の助手席で、二十六年前の県警一課の人員表及び、その中からキングの事件の捜査本部に関わった刑事の一覧に目を通したが、何らかの形で現在の弘前中央署の署員と結びつくと思われる名前は見つけられなかった。

この先もこの線を捨てずに調べるには、細かく人間関係を探るしかない。警察学校の同期を調べるのを手始めに、中学や高校が同じ出身者はいないかとか、住所が近い者、遠い縁戚関係にある者等々、様々な可能性を地道に調べなければならないだろう。

小松たちふたりは八時半の就業開始前には鰺ヶ沢に着いており、町中のファミリーレストランでモーニングサービスを腹に入れてから鰺ヶ沢署にむかった。

東京から殺人事件の捜査に来ている刑事から連絡があり、ただ事ではないと思ったのか、通された刑事課の部屋では課長が風間と小松を待っていた。

「早朝からすみません」と頭を下げる風間に、「なもなも」と手を振って見せ、若い婦人警官にお茶を淹れさせた。

「ブタ箱で一晩頭を冷やしたはんで。ちょんど酒は抜げでますよ。まぁ、まどもに話せるようにはなってると思います」

「無銭飲食で捕まったそうですが、磯島孝は、住居はこちらなんでしょうか?」

風間が訊くと、五十間近に見える課長は白髪《しらが》交じりの無精髭《ぶしょうひげ》が生《は》えた下顎《したあご》を指先で掻いた。

「住民票がこぢがってごとさなると、昨夜の今日なんでまだわがらねんだども、女と暮らしとるのは確かです。駅前さ温泉があるんだども、そこの食堂で働いてる千絵《ちえ》って女ですよ。兄妹《きょうだい》ってふれこみで、従業員専用のアパートに住み込んでるそうですが、兄妹ではねんです」

孝に妹がいないことは、戸籍でも確認されている。

「甘えでる男だんだ。騒ぎを起こせば、女が引き取りにきてくれるものと踏んでだみてです。ま、酔って隣りの客を殴ったほうは、お互い様みたいなところがありまして、相手も警察沙汰にするつもりはないってことでしたので、昨夜、飲食代を持って迎えに来いと女さ電話をしたんですがね。そっちでムショに叩き込むなり、勝手にやってくれと突っぱねられました。しかし、まあ、それでこうしてあなた方へ情報を提供できたわけで、よかったですが」

「電話でお願いしたのですが、取調室をひとつお借りできますか？」

「ええ、わがってます」

出された茶に口をつけないのも悪かろうと思って手を伸ばす小松をよそに、風間は早々に腰を上げ、「では、磯島を取調室にお願いします」と促した。

「なんだば、おめだぢ？」

磯島孝は取調室に現われた風間と小松のふたりを睨《にら》みつけた。青白い皮膚が目の下や下顎で弛《たる》み、年齢的には小松たちと十歳までは違わないはずの男を、さらに何歳も老けて見せていた。濁った両目に細《こま》かい血管が何本も浮き立っており、歯と歯の隙間が焦《こ》げ茶色にくすんでいる。

風間が黙って磯島孝の正面に、小松が壁をむいて置かれた調書を取るための机に坐った。

「なあ、千絵はどしたんだ？　なしてあの女が迎えに来ねえ」

孝は机越しに風間のほうに上半身を乗り出すようにして訊いた。

「女なら、おまえを刑務所にぶち込んでくれと言っていたそうだよ」

風間は静かな声で応じた。

「嘘つけ。おめだぢちゃんと連絡してねんだべ？　身元引受人がいればすぐに出られるんだ。な、んだべ？」

「無銭飲食だけなら、まだその可能性もあるかもしれんがな。隣りの客に因縁《いんねん》をつけて殴ってるだろ。酒の勢いで調子に乗り過ぎたな」

孝は落ち着きなく両目を瞬き、視線を風間から小松に、そしてまた風間にと往復させた。何か言いかけるように口を動かしたが、この様子では途方に暮れているだけらしい。

「我々の捜査に協力するなら、昨日あんたが暴行を働いた被害者に会い、被害届を取り下げるように言ってやろう」

孝は濁った目を細めた。

「捜査って、なんだば？」

「なあに、捜査と言っても、簡単なことさ。亡くなったあんたのお父さんのことが聞きたいんだ」

「親父のことだってな？　何を今さら、サツが親父さ何の用があるんだば？」

「協力するのか、しないのか？」

「したら、ほんとに暴行事件はチャラさなるのな？」

「ああ、約束しよう」

孝は再び風間と小松を交互に見た。

「わがったね。何訊きてんだば？　まんずその前にたばごっこけろじゃ（くれよ）。酔い覚めの一本が美味《め》んだ」

「たばこは喫わない」

「なんだば、情げねな。そっちのデカさんはどんだんだ」

小松は上着のポケットにたまたま入れっぱなしになっていたたばこを取り出した。一昨夜、酔って喫ったものの残りだった。

「やるね」と、パックごと差し出そうとするのを、風間がとめた。

「この狭い部屋で、延々と煙を吐き上げられたんじゃたまらんからな」

と、パックを自分の手に収め、一本だけ孝に渡す。

孝はぶつくさ言いながらも小松が差し出してやったマッチの火にたばこの先端を寄せ、美味《うま》そうに煙を吐き上げた。

「二十六年前、どうして警察があんたのお父さんに疑いをかけたのか、その理由を知りたいんだ」

風間はいつものように何の前置きもなく本題に入った。

「なんだば、それ。そったこと、知らねじゃ。おめだぢデカが、俺《わ》の親父ば疑って殺したんだはんで、疑ったデカさ訊がなが」

「昨日、五所川原で、あんたの叔父さんに会ってきた」

「ふうん、それで」

「叔父さんは、当時の警察が連続殺人事件の犯人ではないかと磯島良平氏に疑いをかけ、再三に亘って警察に同行を求めて取り調べたのは、警察が偏見を持っていたからだと言った」

孝は黙って斜《なな》めに煙を吐き上げた。机の灰皿の縁《ふち》にたばこの先端を打ちつける。

風間は充分な間《ま》をあけ、続けた。

「いったいどうして警察が偏見を持ったのか。その理由は何なのかを教えて欲しい」

「だはんで、俺《わ》はそったこと知らねって言ってらべ」

「いや、あんたは知っている。お父さんが亡くなった当時、あんたは既に青年で、何が起こったのかを充分に理解できた。たとえその時点では何も知らずにいたにしろ、あとになって必ず叔父さんか誰かから、話を聞いているはずだ。そうだな」

「なしてそったことわがるのよ」

「わかるさ。親子というのは、そういうものだ。あんたは知っている。頼むから、それをここで我々に教えてくれ」

孝はたばこを唇に運び、肺の奥深くまで煙を吸い込んだ。たばこの先端が赤くなり、鼻と口から煙が勢いよく流れ出る。それをもう一度繰り返してから、灰皿に擦りつけるようにしてたばこを消した。

「なぁ、こった時間が経ってまったあとに、そったことを訊いで、それでいったいどすつもりだのよ。そったことに、いったい何の意味あるんだば？」

「大きな意味があるんだ。詳細が訊きたいなら、あんたが話してくれてから説明をしよう。頼む、孝さん」

孝は唇を引き結び、机の一点を見つめた。女に縋《すが》りつき、酒に溺《おぼ》れる暮らしをしているらしい男の顔に、微妙に違うもうひとりの人間の顔が染《し》み出してきた。

「たばこもう一本けろじゃ」とねだり、風間が黙って差し出すと、それを唇に挟み、小松が火をつけてやるのを待ってゆっくりと煙を吐き上げた。

煙越しに風間を見た。

「親父は戦時中、七三一部隊さいだんだね。偏見っつのは、そっから来てるのさ」

風間が眉間《みけん》に皺《しわ》を寄せた。

そういうことか、と小松は思った。七三一部隊。中国大陸で、捕虜として捕まえた中国人をマルタと名づけ、数々の人体実験を行なった防疫給水部隊だ。だが、実際にはこの時の成果が戦後の医学の進歩に貢献した側面もあり、GHQも密《ひそ》かにこの部隊の人体実験の結果をアメリカ本国に送ったとか、戦後の日本の医学論文に於《お》いて猿を実験台にして行なったとして発表された画期的な論文の中には、実際にはこの七三一部隊の研究成果がかなり混じっているといった話を、小松もどこかで読んだことがあった。

だが、今は七三一部隊の存在の是非《ぜひ》を問うているわけではない。殺人事件の捜査をしている。そして、それは二十六年前の捜査陣も一緒だ。もしも磯島良平がかつて七三一部隊に属し、それを隠して外科医をしていたことが明らかになったとしても、それだけで磯島を疑いの目で見、任意同行を半ば強制的に繰り返し、何の証拠もないまま自白を取ろうと迫ったのだとすれば、それは偏見以外の何物でもない。いや、おそらくは実際にそうして迫ったはずだ。だから磯島良平は自殺をしたのだ。

「お父さんが疑われた理由はそれだけで、何か他に根拠があったという話は聞いていないのか？」

風間は冷静に確かめた。

「そったのあるわげねべ。したはんで偏見だんだべ。確かに親父は不倫をしてたかもしれねえ。だけど、真面目な医者だったんだ。戦争中に上がらの命令で何をやったにしろ、それからはずっといい医者であったよ。俺たち家族は、それを知ってる。それを、あの時の警察は、ねちねちと親父の過去を掘り起こし、親父を犯人扱いして殺してまったんだ」

「取り調べで七三一部隊にいた過去をほじくられたというのは、お父さんから直接聞いた話なのか？」

「親父からは、直接は何も聞いでねえじゃよ。親父は五所川原の叔父貴さ打ち明けていだんだ。だども、デカは親父が死んだあと、俺《わ》のお袋さまでそった話を吹き込みやがった。躰が弱かったお袋は、親父が自殺したショックに加えてまたショックを受け、それから寝つくようになってまったんだ」

孝のたばこを挟んだ指先が僅《わず》かに震えているのに気づき、小松は苦《にが》い思いで視線を逸らした。

「そうすると、あんたはただの偏見によって親父さんをそこまで追い込んだ当時の捜査陣のことを、さぞや憎んでいるんだろうね」

「んだな、憎らしじゃ。うだで（嫌な）連中だね」

「殺したいほどに憎んでいるのか？」

孝ははっとした顔で風間を見た。

「なんだば急に。親父の話してるんでねのな。なんで俺《わ》の話さなるだば？」

「越沼雄一と田中繁夫、このふたつの名前に聞き覚えがあるな」

「誰だばそれ？　そったやつ、知らねじゃ」

「とぼけるな、磯島。このふたりは、二十六年前、おまえの父親を取り調べた捜査官だ。そして、二十六年が経った今になって、何者かの手であのキングの事件と同じ手口で殺された。おまえは父親に代わって、父親を自殺に追い込んだ人間に復讐をしてるんだ。そうだろ」

風間が一気に捲《まく》し立てる前で、孝は顔色を青くした。

「おめ、何喋ってらのよ……。俺《わ》だっきゃなもしてね。おがしんでねな、おめ。俺《わ》だっきゃ越沼って男も田中づう男も知らね。そえど（そいつら）が殺されだなんて、まったぐ初耳だじゃよ」

「ふたりが殺されたのを、知らないだと。おまえ、新聞を読まないのか。これだけ大騒ぎになっている事件を、何も知らなかったなどとは言わせないぞ」

風間は追及の手を緩めようとはしなかった。

孝は小松のほうに助けを求めるような目をむけてきた。小松はそれを無視し、風間のやり方を見守ることにした。

「知らねものは知らねじゃ。そったふうに言われだって、俺《わ》だっきゃ何も答えようねじゃ。わい、わかってけじゃ、刑事さん」

風間はしばらくじっと相手の目を覗き込むようにしたのち、改めて口を開いた。

「いいだろう。それなら、信じようじゃないか。ただし、もっと素直に取り調べに協力すると約束するのならな」

「あぁ何でも訊いでけ。俺《わ》は何も疚《やま》しいごとだのしてねし」

「秋田の本木廉太郎という男を知っているな」

「本木――。待ってけじゃ。それ誰だば？」

「よく考えろ。この名前に聞き覚えがあるはずだ」

「すったごと言われでも……。やっぱり、親父の関係の人間だのが？」

「そうだ」

孝は手の甲で額を拭った。いつの間にか、じんわりと汗をかいていた。

「じゃあ、井丸岡惣太郎はどうだ。この男のことは知ってるだろ」

風間がそう質問を続けると、孝はホッとした様子で頷いた。

「ああ、井丸岡先生だら、よぐ知ってらよ。親父の古い友人さ。それに、俺《わ》も一度、酒の関係で世話さなったごとがある」

「酒の関係って、何のことだ？　きちんとした話し方をしろ」

「――つまり、アル中の治療だよ。半年入院した。そのあと、断酒会も紹介してくれた」

「親父さんの縁で、親身になってくれたのか？」

「ああ、んだよ。そんだ」

「井丸岡と親父さんとは、かつての同僚という以上に親しい友人同士だった。そういうことだな」

「それはわがね。したけど、とにかぐ親身になってけだんだ」

風間はしばらく口を閉じ、それとなく孝の様子を窺《うかが》っているようだった。

「あんたの父親がかつて七三一部隊にいたが故《ゆえ》に、警察から偏見を持たれ、それ故に再三に亘って取り調べを受けたのだということを、井丸岡は知っていたな」

「あぁ、それはあの頃がら知ってったみてだ。けども、その後、お袋もそれがショックで寝込んで死んでまったづう話は、俺《わ》がその時、話したんだよ」

「あんたが井丸岡の病院に依存症の治療で入院したのは、いつのことだ？」

「半年ほど前に退院した」

「依存症の治療は、退院してもそれで終わるものじゃない。その後も、定期的に井丸岡の病院に通院し、井丸岡と会っていたのか？」

「――俺《わ》もなんだかんだど仕事、忙しくてな、それはしてねよ」

せっかく井丸岡が好意を示したにもかかわらず、退院後は無視したらしい。

一度口を閉じかけた孝は、はっとした様子で風間を見つめた。

「なあ、さっき刑事さんが言った本木づ野郎のことだけど、昔の部下だった男が親父のことを警察さ密告したって、叔父貴がそう話してったごとがあったな。それがそったら名前のやつだったがもわがね」

風間が机越しに上半身を乗り出した。

「それは確かか？　本木廉太郎が磯島良平の過去を警察に密告したのか？」

「名前ははっきりしねばて、なんとなぐそった名前であったような気がする」

「叔父貴というのは、五所川原の磯島真之さんのことだな」

風間は抑えた声で確かめた。

「ああ、そんだよ」

「叔父さんは、かつての部下があんたの父親の過去を警察に密告したことを、どうやって知ったんだ？」

「そったごとはわがらねよ。だばって、昔がら知ってだみてだな。親父がら聞いてだんでねな」

「井丸岡はどうだ？　その話を、井丸岡も知っていたか？」

「いや、知らねがったよ。俺《わ》が教えだんだ。したっきゃ驚いで親父のために腹立ででだよ」

2

携帯電話の通話を終えた風間は、それを上着の内ポケットに戻しながら助手席の小松を見た。

「やはりそうだった。本木廉太郎には軍歴がある。だが、家族は、中国戦線に行っていたという以上のことは知らなかった」

秋田県警に電話を入れ、捜査担当者から本木の家族に問い合わせて貰《もら》ったのだ。既に鯵ヶ沢署はあとにしていた。それは捜査の手の内を明かしたくないという風間の判断だった。応対をしてくれた課長に、磯島孝はもう帰して構わないと言い置いていた。

「七三一部隊にいたのだとしたら、そのことは家族にも内緒にしていた可能性が高いだろうな」

風間は小松の指摘に頷いた。

「ああ、そうにちがいない。本木は戦争中、きっと磯島良平の部下だったんだ」

「それにしても、ただそれだけじゃあ、磯島のことを警察に垂れ込みはしないだろ」

「だろうな、戦後もふたりは何らかの繋がりがあったのだろう。キングの事件の被害者のひとりが磯島良平の不倫相手だったことは、普通に考えて、そうそう大っぴらには知られていなかったはずだ。しかし、磯島良平とキングの事件の接点は、そこにしかない。本木は、磯島の不倫を知っていたのかもしれんな。だが、そういった点は、今はこれ以上踏み込むことはあるまい」

「じゃあ、どうするんだ？」

「決まってる。もう一度、井丸岡惣太郎に会いに行くのさ。前に訪ねた時にはあの男は、磯島孝の依存症を治療するために自分の病院に入院させたことを隠して言わなかった。それに、磯島良平とただの同僚以上に親しい関係だったらしいこともなるべく言うまいとしていた。もう一度、きちんと話を聞く必要がある」

「だが、待ってくれ。それは井丸岡惣太郎を容疑者として再び尋問《じんもん》するという意味か？」

「わざわざそう確かめることに、何か意味があるのか？　やつが町の名士だからとかいう話を蒸《む》し返されるのは御免《ごめん》だぞ」

「そんなつもりはないが……、だが、井丸岡さんはあんな状態だった。病人に対して、ある程度配慮はすべきだろ。それに、これだけの材料では、彼を容疑者扱いしてもう一度問いつめるのには弱すぎるんじゃないのか」

「どうしてだ？」

「どうしてって、わざわざ言うこともあるまい。磯島孝の証言からわかったのは、秋田の事件の被害者である本木廉太郎が、二十六年前の事件と繋がりがあったという事実だけだ」

「それで充分だろ。秋田の事件と弘前の事件が繋がった」

「繋がりはしたが、それだけの話じゃないか。井丸岡には、本木廉太郎を殺す理由がない」

「あるじゃないか。自殺をした磯島良平のためさ」

「待ってくれ、風間。そんな動機じゃ、誰も人を殺したりはしない。いくら磯島良平と親しい間柄で、そして息子の孝の口から二十六年前の事件の裏側を伝え聞いたにしろ、それで今度の事件を企《くわだ》てるとは思えないぞ」

「ああ、その点だけで言えばな。だが、やつはやっている。普通の意味での動機はやつにはないだろう。しかし、俺にはわかる。やつはやってるさ。やつは、磯島孝から聞いた話をきっかけに、今度の殺人を実行したんだ」

小松は口を開きかけて閉じ、いかにも煩《うるさ》そうにして他人の意見を寄せつけようとはしない風間を見つめた。それは再会してからいつも目にしてきた友人の姿だった。自分の考えをたどり、突き進んでいる時には、他人の意見を容《い》れる気などさらさらない。しかし、いくらなんでもこれは暴走ではないのか。それとも、口に出して説明しないだけで、風間には何かこうして強引に井丸岡犯人説を押し進めようとする根拠がもっとあるのだろうか。

「なあ、風間。井丸岡惣太郎をもう一度訪ねるにしても、もう少し足下《あしもと》を固めてからのほうがいいんじゃないのか」

「おまえがそういう考えならば、無理に一緒に来る必要はないんだぞ。俺がひとりで井丸岡と会う」

小松は目を逸《そ》らさなかった。

「なぜそんな言い方をするんだ。おまえが行くのならば、俺も一緒だ。だが、俺は、おまえがそこまで井丸岡さんを犯人だと決めつける理由がわからないんだ。決めつけの捜査が危険なことは、磯島良平がそれで自殺をしたことでだって明らかじゃないか」

しかし、そう口にした瞬間、思わず目を逸らさざるを得なかった。風間の目に、氷のように冷たい怒りが走っていた。

「俺を越沼や田中のような連中と一緒にするのか」

「いや、そんなつもりはないが……」

風間は口調を荒らげたことを悔やむようにふっと口を閉じた。前髪を右手で掻き上げ、フロントガラスの景色のあちこちに忙《せわ》しなく視線を飛ばす。ひとつ息を吐き、静かな声で続けた。

「井丸岡氏がこの地方の名士であることはわかってる。それに、彼はおまえの親父の知り合いでもあったな。だから、おまえがやりにくいのならば、俺ひとりで行く。俺への気兼ねは必要ない。おまえはおまえで、どうするかを決めてくれ」

「言っただろ。おまえが行くのならば、俺も一緒だ」

小松はそう即答した。

しかし、そう口にするとともに、突然の不安に襲われた。このままふたりで突き進むと、何かとんでもないものに突き当たるのではないか……。理屈を超えたところで、ふっとそんな予感がしたのだ。

井丸岡の妻は玄関先に現われた風間と小松を見て、控えめにではあるが嫌な表情を過らせた。本当は、何をしに来たのだと言いたいにちがいない。そうするのをとめているのは、警察に対する気兼ねや恐れではなく、人望ある病院長の夫人として長年生きてきたという彼女の自負だと思われた。

だが、「井丸岡さんにお会いしたい」と申し出た風間に対し、

「この間お会いになったのでは、御用が足りないのでしょうか?」

と、やんわりと来訪を断わりたい気持ちを表わすことは忘れなかった。

「新たにお訊きしたい疑問が生じまして、ひとつよろしくお願いします」

「それはわざわざ主人と会い、直接話さなければならないようなことなんですか。あまり調子が優《すぐ》れないんです。私が代わってお答えするのでは足りないのでしょうか?」

風間の応対は冷静かつ冷ややかなものだった。

「捜査上のことを、第三者にお聞かせするわけには参りません」

「しかし……」

「私どもからここでお話しできることも、奥様にお訊きしたいこともありませんので、とにかく御主人にお取り次ぎください」

夫人は伏せた目の奥に困惑と怒りを隠しつつ「少しお待ちください。今、主人に訊いで参りますので」と一旦奥に姿を消し、やがて「どうぞ」とふたりを招き入れた。

廊下の先の部屋では、井丸岡がベッドで躰を起こそうとしているところだった。

小松たちの先に立って部屋に入った夫人が慌てて駆け寄ろうとするのを手で制し、「お

茶を頼む」と告げて彼女を下がらせ、「どうぞ」と小松たちに椅子を勧《すす》めた。

小松は内心、おや、と思った。それは微かな感じではあったが、井丸岡が自分たちの訪問を予期していたような感じがしたのだ。ただし、体調が優れないという夫人の話に嘘はなかったらしく、先日会った時よりも明らかに顔色が悪く、躰を起こして上半身を支《ささ》えているのがいかにも怠そうだった。

風間は小松を目で促すと、ベッドサイドの丸椅子に腰を下ろし、顔を井丸岡に寄せて、いきなり吐きつけた。

「井丸岡さん、今日はどうして私たちがまた伺ったのかおわかりですね」

井丸岡は黙って風間の顔を見つめ、何度か両目を瞬いたのち、ふっと微笑した。

「そう言われましてもな」

「どうして磯島良平氏と職場の同僚以上の親しい友人であったことや、その縁で彼の息子の孝さんをアルコール依存症から救い出すのに一役《ひとやく》買おうとしたことなどを、先日は隠して何も言わなかったのです？」

「別段、隠していただわけではありません。そういった話にもならなかったですし、あなた方がそういったことをお訊きになりたいとも思わなかったものですから」

井丸岡は幾分《いくぶん》苦しそうではあったが、ゆっくりと息を継ぎながら、比較的明瞭《めいりよう》な話し方をした。

「そう仰るのなら、よろしいでしょう。しかし、それでは今日は彼らのことをきちんとお話しいただきますよ」

「何をお訊きになりたいのが仰っていただければきちんと答えますが、その前に、ひとつ教えていただけませんが。あなたがたは、どこで孝ど？」

「鯵ヶ沢です」

風間はそう答え、磯島孝と会った経緯を正確に、何も端折《はしょ》ったりせずにきちんと話して聞かせた。

「酔って喧嘩《けんか》をするとは、まだ莫迦なことを……。では、あれの連絡先もおわかりですね」

「ええ、わかります」

「それでしたら、連絡を取って、依存症の治療を再開するので、こちらにまた来るようにと言っていただけませんか。きっと刑事さんが言えば聞くでしょうから」

「その件はわかりました。さて、それでは私のほうの話に移ってよろしいですね。あなたと磯島良平さんは、一時期同じ職場の同僚だったという以上に親しい関係だった。それで、あなたは息子の孝さんに対しても親身になり、自分の病院でアルコール依存症の治療を施《ほどこ》したんです。そうですね」

「ええ、確かに仰る通り、磯島は私の古い友人です。私は、彼のことが好きだった。そして、警察にしつこくつき纏《まと》われた結果、あんなふうに死を選んではしまったが、彼が無実であることは疑ったごともながった。孝君に会われだということは、彼の戦争中の話をお聞きになったんでしょうな」

「聞きました」

「だが、戦争中には、何でも起こる。事情を知らない人間が、あとになってそれをとやかくと責めるのは間違いです。彼は私であったかもしれんのです」

「それはどういう意味です？」

「戦争中、アメリカ人の捕虜に対して人体実験が行なわれだごとがありました。当時、医学生だった私もまだ、そごさ駆《か》り出されかげだんです。終戦があど何カ月か遅がったならば、私もまだ磯島ど同じように、人間に対して行なってはならないようなごとを行なっていだど思います」

「では、率直《そっちょく》にお尋ねします。あなたは、磯島さんに偏見を抱《いだ》き、その結果死にまで追い込んだ連中に対し、彼に代わって復讐をしたんですね」

井丸岡は風間を見つめ返し、再びふっと微笑した。

「やめてください、刑事さん。あなたの論理は飛躍してる。飛躍極まりない。いぐら磯島が友人だがらといって、なぜ私が彼に代わって復讐を企でだりするんです」

その通りだ。やはりもっと強く風間をとめるべきだったのではないか。――ふたりのやりとりを横で聞きながら、小松も改めてそう思わざるを得なかった。風間から話を聞いていた時には、何か自分の知らない切り札があるような気がしないでもなかったが、今はそんな感じも萎《しぼ》んでしまっていた。

風間がすっと椅子から立った。ドアに歩き、引き開けた。

前回訪問した時と同様に、ドアのむこうで夫人が聞き耳を立てていた。

「捜査中なんです。立ち聞きはやめていただきたい」

風間はぴしゃりと吐きつけた。

「——主人は？」

夫人は俯き、小声で訊いた。胸の前に持った盆が小さく揺れている。

「私は大丈夫だ。お茶こ出したら、あんだはむこうへ行ってろじゃ」

井丸岡は静かな声で夫人に言い聞かせた。

風間が夫人の手から盆を取り、「いただきます。ありがとうございます」と一方的に告げる。

「あなた、お加減は——」

井丸岡はそう尋ねる夫人に首を振ってみせ、「私だら心配はないがら、むごうへ行っていなさい」ともう一度促した。

夫人は渋々とドアを閉めた。

風間は盆をベッドの脇のデスクに置いた。

椅子に戻ろうとはせず、立ったままで井丸岡を見つめ、口を開いた。

「井丸岡さん、あなたは以前、子供の死体を掲載したサイトに、頻繁《ひんぱん》にアクセスしていたことがありますね。それに、猫を虐待死させる様《さま》を撮影したサイトなどにも、何度となくアクセスしている」

井丸岡は眉間に皺を寄せた。

「それは何かの間違いでしょ。なぜそんな話をいきなり持ち出すんです？」

「そんなことをした憶えがないと仰るんですか？　とぼけられては困る」

「そんな憶えなどありません。たとえあったにしろ、それが今度の事件の捜査と何の関係があるんですか？　捜査に協力をして欲しいと仰るので、病身にもかかわらず、こうしてお会いすることにしたんです。そったわけのわがらないお話をされるのでしたら、帰っていただけませんか」

風間は何も答えず、上着の内ポケットから四つ折りにしたコピー用紙を取り出した。

「子供の死体を掲載したサイトも、猫を虐待していたサイトも、ともに制作者は逮捕されましてね。そこへのアクセス者は、証拠品としてプロバイダーから提出させました。ここにその一覧がある。私がマーカーを引きましたのは、井丸岡さん、あなたのアクセス記録だ。お疑いなら、御自分の目で確かめてください」

井丸岡は風間が突きつけた一覧を受け取ろうとはしなかった。眉間に皺を寄せて風間を睨み返す。今まではなかった頑《かたく》なな光が瞳を占めていた。

「そへばどうしたというんです。それは私個人のプライバシーです。警察はこったやり方をするんですが。こったやり方が許されるのか。あんだ方がしているのは、ただの見込み捜査だ」

「――なあ、風間」

小松は風間の二の腕に触れ、そっと小声で呼びかけた。不安になったのだ。井丸岡の言う通りではないか。子供の死体や虐待される猫などの写真に興味を示すのは無論、褒《ほ》められたことではないが、だからといってそれは秋田と青森で起こった連続猟奇殺人とは何の関係もない。

風間は小松を睨みつけた。

「俺の質問中に邪魔をするなと言ったはずだぞ」

「――――」

「井丸岡さん、答えてください。あなたは人を殺してみたかったんだ。そうですね」

井丸岡の顔が真っ赤になった。

「――何をきみは。いぎなりそったごとを言うなんて、失礼でねが」

「だが、それが真実のはずだ。あなたはその手で誰かを殺してみたかった。腕のいい外科医として生きてきて、ずっと周囲から善人と呼ばれ、慕《した》われ、自分でもそのように振る舞い続けてきたあなたは、不治《ふじ》の病に見舞われ、自分が生きている間に、どうしても胸の奥底に仕舞い続けてきた興味を満たしたくてならなくなった。人はどんな風に苦しんで死ぬのだろう、頭の皮膚を切り取り、頭蓋骨を開け、脳味噌《のうみそ》をいじるとどんな反応をするのだろうと、あなたは確かめたくてならなかったんだ。あなたにとって、磯島良平を死においやった人間への復讐は、あなた自身の理性に対する名目にすぎない。友人だった磯島氏やその息子の孝の無念を晴らすのだという理由づけを行ない、自分を納得させたんです。だが、実際にあなたを突き動かしていたのは、自分の手で誰かを殺してみたいというどす黒い衝動であり、二十六年前のキングの事件を模倣《もほう》してみたいという歪《ゆが》んだ欲望だった。図星《ずぼし》のはずだ」

「失礼だと言っているのが聞こえてないのが。やめたまえ」

井丸岡は声を荒らげ、噎《む》せた。風間は構わずに続けた。

「井丸岡さん、あなたはネットでそういった画像や映像に興味を示しただけじゃない。半年前、ついには自分の衝動を抑えられなくなった。私が何の話をしているか、わかりますね。あなたは婦女暴行未遂で捕まっている。だが、あなたは女性の躰に興味があったわけじゃない。それを切り刻むことに興味があったんです」

「きみのしている話は出鱈目だ。小松君、このいがれだ男をとめでくれ」

「出鱈目じゃない。私は先日、被害者に会い、直接話を聞いてきた。彼女は首を絞められている。あの事件は、婦女暴行未遂じゃない。本当は殺人未遂と言うべきなんだ。それを、あなたが町の名士であるが故に、所轄《しょかつ》はきちんとした捜査をしなかった。被害者の証言に耳を貸さず、あなたの体面を守ることばかりに奔走《ほんそう》した。その結果、あなたに今度の犯罪を犯す余地を与えてしまったんだ」

風間をとめようとしていた小松は、はっとして動きをとめた。これが風間の握っていた切り札なのか。半年前、井丸岡が襲った女性に対して殺人衝動を抱いていたのならば、それはネットへの興味などとは大きく違う意味を持つ。

「だが、井丸岡さん、実際にそれを実行し、今はどんな気分です。今のあなたに、安らぎがありますか。答えてください、いったいどんな気分なんです。胸の中に、深い暗闇があるだけじゃないんですか」

井丸岡は上半身を折り曲げて苦しげに噎せるだけで、風間の問いに答えなかった。

風間はそんな井丸岡を冷ややかに見やり、さらに畳みかけた。

「今、自白してください。私はこの女性に協力を要請し、あなたを殺人未遂容疑で追及します。そして、今日明日中には、あなたの周辺にガサをかけます。そうしたら、必ず猟奇殺人の証拠が出ますよ。科学捜査を舐《な》めないことです。だが、先にこうして会いに来たのは、あなたに話していただきたいからです。井丸岡さん、どうか本当のことを言ってください」

風間はあくまでも追及の手を緩《ゆる》めないつもりなのだ。

今までとは違った不安が小松を襲った。たとえ風間の主張通りに、井丸岡がこの連続猟奇殺人の犯人だとしても、こんなふうに追いつめたら破滅させてしまうだけではないか。もっと違ったやり方を取らねば、事実の解明などできないのではないのか……。

そんな嫌な予感が当たり、井丸岡は苦しげに呻いて躰を二つ折りにした。右手で左胸を揉むように擦る。抗癌剤《こうがん》が心臓に負担をかけているのか、それとも既に病気で心臓が弱っており、興奮したことで苦しくなったのか。

「井丸岡さん。大丈夫ですか」

小松は呼びかけ、井丸岡の肩を抱こうとしたが、思わぬ強い力で拒《こば》まれた。

「大丈夫だ。俺は大丈夫だから、放っておいてくれ」

苦しげに息を継ぎながら、呻くような声で言ってから、「風間次郎君」と呼びかけた。かさつく声は一瞬、小松の耳には、どこか遠くから聞こえたような気がした。

井丸岡は躰を起こし、敵意を込めた目で風間を見た。

「したば訊くが、あんだだぢ兄弟はどうなんだ。あんだだぢの胸には、未《いま》だに深い闇が巣くっているんだが」

風間は虚《きょ》を突かれた様子で両目を瞬いた。

「答えろじゃ、次郎君。どうなんだ？　おめは先日、私のことを憶えてはいなかったようだが、今ではあの頃のことを思い出してらんではないのか、私と会った時のことを」

「私《わ》だぢ兄弟の話だの、関係ね――」

「医者には守秘義務がある。だから、私《わ》がら話すのは倫理に反する。おめが話せじゃ。おめだぢの胸には、二十六年前の事件以来ずっと、黒い闇が巣くっているんだな」

「私たち兄弟のことなど関係ないと言っているだろ。今は私たち兄弟の話をしているんじゃない。あなたの話をしてるんです」

「だが、おめが私《わ》さぶつけでいるのも、これど同じ理屈だどわがらねが、次郎君」

「私を名前で呼ぶのはやめていただきたい」

話が見えずに黙り込んでいた小松は、一際大きく呻いて仰《の》け反《ぞ》る井丸岡の肩を咄嗟《とっさ》に抱え、そっとベッドに横たえた。

「駄目だ、風間。限界だ。すぐに奥さんを呼んでくれ」

顔だけ風間にむけ、早口で告げるとともにドキッとした。風間はぼんやりと小松を見つめていた。表情が抜け落ちてしまっているような顔だった。

「奥さん、すぐに来てください」

小松は声を上げた。

「それに、医者と看護師を――」と言いかける途中でドアが開き、目を釣《つ》り上げた夫人が部屋に飛び込んできた。風間に指示されてドアの前からは離れたものの、部屋の様子が心配でじっと聞き耳を立てていたらしい。

「あんだだぢは、主人さいったい何をしたんです。あんだ、しっかりして。大丈夫？」

夫の躰に取りつき、呼びかけ、小松たちを振り返った。

「出て行ってけへ。訴えてやるわ。病人さ対して、こんな強引な取り調べをして。私が主人に代わってあんだだぢを訴えます」

小松はポケットから慌てて携帯電話を抜き出した。

「奥さん、病院の番号は？　すぐに医師と看護師を」

この自宅の隣りが、井丸岡が院長を務める病院なのだ。

夫人は目を丸くして小松を見つめ、それから慌てて番号を口にした。

路上に停めた車に戻ってしばらくは、病院と自宅の間を忙しなく行き来する医者や看護師の姿が見えた。

サイドブレーキを解き、エンジンをかけようとする風間を小松はとめた。

「ちょっと待て。きちんと説明してくれ」

「何を説明するんだ。おまえだってずっと一緒に聴取に立ち会っていたんだ。改めて説明することなどあるまい。この状態では、しばらくは井丸岡への再聴取は無理だな。だが、揺さぶりは充分にかけた。足下を固めるぞ」

小松は息をゆっくりと吐くことで自分を落ち着けようとしたが、無理だった。

「あんなのは聴取でも、揺さぶりでもない。風間、今日のおまえはどうかしてるぞ。今までおまえの捜査のやり方に異を唱《とな》えたことなどなかったが、今度だけは違う。それともまだ何か俺に隠した手がかりでもあるのか。それであんなに強引なことをしたのなら、俺にだけは、きちんと今ここで手の内を明かしてくれ」

「おまえに隠し事などない。やつがホシだよ。ああして会って、俺は一層強く確信した」

「物的証拠は？　たとえ彼が犯人だとしても、物的証拠は何もないじゃないか。それであんなふうに強引に揺さぶりをかけ、それでもしものことがあったらどうする。犯罪を立証できなくなるぞ」

「おまえと議論をするつもりはない。一緒に乗り込むと言ったのは、おまえだぞ。俺を信用してくれ」

風間は改めてエンジンをかけようとした。小松は風間の肩に手を置いた。

「待ってくれ。話は終わっていない。井丸岡さんが言っていた、おまえとおまえの兄貴に関する話とは、あれはどういうことなんだ？」

風間は険《けわ》しい顔を小松にむけた。

「あれは捜査とは関係ない」

「隠さねばならないことなのか」

「捜査とは関係ないと言ってるだろ」

「本当に関係ないのか。無関係だとはっきり断言できるのか。前回、井丸岡さんを訪ねた時、彼がおまえを風間泰蔵の息子だと気づいたら、おまえは狼狽《うろた》えただろ。おまえが今日、こんな強引に井丸岡さんに迫ったのは、彼がおまえの父親やおまえら兄弟について、何か特別なことを知っているからじゃないのか」

「それはどういう意味だ。とんでもない邪推だ。おかしな詮索《せんさく》をしないでくれ」

風間はエンジンをかけた。

だが、その時、小松と風間の携帯が、ほぼ同時に鳴り出した。

抜き出してディスプレイを見ると署の番号が表示されており、かけてきたのは署長の木崎だった。

「どうされたんですが？」

署長が直接電話をしてくるなど、滅多にない。そう問いかける小松を遮《さえぎ》るようにして、木崎は尖った言葉をぶつけてきた。

「どしたもこしたもねよ。今、どごだ？」

「黒石です」

「井丸岡先生を訪ねだんだな」

いきなり吐きつけられ、言葉に詰まった。井丸岡惣太郎は地元の名士であり、当然ながらそれなりの人脈がある。苦情が、あっという間に署長の耳に達したらしい。妻のほうが動いたのかもしれない。

「――ええ、そうですが」

「風間警視正も一緒だね」

「はい、一緒です」

「困ったな、もう。困ったもんだね。まったぐ、どうしたらいいんだば……」

木崎は小言とも愚痴《ぐち》ともつかない言葉を垂《た》れ流した。怒りと困惑が、同じように染み出している。小松は内心でうんざりしかけた。

だが、次に木崎が口にした一言に、心臓を強く殴《なぐ》られたような気がした。

「井丸岡先生は、亡ぐなられだよ」

「なんですって……」

そう言ったきり、言葉が出なかった。

「――なして、どしてだんです？　容態が急変されだんですか？」

辛《かろ》うじて訊く。

「詳しい話はわがね。とにかぐ、奥様が取り乱して県警本部さ連絡を寄越《よこ》したそうだ。君は知ってらんだが、彼女は県会議長の御親戚だよ。本部長が、風間さんさも今電話をしているはずだ。まったぐ、東京もんは何を考えでらんだば。井丸岡さんを今度の猟奇殺人のホシだど詰《なじ》り、礼儀ひとづ弁《わきま》えない質問を繰り返したそうでねが」

横目でちらっと風間を見る。そうか、同じタイミングで携帯が鳴ったのはそういうわけか。

途中で木崎の話は耳に入らなくなった。

風間が運転席のドアを開けて表に飛び出たのだ。

「待て、風間」

小松が慌てて助手席から降りた時にはもう、風間は井丸岡の自宅の玄関にむかって走っていた。

「何があったんだば？」

と訊いてくる木崎に、叱責《しっせき》覚悟で小松は折り返し電話をするとだけ告げて通話を切った。

「待て、風間。落ち着いてくれ」

風間は小松を振り返ろうともせずに玄関へと走った。その後ろ姿は、正に暴走の二文字を小松の脳裏に焼きつけた。

医師や看護師が忙しなく出入りしたままで鍵が開いていた玄関扉を引き開け、風間は靴を脱ぎ捨てて廊下に上がった。

仕方なく小松もあとを追う。

井丸岡の部屋に駆け込むと、夫人も医師も看護師も、部屋中の人間が何事かという顔をむけてきた。

「あんだ方は何です。誰が入っていいって喋ったの。出で行ってけろっ」

夫人が声を荒らげた。髪を振り乱して目を釣り上げた彼女は、これまでとはまるで別人に見えた。

風間が黙ってベッドに近づく。その圧力に負けて医師と看護師が左右によけ、小松のところからでもベッドの井丸岡が見えた。シーツカバーも枕も、血と吐瀉《としゃ》物で汚れていた。

風間は死体の顔を凝視し、次には屈み込んで顔を近づけた。

ベッドサイドの小瓶《こびん》を見つけ、周りがとめる間もなくそれを手に取った。

「この小瓶は何です？　井丸岡さんは自殺をした。おそらくは青酸薬物を服用した。そうですね」

医師も看護師も目を逸らし、何も答えようとはしなかったが、夫人だけは油でも流し込んだかのようにぎらつく目で風間を睨みつけた。

「おめんだぢが殺したんだ。この恨みは忘れね。警察さいられなぐしてやる。覚悟してろよ」

「遺書は？　何か言い残したことはありませんか？」

風間の声は冷ややかだった。

夫人が突っ伏し、大声を上げて泣き始めた。

「もうよそう、風間。井丸岡先生は亡くなったんだ」

小松は風間の腕を摑んで顔を寄せ、潜めた声で早口に告げた。これは明らかなやり過ぎだ。

だが、風間はやめようとはしなかった。その横顔に満ちた意気込みは、狂気と紙一重《かみひとえ》に感じられた。

「何か言い残したことがあるんですね？　どうです。これは警察の捜査なんです。きちんとお話しにならないと、それなりの処罰も覚悟していただきますよ」

泣き崩れた夫人を相手にするのをやめたらしく、風間は医師と看護師に刺すような視線をむけて吐きつけた。

居合わせているのは、医師がひとりと女性の看護師がふたり。小松には、風間の視線から逃れるように目を伏せた彼らの顔に、一斉に戸惑《とまど》いが走ったように見えた。これは、当たりと見るべきか……。三人は、共通して何かを隠そうとしている。十年前、デカだった頃に培《つちか》った勘がそう告げる。

「彼は何と言い残したんです。はっきりと答えてください」

風間は小松よりもずっと強くそう確信したらしい。三人の中でもっとも生真面目《きまじめ》そうに見える看護師に狙いを定めて詰め寄った。

顔を突っ伏して泣き喚《わめ》いている夫人の声が僅《わず》かに低くなった気がする。やりとりに注意を払っている。

「私……」

小柄な看護師は顎《あご》を引いて呟き、助けを求めるように医師の顔を窺《うかが》い見た。

「どなたでもいい。はっきり答えてください。我々は殺人事件の捜査中なんですよ」

風間の斬りつけるような声に反応し、医師が低い声で呟いた。

「クロゼットって」

小松ははっとして部屋の壁を見た。入り口から見て右側の壁に、半間《はんけん》の幅のクロゼットがある。

「クロゼットがどうしたんです？　口にした言葉は、それだけですか」

「――わがりません。ただクロゼットってだけ、そう……」

風間は頷き、夫人に顔を転じた。彼女は泣き声を潜め、肩で息を吐きながら顔を上げていた。

「クロゼットを開けてよろしいですね」

「――駄目です。駄目よ、許しません。主人が人ば殺すわけだのありません」

「そう思っておいでならば、何も隠す必要などないはずだ。そうでしょ、奥さん。よろしいですね」

3

宵闇《よいやみ》が漂い始める中、小松は井丸岡の自宅付近に駐車されたパトカーの後部シートに、たったひとりで坐っていた。とっくに家宅捜索が始まっていたが、未亡人の気持ちを不必要に逆撫《さかな》でするという理由で、それに加わることを許されなかった。

小松はまだしも、風間のほうは、直接説明を聞きたいという上層部の強い意向によって県警本部に呼び戻されてしまっていた。それもまた、未亡人の気持ちを慮《おもんぱか》ってのことにちがいない。上層部が風間の暴走を嫌ったのは間違いなかった。井丸岡は名の知れ渡った外科医であり、地元の名士だったのだ。未亡人となった妻もしかり。言うまでもなく、それなりの影響力を持っている。

だが、こうして家宅捜索が実行できたのは、井丸岡が自殺した直後に風間が強引に乗り込み、彼が言い残した言葉を頼りにクロゼットの捜索を行なったために他ならなかった。もしも乗り込んでいなかったならば、クロゼットに隠されていた品はもちろん、井丸岡が毒物を服用して自ら命を絶った事実すら伏せられてしまったかもしれない。医師はどんな死亡診断書でも書ける。

しかし、今なお安心はできなかった。安心などにはほど遠い。小松は胃がきりきりと痛むのを感じながら、濃くなる宵闇を睨んでいるしかなかった。こんな時は、躰を動かし、証拠品を探し回っていたほうがよほど気が紛《まぎ》れる。自分では何もできず、ただ結果を待つしかないことが何より辛かった。

クロゼットにはメスと注射器が隠してあった。弘前を代表する銘菓として名高いある最《も》中《なか》の空き箱の中に、ふたつまとめてガーゼで包み、輪ゴムでとめて入れられていたのだ。それは証拠品として押収《おうしゅう》され、現在、県警の鑑識で血液反応を調査中だ。

さらには、風間の強硬な主張によって、井丸岡の自宅への家宅捜索がこうして進行中だった。

小《こ》一時間ほど前、看護師たちの手によって、井丸岡の未亡人が自宅から病院のほうへと搬送されるのが見えた。心労で倒れたらしい。

だが、小松のところからでは、それ以降は何の動きもわからなかった。

宵闇の深さが増すごとに、自分だけがひとりぽつりと除《の》け者にされているといった疎《そ》外《がい》感が大きくなる。

玄関の引き戸が開き、一課のデカである長岡がひとりで表に出て来るのが見えた時、小松はまさか彼が自分に近づいてくるとは思いもしなかった。鶴田のプラネタリウムで風間に喰ってかかった男だ。この自分に対しても、いい感情は持ってはいまい。

だが、さすがに車のすぐ傍《そば》まで近づいてくるに及び、自分に用があるのだと気がついた。車を降りて迎えるべきかと迷っているうちに、長岡のほうは最後の数歩を早足に変えて、すっと車の外に立った。慌ててサイドガラスを開けると、腰を屈めて覗き込んできた。

「出だど」

何の前置きもなくぼそりと言われ、小松は一瞬ただぽかんとした。

長岡はまどろっこしそうに言い直した。

「出だど。決定的証拠だ。井丸岡の書斎の本棚さ並ぶ医学事典の一冊が刳《く》り貫《ぬ》がれで、中さ越沼雄一の遺体の写真が何十枚も隠されであった」

「遺体の写真……」

小松は思わず呟いた。そうか、写真を撮影していたのか、と胸の中で呟くと、妙に納得した気分になった。しかも、その隠し場所に医学事典を選んだことも だ。

ふっと肩の荷が下りたような安堵《あんど》感と、それにどうやら虚脱感らしいものが湧き上がり、次の言葉が何も出てこなかった。これで終わったのか……。

「おいおい、嬉《うれ》しぐねんだな（ないのか）？　それとも、待ちくたびれですっかどおたってまたんだが（すっかりへたってやがったのか）」

長岡は小松の反応が不服だったらしく、口を尖らせて眉間に皺を寄せた。

「いえ、そったごとはないんですが……、何が、まだ実感が湧がねくて」

と答えると、長岡はやっとそれで満足そうに頷いた。

「東京もんもそんだけど、あの東京もんどずっとつるんでだおめだって、一刻も早く結果ば知りてぇべなど思って、飛んで来てやったのさ」

話すうちに気づいたが、長岡は証拠が出たことを喜んでいるだけではなく、そんな感情を小松や風間と分け合おうとしてくれているのだ。デカ特有の仏頂面《ぶつちようづら》のむこうに、ここでもっと大っぴらに喜びを表わしていいのかといった戸惑いが潜んでいるらしかった。

小松は車を降りた。

何か自然に頭が下がった。

「ありがとうございました」

長岡は両手を前に突き出して大げさに振った。

「わいわい、莫迦野郎。なして俺《わ》さ頭下げるんだば。おかしごとするんでねじゃ」

手を下ろし、少ししんみりとした顔になって続けた。

「何も出ねば、自分の首ば差し出すんだど」

「――何ですか?」

「あの東京もん、県警本部でお偉方さ、そうやって啖呵《たんか》を切ったんだづぁ」

その表情から、小松が何も知らずにいたことを悟《さと》ったようだった。

「なんだば？　おめまだ知らねがったんだが？　居合わせだ課長がえらく感激してよ。先頭さ立って檄《げき》飛ばしたんだ。是《ぜ》が非《ひ》でも証拠ば出せ、ってな」

そうだったのか。張り合ったり、東京のエリート刑事のやつなど気に入らないと楯突《たて》いたりはしても、最終的には同じデカ同士の連帯を示してくれたらしい。

「さて、せば俺《わ》行ぐじゃ。とにかぐこれで事件は解決だ」

長岡はそう言い置き、背中をむけようとした。

その言葉に、小松はふっと不安を覚えた。本当にこれで事件は解決したのか。

「長岡さん」と、呼びとめた。「遺書の類《たぐい》はあったんでしょうか？」

「遺書が――。犯罪の告白てごとが。なもそれは出てねえな。まあ、まだ引き続き探すばって、出ねくても支障はねがべ。物的証拠が出でるんだはで」

「見つかった写真は、越沼雄一のものだげだったんですが？」

「ああ、その医学書さ隠してあったのはな」

「――田中繁夫と本木廉太郎についでは」

長岡の目が鋭くなった。

「ここで待ってるだげで、よぐそうぽんぽんと次がら次にお望みだな。それに、本木ってのは秋田のヤマのガイ者でねえが。そったごとまで知らねじゃ」

明らかに気分を害していた。

「——すみません、そったつもりじゃ」

そんなつもりもどんなつもりもわからなかったが、とにかくそう詫びると、いくらか気分を直した様子ではあったが、もう先ほどのように親しげな態度を示そうとはしなかった。

「まあ、見でなが。まだ夜は長《な》げんだ。これがらまだ収穫があるね」

そうとだけ言い捨てるように口にし、長岡は素早く背中をむけて遠ざかった。

その夜、かなり遅い時間になってから、弘前中央署で記者会見が開かれた。

井丸岡の家の前で長岡が口にした見通しは甘く、小松が心のどこかで危惧《きぐ》した通り、あれ以降は収穫と呼べる収穫はなかった。したがって、実質的には三件の連続殺人のうち一件のみしか、井丸岡との繋がりは証明できなかったことになる。

しかし、とにかく殺害した越沼雄一を撮影した写真が出たのだ。それに、井丸岡の部屋のクロゼットから見つかったメスと注射針からは、その後、微量ながらやはり越沼と同じ血液型が検出され、さらには注射器内には麻酔薬の痕跡があった。堂々と記者会見を開くのに充分な材料は揃《そろ》っていたわけで、署長も県警本部の人間たちも、誇《ほこ》らしげな様子を隠そうとはしなかった。

そんな彼らを記者会見場の一番後ろからしばらく見ていた小松は、やがて躰にのしかかるような疲労を覚えて会計課の部屋へと戻った。

刑事《デカ》部屋や捜査本部の置かれた大会議室などには捜査員たちが溜《た》まって賑《にぎ》やかだったが、既に通常の勤務時間が過ぎている今、会計課の部屋は無人だった。

入り口脇のスイッチを上げて蛍光灯をつけ、坐り慣れた自分の机に坐って一息つくと、無性《むしょう》にたばこが喫いたくなった。刑事だった頃、小松は日に二箱は喫うかなりのヘヴィースモーカーだった。ここ数年はほとんど喫わず、喫いたいと思うことも滅多になくなっていたが、今夜は違った。

風間と小百合と飲んだ時に買ったたばこの残りがまだあったので一本抜き出し、火をつけた。

黙って燻《くゆ》らせていると、記者会見場や捜査員たちの溜まり場の喧噪《けんそう》が廊下を伝い、それこそ淡い煙のような感じで漂っていた。ぼんやりとそれに耳を傾けていると、対照的なこの部屋の静けさが躰に染み込んでくるような気がした。

事件が終われば、また元の仕事に戻る。ふっとそんな言葉が胸を過り、確かな翳《かげ》りを小松の胸に残した。結局は自分の居所《いどころ》はここにしかない。

人の気配を感じて目をやると、戸口に風間が立っていた。

風間は薄暗い廊下から部屋の灯《あか》りの中へと入ってきた。

小松を見、「ふう」とどこか芝居がかった仕草で溜息を吐いてみせた。

「疲れたよ。さすがにお偉方とのやりとりで、疲労困憊《こんぱい》だ」

そう言いながら入り口付近の机から椅子を引き出し、馬乗りに坐った。

「喫うか？」

小松は思いついてたばこを出したが、「いや」と首を振り、「それよりも茶を一杯貰おう」と言って立ち上がった。

壁際の給湯器《きゆうとうき》へむかおうとする風間を小松はとめた。

「それは駄目だ。もう電源を切ってしまっているから、温《ぬる》い茶しか出ないよ。俺がお湯を沸《わ》かしてきてやろう」

だが、風間は席を立つ小松を手で制し、給湯器の隣りの籠《かご》に伏せてある湯飲みを取り上げた。

「いいさ、これでいい。ちょっと喉《のど》を潤《うるお》したいだけだ」

湯飲みを給湯口に置き、スイッチを押して薄い色の茶を注いだ。

湯飲みを取り上げて口につけ、椅子に坐り直してからまた口をつけて飲み干《ほ》した。

空の湯飲みを机に置く仕草が、いかにも疲れて見えた。風間がこんなふうに明らかに疲労を滲《にじ》ませるのを見るのは、初めてだった。井丸岡の自宅から物証が出たことで、風間の気持ちにも変化が生じた結果かもしれない。精神力で躰の奥底へと押し込めていた疲労が顔を覗かせたのではないか。

「とにかく、物的証拠が出たんだ。これで一歩前進だな」

何か労《ねぎら》う言葉をかけたくてそう言ったが、風間は人差し指と親指の腹で瞼《まぶた》を揉《も》むだけで、しばらく何も応えようとはしなかった。

「長岡さんから聞いたよ。県警本部のお偉方の前で、物的証拠が出なければ首を差し出すと啖呵を切ったそうじゃないか。それで現場のデカはみな発憤《はっぷん》したと言っていたぜ」

「そうか、あの御仁《ごじん》がそんなことを言ってくれたか」

とは応じたものの、目を閉じて瞼を揉むのをやめようとはしない。

何と言えばいいのか、言葉を探す小松を前に、風間のほうから言葉を継《つ》いだ。

「だが、この先の捜査は難しいぞ。幹部連中の記者会見は聞いたか？」

「最初のほうだけな」

「俺は今まで聞いていた。連中の言葉の端々《はしばし》には、あわよくばこれで事件に幕を引き、さらなるホシがいる可能性にはできるだけ触れたくないとする気持ちが見え見えだった」

小松は唇を閉じて風間を見た。指先が無意識に新たなたばこを抜き出しかけていたが、それに気がついてやめた。

自分はこの風間と行動をともにしてきた。だから、越沼雄一のみは他のふたりの被害者とは異《こと》なり、生前に頭蓋骨を切り取られていた点に風間が着目し、それ故《ゆえ》にこの事件にはホシがふたりいると主張してきたことを知っている。だが、いったいどれだけの捜査員が、同じように考えるだろうか。事件の初めからずっと、単独で捜査を行なうことを選んできた風間が、手の内を多くの人間に明かしているとは到底《とうてい》思えなかった。

「県警本部でのお偉方とのやりとりも、その点についてだったのか?」

「無論、最初はなぜ井丸岡のところで強引な行動を取ったのか、ということへの叱責《しっせき》だったさ。だが、あそこで物証が出始めてからは、そうなった」

つまらなそうな口調でそう説明をして一旦《いったん》口を閉じかけたが、今夜の風間は雄弁だった。

「上層部だけじゃないぞ。今、帳場のほうも覗いてきたが、捜査員たちだって大半がこれで幕引きムードになっている。中にゃ、早々と打ち上げ気分で、ほろ酔い加減になってる連中もいたよ。明日もまた井丸岡宅の家宅捜索は行なわれる。残りの二件の殺人と井丸岡を結びつける証拠が出るまでは、しつこく続けられるんだろうな。やっと事件に光明《こうみょう》が見えたんだ。誰も、再び闇の中に戻りたいとは思わないものさ」

小松は井丸岡宅の前で会話を交わした長岡のことを思い出した。長岡はわざわざ物証が出たことを告げに来て、喜びを小松と分け合おうとしたにもかかわらず、本木廉太郎と田中繁夫のことを小松が持ち出すと、あからさまに不機嫌そうになって立ち去ってしまった。

ああした心理は、何も長岡ひとりに限ったものではないはずだ。大した手がかりが見つからずに、地を這《は》うような捜査を毎日コツコツと続けることは、確かに闇の中を手探《さぐ》りで進むようなものなのだ。これで事件が完全解決を見たのだと考えたい心理が無意識に働くのはわかる。

「だが、おまえは捜査をやめないんだろ」

小松は押し殺した声で訊いた。

「俺はおまえと一緒にやるぞ」

力を込めてさらにそう続けたが、風間はちらっとこちらに目をやっただけで、すぐに視線を逸らしてしまった。

小松は何か勝手が違うらしいことに初めて気がつき、狼狽えた。風間がさっきから見せている疲れた感じは、物証が出て心の箍《たが》が緩んだからではないのかもしれない。自分と風間の間にあるこの微妙な温度差は何だ。

「おまえはもう会計課へ戻ったほうがいいのかもしれん」

「何を言い出すんだ……」

「この先は、俺は益々《ますます》孤立した闘《たたか》いを強《し》いられるはずだ。おまえまでそれにつきあう必要はないよ」

「何を今さら。おまえがここに来た時から、ずっとそうだろ」

軽口で雰囲気を変えたかったが、風間はクスリともしなかった。

「いったいどうしたんだ。県警本部で何を言われたんだ？」

風間は唇を引き結んだ。

「何か言ってくれ、風間。俺はおまえとふたりでこの捜査をやり通したいんだ」

「小松、おまえ自身はどうなんだ」

「――どうって何だ？」

「決まってる。おまえ自身は、井丸岡以外にまだホシがいると確信しているのか？」

無論、そう確信していると、すぐにそう応えるつもりだったのに、喉元で言葉が詰まってしまった。自問したのだ。自分は本当にそう確信しているだろうか。ただ、捜査が終わってしまい、再びこの会計課での毎日が始まるのを恐れているだけではないのか。

風間は小松の内心を読んだような表情を覗かせた。こいつは、時折こんな目をむけるのだ。

「もしかしたら、俺自身が、近くここを離れることになるかもしれん。詳細は話せんが、東京で事件が持ち上がった。俺の専門分野の事件だと言えば、わかるだろ。で、こっちのヤマに区切りがついたら、至急戻るようにと言われている」

「このヤマを途中で投げ出すつもりなのか？」

「無論、俺自身にゃそんなつもりはないさ。だが、そういう話も出ているということを、おまえの耳に入れているだけだ」

「何のために？」

「小松。そうして喰《く》ってかからんでくれ。俺も今夜は疲れているんだ」

風間は重たい物を持ち上げるように立った。

「今日は引き上げる。明日、また話をしよう」

今夜はいったいどうしてしまったのだと言いたいのをやっと我慢し、「わかった」と頷いた。

「小松、おまえを引きずり回してしまったが、俺がここを離れたあと、おまえだけが孤立するようなことにしたくないんだ。それだけはわかってくれ」

見つめる小松に軽く頭を下げ、部屋を出た。

廊下を遠ざかる革靴の音をぼんやりと聞き、小松は小さく呟いた。

「今さら何を言ってる」

4

このところ連日のように小百合に会い、小百合の部屋を訪ねているといった躊躇《ためら》いが消えるのには、大した時間はかからなかった。妙子には何の連絡もしなくとも、今は捜査の最中で、帰りが遅くなるのは覚悟しておいて欲しいと予《あらかじ》め言い聞かせてあった。

店を訪ねるのはまずかろう。事件解決と理解した捜査員の誰かが繰《く》り出しているかもしれないし、木崎たち署の上層部の人間が現われる危険もある。鍛冶町の普段はあまり行かない居酒屋で酒を飲みながら腹をこしらえた小松は、店を出るとすぐに小百合の携帯に電話を入れた。電話はメッセージセンターに切り替わった。店に出ている時間は、携帯はいつも電源が切ってあるのだ。

店が終わったら連絡をくれと伝言を残し、徒歩で小百合のマンションへとむかった。こうした伝言を残しておけば、店が終わり次第《しだい》、携帯に連絡が来るのが習慣だった。そうして連絡が来たら、マンションの部屋で待っていると告げればいい。

そういえば、彼女が電話で昨日言いかけていた話も、今夜は膝を交《まじ》えてきちんと聞いてやらねばならないだろう。彼女は風間の兄のいったい何を気にしたのだろう。二十六年前、風間と小百合と小松の三人をあの防空壕跡に閉じ込めたのが風間の兄だと思った根拠は、何だったのか。

マンションの傍のコンビニで念のために缶ビールとつまみを仕入れ、コンビニの袋と革鞄《かばん》とをぶら下げてマンションの入り口を入った。エレヴェーターに乗るとすぐ、いつものように鞄から正露丸《せいろがん》の瓶《びん》を取り出し、中に隠してあった鍵を摘《つま》み出す。小百合の部屋のドアを開けて入り、鍵を元通りにかけた小松は、入り端《はいばな》のキッチンと、その奥の部屋とを見渡し、溜息を吐いた。

相変わらずひどい有り様だった。あちこちに下着と店用の短いドレスとが脱ぎ散らかしてあった。一昨日の帰り際に、朝になったらゴミに出しておくようにと言って小松がまとめておいてやったゴミ袋は全部そのままで、キッチンの一角に無造作に寄せられてある。女性誌や週刊誌がベッドの足下に落ちている。

ようするに片づける気持ちがないのだ。何もかもそのままにして暮らし続け、時折現われる小松に片づけさせようとしている。それはある意味では小百合の甘えであり、そしてまた妻がありながらこのままの関係をずっと続けることを望んでいる小松への無言の抗議でもあるのだろう。なるべくそれをそのまま受けとめてやりたい。自分には他にできることがないと思いながら、小松は掃除を続けてきた。そうすることで、自分自身の彼女への思いを再確認できるような気もした。

だが、今夜は疲れはてていた。小松はキッチンを突っ切って奥の部屋まで歩き、炬燵《こたつ》の上と周辺に落ち着ける場所を作って坐った。炬燵の電源を入れ、リモコンを引き寄せてエアコンもオンにする。

缶ビールのタブを開けて一口飲んだ。店が引けて小百合から電話がくるのは、日付が変わって一時を過ぎてからだ。しばらくこのまま待たねばならない。

ちびちびとビールを啜っていたが、そのうちに余計なことをあれこれと考えてしまいそうな気分になってテレビをつけた。何か事件以外のことを考えたかった。

だが、テレビでは連続猟奇殺人の容疑者が自殺したとのニュースがあちこちのチャンネルで報じられていた。弘前という一田舎都市の事件がこれほどまでに大々的に報じられるのは、小松が知る限りではまったく初めてのことで、テレビを消す気になれなかった。リモコンでチャンネルをあちこち替えながら見るうちに、小松は自分のあまりの迂闊《うかつ》さと思慮《しりよ》の浅さに思わず舌打ちした。報道の大半は、井丸岡惣太郎が猟奇殺人の有力容疑者であるとはっきりしたことを讃《たた》えるよりも、その有力容疑者を逮捕以前に自殺させてしまったことを責める論調で占められていた。

そうか、風間が態度を変えた原因はこれだったのだ。この自分と風間との間で温度差があると感じたのは当然だ。風間はひとり、県警本部に呼ばれ、井丸岡を重要容疑者とはっきりさせた功を褒められるのではなく、彼を逮捕できずに自殺させてしまったことの責任を問われたにちがいない。

だが、あそこに居合わせたのが風間以外の刑事だったとしても、井丸岡を無事に逮捕することなどはたしてできただろうか。あの男はベッドの傍に毒物を用意していた。そして、妻、医者、看護師たちの目をかすめてそれを服用したのだ。その点について、捜査官の責任を問えるものなのか。しかも、風間が強引に井丸岡を問いつめ、死の報《しら》せを聞いたのちにも再度強引に乗り込んだからこそ、井丸岡を重要容疑者として告発できたのであって、さもなければ告発自体が不可能だったはずだ。

缶ビールを飲み干した小松は、炬燵から立ってキッチンに歩いた。シンクの下の調味料などを並べた抽斗に、小松用のウィスキーが入っている。いつからか小百合はひとりで部屋で飲む量が増え、飲まれてなくなってしまっていることも時折あったが、一昨日《おととい》はかなりの量が残っていたのでまだあるはずだった。

半分ほど残った瓶を取り出し、小松は食器棚からいつものグラスを下ろした。水割りを薄めに作る。小百合を待つ間に酔いすぎたくなかった。

尿意を覚え、水割りのグラスを流し台に残したままでトイレにむかった。トイレは玄関のすぐ脇にある。壁が凹《へこ》んでいて、その凹みの正面に洗濯機置き場があり、左側がトイレで右が浴室だ。

用を足し終え、トイレを出、ふと何かが気になった。小松は後ろ手にトイレのドアを閉めた。凹みを出て流しのグラスに戻りかけ、なんとなく振りむいて洗濯機の上の洗濯籠を見た。一昨日のままで、何も変わったところはなかった。汚れ物が適当に突っ込んである。

顔を戻し、玄関の靴脱ぎに目が行き、ここを訪れた時には気づかなかったことにひとつ気がついた。端《はし》に寄せて、小百合の気に入りの靴が、それも珍しくきちんと揃えて置いてあった。もっと若く、ホステスとして今よりも華《はな》やかだった頃、小百合は靴にこだわった。そして、店に着ていく服と同じぐらいの数の靴を次々に買い込んでいた。だが、ある時からそんなふうにしなくなり、持っていた靴も捨ててしまうのか後輩にでもやってしまうのか、段々数が減っていった。そして、歩き易《やす》い気に入りの靴を見栄《みば》えが悪くない程度に履き潰《つぶ》すまで履くようになった。その気に入りの靴が玄関に脱いであるということは、今夜は何を履いていったのだろう。——そんなふうに思ったものの、別段それ以上深く考えることもなかった。

だが、小松はそこでぴたっと足をとめた。足が床に貼りつき、躰が動かなくなったような妙な感覚だった。洗濯籠じゃない。靴脱ぎの靴でもない。自分が気になった物は浴室の折り戸のむこうにある。

小松はもう一度壁の凹みに戻り、今度は浴室のほうに顔をむけた。折り戸には磨りガラスを模したプラスチック製の板が入っている。本物のガラスよりもむこうが見えにくいし、割れにくい。

そのプラスチックの板を透《とお》し、天井灯が消えて暗い浴室に何かが見えた。そこに視線を釘づけにされたまま、壁に指先を這《は》わせてスイッチを押し上げた。

浴室が明るくなり、それが人間らしいと知れた。浴槽に身を隠し、じっとこっちの様子を窺っている。しかし、マンションの狭いタイプの浴室のため、表からそれが透《す》かし見えるのだ。

なんだ、こんなところに息を潜めて隠れていたのか。時折、子供みたいなふざけ方をする女なのだと思い、頬《ほお》が緩みかけた次の刹那《せつな》、いきなり背筋がぞっと冷えた。自分がこの部屋を訪ね、既に十五分か二十分は経っている。そんなに長い時間、小百合が息を潜めているわけがない。

小松は折り戸を開けた。

小百合は店用の薄い短いドレスを着て、手足を窮屈《きゅうくつ》そうに折り、水を張った浴槽に身を沈めていた。

紛れもなく死んでいる。

だが、小松の理性はすぐにそれを否定しにかかった。これが死体であるわけがない。小百合が死んだりするわけがないのだ。

下半身から力が抜け、小松は浴室の入り口の床にしゃがみ込んだ。口を大きく開いたまま、しばらく息ができなかった。

5

自分を取り囲む周囲の動きが何もかも虚《うつ》ろに感じられた。一課の人間たちが鑑識を伴《ともな》って現われ、今は手分けして小百合の部屋を隅々まで念入りに調べていた。小百合と再会してつきあうようになってから七年、いつでも彼女とふたりきりで過ごしていた部屋だった。そこにこんなにもたくさんの他人が出入りし、そして、容赦《ようしゃ》なく彼女のことを調べている様《さま》を目の当たりにするのは、小松に奇妙な感じをもたらした。

そこかしこにこの自分の痕跡が残っている。ウィスキーと水割り用のグラス、気に入りのコーヒーカップ、男物の箸《はし》、歯ブラシ、シャンプー。いつも風呂上がりに着ていたガウン、ベッドサイドに立つふたりの写真、避妊具……。

しかし、そんなこともどうでもいい。虚ろだった。同僚たちから浴びせられる針のような視線を感じたのは最初だけで、そのうちに感覚が鈍《にぶ》くなり、今はもう何も感じない。周囲で起こっている出来事が現実ではないように思えるだけだ。こんなふうにして小百合の部屋の隅に立ち、弘前中央署一課長の沢村を相手に、死体発見時の様子を細かく話して聞かせるこの自分にこそ、どうにも現実感を持てないのだ。

「おい、大丈夫だのが?」

聞くだけのことは聞いたのか、質問の手を休めて沢村が訊いてきた。

伸び上がるようにして小松の顔を見上げている。その視線が不快で、小松は沢村と目を合わせなかった。

「大丈夫です。どうぞ、続けでください」

「いや、とりあえず今ここで訊いておきたいごとは、これだけだ。そせば、あとは署に移って話を聞ぐ」

「署に、ですが……」

思わず問い返して沢村を見ると、今度は沢村のほうが視線を逸《そ》らした。小松との気持ちの交流を拒《こば》んでいるような仕草だった。

「被害者の人間関係についで、詳しく聞がせで貰わねばならねはで」

沢村は一旦口を閉じかけたが、幾分《いくぶん》声を落として続けた。「おめどの関係も含めでな」

言い終わるとともに、ほんのちらっとだけ小松の顔に視線を走らせた。その目に蔑《さげす》むような光があるのに気づき、小松は激しい憎しみを覚えた。

玄関で靴を履く途中で動きをとめ、浴室のほうを振り返った。ここからは死角で見えなかったが、あそこに小百合が横たわっている。猛烈な寂寞《せきばく》感に襲われ、突然思った。風間はどうしているのだろう。やつに傍にいて欲しかった。

「なんがしたんだが」

沢村に声をかけられ、「いえ」と答えて玄関を出る。

「このマンションは、裏手がらどっかさ出られねんだが？」

廊下を並んで歩き出すとともに沢村が訊いてきた。

「いえ、ゴミ置き場さはビルの側面の非常口がら出られますが、そごさ出だどしても同じごとです」

「マスコミの連中が表さ来てる。おめはなるべぐ顔ば見られねようにしてけ。いずれおめとガイ者の関係は知れるだろうけども、騒ぎさなる前に少しでも時間欲しいんだ」

「わがりました」と、小松は前をむいたままで頷いた。

エレヴェーターで下階へ降りる時に、両手にゴミの袋を提《さ》げてゴミ置き場と小百合の部屋を往復する自分を思い出した。鼻孔に正露丸の匂いが蘇り、そうするとなぜか、この自分が小百合の死体を発見して通報したことの意味と、この先数時間のうちに自分に何が起こるのかが、今までまったく頭が働かなかったことなどまるで嘘《うそ》のように明確に理解できた。

妙子の顔が浮かんだ。それはなぜだか最近の妻ではなく、結婚したての若い頃の彼女の顔だった。そうか、これで妙子は自分と小百合とのことをはっきりと、しかもこれ以上ないような惨《むご》い形で知る。俺はゲスだ。警察の裏金作りに手を汚し続け、七年もの間ずっとこんな格好で小百合とつきあい続け、小百合のことも妙子のことも裏切り続けてきた自分に相応《ふさわ》しい破局がじきに訪れる。そんなふうに言葉にして胸の中で唱《とな》えてみると、それこそが逆に唯一の救いのように思えた。

確かに沢村が口にした通り、マンションの前にはマスコミの人間たちが陣取っていた。一課長の沢村の姿を見つけ、全員が一斉に集まってくる。だが、誰も小松に注意を払おうとはしないのは、同行の捜査員と思われているのだろう。

沢村は署で行なわれる記者発表を待つようにと繰り返し、小松を車に先に押し込むように追い立てた。

後部シートに俯いて坐る小松を乗せ、車は並木《なみき》通を北へむかった。

駅前通の信号に引っかかって停まった時、取りちらかった頭の中にひとつの流れが生まれた。風間の兄はなぜ連続バラバラ殺人事件に興味を示していたのだろう。彼はこの俺だけではなく、その後、小百合のことも訪ねているが、ふたりはどんなやりとりをしたのだろう。小百合は二十六年前に自分たち三人を防空壕跡の穴に閉じ込めたのは、キングではなく風間の兄の仕業だと言った。だが、その理由を訊くと言い淀《よど》み、今度会った時に直接話したいとも言った。なぜだったのか。彼女が話そうとしていた理由とは、何だったのか。

風間の兄に会って話を聞かねばならない。それも今すぐにでもそうするべきだ。この駅前通を右折して、ほんの少しだけ駅のほうに走れば、風間たちが兄弟揃って泊まるホテルに着く。

「ちょっと一カ所、回って欲しいどごあるんです」

沢村は小松が言うのを聞き、不快そうに顔を顰《しか》めた。

「こった時に、いったいどごさ何の用あるんだ」

「ここを右折し、駅前ホテルさとめでください。そごさある男が泊まっています。その男は、この殺人事件についで何が知ってるがもしらね」

風間の兄が泊まっている、と言いかけ、慌てて「ある男」という言い方をした。

沢村は小松の顔を凝視《ぎょうし》した。

「落ち着きがなが（落ち着きたまえ）、小松君。ある男って、いったい誰だんだ？」

「それは言えません。とにかぐ会って確かめてんです」

沢村は口を開きかけ、閉じ、顔を背《そむ》けた。

「まいね。真っ直ぐに署さむがうど。信号が変わり次第、左折だ」

後半は運転手に告げたものだった。

「沢村さん、お願いします。もしかすれば菅野小百合殺害の重要参考人さなるがもわがねんです」

「おめはすっかど取り乱してる。そういう人間の発言ば、取り合うわけにはいがね」

左右の歩行者信号が点滅を始めた。もうすぐにこっちの車線が青になる。

小松はドアを開けて車道に飛び出した。

「何すんだば、小松。待で。命令だど」

沢村の狼狽えた声が追ってきたが、構わずに対向車線を横切って右側の歩道へと駆けた。角を曲がり、一直線にホテルを目指す。

ホテル正面の車寄せに駆け込み、メインエントランスが近づくと、後を追ってきていた覆面パトカーがむこう側から車寄せに侵入してくるのが見えた。エントランス正面に駐車されているタクシーの背後で急ブレーキを踏んでとまり、後部ドアから沢村が飛び出してくる。

小松は開きかける自動ドアの隙間に躰をねじ込んだ。フロントデスクへとロビーを斜《なな》めに走る。

「待で。どすつもりだば、小松君。勝手な行動は許さねど」

背後から沢村の声が追ってくるのを無視してフロントデスクに走り寄り、警察手帳を呈示した。

すぐ後ろに沢村がいる。風間の兄の名前を出せば聞かれるが、やむを得ない。

「弘前中央署の者です。宿泊客の風間太一さんをお願いします」

フロントマンはすごい勢いで走ってきた小松にまだぎょっとしていたが、「少しお待ちください」と標準語で応じて目の前のパソコンを操作した。

だが、風間太一の宿泊は確認できなかった。チェックアウトをしたのだ。

沢村が肩に手を置く。一緒に来いと引きずろうとするのに対し、小松は両脚を踏ん張った。

頑《がん》として動かない姿勢を取りつつ「ちょっとだけ待ってください。お願いです」と言い、フロントマンにいつチェックアウトしたのかを訊いた。

フロントマンは再びパソコンの端末を操《あやつ》った。

「今朝早くです」

6

小会議室での沢村とのやりとりは、屈辱的なものだった。

小百合に恨《うら》みを抱いていた人間や、彼女の周囲で気になる人間はいなかったかといった質問が初めの何分かで終わってからは、その何倍もの時間が小松と小百合との関係を根掘り葉掘りと訊くことに費《つい》やされた。

このやりとりが犯人逮捕のためのものではなく、同じ署の警官が女の部屋で死体の第一発見者となったスキャンダルをどう最小限度に抑《おさ》え、警察への影響を可能な限り小さくするかを模索するためのものであることは明白だった。刑事一課長の沢村が素早く現場に出てきたのは、正にそのためだったにちがいない。

小松は堪え続けた。だが、沢村がこう口にするのを聞くに及び、頭の中で何かが切れた。

「念のために訊ぐけど、おめど彼女の関係は良好だったんだが？」

「良好とはどういう意味です。何を訊きてんだが、はっきりと仰ってください」

その時点ではまだかろうじて敬語を保っていたが、

「おめはあの女を恨んでねがったんだがって訊いでらんだね」

と沢村が言うのを耳にするとともに、机が大きな音を立てていた。

「俺が彼女を殺したと言ってらんだが？」

一瞬愕然として気を呑まれたような顔をした沢村は、それから顔を真っ赤にして怒り出した。

「なんだば、その口の利き方は。それが目上の者さ対する態度だな？」

「沢村さん、俺はあなたに、この俺が彼女を殺害したと疑ってらんだがと訊いでるんです」

沢村は居心地《いごこち》が悪そうに尻の位置を直した。だが、顔は益々紅潮した。年下の部下に気圧されたことが、怒りに油を注《そそ》いだらしい。

「小松君」と、敢《あ》えて名前を呼び返してきた。「おめは、自分のしでがしたことばわがってらんだな」

「私は何もしでかしてなどいない」

「飲み屋の女ど長年に亘る不倫関係ば続げできたんでねが。七年越しの不倫相手が自宅で殺され、そごさおめが居合わせでらんだど。我が署全体が迷惑を被《こうむ》るのがわがらねのな。この警察の面汚しが」

「話がそれだけだば、帰らせでいただきます」

「はっきり答えろ。おめは殺してねんだな？」

「莫迦莫迦しくて答える気さもならね」

「そった態度取って、どうなるがわかってらんだが？　おめの警察官としての人生は、ここまでだど」

そんな話はどうでもよかった。何もかもがどうでもいいのだ。会計課係長として、公《おおやけ》にできない金を捻出し続ける生活が終わればむしろさっぱりする。それが偽《いつわ》りのない本心だ。もう何年も前からそうだった。その事実に目を瞑《つむ》って生きてきただけだ。

小松は腰を上げた。


タクシーを寺の正面で降りた。時刻はもう二時になろうとしていた。

山門を潜り、参道を歩いた。こんな時間にもかかわらず、本堂と棟続きになった自宅に灯りがついていた。玄関のガラス戸が、居間の蛍光灯の光で浮き上がっている。

その灯りを見た時に、妙子が既に何もかも知っていることを直感した。

冷静に考えれば実に莫迦莫迦しい思いが浮かんだ。この自分が妻を不幸のどん底へと突き落とした張本人だというのに、この手で彼女を守ってやらねばならないと思ったのだ。

周囲からは良妻だとか才女だとか見られているが、本当は芯の弱い人だ。

いつでもこの場所に戻る度に、心が安らいだものだった。たとえどんなにへとへとで疲れ果てていても、この家に帰ると胸の中に温かい物がともり、躰と心を休めてくれた。妙子と結婚するずっと前、父親が自殺し、行き場のなくなった自分を晋造夫婦が引き取ってくれた時からそうだった。ここは自分が帰る場所だ。天井からぶら下がっていた父の幻影から逃れ、防空壕跡の何も見えない暗闇から逃れ、正義も悪も混じり合って貌《かお》を次々と変えるこの世界の混沌《こんとん》を忘れ、自分が自分に戻れる場所。

しかし、今夜だけは違う。いや、この先はもうずっと違うのだろうか。背中に小さな震えが走った。この孤独感は何だ。

ポケットからキーホルダーを出して玄関に近づいた。

だが、引き戸に手をかけると鍵がかかってはおらずにするすると開いた。

「ただいま」と、小松は小声で囁《ささや》くように言った。

「おかえりなさい」という声とともに障子《しょうじ》が開いて妻が現れた。この時間だというのに、まだパジャマにも着替えていなかった。

「物騒《ぶっそう》でねが」

小松はそう言いながら玄関を閉めて施錠《せじょう》した。

「そだね、ごめんなさい。でも、あなたがすぐに戻ると思ったがら……」

小松は妻の目が赤いことに気がついた。見て見ぬ振りをするしかなかった。靴を脱いで上がり、ジャンパーを一旦畳に置く。上着を脱ぎ、いつも掛けてある鴨居《かもい》からハンガーを取って掛けた。

箪笥は夫婦の寝室にあった。だから妙子が先に休んでいる時には、起こさないようにとここに服を掛けて、彼女が眠る前に用意してくれていた部屋着に着替えるのが習慣だった。交番や捜査課勤務だった頃にはそうすることがよくあったが、会計課に異動になってからはほとんど毎日帰りが早く、こうするのは仕事上のつきあいの名目で小百合と会っている晩だけだった。

今夜は妙子が起きていたので、箪笥に収めても構わなかったが、つい習慣でこうしてしまった。妙子は部屋の敷居《しきい》近くに立って小松をぼんやり見ていた。彼女に部屋着を頼むのが心苦しく、小松は自分で寝室に歩くと、箪笥からTシャツとスエットパンツを出して身に着けた。

居間に戻ると、妙子は小松が畳に置き忘れていたジャンパーを鴨居に吊《つる》したハンガーに掛け、肩の辺りの皺《しわ》を伸ばしていた。

小松が部屋に戻ってもなお指先をジャンパーの上にとめて背中をむけたまま、顔だけ僅《わず》かに動かして「お茶を淹れましょうか」と訊いた。

「いや、いい。お義父さんは——？」

「この時間だはんで、もう眠ってらよ。今夜はさすがに飲みにも出ず、家で大人《おとな》しぐしてったの。懲《こ》りだんだべの」

小松は何と応じればいいかわからず、黙っていた。

「お風呂にする？」

「いや」

「それなら、何か腹さ入れる？」

「いや、大丈夫だ」

「小百合さんが死んだって、本当だの？」

不意を喰らった質問だったが、小松よりもむしろ妙子本人のほうが驚き、狼狽えたように見えた。「テレビをつけでもまだニュースをやってねし」と、彼女は早口でつけたした。

「本当だ。――そのごとは、誰さ聞いだんだ？」

「千田さんの奥さんが電話をくれて」

会計課課長である千田の妻は、署員の家族の誰もが知るお喋りなのだ。

疲労感を覚えてダイニングテーブルの椅子に腰を下ろした。

それで初めてそこに立つワインのボトルとグラスに気がついた。

背後から妙子の息遣いと体温が近づいてきて、腕が小松の両肩に回された。ふわっと薄い布が舞い降りたような、不安で頼りない感覚だった。

「妙子――」

小松は呼びかけた。

「こっちむがねんで」

躰を捻《ひね》って振りむこうとすると、激しい声でとめられた。

「こっち見ねんで、そのままで聞いで」

妙子は何度かゆっくりと息を吸い込んでは吐いた。必死で自分を落ち着けようとしている。胸の膨《ふく》らみが、微かに背中に触れていた。

「私ね、一度、ばったり小百合さんさ会ったごとあるの」

小松は舌が乾くのを感じた。

「どこで、いつ……?」

「一年ぐらい前。中三《なかさん》デパートの入り口で。あなたと父の春物を買いに行ったら、中からちょうど小百合さんが出てきたの」

知らなかった。そんな話を、小百合から一言も聞いたことはなかった。

「彼女、懐かしがって。私だって懐かしがったがら、しばらぐ立ち話をしたの。そして、彼女と別れて、洋服売り場であなたの春物を選んでいた時に、わかったの。あなたとあの人が、きっとどこかで会ってるんじゃないがって。――でも、それをあなたには訊けなかった」

「――――」

「やっぱり私もあなたたち三人と一緒に、穴の中に閉じ込められていればよがった」

妙子の声がかすれた。

「莫迦言うな……。そった話でねべ……」

「――そだね、そった話でないね」

妙子は小松の背中を離れ、斜めむかいの椅子に坐った。いつもの席だった。ワイングラスを引き寄せ、口に運ぶ。

「小百合さんを殺した犯人の見当はついたの？」

「まだわがらないよ」

「どうして殺されだの？」

「わがらない」

口を閉じかけ、続けた。

「捜査上の話はできねって言ったのを忘れだんだが」

くそ、何を莫迦なことを言っているのだ。訊いているのは自分の妻で、殺されたのはこの自分がつきあっていた女じゃないか……。

「ユリは、誰が親しい人間さ殺されだんだ。部屋さ押し入った形跡がねがった。彼女が自分で相手ば招ぎ入れだんだ。そして、殺されだ……」

「子供の頃も小百合さんのことをそう呼んでだわね。小百合ちゃんはユリで、風間君はジロー、そして、あなたはいっちゃんだった」

妙子の顔が醜《みにく》く歪《ゆが》んだ。

「やっぱり私も一緒に穴の中に閉じ込められていればよがった」

「だから、そった話でねべ……」

「あんだにはわからないのよ」

「――――」

「疲れているんでしょ。お風呂に入ったら」

今まで何度も聞いてきた言葉だった。だが、今夜はその言葉には固い拒絶が含まれていた。

小松は椅子から重たい躰を持ち上げるしかなかった。


服を脱いで浴室に足を踏み入れると、乾いたタイルが冷えていた。浴槽の蓋を外し、湯を足下にかけてから股ぐらを洗い、両肩にかけた。たとえ真夏の夜であっても、そうして汗を一通り流したあとにはまず湯に浸《つ》かるのが習慣だった。小松は湯舟に躰を沈めた。

機械的に五十まで数え終えると洗い場に出た。シャワーのコックを捻り、噴《ふ》き出し口に手を当てた。温水器が古いせいでかなり長いこと水だったが、辛抱《しんぼう》強く待った。

お湯を頭にかけ、左手で頭髪を揉むように洗った。しばらくそうしてからシャワーで流したが、目を閉じると瞼の裏に小百合の姿が貼りついていた。会話に興《きょう》じて笑う彼女、拗《す》ねて見せる彼女、店で無理して笑っている時、現われた小松を見て本物の表情を面《おもて》に出す彼女。縺《もつ》れ合い、この腕の中で小松にすべてを委《ゆだ》ねた彼女の姿態《したい》が蘇って苦しくなり、とめようとしても叶《かな》わずに浴槽での最期の姿が蘇り、それ以降は目を開けて頭を洗い続けた。

頭と躰を洗い終え、小松はもう一度湯舟に浸かった。

脱衣所の引き戸が開く音がして顔をむけると、「いっちゃん」と義父《ちち》の声がした。

「妙子さ頼まれでよ。替えの下着ば置いでいぐはんで」

「ありがとうございます」と小松は礼を述べた。

浴室の曇《くも》りガラスを透してぼんやりと義父の姿が見える。晋造がじっとこっちを見ているのがわかった。

「妙子は、今夜は客間で眠るんだど」

本堂と自宅とを繋ぐ部分に八畳の部屋がある。客を通すこともあるし、法事が行なわれる時には控え室としても使われる部屋だった。

「──そうですか」

「俺《わ》も疲れでるはんで、先に休むよ」

「お義父さん──」

呼びかけはしたが、その先は何も言葉が出てこなかった。

「何だ、いっちゃん」

「——いえ、何でもありません」

「んだが。せば、行ぐじゃ」

引き戸が閉まり、人の気配《けはい》が遠ざかった。

お湯を両手で掬《すく》って顔を洗った。

しばらくの間、両手の人差し指で顳顬《こめかみ》を揉んでいた。

蛇口についた水滴を見つめた。どこか遠くで犬が啼《な》いた。小松は再び湯を掬った。

7

いつも通りの時間に家を出た。理由ははっきり言い当てられなかったが、そうすべきだという気がした。朝食の間、妙子は起きては来なかった。だが、小松が起きた時にはもう朝食の準備は終わってテーブルに並んでおり、あとは小松が御飯と味噌汁をよそえばいいようになっていた。

自家用車は使わず、バスで出勤した。見飽きた街並みが、窓の外を流れていく。睡眠不足でバスに揺られていると、頭がぼんやりとしてまとまった思考ができなかった。この十年、毎日こんなふうにして署に通っていた。馴染《なじ》んだ朝に戻っただけだ。

署の入り口が近づくとともに、嫌な予感が込み上げた。正面玄関の周辺に大勢の報道陣が屯《たむろ》していた。連続猟奇殺人事件の捜査本部が置かれているので、異例の数の報道陣がいることはいるが、彼らにはきちんと専用の部屋が割り当てられている。こうして署の表で誰かを待ちうける必要はないはずだ。

記者たちの目がこっちをむいた。二、三人が動くと、すぐに連動して全員が駆け出し、あっという間に小松は彼らに取り囲まれてしまった。

無数の声が一斉に押し寄せてきた。

「菅野小百合さんの件でお訊きしたいんですが」

という声があった。

「小松さん、あなたが死体の第一発見者ですね。彼女の部屋で、いったい何をしていたんですか？」

「被害者とあなたの御関係を聞かせてください」

「逃げるんですか、小松さん。逃げたってどうにもなりませんよ」

途中からは声が入り交じって何を言われているのかわからなくなり、とにかく逃れたい一心で署の階段を上った。しつこい記者たちは前へ前へと出て行く手を遮《さえぎ》ったが、小松が署の玄関に入ると制服警官に押し留められて押し戻された。

小松は歩調を緩めず、会計課の部屋まで真っ直ぐに歩いた。部屋にはまだ誰も来ていなかった。小松はいつでも課で一番に出勤する。そうか、ブン屋どもはそのことをわかっていて、こんなに早朝から署の前でああして待ち構えていたのだ。

机に坐ってもしばらくの間は、心臓の鼓動が収まらなかった。昨夜、沢村を残して会議室を退出したあと、今日のことはあれこれ想像していた。そして、その結果として、なるようにしかならないという気分になっていたはずだった。だが、こうして報道陣にほんの数分取り囲まれただけで、こんなに狼狽える自分がいるとは……。

小松はたばこをポケットから出した。一本を抜き出し、唇に運ぶ。

マッチの火を先端に運ぼうとした時に机の電話が鳴った。


署長室にはコーヒーの香りが満ちていた。木崎は「坐りたまえ」と小松に応接ソファを示すと、自らは壁のサイドボードに歩き、コーヒーをカップふたつに注いだ。「ミルクと砂糖は?」と訊いてくるのに、「結構です」と答えると、ブラックコーヒーを二つ盆に載せて近づいてきて、ひとつずつ丁寧な手つきでテーブルに置いた。

署長自らが淹れたコーヒーを振る舞われるなど、未だかつてないことだった。

「いっつも早《はえ》んだな。課でいつも最初に出でるって聞いだよ」

そんなことを言いたいわけではあるまいと思いつつ、

「署長も早いですね」

と応じると、木崎は満更《まんざら》でもなさそうに目を細めた。

「連続猟奇殺人事件の捜査が大詰めだんだぞ。今日も、早朝から捜査陣が井丸岡のガサ入れさ入ってる。署長の私が、うかうかって家で眠ってるわけにはいがねべ」

木崎は手振りで小松にコーヒーを勧《すす》めたのち、自分のカップを口へと運んだ。一口二口啜ってから、コーヒーカップを顔の前に留《とど》めたまま、香りを楽しむように小さく首を振る。

そうしながら、決定的な何かを口にするタイミングを計《はか》っているのだと小松には察しがついた。部下を前にして何か重大なことを口にする時、そんなふうにする習性のある男だった。

だが、木崎が口にしたのは、小松が思っていた言葉とは違った。

「風間警視正が東京さ戻られるごとさなった」

木崎は小松の反応を確かめるようにじっと視線を注いだあと、ゆっくりと続けた。

「今夕の捜査会議で、御自分の口から発表なさる予定だ。だども、きみの補佐はもうここまでで結構だ」

「私の補佐がもう今日は要《い》らないというのは、それは、風間警視正の意見ですか？」

「ああ、まあそんだよ。第一、今日のきみさは、捜査の補佐だの到底無理だべ」

カップをテーブルに戻し、吐き捨てるように言った。

木崎のほうから応接テーブル越しに上半身を寄せてきた。

「わがってらど思うけど、風間警視正がここを離れれば、おめはまだ会計課の仕事に戻ることさなる」

「――――」

「沢村君がら何が言われだがもしれねばて。おめのごとは、この私《わ》が守ってやるはんで安心せじゃ。だはんで、これがらもひとっつ、よろしく頼むじゃ」

――そういうことなのか。

口の中に苦い物が込み上げた。

小松は両手をきつく握り、ゆっくりと呼吸を繰り返した。そうやって躰の中に怒りを堪《こら》えていなければ、この口が勝手に何かとんでもないことを言ってしまいそうな気がした。

「この先、連続猟奇殺人事件の捜査はどうなるんですが?」

「それはもう、おめさは関係ねごとだべな」

「風間警視正は、今度の事件を単独の犯人による連続殺人ではねぐ、複数の別の犯人がいる可能性を指摘しています。今後、そういった点についでの捜査はどうなるのでしょうか?」

「聞げねがったんだが。それはもう、おめさは無関係だって言ってらんだよ」

木崎は表情を硬くした。幾分青白くなっている。腹立ちを覚えると、こんなふうに青白くなる男だった。もうやめよう。ここで木崎に逆らってみたところで、どうなるというのだ。

「ですが、風間さんは猟奇殺人事件のスペシャリストで、特別な研修も受けていらした方です。その方の意見を、蔑《ないがし》ろにしてしまっていいものかと――」

「小松君、おめはいったい何だんだば？」

「は――？」

「おめのこの署での立場は何だば、って訊いでらんだよ」

「会計課の係長です」

「そいで、これは会計課の係長が意見ば述《の》べるんた件だって思うな？」

木崎が忙《せわ》しなく瞬きして目を逸らす。それで初めて小松は、自分が相手をじっと睨みつけていたことに気がついた。

「下がっていい。もう行っていい。仕事さ戻ってけ」

動こうとしない小松を前にして、木崎は気色《きしょく》が悪そうな顔をした。居心地《いごこち》が悪そうに腰の位置を変える。結局、自分のほうが応接ソファから立ち、執務机に戻って坐り直した。このまま無視する腹だろう。

小松は立った。木崎は手許の書類に目を落とし、頑《かたく》なに顔を伏せたままだった。

出口へ歩き、ドアを開けて振り返ると、木崎はまだ顔を伏せていた。背後の窓から朝日が射しており、ここから見るとその顔は幾分影になっていた。小柄で、痩せて、貧相な顔をした初老の男だった。だが、警察にいる限り、この男が自分のすべてを握っているのだ。

小松は廊下に出て静かにドアを閉めた。

会計課の部屋に戻ると、既に何人かが出勤していた。
挨拶《あいさつ》を交わし、小松は自分の席に坐った。こちらからそれ以上何かを話しかけることはなかったし、むこうからも誰も話しかけては来なかった。いつもはあれこれと聞いてくる千田も、今朝は自分の席で新聞を拡《ひろ》げ、顔を動かそうとはしなかった。だが、誰もが視線の端でこの自分を見ている。

小松は坐って五分としないうちに席を立った。廊下に出、どの部屋を使うかを考えたが、そうしているのが面倒になってトイレに入った。

個室のほうにも人がいないことを確認し、先日、風間の兄の太一から教えられた携帯電話にかけてみたが、すぐにメッセージセンターに転送されてしまった。電源が切られているか、電波の届かないところにいるか、どちらかだろう。

風間の兄は鍼灸院を開いている。自宅を治療所としている可能性が高いのではないか。それならば、番号案内で電話番号がわかるかもしれない。そう思ってＮＴＴに問い合わせたところ、個人名で登録があって簡単に割れた。

だが、自宅も留守電になっていた。電話は思った通りに鍼灸院のものも兼ねており、留守電になっていた。

そのメッセージは都合でしばらく休むという文句が録音されていた。太一は青森で鍼灸師の集まりがあり、その帰りにこの弘前に立ち寄ったと説明したが、それだけならば帰宅の日付をはっきり確定できたはずではないか。しばらく、とは、少なくとも数日は休むという意味に取れる。しかも、それが何日になるのか、家を出た時点ではまだはっきりしていなかったということだ。なぜなのだ。

今度は番号案内で青森県内の鍼灸師の協会に当たってみることにした。登録されている協会がいくつかあり、順に番号を控えている間に同僚がトイレに入ってきた。携帯電話を首に挟《はさ》み、しきりとメモを取る小松を怪訝《けげん》そうに眺めながら便器の前に立つ。

小松は番号を控え終えるとすぐにトイレを出た。屋上に上がって手帳を開き、電話番号をメモした協会に次々に電話した。

そうしながら初めて自問した。俺は風間の兄を疑っているのか。風間の兄の太一が今度の事件のホシであり、そして、小百合の命をも奪ったと本気で考えているのだろうか。

――わからなかった。

はっきりしている手がかりは、小百合の部屋の状況から見て、彼女自らが犯人を部屋に招き入れたということだけだ。だが、もしかしたらホシが宅配便の業者か何かを装い、小百合にドアを開けさせただけかもしれない。争った形跡がないのは、人を殺すのに手慣れた人間だったからだとも考えられる。

それだけの材料で太一に疑いをむけるのは、無理がありすぎるのはわかっていた。しかし、翻《ひるがえ》って考えてみると、もしも小百合を殺したのが彼女と顔見知りの人間で、しかも、彼女が今弘前を騒がしているこの連続猟奇殺人絡みで殺されたのだとすれば、小松が知る限り唯一疑わしいのは風間太一だけなのだ。太一はこの猟奇殺人の捜査の進展を知りたがっていた。そのためにこの自分や小百合の元をこっそりと訪ねてきた。そんな行動を取った理由がわからない。

いや、小百合がこの猟奇殺人に絡んで殺されたというのは、仮定じゃない。自分は彼女のことをよく知っている。この自分に内緒で誰か別の男と会っていたなどあり得ないし、誰かに殺意を抱《いだ》かれるほど憎まれていたことなど決してない。彼女は絶対にこの事件に絡んで殺されたのだ。

だが、なぜだ。なぜ彼女が、この猟奇殺人に絡んで殺されねばならなかったのか。もしも太一が犯人だとしても、彼女を殺さねばならなかった理由とははたして何なのだろう。

最後に電話で話した時、小百合は二十六年前に自分と小松と風間の三人をあの防空壕跡の暗い穴に閉じ込めたのは、風間の兄の仕業だったのだと思うと言っていた。だが、その理由を問うと、それは今度会った時に話したいと言った。

あのことが、どうにも小松の脳裏に張りついて離れなかった。小百合がしたかった話とはいったい何だったのだろう。彼女はなぜあれが風間の兄の仕業だと思ったのだろうか。彼女がそう思ったことと、ああして殺されてしまったことの間には、何か関係があるのだろうか。

しかし、どう考えてもわからない。二十六年も前の出来事なのだ。二十六年前、たとえ小松たち三人をあの穴に閉じ込めたのが風間の兄だったのだとしても、それが今になって小百合の殺される理由になったりするだろうか。

いつかしら電話をかける手をとめて、小松はじっと岩木山を眺めていた。

物思いに耽《ふけ》る時、弘前の人間は誰もが無意識にそんなふうにすることがある。自分もそんなひとりだと思うと、甘酸《あまず》っぱいような懐かしさと寂寞《せきばく》感の両方が胸に拡がった。

前へ行ってみるしかない。この手で納得がいくまで調べるのだ。メモしたすべての番号に電話をかけ終えた小松は、そう心に決めた。どの協会も、この数日の間に、青森で集まりを持ってはいなかった。

8

長部は受付に立つ小松を見つけて軽く口を開けた。既に診療の時間は始まっていた。待たされることは覚悟で受付を訪ねたところ、たまたま長部が診療室から顔を出したのだ。ほお、と言いたげなその口の形には驚きが感じられはしたものの、拒絶の様子は見えないようだった。

ただし、たとえ拒絶されたとしても、訊くだけのことは訊かねばならない。署を出る前に刑事課の人間を捕まえ、蔑むような視線に晒《さら》されながらやっとのことで、小百合の検死解剖を担当したのがこの長部であることを訊き出したのだ。その後、会計課の部屋に戻ると、千田に早退を願い出て署をあとにしてきた。

小松は長部に駆け寄った。

「先生、実は先生が解剖を行なった菅野小百合のことでお話を伺いたいのですが」

長部はどこかにむかう途中らしく、歩みをとめようとはしなかった。それに遅れないように並んで歩く。

「診察時間中だ。何か訊きてんだば昼休みに出直して来てけ」

「五分でいいんです。お時間ばいただけませんが」

長部は隣りを歩く小松にちらっと視線を投げた。

「何を訊きてんだば？」

「殺害方法は？」

「絞殺。背後がら首ば絞めでる。首の前方さ指の跡が残ってら他に、右の肩胛骨《けんこう》の下の辺りさ痣《あざ》があった。犯人は背後がら被害者を押し倒し、右足の膝ば被害者の背中さ押し当てで押さえつげ、首絞めだんだ」

覚悟をしていたことではあったが、小百合が殺された時の状況を聞くのは辛かった。

「死亡推定時刻は？」

「とにかぐ一昨日《おととい》の夜だびょん（だと思う）。それ以上のごとは、かなり幅の広い推察しかでぎねがった」

「昨夜《ゆうべ》ではねぐ、一昨日の夜だんですが？」

小松は思わず訊き返した。

「ああ、んだ。どしたば？」

「いえ——」

何の理由もなかったが、小松は小百合が殺されたのは、昨夜、自分が発見する直前のことだとばかり思っていたのだ。だが、一昨日だということは、彼女は署の保管庫にいる小松に電話を寄越した数時間後には殺されていたことになる。

小百合は電話で、太一が訪ねてきたと言ったのだ。もしかしたら、そのまま近くに身を隠していたあの男が小百合を襲ったのではないのか……。自分でも何の根拠もない妄想だとしか思えないそんな想像が浮かび、それればかりか小百合を殺害している太一の姿まで想像され、小松は息苦しくなった。

黙り込んでしまった小松の顔を、長部が覗き込む。

「顔色わりんだけど。大丈夫だな？」

「ええ、大丈夫です。ちょっと疲れでるだけです。質問の続ぎですが、時間を確定しにくいのは、ガイ者の死体が風呂さ浸《つ》かっていだがらですか？」

「その通りだな」と頷き、長部は薬局のドアを開けた。

そこにいた薬剤師だか看護師だかに一声かけ、薬品の棚を探る。どうやら電話では埒《らち》が明かないことがあって、自分で出むいてきたらしい。

「殺害されで風呂さ浸けられだ時の水温がわがねんだ」棚をむいて手を動かしながら、再び話を始めた。「お湯だったがもしれねし、逆に水さ近《ちけ》がったのがもわがね。そいだげで前後七、八時間ぐらいの差が生じるんだね。皮膚さ炎症が見られねがったはんで、熱湯や氷水だったわげではねのははっきりしてらんだけど、それ以上は、な」

「殺害されだあとで風呂さ浸けられだのは、確かなんですね」

「んだ、そいは確かだ」

——どういうことだろう。

ホシは正に今、長部が言ったように、死亡推定時刻を曖昧《あいまい》にする目的で小百合の死体を浴槽に浸けたにちがいない。しかし、なぜそんなことをする必要があったのか。

いずれにしろ、これは現在、弘前で起こっている連続猟奇殺人とは似ても似つかない手口だ。死体の頭蓋骨を切り取るような残虐な真似をしていないばかりか、殺害に凶器を使ってもいないし、何らかの理由で殺害時間を曖昧にするための工作をしている。殺害方法だけみれば、まったく別のホシによる別の事件だと判断したほうがいいのではないか。

「それで、死亡推定時刻は、何時から何時の間と？」

長部は薬品棚からいくつか薬品を取って扉を閉めた。

「死体の様子がらだけ判断せば、一昨日の午後八時から翌日の午前三時。あとはデカさんが何《なん》がかんが摑むのば待づしかねな。他に訊きてごとはねんだが？」

「ええ、今のところは」

長部は小松の横を掠《かす》めて出口を目指した。

「せば、戻ったら風間君さ伝えでおいでけ。なんぼ解剖ば急かさいでも、無理な場合は無理だんだ。彼の熱意さ負げで、私だって精一杯に協力してる。だども昨夜はもう零時を回ってたんだ。しかも、私は既に酒が入ってまってらんだ。そった状態でメスば握るわげにはいがねべな。たとえ死人相手だったとしても、だよ」

「風間が電話で急かしたんですか？」

他人に対しては「風間さん」と呼ぶようにしていたこともつい忘れて、問い返した。

「違うね。昨夜、こさ来てったみてだ。私はもう床さ入ってまってらはんで、直接は会わねがったんだけどな」

そうか、長部は自分が風間の指示でここに来たと思っていたのだ。

風間が直接足を運んだのは、やつが既に昨夜の時点から、小百合が連続猟奇殺人と関係して殺されたと踏んでいたからではないか。もしかしたら、やつも自分の兄を心のどこかで疑ってかかっているのではないか。その疑いを掻《か》き消したくて、一刻も早く解剖の結果を知りたがったとはいえまいか。

「なんだば、あんた彼さ言われでこごさ現われだわけではねがったんだが？」

小松は返答に困り、「いや、つまり、今日はまだ話してながったものですから……」と言葉を濁《にご》した。

苦しい言い訳に思えたが、長部はさほど気にした様子はなくドアノブに手をかけた。時間に追われているのだ。

小松は続いて廊下に出た。礼を言って頭を下げると、長部はそそくさと遠ざかりかけたが、ふと足をとめてこちらを振り返った。

「小松君。個人的な興味で訊ぐんだばって、今度の事件は、すべて井丸岡先生がやったもんなんだが？　その、つまり、風間君どあんだどは、犯人複数説を取ってるだべがと思ってな。以前に私さしつこぐ質問したのは、そのためだんだべ」

「ええ、そうです。ただ、何ともそういったごとについでは、私の口がらは」

「んだが。んだべな」

「長部先生も、井丸岡先生のことは？」

「ああ、よぐ存じ上げでらんだ。外科医として、尊敬もしてらもの。正直言って、今でも信じられね気持ちだんだ。なしてあった立派な先生が……」

長部はもっと何か言いたそうだったが、結局、やめた。

フロントの男は小松が警察手帳を呈示して名乗ると、すぐに奥から上司を呼んできた。上司は四十代後半ぐらいに見える男だった。胸に吉沢《よしざわ》という名札があった。

「昨日までここに宿泊されでだ風間太一さんというお客さんのことで、話を聞きたいんですが」

「何をお知りになりたいんでしょう？」

「チェックアウトした時間は？」

吉沢は自らパソコンを操作した。

「早朝です。四時五十二分に精算いただいております」

「そんなに早く」

それは知らないことだった。

「支払いは現金ですか？」

「そうです」

「恐れ入りますが、昨日の朝、その時刻にフロントで風間太一さんと応対した方とお話しできないでしょうか？」

小松が質問を重ねると、そこまで訊かれるとは思っていなかったらしく、吉沢という男は一拍反応が遅れた。

「わかりました。シフトのほうを見てみましょう。今日がオフでなければ、ホテルのどこかさいると思います。しばらくそこにおかけになってお待ちいただけますか」

と、ロビーの端に置かれたソファを指し示した。

「それともうひとつ。その前の晩に、何時頃風間太一さんがここさ戻られたかも知りたいのですが」

「では、前夜のシフトも当たり、覚えている人間がいないが訊いでみましょう」

「それでは、その間に私に、風間太一さんが使っていた部屋を見せていただけますでしょうか？」

吉沢はキーを渡し、わかったら部屋に連絡を入れると約束した。

エレヴェーターで上階へ上がる。風間の兄の部屋は、先日、小百合と一緒に訪ねた風間の部屋の隣りだった。鍵を開けて中に入った。

しかし、どこをどう調べるという当てもなかった。藁《わら》にも縋《すが》るような気持ちで部屋を見せて貰うことにしただけで、何かが残っていることに大きな期待は持てなかった。当然、クリーニングは済んでいる。

それでも一通り部屋を調べた。そうしながら考えた。一昨日の午後、太一は署に現われた。その後、おそらくは真っ直ぐに今度は小百合を訪ね、やはり連続猟奇殺人事件のことで何かわかったら教えて欲しいと頼み込んでいった。それから、どこで何をしていたのだろうか。

部屋の電話が鳴り、飛びつくようにして受話器を取ると吉沢からだった。だが、残念ながら、一昨日の夜のシフトの人間で、今日も勤務についているスタッフの中には、何時頃太一が戻ったかを覚えている人間はいないとのことだった。

「鍵を持って外に出られたお客様が、駐車場からそのまま部屋に上がってしまいますと、フロントを通らないこともありますので」

しかし、昨日の早朝、チェックアウトの際に応対をした人間のほうは、現在、フロントに呼んであるそうだった。小松は直接相手の顔を見て話したいと思い、自分がすぐにそちらに下りると答えて電話を切った。

部屋を出、エレヴェーターで元のロビーに下ると、吉沢と並んで二十代に見える若いホテルマンが待っていた。

「風間太一さんのチェックアウトの応対をしたのは、あなたですか?」

「はい、それは間違いねぐ私です。私が応対いだしました」

「早朝でしたね」

「ええ五時前だったと憶えでいます」

「その時、風間さんの様子や喋り方だので、何が気づかれたことはありませんか?」

「いえ、それは。実はその時、お兄さんのほうとは直接お会いしてねんです。チェックアウトは、弟様の警察の方がなさいましたので」

風間は何日かここに宿を取っており、しかも警察関係者が入れ替わり立ち替わり現われているためだろう、ホテルマンの若者はそんな言い方をした。

「風間警視正のほうが――?」

「ええ、そんです」

「その時、お兄さんの太一さんは、お近くにいらっしゃらねがったんですが?」

「ええ、お近ぐには」

「ロビーのどこかにいるのを見ましたか?」

「ああ、いえ。私は見でねえと思います――」

風間が兄を庇《かば》うために何かした可能性はないだろうか。例《たと》えば、太一のほうは人目に晒せない状態にあり、そのために風間がチェックアウトを代わって行なったのかもしれない。いや、まさか……。

とりあえずは質問を切り上げることにした小松は、ふと思いつき、駄目で元々のつもりで言ってみることにした。

「わがりました。それでは続きは風間警視正に直接伺ってみます。お仕事中に、わざわざお時間を取っていただいてありがとうございました。ところで、最後に別件だんですが、風間警視正から部屋の資料を取ってくるようにと頼まれたものですから、今度は警視正の部屋のほうの鍵をお願いします」

カーテンが閉め切ってあるため、部屋は日暮れ時のように薄暗かった。後ろ手にドアを閉めると、外界から遮断《しやだん》され、その薄暗さが何か不吉なものに思われた。言うまでもなくそれは、ベッドや机の周辺に所狭しと貼られた死体の写真のためだった。

壁のスイッチを押し上げると部屋は明るくなったが、その分、写真のひとつひとつがはっきりと目に飛び込んできて、不吉な印象のほうは追い払えなかった。小松は窓に歩いてカーテンを開け、窓辺から部屋を見渡した。

風間の几帳面《きちようめん》な性格を示すように、ベッドのシーツはざっと整えられ、机やテーブルの上も乱れていなかった。壁の写真だけが、無造作にあちこちに貼られているようだったが、眺め回しているうちに気がついた。これは無造作に、いい加減に貼ったわけではない。風間はこの一枚一枚をじっくり眺め、関連性や共通点を検討し、そのひとつひとつを深く心に留《と》めながら慎重に貼っていったにちがいない。つまり、ここに貼ってある写真はすべて、風間の頭の中の様子を表わしているとも言えるはずだ。

一応机に歩み寄って抽斗を開けてみたが、入っているのはホテルの便箋《びんせん》や聖書などで、捜査関係の資料や覚え書きは何一つなかった。おそらく覚え書きの類は、すべて風間がいつも持ち歩いているアタッシェケースに納められているのだろう。捜査指揮官を務めてきた風間の元には、捜査を担当した各刑事からの報告書が次々に上がってきていた。それらの資料をすべて持ち歩くことは不可能だが、部屋の金庫かどこか、事故が起こらない所にきちんと仕舞ってあると見るべきだろう。それならば、自分はいったい何を求めてここに入ってきたというのか。

疲れていた。ここ数日、残忍な殺人事件の捜査を進めてきたことが、心のあちこちにボディーブロウのように効いていた。それに加えて小百合を亡くした哀しみや、妙子を傷つけ、あんなことになってしまった痛み。そういった様々な感情が渦巻き、小松を責め立て、今はただ重たい疲労と化していた。

そのせいだろうか。なぜそんなふうにしてみる気になったのか自分でもよくわからないまま、小松はベッドに歩いてそこに寝ころんだ。そして、風間に自分を重ね合わせ、おそらくはやつがいつもそうしていたにちがいないように、壁や天井に貼ってある死体の写真に目を走らせた。

小百合の写真もその中に加わっていることにすぐに気がついた。殺された順番からすると、本木廉太郎、越沼雄一、田中繁夫、菅野小百合の四人、ということになる。風間はやはり小百合のことを、今度の猟奇連続殺人のホシの犠牲になったと見ているのか。だが、そのホシとは、まさかやつの兄なのか。風間は何を考えているのだろう。やつは、いったい何を……。

ふと写真の一枚に違和感を覚えた。いや、一枚だけじゃない。一定の間隔を置き、死体の写真の中に、ただのどこかの景色を撮《うつ》した写真が混じっている。頭の芯を弱い電流が走り抜けたような気がした。

だが、そんな感覚はすぐに消え失《う》せた。鍵の外れる音がして、ドアが引き開けられたのだ。

戸口に風間が立ち、きつい目でこっちを睨んでいた。驚いたふうがないのは、小松がここにいることをフロントで聞いたためかもしれない。

「ここで何をしてる？」

小松は突然、何もかもがどうでもいいような気がした。

「おまえの頭の中を知りたいと思って、ここに横になってる」

そんな答えが口を突いて出た。

風間はなおしばらくきつい目を続けたが、それからふっと唇を歪めた。

後ろ手にドアを閉め、こちらに近づいてきて訊いた。

「それで、何かわかったか？」

「いや、駄目だ」

「そうか、それは残念だな」

そう言いながら、ベッドの端に腰を下ろした。友人の体重でベッドのスプリングが撓《しな》るのが、小松の躰に伝わった。

「おまえにそれがわかるのなら、俺も教えて貰いたいと思ったのにな」

こいつらしい屈折した冗談だ。そう思って小松は風間を見た。斜め後ろから見る風間の顔は冗談を言っているようには見えず、どことなく寂しそうだった。

小松はベッドに上半身を起こした。

「署長から聞いた。まだ今日も井丸岡宅をガサ入れの最中なんだろ」

「あそこに俺の居場所はない。それに、もうあれ以上の物は出ないよ。それで戻ってきたんだ。木崎さんから、別の話も聞いたんだろ」

「捜査の継続は諦《あきら》めて帰るのか？」

風間は小松を振り返った。

椅子に歩き、こちらをむいて坐った。

「仕方あるまい。東京に呼び戻されたんだ」

「おまえらしくないな。弘前じゃこの数日、これだけ身勝手に単独捜査を進めてきたのに、東京から呼び戻されたら、大人しく帰るのか」

「他に何ができる。これは正式な命令なんだぞ。そして、俺もおまえと同じ公務員だ」

「――」

その通りだ。だが、なぜか昨日からこの友人に対し、違和感を覚えてならなかった。それは、今日、長部やこのホテルのフロントの人間から話を聞くことで一層大きくなっていた。訊かねばならないことは訊かねばならない。

「風間。お兄さんは、どこだ？」

風間は目を逸らさなかった。

「なぜだ？　もう、昨日、秋田へ帰ったよ」

「自宅に電話をしたが、いないんだ」

「そんなはずはないがな――。帰宅し、診療に出てるんじゃないか。出歩けない老人たちのために、往診もやってると言ってたからな。兄に何の用なんだ？」

「訊きたいことがある」

「何を訊きたい？」

「お兄さんの家の留守電を聞いた。おそらくは数日前にこっちに来た時のままだった」

「じゃあ、兄は戻っていないというのか？　そんなはずはない。昨日の朝、俺が車で駅まで送ったんだ。ただ留守電を切り忘れてるだけかもしれない」

どの電車に乗ったのかわかるか、と訊こうとして、やめた。もしも嘘をつくつもりなら、当然そんなことは調べているはずだ。

口を閉じた小松に代わり、風間のほうからもう一度訊いてきた。

「それで俺の兄に、いったい何の用なんだ？」

話を続けるには、躊躇《ため》《ら》いを振り切らねばならなかった。こいつは友であり、太一はその兄ではないか。

「青森で鍼灸師の集まりなどなかった」

「何だと——？」

「おまえの兄さんは、青森の帰りにここに寄ったと言ったが、青森で集まりなどなかった。俺が電話で訊いて回った限りじゃ、鍼灸師の集まりなどひとつもなかったんだ」

「訊いて回った、だと——」

風間の顔つきが変わった。

「なぜそんなことをする必要がある。どうして俺の兄のことを訊いて回ったりしたんだ？」

「一昨日、俺の所を訪ねたあと、おまえの兄さんは小百合を訪ねている」

「だからどうした？　おまえ、まさか俺の兄貴を疑っているんじゃないだろうな？」

「――おまえはどうなんだ？」

もうよせと、胸の中で声がするのに、小松は自分をとめられなかった。

「どう、とは何だ？」

「おまえだって、自分の兄貴のことを、心のどこかで疑っているんじゃないのかと訊いてるんだ。だから昨日遅くに長部さんを訪ね、一刻も早く検死解剖の結果を知りたいと急《せ》かしたんじゃないのか。自分ひとりでな」

「帰ってくれ。この部屋から出て行け」

「――風間」

「俺と兄貴は、たったふたりの兄弟なんだぞ。おまえに何がわかるんだ」

「もう帰る。だが、その前にひとつだけ教えてくれないか」

「何だ？」

「小百合は、二十六年前、あの防空壕跡に俺たち三人を閉じ込めたのは、おまえの兄さんじゃないかと言っていた。おまえはどう思う？」

小松は訊いたことをすぐに悔やんだ。目の前に、ほんの一瞬ながら、まったく別の人間が立っているような気がした。苦悩が、風間の躰の内側を焼いている。内面を表に出したがらない男が、そのあまりの苦痛故に、初めて見せる孤独で痛々しい表情を露わにしている。

唇が動き、何か言葉を生みかけたように見えたが、それが漏れることはなかった。風間は椅子から立ち、冷蔵庫に歩き、飲みかけのエビアンを出してキャップを外した。ボトルを大きく傾け、喉仏《のどぼとけ》を小さな生き物のように動かして中身を飲む。

「なぜそんなことを知りたがるんだ？　そんなことが、小百合が殺されたことと関係しているとでも言うのか？」

「わからん。したけど最後の電話で彼女は、そのごとを告げだ。そして、俺ど会って直接話してごとがあるって言ってたんだ。だはんで気になるんだ。だがら、この手でなんとがしてんだ」

「なんとかって、何だ？」

「デカの仕事をする」

風間はエビアンをサイドボードに置き、小松のほうにむき直った。

「小松。あれはキングの仕業だ。二十六年前、俺たち三人をあの暗い穴に閉じ込めたのは、絶対にキングだ。俺はそう思う。おまえだって、ずっとそう思ってきたんだろ」

「——俺はそう思ってきた。ついこの間、小百合から、あれをやったのはおまえの兄さんかもしれないと聞くまでは、ずっとそう思っていた。だが、今はわからない」

　こいつは何かを自分に伝えたがっている。そんな気持ちと必死で闘い、何かを胸の中に押し込めている。風間の目を見つめ返しているとそんな気がしてならなかったが、それをどう引き出せばいいのかがわからなかった。お互い少年だった頃には、こんなまどろっこしい思いを抱くことはなかったのだ。だが、歳月はあっという間に流れてしまった。

「この間、飲んだ晩、おめは自分だぢがまだあの暗い穴の中さいるって感じだごとはないかって訊いでだな」

　風間は何も応えなかった。

　小松は続けた。何かが躰の中で弾《はじ》け、自分をとめられなくなっていた。

「俺も同じ気持ちさなる時がある。今もまだ、あの暗い穴の中さいるってな。小百合もそんだったって思う。ごごは俺たちの故郷だ。俺はここで生まれ、この街で育った。この街の冬を、この街の春を、この街の短け夏も秋も知っている。岩木山ば見るど思う。ごごが俺の故郷だってな。けども、俺はいったいこの街で、今まで何をしてきたんだべと心が重ぐなって、寝つけね夜ば今まで何度も何度も繰り返してきた。俺は妻を裏切り続けでだんだ。小百合のごとだって裏切ってだんだ。俺は、誰も幸せにでぎねんで今まで生ぎできたんだ。今の俺を見で、親父がどう思ってらべと想像せば、居でも立ってもいられね。親父はあんなふうに死んだばって善人だった。新幹線ば故郷さ持ってくるって言い続げで、その挙げ句に何もかもねぐなって死んだ道化《もつけ》だけども、そいでも、俺の親父は根っからの善人だった。だばって、この俺はどんだ？　俺は善人でね。ただの薄汚れだ警察官だ」

「小松、おまえ――」

「風間、俺は薄汚れだ警官だんだ。俺は、おめどは違う。警察官としてだって、おめさ顔むげでぎねような仕事しかしてこねがった。風間、俺はおめど違うんだ。俺には何もね。親父が自殺したこの街で、なんとが警察官として立派に生きたいって願い続けながら、実際には薄汚れで生ぎできただけだ」

小松はやっと口を閉じた。風間の本心を引き出したいのだ。それなのに、自分が吐露してどうするのだ。言葉が垂れ流しになっている。何を告げたいのか、何をこの友にわかって欲しいのか、それさえもわからなくなっている。

「俺だって同じだ」

風間の唇が僅かに動き、低い声を押し出した。

「――何だって？」

「どうしていいがわがらねのは、俺だっておめど同じだって言ってらんだね」

今度はその声には、人を寄せつけないような冷たい怒りが満ちていた。

口を開こうとする小松を手で押し留めるようにして、さらに続けた。

「いっちゃん、おめでね。おめや小百合ど一緒にいるんでね」

「何だば？」

「暗い穴の中さいるのは、おめだぢでね。俺と兄貴のふたりだ。弘前ば出でも、俺も兄貴も、暗い穴の中を這いずり回ってらんだ。故郷を離れても、胸の中さはいつでもこの故郷の暗い闇があった。この気持ちは、おめさはわがらね」

「それは、どういう意味だば……？」

――おまえは今、自分の兄が殺人犯だと疑っているということを、婉曲《えんきょく》に俺に伝えているのか。

小松は目の前の友人に、胸の中でそう問いかけた。

「もう他に訊くことがなければ、出て行ってくれ」

風間は吐き捨てるように完璧な標準語で言うと、小松の視線を拒《こば》んで背中をむけた。

力なく出口にむかった小松は、ドアノブに手をかけたところで呼びとめられた。

「小松。俺は今夜、弘前ば離れる。改めで挨拶する機会がねがもわがねはんで、礼ば言っておぐじゃ。世話さなった」

小松は手をノブに置いたままで振り返った。

「こっちこそ、ありがとう」

礼を言い返してから、何に礼を言ったのかを考えた。

「この数日、おめど動げで、デカだった頃のことを十年ぶりに思い出した」

そういうことなのかもしれないし、違うのかもしれず、わからなかった。

9

この先、いったいどうすればいい。駅前通りの歩道を何度も行ったり来たりしながら、小松は考え続けた。どこかに落ち着いて坐るよりも、そんなふうに歩き回っていたほうが、デカだった頃の感覚が少しでもこの躰に蘇るような気がした。

秋田に飛び、風間の兄の太一の行方を捜したところで、むこうで見つかる保証はない。この弘前を離れて秋田に戻ったという確証などないのだ。太一は今もまだこの街のどこかに、じっと息を潜めているのかもしれない。そして、もしかしたら次の犯行の機会を狙っているのかもしれない。連続殺人なのだ。次が起こらないという保証は、決してない。

太一が秋田に戻っているのかどうかを確かめたかったが、これは正式な捜査ではないし、今や会計課勤務に戻れと命じられたこの身としては、他県に協力を要請することなどそもそも不可能だ。それに、もしも太一を見つけられたとしても、それからどうすればいいのかわからなかった。人を殺しましたか、と訊いて、はい、殺しました、と答える人間はいない。太一を疑わしいと思うのは、つきつめればただ勘だとしか言いようのないもので、具体的な理由は何ひとつないままだ。

　風間が別れ際に口にしたのは、自分もまた自分の兄を疑っているという意味なのだろうか。あの言葉を聞いた瞬間にはそういう意味に思えたが、今はよくわからなかった。小松自身、少年時代に、父の死体を目の当たりにしている。薄暗い部屋にぶら下がって死んでいた父の姿は、今なお脳裏に焼きついて決して消えはしない。だが、風間兄弟の場合は、それ以上のものを見た。凶悪な連続殺人鬼によって惨殺された父親の死体を見てしまったのだ。そのショックは、他人には計《はか》り知れないものにちがいない。「暗い穴の中さいるのは、俺と兄貴だ」とは、そのことを指しているのかもしれない。

　いつしか小松は頭の中で、風間と会話を始めていた。この数日そうしてきたように、風間と話せば、何か答えが見つかるような気がした。風間の補佐ではあったにしろ、この数日の自分は間違いなく刑事だった。

「風間太一を、容疑者として断定していいのかどうかがわからない」

　小松が言うと、風間は当然という顔で頷いた。

「何よりもまず、それを確かめることが先決だ。目指す先を定められなければ、捜査を進めることなどできやしない」

　想像の風間は、自分の兄を疑うとは何事だなどとは怒り出さない。冷静に、そう助言をくれるだけだ。

「だが、確かめるといって、具体的にどうすればいい？」

小松は訊く。そして、自分に言い聞かせる。考えろ、風間ならこの問いにどう答えるかを考えるのだ。

わかっている手がかりは、小百合が殺される何時間か前に、風間の兄の太一が訪ねてきたと言ったことと、彼女が二十六年前に防空壕跡に自分たちを閉じ込めたのは、実はキングの仕業ではなくて太一がやったのではないかと指摘し、そう思う理由については会って話したいと言ったこと……。そうなぞりかけ、小松は自分をとめた。この点にこだわり過ぎているが故に、他のことが見えてこないのではないのか。いくらなんでも、こんなことが彼女の命を奪った原因になるだろうか。

駅のターミナルから代官町《だいかんちょう》の交差点までをさらにもう一往復しながら、小松は迷い続けた。自分はただ感情的になる余り、最後の電話で小百合が口にした言葉から離れられないだけかもしれない。捜査はもっと広範に、客観的に進めるべきものではないのか。それなのにそれができないのは、他でもないこの自分自身が、あの防空壕跡の暗い闇に囚われ続けてきたからだ。それで冷静な判断力が失われている。違うだろうか。

しかし、今度の事件は二十六年前の事件と繋がっている。それだけは確かな事実だ。そこから離れたところで、風間太一が本木廉太郎や田中繁夫、それに小百合を殺害した動機を考えようとしても無意味だ。動機は、必ず二十六年前の事件にあるはずだ。

だが、それをいったいどうやって調べればいい。あのキングの事件の捜査資料は、何者かによって机の抽斗から盗まれてしまった。捜査から外され、今はただの会計課の係長にすぎない自分には何の捜査権もない。強引に捜査をしようとしても、どこからどう当たればいいのかがわからない。

ホテルに戻り、風間のあとをそっとつけてみようか。やつが兄をどこかに匿《かくま》っている可能性がないとはいえない。――そう思いかけ、すぐに打ち消した。風間の兄を疑っているのは自分だけで、しかも、何の証拠もないのだ。まずは風間太一が容疑者となることをはっきりさせなければならない。それが第一歩だ。どうすればいい。考えろ。小百合のマンションの周辺を聞き込んでみるか。いや、そんなことは、当然もう一課の連中がやっている。きっと何か自分にしかできない捜査があるはずだ。だが、いったいそれは……。

考え疲れて思考が足踏みし出した小松は、はっと息を呑《の》んで足をとめた。

駅前通りを行ったり来たりすることに飽きて交差点を左折し、いつしか土手町《どてまち》の商店街のほうへと歩いていた。

空に巨大な冠が聳《そび》えている。

中三デパートの屋上に作られた巨大なオブジェだ。実際に冠を象《かたど》ったのかどうかはわからない。聖火台や冠のように見える。建築家に騙されてあんなものを作ったにちがいないと、飲み屋などで物笑いの種《たね》になっているだけの奇妙なオブジェが、今だけは小松に衝撃を与えた。

血の冠。

なぜ今度の事件の被害者たちは、頭蓋骨が切り取られ、まるで血の冠を被ってでもいるかのような様子で殺されていたのだろう。もう一度、そして、とことん考えるべきはその点ではないのか。その点こそが、キングの事件と、あれから二十六年もの時間が経ったあとで起こったこの連続猟奇殺人事件を結ぶ接点だ。

井丸岡惣太郎は外科医として、生きた人間の脳を好きなようにいじることに興味があった。だから井丸岡は麻酔を使い、被害者がまだ生きている間に頭蓋骨を切り取り、取り外した。その後、被害者の反応を観察したにちがいない。しかし、そうして生きている間に頭蓋骨を開けられたのは越沼雄一ただひとりで、秋田の被害者である本木廉太郎と、鶴田の被害者である田中繁夫の場合は、殺害されてから頭蓋骨が切り取られている。

このふたりの被害者については、生きた人間の脳を刺激し、反応を見てみたいといったような猟奇的な動機は存在しないのだ。それならば、犯人はいったい何のためにこのふたりの被害者の頭蓋骨を切り取り、血の冠を被っているかのような姿で放置したのだろう。

こうして放置したことによって、警察もマスコミも誰もが今度の事件と二十六年前の事件との関連を想像するようになった。しかし、仮に風間太一が本ボシであるか、あるいは太一ではないにしろ、二十六年前の事件に何らかの形で関わった誰かがホシであった場合、わざわざ今度の事件と二十六年前のキングの事件とが結びつくようにすることには、何の得もないはずだ。むしろ、捜査の手が自らに及ぶ危険が増す。それにもかかわらず、ホシは死体に敢えて血の冠を被せた。それはなぜなのか。

考えられる可能性はふたつ。ひとつは、捜査の目を二十六年前の事件にむけさせることで攪乱《かくらん》させ、実際にはホシはあのキングの事件とはまったく無関係な人物だということ。

――しかし、小松はこの可能性を即座に否定した。それでは小百合が殺害された理由がわからない。小百合は絶対にこの事件の関連で、ホシの手によって殺されたのだ。

そうすると、残る可能性はただひとつ。ホシはたとえ自分の身に捜査の手が及ぶ危険を冒《おか》してでも、死体に血の冠を被せることで、二十六年前の事件と今度の殺人事件とが関係していることを主張したかった。ホシには、そうしなければならない何かやむにやまれぬ理由があった。衝動や渇望と言い換《か》えてもいいかもしれない。

ホシはいったい何を思い、死体に血の冠を被せたのか。それを解明することだ。そこに、この事件の本質がある。このヤマの抱えた闇を解明し、直視するための鍵がある。

どこから手をつければいい。どうすればいいんだ、教えてくれ。――小松は自らの胸の中にいる風間にむかって問いかけた。いったい、どこから手をつければいい。

見方を変えるのだ。捜査は既に進行している。大事なのは、新しい何かを見つけようと焦るより、今まで見てきたものを違った観点から再点検してみることだ。そうすることで、必ず進むべき道がわかる。

動機だ。

二十六年経った今になって、ホシは動いた。

なぜ動いたのか。

そしてなぜ、二十六年前のキングの事件で捜査に当たりながらも間違った被疑者を何度も尋問し、その挙げ句に自殺に追いやった捜査官ふたりと、その被疑者に疑いの目をむけるきっかけを作った本木廉太郎とを殺害したのか。必ず何かきっかけがあるはずだ。

小松の脳裏に、天啓のようにひとつの閃《ひらめ》きが走った。


携帯電話を出して歩道の端に寄った。鯵ヶ沢署に電話をして取り次ぎを頼むと、昨日、小松と風間のふたりを迎えた課長が電話口に出てくれた。小松は磯島孝の連絡先を訊いた。釈放の時に、その手続きとして、当然ながら当人と身元引受人の連絡先を訊いて控えておく。

孝は身元引受人である千絵という女の部屋にいた。町にある温泉施設の従業員宿舎だった。電話をして呼び出すと、間もなく本人が電話口に出た。

「もしもし」という口調には、電話を迷惑がっている様子が明らかだった。

「忙しいところを、申し訳ない」と、小松は低姿勢に出た。「実は、事件のことで、もう少しだげ話を聞かせてけねべが（もらいたいんだ）？」

「まだな。もう、さんざん話したべな。もう何も喋るごとなどねよ」

にべもない返事が戻ってきたが、関心がないわけではないらしく、自分のほうからすぐに話を続けた。

「それにしても、驚《たまげ》いだじゃ、井丸岡先生が犯人だなんてな。人間、わがんねもんだな。生真面目に生きでるど、その反発が出でまるってごとだんだな。何にしろ、適当に生ぎるのが一番だな。酒飲んで、女さ迷惑かげだって、人殺しさ比べればうっとマシだね。な、んだべ、デカさん」

そんなふうにだらだらと感想を述べるのをしばらく我慢して聞いた末、小松は頃合いを見計らって切り出した。

「ところで、風間太一っていう鍼灸師ば知らねが?」

「そったやつ知らねな」

「もっとよぐ思い出してけ。あんだは井丸岡さんの病院でアルコール依存症の治療を受け、その後もしばらぐ断酒会に出席したって言ってたべ。その中で、こういった名前の人間さ会わねがったべが?」

「断酒会でな――?」

「ああ、んだ」

風間太一の酔い方は尋常ではなかった。以前に酒でしくじったことがあるかもしれない、と小松は考えたのだ。細い線だ。だが、ひとつの事件を調べる中で、アルコール依存症や酒乱の人間にこうして出会った。このふたりが、断酒会などの場で繋がりがある可能性は探ってみるべきではないか。

しかし、孝は考えるまでもなく再びあっさりと否定した。

「ああ、断酒会の話をしてるんだら、そいだば無理だな。生真面目なデカさんさはわがんねがもしれねけど。断酒会で本名だの名乗らねやつがほとんどだんだ。そったごと要求されねしな。したって、お互い、褒《ほ》められだ人間でねべな。ただ、順番に、こったふうに飲むようになってまったきっかけだの、だけども今だばもう飲んでませんって話をしていぐだけだ」

「したけど、会の名簿とかはあるべ」

小松はそう食い下がった。

「ああ、そりゃ、事務局さはあるべな」

「事務局の場所と担当者の名前ば教えてけろじゃ」

「面倒臭《くせ》えな」

「事件の捜査だんだね。頼むじゃ」

「ちょっと待ってけ」と言い置くと、孝は一旦電話口を離れ、案外それほど時間がかからずに戻ってきた。孝が読み上げる住所と担当者名を控える。

「弘前だのが？」

　井丸岡に紹介されたと聞いたので、黒石だとばかり思っていたのだ。

「ああ、んだよ。ここさ転がり込むまでは、俺《わ》は弘前にいだはんでな」

　そうか、そうだった。孝を捜す時、住民票のあった弘前市内の住所にも当たっている。

　礼を言って切ろうとすると、孝のほうから話しかけてきた。

「なあ、そういえばこの間、あんたど一緒にいだ刑事も風間っていわねがったが？　事件の捜査で風間なんとがって野郎のごと調べでるとが言って、本当だんだな？　ほんとは、あんた、同僚のスキャンダルでも調べで、足を引っ張ろうって魂胆《こんたん》だんでねな？　警察官だなんて、どいつもこいつも、てめえのいいように捜査をして、お互いに足の引っ張り合いばしてるんだべよ。んだべ」

　あくまでもゲスな男だ。そして、どうでもいいことをぺらぺら喋る。嫌気が差して早々に電話を切ろうとしたが、ふっと孝の言葉に引っかかりを覚えた。

「お互いに足の引っ張り合いって何の話だば？　そったごと具体的にどっかで聞いだのな？　差し支《つか》えねば、どった話だのが聞かせでけねが」

「もう、あんだらのほうだって知ってらんだべ。警察が、俺の親父ば何度も諄《くど》ぐ呼び出して責め立てでだ時のごとだよ」

「いや、知らね。足の引っ張り合いがあったのが？」

「あんただち、ほんとに何も知らねんだが。知らねんだば教えてやるけどよ、派閥争いとが、何がそったごとだべ。親父を責め立てたデカだぢは、競争相手よりも先にあの事件のホシをパクりたがった。だはんで焦ってだんだね」

「そった話を、いったいどごがら聞いだんだ？」

「手紙が来たんだね。それでサツの連中が脅しつけで、うぢの親父のアリバイをしばらぐ証言させねがった、なんとがって女がらな。サツはインチキをやったんだ」

「それはいったい、何の話だんだば？」

思わず大きな声を出してしまい、真ん中の車道を隔《へだ》てた反対側の歩道を歩く人間までがこちらをむいた。

小松は携帯電話を首筋に挟み、「ちょっと待ってけ」と孝に言い置くと、慌てて手帳のページを捲《めく》った。確かどこかに控えたはずだ。キングの事件の捜査資料を盗まれる前、目を通しながらメモを取った中で名前を見た記憶がある。

見つけた。

「江渡ハナっていう女性だが。あんだは、お父さんのアリバイを証言した、江渡ハナという女性のごとを言ってらんだな？」

「確かそった名前であったな」

「彼女は、手紙であんださ何と言ってきたんだ」

「だはんで今、話したべ。警察さ脅されで、親父のアリバイを証言するまで時間がかがってまったんだどよ。親父さは事件の夜のアリバイがあるって、担当の刑事さ話したのに、そったはずはねはんでよぐ考えろって引き延ばされ、脅かされ、いづまでも取り合って貰えねがったんだど。もしも自分がそった脅しだのはね除げて、もっと早ぐに証言していだら、親父は死なねんで済んだがもしれねど、どうしてもそのごとが気がかりで、死ぬに死にきれねみたいに書いであったよ」

「彼女は、死んだんだが？　死ぬ前に、どうしても謝っておきてと思ったたってことだな」

「ああ、したはんで手紙ば書ぐ気さなったんだべな。きっともう死んでまってらんでねな」

「手紙が来たのは、いつのごとだな？」

「一年ぐらいさなるべが。俺《わ》がまだ弘前さ暮らしてだ頃だはんでな」

「こないだ、俺だぢが訪ねだ時、なしてこの話しねがったんだ？」

「当然、知ってるものだどばり（ばかり）思ったんだよ」

「しかし――」

　小松が言いかけると、孝は初めて声を荒らげた。

「しかしも案山子《かかし》もあるが。おめだぢ、みんな身内でねが。あそこで俺《わ》が話して、おめだぢが俺《わ》の親父を責め立てだあん時の警官を庇う気さなったら、俺《わ》は釈放されねがったがもわがねべよ。誰がおめだぢサツを信じると思ってらんだば。みんなつるんで、身内さいいようにやってるばりでねが」

　そう見えるのだろう。いや、実際にそうなのだ。

「その手紙はまだ手許さあるんだな」

「もぢろんだ」

「近いうぢにまだあんだを訪ねるはんで、大事に取っておいでけろ」

「言われねくても、なぐしたりしねえよ」

「手紙の話を、あんだは断酒会でしたのが？」

「さあて、どんだったがな？」

「ちゃんと考えろ。自分の親父さんのごとでねが」

「ああ、したさ。その話もしたよ。婆さんから手紙を受け取って、俺《わ》は一時やめでだ酒をまだ飲んだんだ。なあ、デカさん。俺《わ》だって人の子だんだぞ。手紙が来た夜は、悔しくて、浴びるほど酒を飲んだね。あんたがら、親父がどうこうだなんて言われてぐねえじゃ。俺《わ》が警察に父親ば殺されだ恨みば、忘れでるとでも思ってらんだが？」

「井丸岡惣太郎に対しては、どんだ。その話を、井丸岡さ話したんだが？」

「ああ、そうだった。聞いで貰ったごとがある」

中三デパートのエントランス付近にあるベンチに腰を下ろし、改めて手帳のメモを頭から見直し始めた。そうしながら、小松は磯島孝と交わした会話を頭の中で反芻《はんすう》し、確信した。細い線だが、繋がる。

江渡ハナは自分の死期を悟り、どうしても詫びておきたい気持ちになって、磯島良平の息子である孝に手紙を書いた。孝は、その手紙の内容を断酒会で話した。そして、風間太一はその断酒会に出席していてその話を聞いたのだ。

一本そう筋を引いてみて、その線に沿《そ》って捜査をすればいい。この仮説には色々と欠けていることがあるのはわかっている。だが、どんなに細くても構わないので、線が一本繋がることがまずは大事なのだ。それが自分の踏み出す一歩を決める道標《みちしるべ》になる。

まずはこの細い線をきちんと補強できるものかどうかの確認が必要だ。当たる先はふたつ。磯島孝が参加していた断酒会の事務局と、おそらくはもう亡くなっているにちがいない江渡ハナの遺族だ。捜査資料から、江渡ハナの当時の住所も手帳に書き写してある。住所はやはり弘前市内だった。断酒会の事務所も弘前であり、ハナの遺族がまだ引っ越さずにいるとしたら、両方回ってもそれほど時間はかかるまい。

だが、その先はどうなるのだろう。その先にはまだ飛び越えねばならない大きな溝がある。風間太一がホシだと仮定して、越沼雄一と田中繁夫のふたりがただ強引に何度も磯島良平を呼び出しただけではなく、江渡ハナに脅しをかけて磯島のアリバイを証言させまいとしたと知ったことが、今度の事件のきっかけになるだろうか。それを知ったことで、太一が越沼や田中を殺害したいと思う動機になるのか。ましてや秋田の本木廉太郎の場合はどうだろう。本木を殺害したいとする動機に——。

見込み捜査で磯島良平を何度も呼びつけ、さんざん責め立てた挙げ句に自殺をさせてしまったことももちろんひどいが、その裏で、磯島のアリバイを証言する人間がいたにもかかわらず、手柄を焦る余りにその証言者を抑えつけた事実はもう、警察官としての捜査の一線を遥《はる》かに越えている。ホシが今度の事件の被害者に血の冠を被せた理由が、そのことに対する怒りだったことは充分に考えられるはずだ。二十六年が経った今になってその事実を知り、当時の捜査員たちへの怒りが再燃し、自ら天誅《てんちゅう》を下した。さらには社会的にももう一度あの事件に目をむけさせたいという衝動から、敢えて被害者が血の冠を被って見えるように装飾をした、という線だ。

しかし、風間太一にそんな動機があったとは思えない。太一にはそんな動機は当てはまらないのだ。小松は新しい事実をひとつ摑んで一旦は高揚《こうよう》した気分が、手帳を繰っているうちに段々と萎んでいくのを感じた。

一本の線など繋がってはいない。たとえ自分が思ったように、断酒会で風間太一と磯島孝のふたりが繋がり、二十六年前の事件の隠された事実を知ったとしても、太一が犯罪を犯す動機にはならない。

　自分は見当違いのことを考えているのだろうか。そうだとしたら、断酒会の事務局や江渡ハナの遺族に当たり、孝から聞いた話を補強しようと試みたところで、その先に何の答えもない。

　考えろ。考えるのだ。「視点を変えろ」そんな風間の声を聞いた気がした。行き詰まりそうな時、やつならばたぶん、そう言うはずだ。視点を変えて、わかっていることをすべて見つめ直す。だが、それはもうさっきやった。そして、こうして行き詰まっている。俺はやつじゃない。足を使い、当たってみるしかないのだ。

　小松は決意を固めて腰を上げた。

四章　刑事《デカ》の仕事

1

もしも引っ越していたら住民票を追わねばならないところだったが、幸いなことに江渡ハナの家は二十六年前と同じ所にあった。弘前の街は南側のほうが昔からの住宅地が多い。ハナの家もそんな中の一軒だった。純日本家屋で、表札には江渡ハナの息子夫婦らしい名前とハナの名前の他にも、さらに三つの名が並んでいた。ハナの孫たちだろう。

表札にハナの名前があるのは、孝の話が間違っていて、彼女がまだ生きているためかもしれないとの淡い期待が起こりかけたが、亡くなってもなお古い表札をそのままにしている家もかなりあると思い直した。表札は手書きの粗末なものだった。ハナの息子と思われる男は康喜《やすき》という名だった。妻のほうは延子《のぶこ》という。

留守で、呼び鈴を押しても返事はなかった。午後の二時になろうとしていた。康喜や孫たちは仕事や学校で夕方まで帰らないとしても、妻の延子が仕事を持っていなければ、ちょっと買い物か用足しに出ただけかもしれない。

まだ昼食を摂《と》っていなかったことを思い出し、どこか近くで何か腹に入れ、やや間を置いて改めて訪ねてみようかとも考えてみたが、住宅地の中であり、付近に店らしい店があるような地域ではなかった。それに、息子の嫁らしい延子よりも、できれば息子の康喜のほうに話を聞いたほうがいいだろう。小松は名刺に携帯の番号を書き込み、江渡ハナさんのことで伺いたいことがあるので連絡を欲しいというメモとともに郵便受けに入れた。

バス停へと戻りかけて角を曲がった先で、俯きがちに歩いてきた初老の男と擦れ違った。

虫の知らせというべきかもしれない。小松は角まで戻って男の姿を追った。男は江渡ハナの家がある道へとさらに曲がろうとしていたが、その先には彼女の家以外にも多くの家がある。だが、なんとなく気になった。デカをしていると、こうして運良く目当ての相手に会える偶然が時折あったものだった。

小松は元来た道を足早に戻った。

あの初老の男が、江渡ハナの家の玄関を開けようとしていた。走り寄って声をかけた。

「すみません、江渡ハナさんのごとで、ちょっとお話を伺いたいのですが」

振りむいた男は、小松を怪訝そうに見つめた。

警察手帳を呈示すると、「警察」と小声で呟いた。近くで見ると、案外若い。まだ四十代かもしれない。初老と見えたのは、萎れきったようなその歩き方のためだろう。

「警察が、母のごとで、いったい何ですすば？」

「江渡ハナさんは、まだ御健在ですが？」

「いいや、去年亡ぐなりました」

「息子さんでしょうか？」

「今、母て言ったべさ」

「お姑《しゅうとめ》さんではないがと思いまして」

「ああ」と呟いたきり、興味もなさそうに顔を背《そむ》けた。

協力的な態度には到底見えないばかりか、何か警察を避けているような感じさえした。こんな場合には、単刀直入に切り出してみるに限る。

「お母さんが亡ぐなる前に、磯島孝という人に手紙ば出しているのを御存じですが？」

小松が言うと、ぎょっとした様子で顔を戻してきた。

「ぜひ、その件でお話を聞がせでいただきたいのですが」

「いったい何をお訊きになりてんです」

「先ほど、磯島孝さんど話しまして、お母さんが、彼のお父さんのごとで彼に詫びの手紙を出されだという話を聞いだんです。それで間違いありませんか？」

とりあえずそう話の口火を切ると、それに押し被せるようにして訊いてきた。

「磯島さんの息子さんど会われたんですが？」

「ええ、会いました。先ほどは電話で話しただげですが、一昨日、会ってきました」

目の前の男は何かを言いかけたようだが一旦呑み込み、改めて口を開いた。

「立ぢ話では何ですがら、どうぞ中さお入りください」

小松は礼を言って玄関に入った。

短い廊下のすぐ先にある居間へと通された。部屋の真ん中に炬燵《こたつ》が、壁の食器棚の前にはダイニングテーブルがある。奥の部屋の襖《ふすま》が開け放たれていて、仏壇が見えた。その上の壁には、何人かの老人の写真が並んでいた。二部屋合わせると二十畳ぐらいはあるだろう。新興住宅地の住宅とは違い、昔からの家の居間はどこも広く、そして、薄暗い。

江渡ハナの息子はガスストーブに火を入れると、「どうぞ」と炬燵を勧め、自分のほうが先にむかいに坐って炬燵のスイッチを入れた。茶を出そうとする様子はなく、家の中に入ったというのにジャンパーを脱ぐ気配すらない。そうか、警察の訪問を快《こころよ》く思っていないこともあるのだろうが、もうひとつ。この男は疲れ果てているのだ。

小松はジャンパーを脱ぎ、畳んで足下に置き、「失礼します」と断わって炬燵に足を入れた。

「息子さんの康喜さんですね」

表札の名前を思い出し、一応確認する。

「ええ、そうです。で、母の手紙のごとで何が？」

小松は率直《そっちょく》に尋ねることにした。質問の細かい手練手管《てれんてくだ》は思い出せない。

「越沼雄一ど田中繁夫という名前さ心当だりがありますね」

「越沼と田中ですが？」

「元県警一課の刑事だった男で、昔、キングの事件の捜査を担当しました」

「――ちょっと待ってけろ。その名前は最近、聞いだごとある。それは今、マスコミをにぎわせている連続殺人事件の被害者でねが」

演技をしているようには見えなかった。しかし、そうだとすればどういうことだろう。

マスコミは、現在弘前で起こっているこの連続猟奇殺人事件と二十六年前のキングの事件の類似性は既に大々的に指摘している。煽っている、というべきかもしれない。

確かにマスコミはまだ越沼と田中のふたりが磯島良平に冤罪となる疑いをかけ、強引な捜査を押し進めた当事者であることには気づいてはいない。だが、江渡ハナの息子であるこの男は、母親が亡くなる前に磯島良平の息子である孝に宛てて書いた手紙の存在を知っている。それにもかかわらず、この反応は不自然ではないか。

「とぼげねんで欲しいな、江渡さん。あなた、お母さんが磯島良平氏の息子さ宛でだ手紙のごとは知っていると仰った。亡ぐなる前のお母さんがら、詳しい話だって聞いでるんでしょ。それだのに、越沼ど田中のふたりが、磯島良平氏を何度も警察さ呼びつけで事情聴取を繰り返した当事者だとは知らねがったというんですが？」

康喜は両目を見開いた。

「そうなんですが。そのふたりが、磯島さんを？　そいで、こたらに時間が経ったあどさなって、自分だぢが当時の被害者ど同じ目に遭《あ》って殺されだ。——いったい、何でですば？」

小松は困惑した。

「したら、本当に越沼と田中のふたりを知らないんですが？」

「知りませんよ」

「しかし、おがしぐねが。私は磯島孝さんがら聞ぎました。警察は、江渡ハナさんさ圧力ばかげで、磯島良平さんのアリバイを証言させまいとした。それは越沼ど田中のふたりの仕業でねんですが？」

諦《あきら》めきれずにそう食らいつきかけ、その途中で気がついた。自分はあまりに単純な思い違いをしていたのだ。

「江渡ハナさんど応対したのは、まだ別の刑事だんですね」

「ええ」

「何ていう刑事が？」

「その刑事の名前を訊いで、いったいどうするつもりだば？　今さら、警察の内部調査づわけですが？」

小松は手を握り締めた。この男はその刑事の名を知っている。

「教えでくださせい、江渡さん。お願いします」

康喜は小松の顔を見つめた。幾分目を細め、何かを探るような顔をしていた。

「松橋《まつはし》という刑事です」

「松橋清吾《せいご》ですか？」

小松は反射的にそう問い返した。紛失した捜査資料の中で、その名前を見た覚えがあった。

青森県警の警察官ならば、大概《たいがい》はこの松橋の名を知っている。県警一課の刑事だった頃から、蒸気機関車という渾名《あだな》で知られてきた名物デカだ。小松が県警の一課にいた時には、確か既にもう部長か参事官に出世していた。ノンキャリの叩き上げとしては異例の出世で、退職前には僅かな期間とはいえ県警本部長をも務めた。だが、今から何年か前、癌《がん》でこの世を去っている。捜査熱心なだけでなく、現場の声を細かく拾い上げ、キャリアの連中に伝えるパイプ役として多くの警察官に慕《した》われ、尊敬されていた男だった。

だが、その松橋が、あのキングの事件では、越沼や田中たちと一緒になって見込み捜査を行ない、事情聴取の名を借りた無理な取調に荷担《かたん》した挙げ句、磯島良平のアリバイを主張する江渡ハナを黙らせるように圧力をかけたというのか。

「ええ、その刑事です。何年が前に、母はその死亡記事ば見だみてです。えらぐ出世したもんだねさ」

康喜は頷き、さらにはそんなことをつけたした。地方紙では県警本部長クラスの死亡も記事になる。

肩に目に見えない重たい何かが乗ったような気がした。

二十六年前の捜査資料に松橋清吾の名前を見つけ、記憶しても、この名前を気にかけるようなことはなかった。それは松橋が既に何年か前に世を去っていたためもあるが、それ以上に、ノンキャリアとして立派に出世を果たしたこの男のことは、端《はな》から心のどこかで何か別格の存在と思っていたからに他ならない。

「松橋清吾の名前をお知りになったのは、江渡ハナさんが磯島孝さん宛てに出した手紙をあんだも御覧になったがらですが？」

「いえ、母の手紙だの見でませんよ。母は、私だち家族さ黙って手紙ば出したんです。亡ぐなる本当の間際《まぎわ》さなって、そのごとば打ぢ明げられました。しかし、母は自分さ脅《おど》しをかげだ刑事の名前だの決して口さはしねがった。そった人ではねがったよ」

「しかし、それだばいったいどうやって名前を？」

「母が亡ぐなったあど、残されであった日記ば読んだんです。刑事さん、あんた、御両親は？」
「もう、ふたりとも亡ぐなってます」
「そうですか。——こんなごと訊いでいいのがわがりませんが、刑事さんは、親が抱《かか》えで
だ苦悩を、自分がきちんと理解してらど（ると）お考えですが？」
小松は江渡康喜の顔を見つめ返した。
何と答えるべきなのか。いや、答えはどうなのだ。首を括って死んでいた父の姿が瞼に
焼きついている。
「迷惑《めやぐ》だきゃ（すみませんね）、お仕事でいらしたあんたさ、いぎなりこった質問をぶつ
けでまって」
康喜は答えを待ちかねた様子で改めて口を開いた。
「いや、そったことは……」
「私はね、刑事さん。母が亡ぐなる直前まで、このごとを知らずに生ぎできたんです。母
は何も言わねがった。あの大事件ど、こったふうに関わってだなんて——。母はあの事件
があった時、磯島良平さんが勤める病院で経理の仕事をしてました。決算期で、毎晩遅ぐ
まで細け計算があったそうです。だが、私だち兄弟の面倒を見ねばまいねはんで、その日
は仕事を家さ持ち帰ってあった。しかし、伝票の一部が足りねごとさ気づいで病院さ取り
に戻った。そしたきゃ、磯島さんを目撃した。——こした話は御存じでしたが？」

「いえ、捜査資料にはざっと目を通したんだばて、詳しくは。お話しいただき、ありがとうございます」

正直な話、目を通した時には大して気にもとめず、そこまで詳しいメモも取ってはいなかった。ただ、証人として江渡ハナの名前と連絡先を認《したた》めただけだったのだ。

「私どもは父親が早ぐ亡ぐなりましたので、母が女手《おんなで》ひとつで育でてくれだんです。いい母でした。苦労したのに、そった愚痴《ぐち》ば一度も口さするごとはねがった」

炬燵に置いた両手が小さく震え、康喜はそれを炬燵布団の中へと仕舞った。

「しかし、日記の中さは、苦しみ悶《もだ》える母がいだんだ。自分が警察の脅しさ屈してまったごとを何度も何度も悔《く》やみ、もしも自分がもっと早ぐに証言してったなら、磯島先生は死なねくても済んだんでねがと繰り返し自問する母がいだ。亡ぐなる二日前でした。母は死の床で、そっと私さ打ぢ明げました。自分さは、どしても許しを請《こ》わねばならね人がいると。むごうさ旅立ったならば、その人さ直接許しを請うばって、この間、その息子さんさお詫びの手紙を書いだ。だはんで、もしも息子さんがら何が言ってくるんたば、おめが誠意を持って対応してけろって、涙ば浮がべで頼みました」

康喜ははっとした様子で一旦口を閉じ、両目に恐怖の表情を浮かべた。

「刑事さん……、まさが、あんたは、今度の事件の真犯人は自殺した何とがって医者ではねぐ、その磯島孝さんだって仰るんでないでしょうね。あの時の恨みがら、父親の磯島良平さんば死に追いやった刑事だぢを殺害したと」

「いいえ、それはありません。彼はこった犯行は行なえない」

「本当ですが？」

「本当です」

「彼は、今、何をしているんですべが？　つまり、その、なんていうが……」

「幸せに暮らしています」

「そうですか。それはよがった……。私も頑張《けっぱ》らねばなりません。実を言うと、私は去年、母が亡ぐなる前に会社をリストラされでまってね。幸い、母にはそのごとは知られませんでしたが。かみさんを働がせ、こった時間に自分ひとりが家さいで、みっともね限りですじゃ。いよいよ出稼ぎかもしれません。さて、昼食を済ませでまだ出かけねばまねはんで、御用がこれだげだばお引き取りいただけませんが？」

小松は礼を言って頭を下げた。だが、まだ腰を上げようとはせずに続けた。

「江渡さん、お願いがあるのですが、よろしければお母さんの日記ば拝借でぎないでしょうか？」

「――それは、いったい何のためです？」

「事件の捜査です。現在この弘前で起こっている連続猟奇殺人事件の犯人は、必ず何らかの形で二十六年前のキングの事件ど関係している。しかも、その中でも、特に磯島良平さんさ対して強引な捜査を行なった刑事たちに、特別な恨みを持っているんです」

「犯人はやっぱり自殺した医者でねんですか」

「別にまだいる可能性があるんです」

「しかし、母の日記さは、今、私が申し上げだようなごと以上には何も書かれではいませんよ」

「だけども、例えば松橋清吾以外にもまだ捜査官の名前が書かれてあるがもわがらねし」

「いいえ、それはありません。名前はたったひとつだげであった。だはんで私ははっきり憶えでいるんです」

小松は膝《ひざ》に両手をついた。

「江渡さん、お願いします。犯人逮捕さ御協力いただげませんが」

何の返答も得られないまま顔を上げると、冷たい射《さ》すような目に出くわした。

「刑事さん、あんたはその言葉ばいったい今までにどれだげ口さしてきたんですば。その、犯人逮捕さ御協力くださいていうやづです。警察の決まり文句です。そうでしょ。私は、母が亡ぐなってがらずっと、その決まり文句を私さむがって口にする人間が現われねがと思ってあった。もしもそういう人間が現われだら、こう答えようて思っていだんです。嫌です。協力だの、真っ平だじゃ」

「江渡さん……」

「私は懸命に善人であろうとしている人間です。大した人間でねのはわがってる。したばって、なんとか善人でありたいって思っている。しかし、どしても警察さ協力する気にはならねんです。善人であろうとするごとど警察さ協力するごとが、同じごとだとはどうしても思えねがらです。帰ってけろ。もしも、どうしても母の日記ば御覧になりたいのであれば、正式な手続きば踏んで令状を取ってください。そうするのが、あんだだぢの仕事のはずだ」

静かな声だった。しかし、その芯には何か断固たる物が感じられた。

小松は畳んだジャンパーを手に持って腰を上げた。頭を下げ、玄関へとむかった。

靴を履《は》く前に康喜を振り返った。

「最後にもうひとつだげ教えでいただきたいんですが、お母さんが亡ぐなったあと、誰がこうして二十六年前の事件のごとを訊ぎに来た人間はいませんでしたが？」

「いいえ、あんたが初めてだけども」

「ありがとうございました」

玄関の引き戸を開けて表へ出かけたところで、後ろから呼びとめられた。

「刑事さん、人生についだ染《し》みは決して落ぢない。そったふうに思うごとはありませんが？」

「あります。――しかし、必死に落どそうとしています」

小松は頭を下げて玄関を閉めた。

「それはできません」

断酒会の事務局で応対してくれたのは、奈良岡《ならおか》という男だった。小松が事情を説明し、磯島孝がこの協会に参加していた時の名簿を見せて欲しいと頼むと、標準語できっぱりとそう拒絶した。

「それは個人情報に当たりますので、たとえ刑事さんの申し出でも、お受けするわけにはいきません」

縁《ふち》なし眼鏡をかけた痩せ形の男を見つめ返しつつ、小松は胸の中で嫌な予感を覚えていた。奈良岡というのは青森全県にわたって多い苗字《みようじ》で、弘前でもよく聞く。雰囲気からしても、こっちの人間だと思えるが、こうして標準語をきっぱりと保って応対し、「個人情報」といった言葉をすぐに使いたがる人間は大概がガードが固く、融通が利かない。

「奈良岡さん」と小松は相手の名を呼んだ。「今は殺人事件の捜査の真っ最中だんです。人が三人も殺されでます。もしかしたら、さらに次の被害者が出るがもわがらね。ですから、そこを曲げで、どうにが御協力いただけませんが？」

「そこまで捜査に大事ならば、きちんと令状を取っていただかないと。私の責任問題にだってなりかねない」

気持ちがめげてくる。今の自分には、令状を取るなどできやしない。

「そこを何とがお願いします。犯人逮捕さ御協力いただけませんが」

そう口にして頭を下げてから、小松は胸の中で苦笑した。そういえば、刑事課にいた時分、いったいこの言葉を何度口にしたのだろうか。

何の返答も得られずに顔を上げると、思いの外《ほか》に小松の声が大きかったせいだろう、事務所の奥にいた人間がちらちらとこちらを見ていることに気がついた。

これは駄目だ。たとえ応対に出た人間が、個人的な裁量を働かせてこっそり協力する気になってくれたとしても、同僚の目があるところではそうはいかない。――この男ではそもそもそんな気にさえならないだろう。

「正義のためですか？」

奈良岡は顔を寄せてきて、幾分低く潜めた声で訊いた。どこか揶揄《やゆ》されているような気分になる嫌な口調だった。

「そうです。何とか御理解いただけませんが。一刻を争う可能性があるんです」

小松はそう応えながらも、諦めの気分が大きくなるのをとめられなかった。

ページを開いたファイルノートが目の前に置かれ、思わず「え――」と呟きそうになった。

奈良岡は縁なし眼鏡を人差し指で押し上げ、自分のほうからそっと顔を寄せてきた。

「コピーは困ります。だが、正義のためとあっては仕方がない。私がここに立って同僚の目につかないようにしていますから、リストを御覧になってください。応援していますよ、刑事さん」

　奈良岡という男の好意はありがたかったが、しかし、磯島孝と同じ時期に断酒会に出席していたメンバーの中に、風間太一の名前を見つけ出すことはできなかった。

　だが、考えてみればこれも当然で、太一が暮らす秋田の八郎潟から弘前までは車でも電車でも二時間以上はかかる。仮に太一が断酒会に出席したことがあったにしろ、弘前までわざわざ足を延ばしたと考えるのには無理があったのだ。

　断酒会の事務所は桶屋町《おけやまち》にあり、鍛冶町が近かった。酒を断《た》っている人間には辛い場所だろう。小松は鍛冶町を避け、中央弘前駅前から上瓦ケ町《かみかわらけちょう》のほうへと歩くことにした。中央弘前駅前の小さなターミナルに差しかかると、嫌でも思い出さないわけにはいかなかった。数日前、ここで風間と待ち合わせ、小百合が働くキャバレーへと聞き込みにむかったのだ。心に引き攣るような痛みが走る。

　考えるのだ。強引にでも前に目をむけ、この先、どうすべきかを考えるしかない。風間太一は江渡ハナの遺族を訪ねてもいないし、今のところは断酒会を通じて磯島孝の話を耳にしたということも証明できない。そもそも二十六年が経った今になって、風間太一を凶暴な犯罪へと走らせたきっかけはまだ謎のままだ。だが、何か見過ごしていること、忘れていることがありはしまいか。必ず何かあるはずだ。

小松は思わず足をとめた。自分は大変に大きなことを見過ごしていた。もっと早く、この点にこそこだわってみるべきだったのだ。

だが、実行するには大きな勇気が必要だった。

2

井丸岡宅の玄関前に立った小松の姿を見つけ、長岡はあからさまに顔を顰《しか》めた。何かの用で表へ出ようとしていたらしく、汚れた革靴に爪先《つまさき》を入れたところだったが、腰を伸ばし、突っかかるように近づいてきて小松の胸を押し、「おめがここさ何の用だば」と、声を荒らげかけた。

だが、周囲に大勢陣取っているマスコミと野次馬の目を気にしたのだろう、口を閉じ、自分を落ち着けるように一、二度息を吸っては吐いた。

小松を離す気はないらしく、首根っこを摑むようにして一台のパトカーへと引きずっていった。

「待ってください、長岡さん」と小松が足を踏ん張ろうとすると、「莫迦《ばが》この」と低く抑えた声で吐きつけられた。

「何も車さ押し込んで、署さ強制的に送り返すわけでねえじゃ。いいはんで、中さ入れ」

渋々と従った。

長岡はむこう側から隣りの後部シートに滑り込み、「よ、おめは少し外してろじゃ」と運転席で待機していた制服警官を追い出すと、上半身を大きくひねって小松にむき直った。

「おめがここさ来てるごとは、上の人間は知ってらんだが？」

咄嗟に嘘をつくべきかどうか迷ったが、その僅かな空白の間に長岡は答えを見つけていた。

「独断で来たんだな。おい、小松。もうポン友の東京野郎はいねんだ。いい気さなるなよ」

「――そったわけでは」

「せば、何だんだば。答えろじゃ、おめがここさ何の用だんだば？」

小松は今さらながらに腹を決める必要を感じた。

最初に風間とふたりで井丸岡惣太郎を訪ねた時、井丸岡は風間を風間泰蔵の息子だと気づき、なんだか奇妙な顔をした。驚愕のむこうに、何かの表情が潜んでいるように感じられた。また、自殺の直前、風間によって心理的に追い込まれた時には、妙なことを言い出したのだ。

「したば訊くが、あんだだち兄弟はどうなんだ。あんだだぢの胸には、未だに深い闇が巣くっているんだが」

確か井丸岡はそんなふうに言ったはずだ。それを聞き、風間は虚《きょ》を突かれたような顔をした。さらには、井丸岡は医者の守秘義務を持ち出し、自分の口からは話せないのできみが話せ、と逆に風間に迫った。二十六年前の事件以来ずっと、黒い闇が巣くっているのかどうかと。

よくわからない。わからないが、しかし、井丸岡は風間兄弟を昔、知っていた。それも、「風間泰蔵の息子が……」と父親の名前を出して確認したことからも、「二十六年前の事件以来ずっと、暗い闇が巣くっているんだな」と時間を限定したことからも、兄弟が子供だった時分を知っていた公算が大きい。キングの事件の直後に知っていたのではないか。

井丸岡はもうこの世にいないが、その未亡人ならば何かを聞いているかもしれない。

「長岡さん、お願いがあるんです。井丸岡夫人に会いたいんです。彼女は今、自宅においでになるんですべが？」

小松がそう言うと、長岡は目を丸くした。

「未亡人さだってな……。会って、どすつもりだば？」

「訊きてごとがあります」

「何をよ?」

「それはまだはっきりわかりません。でも、とにかく彼女に会い、訊がなくてはならない。それがきっと事件解決に繋がるはずです」

「何だば、そのあやふやな話は。事件解決だと。笑わせるな。おめ、俺《わ》を舐《な》めでらんだが?」

「違います。そんなふうに仰らないでください。会わせで貰うのが無理だば、せめで見で見ぬ振りをしてください」

長岡は眉間に皺を寄せ、すっかり険《けわ》しい表情になった。

冷ややかな目でじっと睨んでくる。

「そういう口の利き方を、俺《わ》を舐めでらって言うんだね。東京者の影響だな」

小松は突然、嫌気が差した。こんなところで、こんな男を相手に話していたところでどうなる。

ドアを開けて出ようとすると、二の腕を強く摑まれた。腕が痛くなるほどのすごい力だ。

「待だなが、この」

「放してください。とめでも無駄です」

「待でって言ってらんだ。黙って聞がねが」

　小松は尻の位置を直し、長岡にむき直って睨みつけた。

「何です？」

「おめど風間のふたりは、井丸岡ば自殺さ追い込んだんだ。夫人の目の前でだ。確かに井丸岡はホシであった。だが、デカがふたり、目の前でてめえの亭主を罵《ののし》り、死に追いやったって事実は、彼女の胸がら一生消えね。おめ、それがわがってでもなお、昨日の今日で彼女の前さ顔を出してっていうんだな」

「――そうです」

「簡単に言っていいんだが。俺《わ》は、おめさそれだけの覚悟ができでるのがって訊いでるんだよ」

「辞表を書ぐ覚悟はいづでもできでる」

　胸《むな》ぐらを摑まれた。

「莫迦《ばが》この。俺《わ》はそったごと言ってるんでねえ。てめえで一生何かを背負《しょ》い込む覚悟はできでらんだがって訊いでらんだ。デカは、そさねばまいね（そうせねばならない）時が、何度があるんだ」

「長岡さん……」

　目の前に長岡の顔がある。

長岡はやがて、唇の片端を微かに吊り上げた。

「会計課さ行って、おめはずっと金タマ抜がれだんたツラしてだ。したばって、今はデカのツラしてら。行って来《こ》なが。奥さんはさっき病院のほうで点滴打ってきたみてだばて、今は井丸岡の病室だった部屋さいる。あの部屋の捜索が終わってがらは、あのベッドサイドさ坐って動こうとさねんだ。婦警がひとり、そっと目を光らせでる。万が一、ってこともあるはんでな」

手の甲をこちらにむけて振り、行けということを動作で示したが、小松が車のドアを開けて降りようとすると呼びとめた。

「俺《わ》はあの東京者が大嫌いだ。したけど、もしもあれどの捜査の中で、おめが何かを摑んだんだば、それば進めでみろ。昨日がらずっと探し回ってらけど、井丸岡の周辺がらは越沼雄一ば殺害した証拠しか出ね。お偉方はやつひとりをホシとして事件を収めてのがもしれねけど、もしかしたらあの東京者が言ってったことのほうが正しいのがもしれね」

小松は黙って頭を下げ、改めて井丸岡家の玄関を目指した。

僅か何十時間かの間で、人間はこんなに変わるものなのか。ベッドサイドに置かれた丸椅子に背中を丸めて坐る女を見て、思わず息を呑み、そう思わざるを得なかった。老婆、というのが正に相応《ふさわ》しい。顔にはすっかり精気がなくなり、皮膚は廃屋《はいおく》の壁のようにぼろぼろで、目は虚《うつ》ろで焦点が定まっていなかった。乱れた毛が項《うなじ》に垂れ下がり、何本かに分かれて丸まっているのが、やけにみすぼらしい。

人の気配に気づいて顔を上げた。小松を見、一瞬思い悩むように眉間に皺を立てたあと、どういう意味なのか薄い笑みを唇に浮かべた。

怒りを露わにされることを覚悟していた小松は、その笑みを目にして戸惑った。

未亡人はそんな小松をよそに、ドアの横の壁に置かれたもうひとつの丸椅子を指差した。

「どうぞ、坐ってけへ。そごの壁際さ椅子こあるでしょ」

小松は頭を下げ、丸椅子を手に持った。

近づきすぎるのが躊躇われて、ベッドの足下付近に椅子を置いて坐ろうとすると、未亡人が手招きした。

「どしてそたらに離れるの。もっとこぢさこいへんが（いらっしゃいな）」

小松は椅子を傍に寄せた。

未亡人はもう一度微笑《ほほえ》み、何かに満足したような様子で頷いた。

「んだ、これだら話せるの。私、あなたがもう一度戻って来るんた気がしてだの」

「僕がですか……。どうしてです？」

思わず訊き返したが、それを聞いている様子はなく、彼女はしばらく何も応えなかった。

「あなた、亡ぐなった笠石議員の息子さんだんですってね」

いきなりそう言われ、益々《ますます》戸惑いが大きくなる。笑みを浮かべてこうして坐らせ、いきなり不意を突き、何かこちらを苦しめるようなことをぶつけてくるつもりではないのか。

「お名前は？　もう一度、お名前を聞がせでくださいな」

戸惑う小松に、未亡人は訊いた。

「小松です」

「そんでなく、下の名前よ」

「──一郎です」

「ああ、そうね。一郎君だった」

いかにも懐かしげに目を細める彼女を間近にして、段々と小松は戸惑いよりもむしろ気《き》色《しょく》の悪さを感じ始めた。

「あんだ、憶えでる？　うぢの人も、磯島さんも、あんだのお父さんの後援会さ入ってだのよ。みんなして、お父さんのごと応援してだの。あんだ会場で見がげだごとあるわ。ちよこちょこって、大人だぢの間を駆け回ってだ。あの頃の面影がある。そんだね、はっきりど面影が残ってるわ」

だからどうしたというのだ……。小松は胸の中でそう呟いた。確かに父は、ひとり息子をよく後援会の人々との集まりに連れていった。家族ぐるみのつきあいをしたいと言い、自分のりんご園に彼らの家族を招いて鍋やジンギスカンを振る舞うのも度々だった。そんな時、大人たちの間を走り回りながら、話の輪の中心にいる父親を見るのが誇らしかったものだ。

だが、今の自分にとっては違う。思い出す度、父親がただの道化に思える。

「井丸岡さん、すみませんが、うぢの父の話をしにきたわげでねんです。風間太一という名前に聞き覚えはありませんか？」

小松は顔を背けるようにして訊いた。

「それは風間泰蔵さんの息子さんでしょ」

思わず顔を戻して、彼女を見つめた。最初に井丸岡惣太郎を訪ねた時、彼もまた風間を指《さ》して同じようなことを言った。きみは風間泰蔵の息子か、と。

「あなた方は、御夫婦で風間泰蔵を知ってだんですか？」

「ええ、そうよ」

「なぜです？」

「なぜって、あんだのお父さんが紹介したんだもの」

「父が、ですが？　父が風間泰蔵とあなたたち御夫婦を引き合わせだ？」

未亡人は頷いた。

「ええ、そうよ」

「なぜ?」

「うぢは医者ですよ。治療のために決まってるでしょ。あんだも聞いだごとがあったんでないがしら。風間泰蔵という人は、素面《しらふ》の時には几帳面《きちようめん》で生真面目な性格だったけども、一滴でもアルコールが入るともうすっかど人が変わってまで駄目だった。あの兄弟の母親がどっかさ逃げでしまってがらは、その傾向が一層ひどくなったらしくて、見かねだあんだのお父さんが、アルコール中毒の治療と称して、あの人をうぢの病院さ連れで来たの。その頃は私も病院のほうを手伝ってたから、直接会ったことがあるわ。あの人、うちの病院で治療を受けてたのよ」

知らなかった——。風間の父親がそんなにすごい酒乱だったことも、それを見かねた父がそんな面倒を見てやっていたことも、今の今まで何ひとつ知らずにいた。

風間泰蔵と太一は、親子揃って酒乱ということになる。血というか、何かそういった傾向に陥《おち》りやすいものがあるのだろうか。いや、それよりも幼い日に見た父親の姿が、知らず知らずのうちに風間太一の精神形成に影響を与えたと考えたほうがいいのかもしれない。

「風間泰蔵は、やはり父の後援会の一員だったのですか?」

「どして?」

「どうやって父と風間泰蔵が知り合ったのがと思いまして」

「さあ、それは知らないわ。でも、あんだのお父さんは県会議員だったんですもの。目の届くところに困っている人がいれば、たとえ後援会の人間じゃなくたって、助ける気になっても当然でしょ」

いったいそれはいつのことだったのだろう。父は、キングの事件が起こる一年前には亡くなっている。自宅の天井に縄を掛け、首を括《くく》って死んでいた父の姿は、決して脳裏《のうり》から離れない。しかし、息子の知らないところで、そんなこともしていたのか。

「でも、私があんだに聞いで貰いたいのは、その先の話よ。その後、泰蔵さんの息子さんだぢも、やっぱりうぢの病院さ来るごとになったの」

未亡人の言葉は、亡父へとむかいかけていた小松の心を、目の前の事件に引き戻した。

「それはどういうごとなんです？　順を追って話して貰えませんか」

「順を追っても何もないわ。だって、あの事件のあど、ふたりともショックですっかりおがしぐなってまっていだがら」

「あの事件とは、キングの事件ですね」

「だがら、あの事件って言ってるでしょ」

そういうことなのか。風間たちは、キングによって父親を殺されたあと、井丸岡病院で精神科の治療を受けていた。医者の守秘義務があるので、自分の口からは話せない。亡くなる前に、風間から問いつめられた井丸岡はそう切り返した。あれは、そのことを指していたのだ。

それにしても、弘前でだってそういった治療が受けられたはずなのに、なぜわざわざ黒石の井丸岡を頼ることにしたのか。

「兄弟の症状はかなり深刻だった。長期に亘る治療が必要だった。しかし、ふたりの面倒を見る親戚が、体面を憚《はばか》り、ふたりが弘前で精神科に通うのを嫌った。そういうことですか？」

小松はそう水をむけてみた。

「そうね、そんだった。父親の泰蔵さんの場合も、あの兄弟の場合だってそう。精神科のある病院がまだ少なかったこともあるけれど、本当の理由は今あなたが言った通りよ。今でもまだこの国には、精神科の治療を受けたり、カウンセリングを受けたりすることを恥ずかしがる風潮があるでしょ。ましてや二十六年も前の話だもの。当時は、そんな治療を受ければ、頭がおかしいと言われて周りから莫迦にされるって思う人が多かった。だからあんたのお父さんも、うぢの人さ相談したのよ。風間泰蔵も、黒石でならばと、渋々治療に同意したんだと思うわ。そして、あの兄弟の身内もそうだったんでしょ。以前に父親のほうがうぢの病院で治療を受げでいだごとを、何がで知ったんでないがしら。兄弟のことを診《み》てやって欲しいと、連絡して来たんです」

「ふたりはどんな症状だったんです」

「確か弟さんのほうは言葉が出なくなって連れて来られだのだけれど、お兄さんのほうは、虚脱感や無力感で日常生活に支障を来《きた》すほどだったわ。当時そんな言葉があったかどうか知らないし、私は専門家ではないので詳しいことは言えないけれど、ふたりとも、今ならばPTSD、日本語でいう心的外傷後ストレス障害と診断されたことでしょうね。この障害は、感覚が麻痺するの。心が摩耗してしまって、喜怒哀楽《きどあいらく》がちゃんと感じられなくなるのよ」

未亡人はいくらか口調を変えた。無意識に医師だった夫の口調を真似たのかもしれない。

確かに彼女が言うように、二十六年前にはそんな言葉などなかったのではないか。自分が刑事だった十年前ですら、警察関係者が現場でそんな言葉を耳にすることなど滅多になかったし、被害者やその家族に対してそういった症状を危惧し、特別な配慮をするようなことも考えられなかった。

二十六年前、連続猟奇殺人犯によって父親を殺害された兄弟の親族も、彼らふたりの症状を心配するよりもむしろ、彼らが精神科に通院する世間体《せけんてい》のほうを気にしたのだ。

いきなり記憶が蘇り、小松は眩暈《めまい》を覚えた。強いライトに射られて目の前が白くなったような気がしたあと、深い漆黒《しっこく》の闇に絡め取られて呼吸が苦しくなる。声が聞こえた。

「怖いよ、いっちゃん。怖いよ、ユリ」震える声で、誰かが助けを求めている。誰かがしがみついてくる。そうだ、あの三日間、最も怯えて泣き叫んでいたのは風間だった。闇の中に閉じ込められた瞬間に、まるで別人のように泣き喚《わめ》き始め、小松と小百合に抱きついたのだ。

物思いに絡め取られそうなのを自戒《じかい》し目を上げると、未亡人はなぜか理由が推察しにくい満足げな顔で、じっと小松を見つめていた。

その顔に問いかけた。

「ひとつ確かめたいんですが、正確には、兄弟が井丸岡病院の精神科に通い出したのは、キングの事件の直後がらではなく、その後、風間次郎が防空壕跡の穴さ閉じ込められでがらではながったのですが？　弟の次郎が失語症に陥《おちい》ったのは、そののちだと思うんですが」

「防空壕跡の穴……」と彼女は反復した。「そう言われでも、私にはわからないわよ。二十六年も前の出来事だもの。それは、キングの事件のあとだったの？」

「その三カ月後です」

「それを確かめるごとにどした意味があるの？」

口調《くちよう》には反感が籠《こ》もっていた。せっかく自分が話してやったのに、そんな細かいところにこだわる理由があるのか、とでも言いたげだ。

小松は引かなかった。こだわる理由はあるのだ。小百合は最後の電話で、自分たち三人をあの防空壕跡の穴に閉じ込めたのは、風間の兄の太一だと言った。どう繋がるのかはわからないが、やはり小百合が殺されたのは、そのことと何か関係しているように思えてならない。

「兄弟を担当した医師は?」

「もぢろん、知ってますよ。でも、もうここにはおられません。高齢で引退なさってます」

「住所を教えでいただけませんが?」

「教えで差し上げないこともないけれど、たとえ職を離れても、医師には守秘義務があるのを御存じがしら?」

未亡人は段々、勿体ぶるような態度になった。

「とにかぐ、お話をお訊きしたいんです」

「教えるのには、条件があるわ」

「何です?」

「すぐにあの兄弟を逮捕してください」

「――――」

「風間という刑事は、この兄弟の弟のほうね」

「――ええ、そうですが」

「私、気づいたの。このふたりが共謀して、今度の事件を起こしたんだわ。そして、よりによってその罪を、私の主人になすりつけだんです」

小松は目の前の女の瞳に、異常な光があることに気がついた。

「奥さん……」

「いいがら、黙って私の話を聞いて。うぢの人は、今度の事件の犯人なんがでないわ。あの兄弟が何もかも仕組んだごとだのよ。一郎君、お願い、あのふたりをすぐに逮捕して、私の主人の濡れ衣を晴らしてちょうだい」

小松は婦警が戸口からこちらを見ていることに気がついた。躰を乗り出し、こちらの注意を惹《ひ》いたのだ。必要ならば、いつでも近づくとその目が言っている。

小松は小さく首を振ってみせた。

「ねえ、聞いでるの。お願いよ、早ぐあの兄弟を逮捕して」

未亡人は上半身を捻り、小松の手を握り締めてきた。

「聞いでます。だけど、そのためにも、当時、兄弟の治療に当たった担当医の名前を教えでいただけませんが?」

「駄目よ。そった調子のいいごと言って、私を騙そうとしているのね。わがってるわ、あなただぢはみんな嘘つぎよ。まずは兄弟を逮捕なさい。そうしたら、連絡先を教えてあげる。さあ、私の言う通りにして」

小松は怯《ひる》んだ。未亡人は両目を吊り上げ、狐《きつね》のような顔になり始めていた。ヒステリー状態に特有の表情だ。

「何を考えでらのさ。躊躇うごとだのないでしょ。わがったわ。あんだもグルなのね」

未亡人の手が素早く動き、あっと思った時には平手で頬を叩かれていた。

めちゃくちゃに手を振り回して殴りかかってくる未亡人に手を焼いていると、婦警が走り寄ってきてくれた。

未亡人は婦警に躰を支えられ、子供のように泣き始めた。

小松は席を立った。

「どこさ行くの？　まだ話は終わっていないわ」

しゃくり上げながら、彼女は小松に必死な目をむけた。その目に抉《えぐ》られるような痛みを感じた。そうか、自分はこれ以上彼女を見ているのに耐えられないのだ。

「捜査をします」

そんなふうにしか言えなかった。だが、その言葉が心を逆撫《さかな》でしたらしく、未亡人は一層大きな声を上げて泣き始めた。

他の部屋から、何事かと刑事たちが顔を覗かせる。その中には長岡も混じっていた。

「一郎君」と、未亡人は小松に呼びかけた。「あの人は、いい医者だったのよ」

「わがっています」

「患者さんだぢがらも、病院のスタッフがらも、心がら愛されでました」

この場から消え失《う》せてしまいたい気分で、「わがっています」と繰り返すしかなかった。

「――私にはわがらない。どしてあんな気持ぢになったのか。私にはわがらない。四十年も一緒に暮らしたのに、あの人の中に、誰かのごとを殺してみたいなんていう気持ちが潜んでいだなんて。これは何がの間違いに決まってる。そうでしょ、刑事さんたち――」

「――捜査をしなければ」と、小松は口の中で呟くように言った。「だがら、失礼します」

だが、小松の声が未亡人の耳に入った様子はなかった。

「あの人ど磯島さんはいいお友達でした。今でもよぐ憶えでる。磯島さんが警察に無実の罪を着せられで自殺したあとで、あの人が話してくれだごとがあったんです。磯島さんから、戦争中の過去を聞かされたことがあったって。でも、それが医学の進歩に大きく寄与したことも、否定のしようのない事実だって。そして、あの人、言いました。何が善で何が悪だの、誰さも決められねのがもしれないって。あの人は脳外科医としてたくさんの人を救ったんです。患者さんからも、病院のスタッフたちからも、心がら愛されで信頼されでだ。いったいどしてこしたことに……」

その先は同じような言葉の繰り返しになり、段々と意味不明の発言も混じり始めた。

医師と看護師が駆けつけてきて、婦警に抱きかかえられるようにしていた未亡人に注射を打った。

長岡が小松の肩に手を置いた。「もういがべ。これ以上、ここさいる理由はねべさ」

3

パトカーの後部シートに戻った小松は、井丸岡の未亡人とのやりとりも含め、自分の風間太一に対する嫌疑を長岡に話して聞かせた。捜査員の手助けが必要だった。風間太一の行方を、捜査の一環としてきちんと捜して貰わなければならない。いや、そういったこと以前に、自分の考えが正しいかどうかを、誰か第三者に話して判断して貰いたかった。

だが、話を聞き終わったあとも、長岡はしばらく何も言おうとはしなかった。眉間に皺を寄せて黙りこくる表情が小松を不安にさせた。

「確かに風間太一という男は怪しいがもわがねばて（しれないが）、しかし、今のおめの話だげだば、あえをホシと断定し、ましてや手配を掛げるだなんて不可能だべな」

「——そんでしょうか」

と訊き返しながらも、心のどこかで、やはりそうか、と思う自分がいた。

「なにしろ、すべてが状況証拠さもならねべな。青森で鍼灸師の集まりがあるって嘘ついだのは、本当は弟の精神状態が心配で様子ば見に来たばって、そうやって喋れば弟が気ば悪ぐすると思って嘘をついだだげだがもわがねし。おめだの菅野小百合さ事件のことをあれこれ訊きに来たのだって、やっぱり弟を案じるあまりにしたごとがもわがね。それだけでだば、到底怪しいだのって言えねな」

「しかし、風間太一は二十六年前の事件さ関わっているんですよ」

「それ言えば、当時の事件さ関わった人間つのはもっと他にもたんげ（たくさん）いるべよ」

「でも、その中で今度の事件に特別の興味を示しているのは風間太一ただひとりです」

長岡は額に皺を寄せ、短く刈り上げた硬そうな髪を平手《ひらて》で擦り上げた。

「わがってらね。俺《わ》は何もおめの話を否定してるわけでねんだね。こしておめの話ば聞いでれば、確かに風間太一って男さは何がある感じがする。俺《わ》だっておめと同じで、なんとか身柄ば確保して署さ呼んで、あれこれてついでみてやな。したばて、俺《わ》はおめさ、これだけの材料だば上は動がねてごと言ってらんだ。風間太一は風間警視正の兄貴だぞ。よほどのごとねば（ことがなければ）、捜査対象として上がゴーサインを出すはずねべな」

小松は唇を引き結んだ。長岡の言う通りだ。もしも本当に風間太一がホシだとしたら、警察にとっても大事件だ。捜査に当たっていた猟奇殺人事件のスペシャリストである警視庁の捜査官の兄が犯人だったなど、前代未聞のスキャンダルとなる。

当然ながら、風間だとて無事では済むまい。たとえ風間が兄を庇ったことは小松が胸の内に秘め、表沙汰《おもてざた》にならなかったとしても、辞表を書かされることは免《まぬが》れないはずだ。キャリアとしてエリート街道を突き進んできた友人に対して、この自分が引導《いんどう》を渡すことになる。

「おめ、いいのな。親友の兄だど」

「つまらないことを訊かないでください。殺人犯だば、友人の兄だろうと何だろうと関係ね」

長岡は目を細めて小松を見つめた。

「んだな。これは失言でった。ところで、おめ、風間太一が最近、井丸岡惣太郎さ会ったごとはねがったが、未亡人さ確認は取ったのが？」

そう指摘されて、はっとした。

「いえ、取っていません」

長岡の言いたいことはわかった。井丸岡惣太郎は二十六年前に磯島良平が越沼雄一と田中繁夫から強引な取調を受けたことも、さらには江渡ハナがアリバイを証言しようとしたにもかかわらず、松橋清吾がそれをとめていたことも、磯島孝から聞いて知っていた。風間太一が、井丸岡の口から同じことを聞いたことが確認できれば、一本の線が繋がる。それでなぜ風間太一が今度の凶行に走ったのかは相変わらずわからないままだが、まずは線を結べることが大事なのだ。その先に、何か答えがある。

自分の間抜けさが歯痒《はがゆ》かった。江渡ハナの家を訪ねたのも、そのあと断酒会の事務局に寄ったのも、二十六年が経った今になって風間太一が犯行に及んだきっかけを見つけるためだった。同じ目的で井丸岡の未亡人を訪ねたにもかかわらず、ああした彼女を見ているのが堪えられなくなり、その肝心な点の確認を怠《おこた》るとは。

「わがった。どせ、今のお偉方の方針だば、俺だぢこごから離れられねんだ。おめさえ嫌でねば、それは俺《わ》が時期を見でやるね」

「嫌だなんてとんでもね。お願いします」

「聞ぎ出せるがどんだがわがねけど、兄弟ば診察した精神科医の名前も探ってみるね。こぢは、病院の事務所ば当だる手もあるだろうしな」

「お願いします」

「で、おめはこれがらどすんだ？」

「まだわがりません。ただ、いづまでもこごさいるわけにはいぎませんし、一旦は署に戻ります」

嘘だった。本当は署に戻るはっきりとした目的があった。

江渡ハナの息子の康喜が松橋清吾の名前を口にした時から、頭のどこかに引っかかっているものがある。時間が経過する中で、それは段々と具体的な形を取り始め、今やほぼ確信に変わっていた。署に戻って確かめなければならない。

だが、その件に長岡を巻き込むわけにはいかなかった。

4

木崎はちょうど帰り支度を始めたところだったようで、制服の前ボタンを外し、片袖《そで》を抜きかけていた。ノックに応えて「入《はい》なが(入りたまえ)」と言ったものの、ドアを開けたのが小松だと知ると、あからさまに迷惑そうな顔をした。

「もう帰るどごだばて、何が用だが?」

小松は構わず部屋に入り、後ろ手にドアを閉めた。「お話があります。坐ってください」と、応接ソファを手で指し示した。

「何言ってらんだ、おめは? もう帰るどごだって言ったのが聞げねがったのな?」

木崎は一層不快そうに言い、それからはたと何かに思い至ったような顔をした。抜きかけていた袖を戻し、小さく躰を揺すって服の肩の位置を直しながら改めて口を開けた。

「そう言えば、おめは今日早退したはずだべ。いったい署で何をしてらんだば」

鼻孔を拡げ、口調を荒らげる木崎を見ているうちに、部屋に入る前には心のどこかにあった怖じ気づく気持ちが、水が流れ出るように消えていくのを感じた。この男は滑稽《こっけい》だ。そんな男に顎で使われ続けてきたこの自分も滑稽だ。

「捜査です」

「莫迦者この。どのツラ下げで、すったごと言ってらんだば。おめは、今朝の俺の話《わ》をどう聞いだんだば？　風間警視正はもう今度の捜査から外れた。おめは元の通りに会計課係長の仕事さ戻る。これは命令だんだぞ」

「そして、あなたはでぎるごとだば今度のヤマをすべて井丸岡惣太郎ひとりの仕業として一件落着させ、これ以上は捜査員も、マスコミも、二十六年前のキングの事件さ触れねんで欲しいと望んでる。そうですね」

「何の話だば？」

「キングの事件の捜査資料を隠したのは、あなただ。もしかしたらあなた自身が会計課の部屋から持ち出したわけでなく、腰巾着《こしぎんちやく》の誰がさ命じで盗ませたのかもしれないが、いずれにしろ、首謀者はあなたです」

木崎は一瞬両目を見開き、見る見るうちに真っ赤になって怒り出した。

「おめは誰さむがって口利いでらつもりだば」

「お見せする物がある。坐ってください」

小松はぶら下げていた紙袋を持ち上げ、ソファを目で指した。赤い顔のまま、どうすべきか決められずにいる様子の木崎の前を横切り、自分が先にソファに腰を下ろした。

まだ坐ろうとはしない木崎を改めて見つめてから、紙袋をテーブルに置いて中身を抜き出す。木崎は普段とは違う小松の態度に警戒しているのか、怒りで紅潮《こうちょう》した顔にいくらか気色の悪そうな表情を浮かべていた。

「保管庫でこれを見つけました」

アルバムにあった写真だった。新庁舎――すなわち、今の弘前中央署庁舎が完成した時に、庁舎の前に職員が並んで写した物だ。新庁舎完成記念と大きく謳《うた》い、完成した年が入っていた。

「これが何だがわかりますね」

木崎は目をしょぼつかせた。

「今の庁舎が完成した時に写した記念写真でねが。そった物がどしたっていうんだば」

「あなたも写っている」

「そうだったがな。もう大昔の話だべ。用件ば言え。いぎなりそった物持ぢ出してきて、何が狙いだば?」

腹立たしげに装いながら、必死でこっちの出方を窺おうとしている。やはりこの写真の存在は忘れていたらしい。

「キングの事件の捜査資料がなぐなった時、私と風間は話し合い、誰かあの事件の詳細を掘り返されたくない警察関係者がそれを隠したのではねがと疑いました」

「――おめは、自分が捜査資料を紛失した怠慢を棚さ上げで、そったふうに考えでったんだが？」

「いいがら、黙って話ば聞げ」

木崎がぎょっとした様子で小松を見つめた。

内心、小松自身も驚いていた。まさか、自分がこんな言葉遣いをしようとは……。どうやら、目の前の男に対する怒りは、それと認識しているよりもずっと深く自分の躰に染《し》みついているらしい。相手が何か言い返す前にあとを続けた。

「それで、私たちは手分けし、当時の捜査本部に関係した人間を洗い出しました。その中で、現在、この弘前中央署さ勤務する人間はいねのがを確かめだ。人気のなくなった時を狙って、会計課の私の抽斗から捜査資料を盗めるとしたら、誰か署内の人間だと思ったからです。だが、残念ながら、それに該当する人間はいねがった。がっかりした私は、その時は保管庫で当時の人事表を探していたのですが、たまたま傍にあったこのアルバムの写真さ目をとめました。そして、何かがふっと気になった。見知った顔をそごさ見だような気がしたんです。だが、その日はちょうどその時、携帯さ電話が入り、その電話に気ば取られでそれ以上は注意を払うことはできなかった。ただ、新庁舎が完成し、この記念写真を撮ったのが、たまたまキングの事件があったのと同じ年であることには気づき、気にとめていました」

小松は写真を指差した。

「署長、あなたがこごさ写ってる」

木崎は近づいて来ようとはしなかった。

「そうだったのがな。私は確か、あの年には、十和田《とわだ》市さ勤務してらんだ。総務さいだんでねがったがな。その日は署長が新庁舎の記念式典さ呼ばれ、お供を申しつかって来ただげだ」

「そういった事情や、あなたがどごさ勤務してったのがといった話は結構です。それよりも、あなたの隣りさ並んで写っているのは誰がを答えてください」

木崎は眉間に皺を寄せた。近づいてきて、むかいのソファに腰を下ろす仕草は、渋々というよりもむしろ予期せぬ罠が待ってはいないかと恐れているように見えた。

小松は写真を反対にむけ、木崎の前に置いた。その顔から目を逸らさず、表情の変化を見逃すまいとしていた。

木崎の顔にぴりっと電流が走ったように見えた。そんな変化を押し隠すように、右手の人差し指でゆっくりと眼鏡を押し上げる。

「隣りさいるのは誰です?」小松はもう一度訊いてから、つけたした。「あなたの肩さ、親しげに右手を載せでいる」

木崎は不快そうに小松を見つめ返してきた。それから制服の前のボタンをひとつずつきちんととめ、それが終わるとまた小松を睨んで口を開けた。

「松橋さんだばって、それがどしたって言うんだば」

「松橋清吾さんですね」

「だはんで、そう言ってらべな」

「あなたと松橋清吾さんの関係を教えてください」

「関係って、おめさ。別段、何の関係もねよ。多くの警察官が、松橋さんを存じ上げでだ。んだべ？　最後は本部長にまでなった方だよ」

「したばて、キングの事件があったこの年には、あなたたちは既に親しい関係にあった。昔からのおつきあいだったんですね」

木崎は苦笑した。

「だはんで、その、関係だとかおつきあいっていった言い方は何だば。まったく大げさだな。そった妙な言い方はよさねが」

「ふたりの関係は？」

「別に特別な関係だのないよ」

「言いたぐねんだば、私が言います。あなたと松橋さんは高校が同じだ。松橋さんがあなたの七期先輩に当たり、しかも、ふたりとも同じ剣道部だった」

「――調べだんだが」

「ええ、調べました。おふたりの母校が同じとわがったので、あとは直接問い合わせれば簡単でした」

木崎の顳顬《こめかみ》に青筋が立った。

「そったごとを訊いでるんでね。なしてそんなことを調べだのがって言ってらんだ」

「それはもう話したはずです。誰が私の机の抽斗から、当時の捜査資料を盗んだのかを見つけ出すためだ」

木崎は右手の拳を応接テーブルに振り下ろした。

「小松君、言っていいことと悪いことがあるぞ。おめは、はっきりど俺《わ》を盗人《ぬすつと》呼ばわりするんだな」

すごい剣幕だ。いつもの自分ならばこれで完全に怖じ気づき、震え上がっていたにちがいない。だが、今は何とも思わなかった。何かを踏み越えてしまったのかもしれない。

小松は頷いた。「そうです。私はあなたを疑っている。今日、磯島良平のアリバイを証言した証人の家さ行って来ました。当人は亡《な》ぐなっていましたが、息子さんが話を聞かせてくれました。母親はもっと早くに名乗り出るつもりでいたのに、松橋清吾という刑事さ脅《おど》され、ながなが証言でぎねがったと。もしも彼女のアリバイ証言がきちんと取り上げられていたら、越沼雄一と田中繁夫による強引な取調ももっと早ぐのうぢに終わり、磯島良平は自殺をしねんで済んだがもしれね」

木崎は鼻でせせら笑った。

「莫迦莫迦しい。せばおめは、この私が、亡ぐなった松橋清吾さんの名誉ば守るために、二十六年前の捜査資料を盗んだって言うんだが？」

「それに、今は捜査をできるだけ早期に打ち切ろうとしている。マスコミに、越沼雄一、田中繁夫、松橋清吾の三人が二十六年前に行なった常軌《じょうき》を逸脱した捜査と、今度の事件とが関係していることがばれる前にです。ただし、それは松橋清吾本人のためなんがではね」

「――何だってよ？」

「あなたは死んだ先輩さ義理立てし、その先輩の名誉のために何かするような人ではねえ。もっとずっと現実的で世知辛い人間です。そうですね」

木崎は無視して何も答えなかった。ポケットから出したハンカチで額の汗を拭ったが、そうするのを小松が見ているのに気づくとすぐに仕舞い、苦々しそうに睨み返してきた。

小松は続けた。

「現在の県警本部長は、松橋さんが亡くなる前に可愛がっていだ男ですね。噂では、ノンキャリアのあなたが署長にまで上り詰めたのは、上どの太いパイプがあるからだと言われてます。そのラインの先には松橋さんがいだ。そして、あなたと松橋さんの間にいる何人かの人間たちは、たとえ松橋さんが亡ぐなったあどでも、彼のスキャンダルが表に出ることを決して好まない。あなたが捜査資料を盗んで隠したのは、そのためだ」

木崎は低く唸《うな》り声を漏らした。腕組みをして一旦目を閉じたが、まるでそうすることで溜め込んだかのような嫌な光が、瞼を持ち上げた眼には溢れていた。

「そごまでわがってらんだば、これ以上は何もでぎねってわがらねのな。これは、おめのような一介《いっかい》の警察官がしゃしゃり出て口出しでぎることではね」

「捜査資料を返してください」

「あれはおめの物ではねえ」

「だが、今は進行中の捜査のために私が使っていた物です。あなたが勝手に持ち出して隠し、どうこうできる物でね」

「警察さいられなぐしてやるぞ」

「警察を辞める覚悟はできている。だが、その時には、あなたも一緒にやめて貰う。この弘前中央署で、経理課係長として、あなただぢ幹部の命令でやってきたごとを何もかも洗いざらいマスコミに話します」

木崎は一瞬たじろいだ。

しかし、全力で闘うことにしたらしく、敵意を剝き出しにした顔で睨んできた。

「そった脅しだの効がねぞ。この件には、おめや俺《わ》よりも遥かに上の人間だぢも関係してらんだ。警察ば舐めるんでね。おめだぢみてなペイペイさは、警察組織の本当の恐ろしさはわがってね。マスコミさ名前ば出して正義の告発者さなるんだが。結構。したばて、そったごとをすれば、今後、おめが平穏に生ぎでいげる場所だの、この国のどごさもねぐなるよ」

小松は口を引き結び、じっと木崎の顔を凝視した。暴力団さながらの脅し文句だ。

そんな小松の態度を木崎は、怖じ気づいたものと誤解したらしい、滔々《とうとう》とさらに続けた。

「なあ、小松君。もう二十六年も前の出来事でねが。それに、あの事件の捜査資料がなくなったって、こうして無事に事件は解決しただろ。そんなに目くじらを立てるな。あの頃は、松橋さんだって若がった。血気《けっき》盛んな頃には、一度や二度の過《あやま》ちはある。優秀な刑事ほど、間違って突き進んでまるごとだってあるべな。それを、時間が経った今さなって、断罪するんた真似は誰さもできねべ。彼は我々ノンキャリアの希望の星だんだ。こったつまらね過去を掘り返したりしたら、おめはノンキャリの仲間だぢを敵さ回すごとさなるど」

その奥歯に物の挟まったような言葉の意味するところは、考えるまでもなかった。キャリア採用の警察官ばかりが席を占める上層部の中に喰い込んでいる僅かなノンキャリ警察官にとって、松橋は貴重な存在なのだ。本人が亡くなったあともなお、あたかも神棚に祭り上げるかのようにして、その団結が保たれている。ヒエラルキーの象徴と言い換えられるかもしれない。

「戯言《たわごと》は聞きたくない。それに、脅しは効ぎませんよ。彼は証人を脅しつけた。本来だばもっと早ぐに出でいたはずの証言を、自分たちの見込み捜査を押し進めたいが故《ゆえ》に出させねがった。何年経とうと、警察官として許される行為ではねえ」

「莫迦この。こたらに頭固《かで》え男だど思わねがったど」

小松がじっと見つめていると、木崎は腕組みをして顔を背けた。しばらくそうしたまま動かなかったが、やがて、うんざりした口調で訊いてきた。

「何望みだば？」

しかし、小松が口を開くよりも先に言葉を言い換えた。

「望みのポジションば言え」

それが小松の怒りの炎に油を注いだ。

「地位だのいらね。捜査資料ばすぐに出せじゃ」

「本当にそれだげでいんだな？　それ以外には何の望みもねんだが？」

疑ってかかるような目に虫酸《むしず》が走った。

「隠した捜査資料ば、早ぐ出せ」

「よがべ。渡してやるね。しかし、その前にひとつ約束せ。この捜査資料は、ここ数日、おめが紛失してだごとさしろ。それがら、ここさ書かれであるごとを、誰さも一切口外せばまいね（ならないぞ）」

――どこまで図々しい男だ。

黙りこくる小松の目を覗き込むようにして、木崎は応接テーブル越しに上半身を寄せてきた。

「小松君、どんだば。約束でぎるな？　おめは捜査してんだべ。莫迦正直に、すったごと言ってらんだば、やらせでやるね。だばて、警察のスキャンダルば表さ出すごとだけは決して許さね。おめは警察組織の人間だんだ。おめがこうして生ぎでこられだのは、この組織さ忠誠を誓ってきたはんでだ（きたからだ）。警察の恩ば忘れるんでね。警官でねぐなった人間が、その後どったにみじめなもんだが。俺《わ》はそういう落ちこぼれば何人も見できた。そうはなりたぐはねべ」

「もういいじゃ。そった話はどんでもいい。とにかぐ、あんたが盗んだ捜査資料ば出せ」

木崎はソファを立った。執務机にむかい、鍵の掛かった抽斗を開ける。

そんな木崎を見ながら、小松は猛烈な疲労を感じた。捜査員に手配し、風間太一の行方を捜して欲しいといった要望まで持ち出すつもりでいたのだが、気持ちは既に萎《な》えていた。こんな男を前にして、風間の兄の太一がホシかもしれないと説くのが、たまらなく億劫に思えてならなくなったのだ。その件を持ち出せば、また話が長くなる。そして、この男は間違いなくこう言い出すはずだ。捜査の陣頭指揮を執《と》ってきた人間の兄を、軽々しく手配することなどできるわけがあるまいと。

捜査資料の入った封筒を手に戻ってきた木崎は、それを応接テーブルに投げ出すように置いた。

「さあ、持ってげ。小松君、おめは転属だ。よぐ考えで、数日中に望みのポジション言ってけ。刑事さ戻りてんだば、それもよがべ。今までのおめの労さ報いて、私《わ》が尽力してやる。なあに、この十年の間のおめの功績さ対する、私《わ》なりの礼だね。出世コースさ乗せでやる。晋造さんのことも任せでおげ。悪い話でねがべ。おめが警察官として出世せば、県会議員でったおめのお父さんだって、きっと草葉の陰で喜ぶんでねな」

「なして父の話をここで出すんです」

木崎がぎょっとした顔で小松を見つめ返す。

「どしたんだば。そった怖い顔して。別に理由だのねよ。警察官として立派に務めおおせれば、周囲の人間が喜ぶって言ってらだげだ」

「署長、おらだぢがこっそりとしてきたのは、そったに立派な仕事だったんですが」

否定のつもりで言ったのに、木崎はそれを問いかけと取ったらしかった。

「必要なごとだんだよ。組織ばすみやかに運営していぐためには、必要なごとだ。キャリアの連中が腰掛けで仕事をし、ひとつの職場から次の職場へと快く転属を繰り返しながら出世していぐのは、我々のような人間だぢが手を汚して頑張ってらがらだ」

小松はテーブルの封筒を引き寄せ、手に持った。そのあとのことは、自分にも何が起こったのかわからなかった。ただ無意味に動き続ける目の前の男の口を、閉じさせてやりたいと思ったのは事実だ。

木崎が床に転がっていた。

愕然とした顔で床から小松を見上げていた木崎は、やがて大声で喚き立て始めた。

「正義の味方さでもなったつもりな？　笑わせるなじゃ。おめが十年やって来たごとを、忘れるごとだのできねぞ」

興奮で声が裏返りかけている。

「あなたもです、署長。一緒に警察ば辞めましょう」

小松は静かに告げた。

「小松君、おめは……」

もう何も答えなかった。この男とこれ以上話すことは何もない。小松は部屋のドアへと歩いて開けた。

一階に降りた。署員の誰かと顔を合わせるのが億劫で、正面玄関を避けて建物横の通用口を目指した。そちらには交通課と会計課があるだけで、ともに特殊な一時期を除けば、定時を過ぎたあとは職員は誰もいなくなる。廊下は既に暗かった。官公庁の省エネが言われるようになってからは、最後に帰る職員が必ず天井灯を消していく。

暗い廊下を抜けて通用口から表へ出るつもりでいたのに、気づくと会計課の部屋の戸口に立っていた。左手の人差し指を壁に這《は》わせ、もう見なくても位置がわかっている天井灯のスイッチを押し上げる。

見慣れた部屋が明るくなった。十年、勤めてきた職場だ。そう思うと、急に躰が重たくなり、小松は近くのデスクから椅子を引き出して坐った。木崎を殴ったことには何の後悔もなかった。むしろ、いつかはやりたいと思っていたことを実行したことに対する、ある種の高ぶりと満足感すら覚えていた。しかし、そういった気持ちとは裏腹に、自分でも摑み所のないどんよりとした哀しみが胸のどこかに巣くっていた。

警官になりたかったのだ。そして、なった。警察官として、長い歳月を生きてきた。父に対して、県会議員だった父を支援し、頼りにしていた人間たちに対して、さらには、零落《れいらく》した父を蔑んだ人間たちに対しても、きちんと見せてやりたかった。父の息子であることの自分が、警察官として社会の治安を守り、立派に多くの人々の役に立っていることを。

そうか、父の話を出されたから、自分の中で何かが切れ、木崎を殴りつけていたのだ。そう気づいたことは、小松に予期せぬ衝撃を与えた。自分は少しも成長していない。父の亡霊に取り憑《つ》かれ、父への愛情と憎悪の間を揺れ動き、雁字搦《がんじがら》めで生きてきた。そして、今なおそうして生きている。これが自分の人生なのか……。

幻想だ。この十年の警察官としての生活は、嘘とまやかしで塗り固められた幻想にすぎない。警官を辞めよう。辞表を書こう。もう何もかも終わりにするのだ。最後に、ガキの頃以来、二十四年ぶりに会った風間とふたり、デカの真似事ができてよかった。それをせめてもの花道と思い、警察官としての生活にピリオドを打とう。

自己憐憫《れんびん》に囚われるのが嫌で、小松は木崎から奪い返してきたキングの事件の捜査資料を袋から出した。机にむき直り、目の前に捜査資料を置く。そうしながら、自分に問いかけた。二十六年前の事件と今度の事件が何らかの形で結びついているのは間違いない。今度の事件の根っこにあるのは、被害者となった越沼雄一や田中繁夫たちが、二十六年前、磯島良平に対して強引極まりない見込み捜査を行なったことだ。しかし、それがなぜ犯行の動機になるのかがわからない。

いや、小松にとって何よりも答えを知りたいのは、なぜそれに絡んで小百合までもが殺されねばならなかったのかということなのだ。わからない。なぜ小百合は殺されねばならなかったのだ……。

ホシを風間太一だと仮定した時、二十六年も経った今になって、なぜ太一は小百合を殺さねばならなかったのだろうか。その点について、いくら考えようとも、どんな推論も浮かんでこない。

小百合は最後の電話で、防空壕跡に自分たち三人を閉じ込めたのは、キングではなく風間の兄の太一だったと思うと告げた。だが、そう考えた理由については言葉を濁して語らず、今度会った時に話したいと言っただけだった。

　そうか、もしかしたら小百合は、風間太一が父の死のショックで精神が混乱し、こっそりと黒石の井丸岡病院まで治療に通っていたことを知っていたのではないだろうか。そして、そんな状態の太一ならば、弟と弟の友人たちを防空壕跡に閉じ込めるようなことだってしかねないと考えた。彼女が電話では話せないと言ったのは、そういうことだったのかもしれない。

　しかし、たとえそうだとしても、なぜそれが小百合を殺す動機となったのだろうか。たとえ今現在、風間太一が精神的におかしくなっているとしても、そこにはやはり何らかの理由が存在するはずだ。これは無差別殺人ではない。たとえホシが精神を病んでいたとしても、その犯行にははっきりとした動機が存在するにちがいない。それがわからない。

　結局はまた行き止まりだ。同じ思考回路の中をぐるぐると回り、答えにはたどり着けないままで疲労ばかりが嵩《かさ》んでいく。捜査資料を頭から読み直してみよう。越沼雄一たちが磯島良平に対して行なった見込み捜査以外にも、何か今度の事件と結びつく別のことが隠されているかもしれない。

　自分にそう言い聞かせてページをめくろうとした小松は、最後の電話で小百合が口にした別の言葉を思い出して動きをとめた。

「あなたがそう思ってるのは、昔からわかってたわ」

自分たち三人を防空壕跡に閉じ込めたのはキングの仕業だと口にした小松に、小百合はそう応じたのだ。

ふっと思った。――もしかしたら俺は、問いかける方向を間違っていたのではないだろうか。

小百合がなぜあれを風間の兄の太一の仕業だと思ったのかと問うのではなく、その逆のことを、つまり、この自分はなぜ二十六年もの間ずっと、あれをキングの仕業だと信じ続けていたのかとこそ問うべきではなかったのか。

そうだ、なぜ気づかなかったのだ。あれが小百合が言うように、風間太一の仕業なのだとすれば、自分たち三人が防空壕跡の穴に閉じ込められたこととキングの事件とは、まったく無関係ということになる。それならば、あれを太一の仕業だと指摘したが故に小百合が殺されたのだとしても、そのこともまた二十六年前に起こったキングの事件とは何の関係もないことになりはしまいか。

しかし、そうは思えない。小百合は今、弘前の街で起こっている連続殺人に絡んで殺された。そして、この連続殺人は、二十六年前のキングの事件と結びついている。

だからこそ、こう問うべきだったのだ。小百合はなぜあれを太一の仕業だと思ったかではなく、なぜこの自分はあれをキングの仕業だと思い、二十六年もの間ずっとそれを疑いもしなかったのだろうか、と。この俺はいったい、あの時の出来事について、正確にどこまで憶えているのだろう。そもそもあの日、なぜ俺たち三人は、あんな防空壕跡の穴に入り込んだりしたのだろう……。

ふっとそう問いかけるとともに、背中がぞくっとした。

小松は思わず誰もいない会計課の部屋を見渡した。廊下を伝わって聞こえてくる遠くの足音に、我知らず耳をそばだてていた。

この感覚は何だ……。

「怖いよ、いっちゃん。怖いよ、ユリ」

風間の声が耳元でした。

恐怖。間違いない。大の大人の自分は今、年端《としは》もいかない子供のように何かを恐れたのだ。ポケットを探ると、この間、風間と小百合と飲んだ時に買ったたばこがまだそのまま入っていた。小松は一本を抜き出し、一緒に入れておいたマッチで火をつけた。煙を深く肺に落とし込んで、吐く。

勇気を奮《ふる》い起こし、再び自分に問いかけた。

──あの日、なぜ自分たち三人は、あの防空壕跡の穴に入り込んだりしたのだろうか。

あの防空壕跡の穴は、倒産し、夜逃げ同然にして無人になった造《つく》り酒屋の裏庭にあった。代々おかみに当たる女が実質的な権限を持ってきた蔵だったらしいが、もう高齢となった彼女の面倒を、長男家族はほとんど見ず、独《ひと》り者の次男に押しつけて任せていた。この次男が、おかみ名義の財産をすべて自分のものに書き換え、売掛金まで勝手に集金して回り、おかみが亡くなるとともに姿を晦《くら》ました。それであっけなく店が潰れたといった話を、後年になってから聞いたことがある。

かなり広大な敷地を持つ酒蔵だった。その裏手の丘の斜面に、戦時中に作った防空壕が残っていた。場所は風間の家のすぐ近所だった。確か、店の表はすっかり戸を閉め切り、誰かが入り込まないようにと板が打ちつけてあった。しかし、小松たちはどこかに子供が入れるほどの破れ目を見つけ、そこからまったく人気のない酒蔵の敷地の中へと潜り込んだのではなかったか。

それは朧気《おぼろげ》な記憶にしかすぎない。もしかしたら、あとになってからそう考えただけかもしれない。ただ、そんな潰れた酒蔵の敷地には、わざわざ潜り込むのでなければ入りはすまい。そこが自分たちの遊び場だった記憶などない。いや、それどころかあそこに入り込んだのは、あとにも先にもあれ一度だけだったはずだ。

あの日、わざわざそんなふうにして酒蔵の敷地に潜り込み、そこにある防空壕跡の穴に入り込んだのには、何かはっきりとした理由があったのではなかったろうか。

再び背中がざわつき、小松は息を呑んだ。手を見つめた。たばこを挟んだ右手の指が、微かに小刻みに震えている。この震えは何だ……。自分はいったい、何を思い出しかけているのか。いや、思い出すまいとしているのかもしれない。忘れていたんじゃない。もしかしたら、考えまいとしていたんじゃないのか……。

防空壕跡の穴。あの深い闇。三日に亘って閉じ込められたあの闇の中には、紛れもない死の恐怖が潜んでいた。父が死んでから、まだ一年しか経っていなかった。天井からぶら下がっていた父の姿は、少年だった自分の脳裏にはっきりと焼きついていた。そして、あの漆黒の闇の中で、幾度となく繰り返し蘇り、はっきりとした存在となって息づいていたのだ。だからこそ記憶を封印した。そうではないか……。

この自分の頭の中に何かが眠っている。もしかしたら、それこそが、この事件を解く大きな鍵なのではないのか。

まさか……、そんなことが……。

内ポケットに入れた携帯が鳴り、小松は物思いから解放された。

取り出してディスプレイを見ると、義父の晋造からだった。無視をしようかとも思ったが、一向に鳴りやもうとしなかった。一旦切れたが、すぐにまた鳴り始めた。

小松は嫌悪感を催《もよお》した。今は、義父のお喋りにつきあわされたくない。決して嫌いな人間ではないが、せめて今だけは……。

だが、ディスプレイを見つめるうちに、ふっと不吉《ふきつ》な予感に襲われた。理屈を超えた胸騒ぎというべきか。

通話ボタンを押して耳に当てた。

「いっちゃん。いっちゃんだな。妙子が大変だんだ」

晋造は、別人のように甲高い声で言った。

5

タクシーで病院へむかう間中、気分が虚ろだった。躰中に冷たい汗をかいており、心臓の鼓動も激しいままだった。手に力が入らない。足が地に着かない。事態が正確にわからなかった。何をどう考えればいいのかわからないのだ。なぜ、妻が自殺など……。

いや、わかっている。何もかもが自分のせいだ。俺が彼女を孤独にしてしまったせいだ。同じ家で育ち、所帯を持ち、ずっと同じ時間を生きてきた。それなのに、この何年もの間ずっと、自分は妻をひとりぼっちにし続けていたのだ。

車寄せでタクシーを飛び降りた。病院の表は既に閉まっており、エントランスの自動ドアのむこうで灯りを落としたロビーが、どんよりと濁った沼のような暗闇を湛えていた。

小松は建物の横手にある救急搬入口へと回った。入ってすぐの夜間受付にいた人間に小松妙子の名前を告げ、集中治療室の場所を訊き、廊下を奥にむかう。

自在扉で仕切られた先が集中治療室で、入ってすぐの長椅子に義父の晋造がひとりで坐っていた。

「妙子は？」

喉《のど》がからからに渇いてしまっていて、かすれ声しか出せなかった。

「今は眠ってる。大丈夫だよ。電話でも言ったべ。命さ別状はねんだ。俺が悪《わ》《わり》いんだ。裏のやっちゃんの店で喋ってるうぢに、いづしかすっかど長居をしてまって。戻ったっきゃ、浴室で手首ば切ってあった」

「妙子はどごです？」

「ああ、んだな。こぢだよ。こぢ。とにかぐ、一緒に来てけ」

晋造はそう言いながら椅子を立ち、廊下を横切った。正面のドアをそっと開ける。

六畳ほどの広さの部屋にベッドがひとつ置かれ、そこに妙子が横たわっていた。部屋とはいえ、簡単に壁で仕切られただけで、天井付近には隙間が空いていた。その隙間から、ナースセンターのものらしい話し声が漏れ聞こえる。しかし、妙子の周りは水の底のように静まり返っていた。

晋造だけがベッドサイドに近寄り、小松は戸口に取り残された。ベッドに横たわる妻の顔が死人のように青ざめて見え、足が前に出なかった。自宅の浴室で死んでいた小百合の姿が蘇り、ここでそんな連想をしたことへの自己嫌悪に襲われる。

晋造がこちらを振りむき、ベッドサイドの丸椅子を手の先で示し、ここに来て坐れと促した。部屋にある椅子はそれだけだった。

小松は床から足を引き剝がすようにして、一歩一歩ゆっくりと近づいた。椅子に力なく坐り、顔を妙子に近づける。

薄く唇を開き、浅い呼吸を繰り返す妻の顔を見つめるうちに、いつしかその低い呼吸の音に耳を澄ましていた。何かアクシデントでも起こったのか、ナースセンターの喧噪《けんそう》は収まらない。しかし、小松のすぐ傍には、規則正しい妻の呼吸の音だけがあった。これでいい。ふと、そう思う。手を差し伸べ、布団を下から押し上げている細い肩に触れた。

照度の落とされた光の中で、妻の額にまとわりつく一本の白髪《しらが》を見つけた。家では気にしたことなどなかったのに、まだ三十代の妙子の頭には、ぽつんぽつんと何本か白髪があった。その白髪を見つめているうちに、堪らない愛《いと》おしさと哀しみに包まれた。

同じ子供時代を過ごし、同じ時に思春期を迎え、成人し、寄り添い、生きてきた。目の前にいるのは、そんな女だ。父を亡くして晋造夫婦に引き取られ、不安に打ち震え、なかなか新しい生活に慣れることができない自分を庇ってくれたのは、彼女なのだ。両親も兄弟もいない小松の家族になってくれた女。そんな彼女に、今まで自分は、どんな恩返しをしてきただろう。ちゃんと慈《いつく》しんできたのだろうか。

「ちょっと話あるんだ。むこうで話さねが？」

晋造が肩をつつき、小声で告げた。

小松は頷き、腰を上げた。部屋を出、さっき晋造が坐っていた長椅子にふたりで並んで坐る。

「医者の話だば、妙子は本当に死ぬ気はねがったんでねがっていうごとだ。傷がら、そう判断したみてだ。俺《わ》もそう思う。こう見えでも、親だがら、俺《わ》なりにあれのごとはわがってるつもりだ。だはんで、そう思う」

「狂言自殺、ということですが？」

小松がそう漏らすと、晋造は上半身を捻り、真っ直ぐにこちらを見つめてきた。

「そいは違う、いっちゃん。違うよ」

強い口調だった。

息苦しさを覚えて言葉を呑み込んだ小松の前で、晋造は苦しげに顔を歪めた。

「医者や警察は、そった言葉を使うのがもわがね。だども、それは違う。狂言づのは、嘘つぐってごとだべ。あれは、自分の命ばダシにして、そったごとのできる子でね。発作的に切ってまったんだ。きっと、そういうごとだよ。したけど、生ぎる意志があったはんで、死なねがった。そういうごとだんだ。わがってやってけ」

「――――」

「あれは、自分の気持ぢば表さ出すのが苦手などこがある。それはお袋似だ。嫌なごとだの辛《つら》いごとがあっても、静がに笑ってる。しかし、きっと、苦しくてならながったんだ」

目を上げられなかった。

小松は両手に力を込めた。その通りだ。子供を死産し、それ以降子供ができない躰になった時だって、妙子は必死で明るく振る舞おうとしていた。小松と小百合の関係を薄々察しても、それを胸の内に秘め、自分からは何ひとつ告げようとはしないままで生きてきた。

「だはんで、いっちゃん、あれが目覚めでも、責めねんでけろ」

「責めるだなんて、とんでもね……。何もかも、俺《わ》のほうが悪いんです」

苦しさが増す。

「なあに、浮気のひとつやふたつ、何でもねえさ。いっちゃんも、妙子も、忘れでまる（忘れてしまう）ごとだ。そいで、夫婦ふたりで寄り添っていぐのさ。んだ、そいが一番だ」

しかし、義父がそう言うのを聞くに及び、心をざらざらの手で逆撫《さかな》でされたような気がしてならなかった。

晋造には小松の変化に気づいた様子はなく、ひとりで喋り続けた。

「死んだ母さんが、昔、やっぱり俺の浮気がばれで怒ったごとあってよ。俺《わ》の場合は、いっちゃんみたぐいい男でねはんで、新鍛冶町のそったんた類の店さ入り浸《びた》ってるのがばれただだげだけどな。なあに、とにかぐ、浮気づのは大したごとでね。両手ついで謝ってまれば、そいで終わりだ。夫婦ふたりで寄り添ってれば、どったごとだって大した出来事でねえね」

小松は俯き、自分の掌を見つめて思った。この人のこういうところが好きになれない。心に土足で踏み込まれ、自分が大切にしたい心の領域を、無神経に踏み荒らされているように思えてならないのだ。いつでもそうだった。

この人にいったい何がわかる。自分と小百合の間にあった気持ちなど、何もわかるわけがないのに、なぜこんな話を滔々《とうとう》と続けるのか。どうしてすべてを、「浮気」などという安っぽい言葉の中に押し込めてしまおうとするのだ。

だが、俯くことで晋造と目が合わないようにしていた小松は、義父が途中から鼻声になったことに気づいてはっと顔を上げた。

晋造は慌てて顔を背け、手の甲でしきりと両目を拭った。

「お義父さん……」

「なあに、年寄りは涙もろくてまねな（いかんな）。泣ぐんたごとでねな。妙子はああして助かっただはんで。そいだのに、なして涙出るんだべ、どうも解《げ》せねな――」

作り笑いを浮かべてはいるが、鼻水が一筋、鼻先から下顎へと垂れている。

「何が飲み物ば買って来ましょう。俺《わ》も喉渇いでまって……」

居たたまれなくなって小松は言った。

晋造がそれを押し留《とど》めるようにして立った。

「そいは俺《わ》が行くじゃ。おめは、妙子さついでやってけ」

逃げるようにして出口へと急いだが、自在扉に手をかけたところでこちらを振り返った。

「いっちゃん、いづまでも妙子どふたりで、仲良ぐ暮らしてけ。俺《わ》の望みは、そいだげだ。もう、俺《わ》は二度といっちゃんさ迷惑ばかげねよ。俺《わ》がいねほうがいいんだば、どっかさ離れで暮らす。だはんで、妙子のごとだげは、くれぐれも頼む」

一緒に紙コップのコーヒーを飲み終えるとすぐ、晋造は戸締まりを忘れていなかったか気になるし、着替えも必要かもしれないから取ってくると言って出て行った。この病院から家まで、タクシーでならば五分とかからない距離だった。

集中治療室に戻ってベッドサイドの丸椅子に腰を下ろすと、眠っているとばかり思っていた妙子は、小松がそうするのを待っていたかのようにすっと目を開けた。

「眠ってねがったのが？」

尋ねると、妙子は微かに笑った。

「眠ってだわ。でも、あなたが傍さいるような気がして、目が覚めだの。来てくれだのね。ごめんなさい。仕事中だのに」

「あたりまえでねえか。何を莫迦だごと言ってらんだ。仕事だっきゃ、どんでもいい」

「でも、あなたせっかぐ、刑事課の仕事さ戻れだのに」

「戻れだわげでねって言ったべな。ただ、手伝ってただけだけれど、そいももう終わった。でも、そったことだのどうでもいいべな」

妙子は小松の答えを聞き、眉間に浅く皺を寄せた。

「――どういうごとだの、それ」

「だがら、それはもうどうでもいいごとだって言ってらべ。そった話よりも、許してくれ、タエ。俺《わ》のせいで」

「待って、一郎さん。小百合さんを殺した犯人を、あなたは自分の手で捕まえるつもりだんでしょ」

「だがら、そった話はどんでもいいと言ってらんでねが」

小松は一瞬声を荒らげかけ、唇を固く引き結んだ。せっかく妙子が目覚めたというのに、なぜこんな話になってしまうのだ。あたかも言い争いをするかのように……。

布団の裾が動くのに気づき、手を伸ばした。

妙子は小松の手を握った。

「お父さんは……？」

「おめの着替えば取りに帰った。それに、戸締まりも忘れでながったが気になるって言ってさ。すぐに戻ってくるよ」

妙子は手に力を込めた。

「ごめんなさい、私ったら……。こんなことするつもりだのながったの……。それだのに、気がついたら、私……」

「謝らねんでけ。俺《わ》が悪いんだ……おめでねよ。おめは何も、謝ることだのねんだ……」

「でも、一郎さん、私……」

「とにかぐ今夜はゆっくり休めばいい。俺《わ》が傍さいる」

「ねえ、私ね」

妙子はそう言ってから、何かを考え込むように口を閉じ、しばらく続きを言おうとはしなかった。

「私、あの頃のあなたの夢を見ていたの」

「あの頃って、いづ——？」

「子供の頃、あなたがうぢに来た頃の夢よ。スポーツ刈りの、ちっちゃな少年。憶えでねがしら、うぢに来た時はまだ、私のほうがあなたよりも背が高かったのよ」

「そうだったかな」と、小松は答えた。

「ええ、そう。あなたの背が私よりも大きくなったのは、あなたがうぢに来て一年経ってから。あのキングの事件で風間君のお父さんが殺され、あなたたちが防空壕跡へ閉じ込められた年よ」

「妙子。——その話は、よさねが」

「でも、小百合さんは、何か二十六年前のあの事件に関係して、殺されだんでねの。今この町で起こってる連続殺人の犯人は、まだ完全には捕まっていないんでしょ。新聞やテレビが言うように、今度の事件とあの時の事件は、何か関係しているんでしょ。だから、小百合さんが、あったふうに殺されでしまったんでしょ」

何かに取り憑かれたように言い募る妻を、小松は手もなく見つめているしかなかった。いったいどうしたというのだろう……。妙子の中で何が起こっているのか、何をどんなふうに考えていたから、こうして目覚めてすぐにこんな話を始めたのか、どうにも見当がつかなかった。

「お願い、一郎さん。いったい誰がなぜ小百合さんを殺したのか、あなたが解き明かして。そして、あなたが自分の手で犯人を逮捕して。そうしないと、小百合さんは浮かばれないわ」

「タエ、俺《わ》はデカでねんだぞ。そったごとをする力だのねんだ。風間は東京さ帰るごとさなった。今は彼女の話はよさねが」

「私もやっぱり、あなたたちと一緒に、あの穴に閉じ込められていればよかった」

「またそった莫迦なごとを……。なしていづまでもそったごとば言うんだ……」

「だって、そうしたら、もっとあなたただぢのごとがわがったと思うがら」

「タエ、頼むがら、やめでけろ」

だが、妙子は熱に浮かされたような目で小松を見、やめようとはしなかった。

「私、はっきりと憶えてるの。あなたが私よりも背が高くなったことに気づいたのは、あの日だったって。三日間も行方がわからなかったあなたたちが救い出されて、両親に連れられてあなたたちを病院へお見舞いに行った。あなたと風間君と小百合さんの三人は、憔悴《しょうすい》しきって、でも、仲よく同じ病室さ横たわっていたわ。私、どうしていいがわがらなくて、父の後ろに隠れてあなたたちを見ていた。あなたたち三人と私の間には、何か目には見えない溝があるような気がしてならなかった。だから、私、莫迦だから、私も不幸になりたいと思ったの」

「タエ――」

「だって、私にはちゃんとした父と母がいた。私だけが幸せな家庭に育っている。そう思うと、堪らなくなってしまったの。もしも私が不幸だば、あなたたち三人と同じ世界にいられるのにって」

「いくらおめでも、そった言い方はしないでけねが。風間や小百合が育った家庭環境について、おめさ何がわかるって言うんだ」

そう口にしてしまってから、すぐに悔やんだ。妙子が一瞬、熱い物にでも触れたように息をとめたことに気づいていた。

「わんわん泣ぎながら、おめは寺の山門まで俺《わ》を迎えに出できてけだんだ（くれたんだ）」

「憶えでいでくれだの——」

「忘れるはずがねべ」

嘘だった。ずっと忘れていた光景を、こうして妻と話すうちに思い出したのだ。

ショックだった。そうだ、確かにそんなことがあったのだ。病院を退院して寺に帰った時、妙子は車の音を聞いて山門まで駆け出してきて、車を降りたばかりの小松の胸に飛び込んできた。大声で泣きじゃくる彼女にすまなくて、小松はただ詫び続けるしかできなかった。詫び続けるうちに、なんだか堪らなく悲しくなり、いつしか妙子と一緒に大声を上げて泣き始めていた。

そう、そんなことがあったのだ。その記憶ははっきりと自分の胸に留まり続け、今、目を閉じれば、あの時の自分たちの姿がはっきりと瞼に浮かぶ。それなのに、なぜこんなにも長い間、思い出そうとはしなかったのだろう。なぜ自分は、いつでも自分を支え続けてきてくれた妙子との思い出を、こんなにも無造作に遠くへ押しやり続けていたのだろうか。

妙子は視線を天井へと移し、もっとずっと遠くを見やるように目を細めた。

「その時よ、あなたが私よりも背が高くなっていることにはっきりと気づいたのは。本当は少しずつ背が近づいて、そして、あなたが私を追い越したに決まってるのだけれど、でも、記憶の中では何か、突然にあなたが私よりもずっと大きくなったような気がしてるの。そして、それがなぜだか、あの日だったような気がしてる。だって、あなた、あの日私を自分の胸に抱き締めだのよ。あなたの胸の中に顔を埋《うず》めて、ほんの十二歳だった私は思ったの。いつか将来、自分はこの人のお嫁さんになるんだって。そうしたら、もう二度とふたりが離ればなれになるごとはねんだって。もしもあなたがまた真っ暗な穴の中さ閉じ込められるごとがあるどしたら、その時は、この私も一緒にいようって」

「タエ……」

「一郎さん、ひとつだげ教えで欲しいの。あなた、私と暮らしてきて、幸せだった？」

「――何を言うんだ」

「お願い、ちゃんと答えで。幸せだった？　あなた、ただ、私の両親と私に気兼ねをして、それで私と暮らしてきたのではないの？」

「莫迦な……。もぢろん幸せだったよ」

「ほんとに？」

「本当だって」

妙子は細く長く息を吐いた。

「それさえ聞げれば、いいの。ごめんなさい、私、こしたみっともない真似をしてしまって。一郎さん、どごさも行がないで。ずっとふたりで、生きていきたいの」

「俺《わ》は警察を辞めると思う」

妙子がこんな状態の時じゃなく、いつか時期を見て話すつもりだったにもかかわらず、ふっとそんな言葉が口を突いて出た。

「なして……。どうして?」

そう訊き返した妙子は、はっと両目を見開いたのち、苦痛に顔を歪めた。

「父が原因だの?」

「違う」小松は激しく首を振った。「お義父さんは関係ない。俺《わ》の問題だ。本当はもうずっと昔に、自分の警察官としての人生は終わっていたんだ。それを認められずに暮らしてきただげだ」

「――それはいったい、どういう意味?」

「今度また、ゆっくり話すよ。今は休んだほうがいい。な、んだべ?」

そう言葉を濁すと、妙子は言問《ことと》いたげな顔をしたが、そのうちにクスッと笑いを漏らした。

「子供の頃、丸刈りだったあなたを憶えてる。あなた、頭の格好が悪いのよ」

何を言い出すのかわかるまでに、いくらか時間が必要だった。

「頭の格好の悪いお坊さんさなるんだべね」

小松は口を開きかけ、閉じた。妙子はどこか夢見るような顔をしていた。

そうか。彼女にとっては、自分が警官を辞めるということは即、寺を継ぐということを意味しているのだ。それも悪くないのかもしれない、と思ってみた。晋造は引退し、自分が坊主として寺を継ぎ、妙子とふたりで寄り添って生きていく。

人の気配に気づいて振り返ると、戸口に晋造が立っていた。

「医者さ確かめだら、傷の手当ては終えたので、入院の必要はねえそうだ。いづでも帰っていいと言われだが、どすばね」

小松と妙子のふたりを交互に見ながら、言った。

自宅に一旦帰ったわけではなかったのだ。それならばもっと早くここに戻れたはずだが、娘夫婦をふたりきりにするつもりで、どこかで時間を潰していたのかもしれない。

小松が妻に視線を移すと、彼女はほとんど躊躇いなく頷いた。

「うちさ帰りたい。ごめんなさい、お父さん。もう、絶対に二度とこんなことをしないから」

晋造は、詫びる娘を前にして、いかにも居心地《いごこち》が悪そうだった。

「せば、俺《わ》は支払いを済ませでくるはんで。いっちゃんど一緒に、通用口のほうさ来てけ」

早口に告げ、逃げるように姿を消した。

小松は妻を助け起こした。

左手首が現われて、そこに巻かれた白い包帯が目を惹き、痛々しかった。

「なあ、タエ。俺《わ》はどうして防空壕跡の穴さ行ったんだべ？」

それは何の気なしに口を突いた問いだった。どうして妙子は一緒に来なかったのかと、ふと訝《いぶか》ったのだ。その裏には、彼女の妄想を打ち消したいという思いもあったのかもしれない。妙子だけが幸せに暮らしていたから、あの防空壕跡の穴に一緒に入らなかったなどというのは、あとになってからくっつけた理屈だ。ただ、たまたま一緒にいなかっただけにすぎない。

しかし、妙子は、小松のそんな思いを呆気《あつけ》なく否定するような答えを口にした。

「それは、風間君があなたを呼びに来たがらよ」

「風間がひとりで……？」

「そう」

「はっきりとそう憶えでるのが？」

「憶えているわ。あなたたち、ふたりで出て行ったの。私が一緒に行きたがったら、ふたりして怖い顔をして睨みつけて、駄目だって言った。どうしても、自分たちふたりだけで行くんだって。それなのに、穴で見つかった時には三人だった。どうしてなのって、私、思ったから、だからはっきりと憶えてる」

「――――」

弘前の短い夏。

寺の山門を入ってきた風間の姿が、小松の脳裏にはっきりと蘇った。半ズボン。古びた野球帽。汗まみれのTシャツを着て、しきりと顔を流れる汗を腕で拭いながら、あいつは照れ臭そうに微笑んだ。

だが、その目の奥には何か必死な光があったことを、小松は見逃しはしなかった。だから、自分も行きたいと言った妙子を、風間と一緒になって睨みつけて拒んだのだ。風間は小松にだけ望んでいた。一緒に行くことを、必死の目で望んでいた。そうだ、なぜ忘れていたのだろう。あの日、風間はひとりでこの俺を呼びに来たのだ。

怖い……。ついて行っては駄目だ。あたかも少年だった自分が目の前にいるかのような錯覚を覚え、小松は胸の中でそう叫んだ。

親友同士のふたりだった。だが、ついて行っては駄目だ。あの日、風間について行ったことが、それからのふたりの人生を大きく決定づけたのではなかったか……。

ナースセンターで晋造から声をかけられたのか、看護師がひとり姿を現わし、部屋の隅にあった靴を妙子の足下に置いてくれた。小松は看護師に礼を言い、妻を支えて部屋を出た。晋造が待つ救急搬入口となった通用口を目指し、薄暗く人気《ひとけ》のない廊下を歩く。

「あ」

その途中で、思わず小さく声を漏らした。思い出したのだ。二十六年前の情景じゃない。つい何時間か前に目にした情景だ。

間違いない。ホテルの風間の部屋で見たのだ。被害者たちの無数の死体の写真とともに、あの防空壕跡の写真が何枚か、ベッドの周辺に貼ってあった。

なぜだ。三日前の夜、部屋を訪ねた時には、そんな写真などなかった。それから数時間前までの間のどこかで、風間はあの防空壕跡へと足を運んでいる。そして、そこで写した写真を、現在起こっている連続猟奇殺人の被害者たちの写真とともに並べて貼った。――なぜなのだ。

小松は立ち止まった。胸の底から不気味な塊《かたまり》が湧き上がってくるのを感じる。悲鳴を上げそうになった。たった今気づいたのだ。なぜ自分が、二十六年もの間ずっと、自分たち三人をあの暗い穴の中へと閉じ込めたのをキングの仕業だとばかり思い続けていたのかを……。

それは穴から救い出されたあと、周囲の大人たちが口々に、あれをキングの仕業だと噂していたせいなどじゃない。自分が強固にそう信じ込んでいたのには、もっとはっきりとした理由がある。

だが、まさか、そんなことが……。これは、自分が頭ででっち上げた記憶だろうか……。いや、たとえ本当の記憶だとしても、十二歳の少年だった風間が、ただ戯《たわむ》れで口にしただけで、大した意味などなかったはずだ。

――そうでなければ、どういうことなのかわからない。

「キングさ会わせでやる」

あの日、寺にやって来た風間は、秘密めかした口ぶりでそっとそう告げ、小松をあの防空壕跡の穴へと誘ったのだ。

6

タクシーを飛ばした。急に捜査に戻る必要が生じたと口にする小松を、妙子も晋造もとめようとはしなかった。あとのことは心配いらない。妙子のことは自分に任《まか》せてくれと応《こた》える晋造の横から、妙子は黙ってじっとこっちを見ていた。

街の中心部を除けば、弘前の夜《の》はどこも静かで、暗い。ヘッドライトに照らされた道が、するすると車の下へと呑み込まれていく。小松は唇を引き結び、それをじっと睨《にら》みつけていた。カーラジオのディスクジョッキーが垂れ流す陽気なお喋《しゃべ》りを聞くでもなく聞き、暗闇を照らすヘッドライトを睨んでいるうちに、自分が時間を遡《さかのぼ》っていくような奇妙な感覚に時折見舞われた。

しかし、ある意味では感傷的ともいえるそんな感覚よりもずっと切実なのは、胸の奥から湧き上がって消えようとはしない声だった。

——行くな。行くべきではない。

小松には、少年の日の自分が、今、この胸の中で蘇《よみがえ》り、必死になってそんな声を上げているような気がしてならなかった。行けば、恐ろしいことが起こる。あの日と同じように、恐ろしいことが待っている……。

だが、もう自分をとめられないこともわかっていた。あの場所に答えがある。この数日、弘前の街を恐怖のどん底に叩き込んできた連続猟奇殺人と、二十六年前のキングの事件を結ぶ答えだけじゃない。昔、自分が記憶の彼方《かなた》へと追いやった何かが、今もあそこでこの自分を待っている。

造り酒屋の建物は、いきなり小松の目の前に現われた。

驚くべきことに、その佇《たたず》まいは、二十六年前と何一つ変わっていないように見えた。弘前の伝統的な日本家屋だ。張り出し屋根が、店の玄関口に大きく突き出し、玄関口自体は逆に少し後ろに引っ込んでいる。雪よけのためだ。店舗の左右には道に沿《そ》って、高い板塀が延びている。

小松が暮らす寺町《てらまち》からここまで、大人の足ならば二十分まではかからない距離だろう。だが、この二十六年の間、小松はただの一度としてここを訪れたことはなかった。車で前を通ったことすらない。駅や繁華街とは逆の方向なので、幸い通る用事がなかったのだが、それだけではなく、はっきりと来るのを避けていたのだ。小松だけじゃない。今まで、晋造や妙子が運転する車に乗った時にも、この道は決して通らなかった。それはあのふたりも口には出さないだけで、この自分にここを見せるのを避けていたからにちがいない。

「ここでいいんですよね」

運転手に声をかけられ、どきっとした。

「そうです。ここです」

小松はそう応じながら料金表示を読み、財布を抜き出した。

「すぐに用事が終わるんだば、待ってますが、どうします?」

小銭を漁《あさ》るのが億劫《おっくう》で、紙幣で支払いをしたところ、運転手は釣りを数えながらそう訊《き》いた。潰《つぶ》れた酒蔵の前でとめてくれと言われたのを、幾分《いくぶん》奇異に思っているのだろう。

「いや、大丈夫だ。必要な時には携帯で呼ぶし、流しの車が捕まえられそうな近くの幹線道路もわかっている」

釣りを受け取り、車を降りた。

タクシーが走り去るとともに、明るい月の光が射《さ》していることに気がついた。造り酒屋の建物を煌々《こうこう》と照らしている。夜道に、人影はひとつもなかった。通行車も途絶《とだ》えている。息を吸い込み、吐いた。

潰れた店の表に近づいた。ぐずぐずしていると、戸惑《とまど》いが大きくなるとわかっていた。

広い間口の左右の格子《こうし》の奥にも、真ん中の二間ほどの玄関口にも、重たそうな板戸が閉まり、ともに平板で頑丈《がんじょう》に打ちつけられていた。二階建てだ。二階部分よりも大きな屋根のほうが目立つ。見上げた小松は、看板にある名前が記憶の酒蔵のものとは違っていることに気づき、思い出した。

そうだった。あの蔵元が潰れたあと、別の誰かがここを買い取り、新しい酒蔵を始めたのだ。かつての杜氏《とうじ》の何人かをそのまま雇《やと》い、新たな販売ルートを開拓し、日本酒の分野のヴェンチャービジネスといった取り上げられ方で話題になった。だが、日本酒の需要が落ち、長引く不景気の中で、結局はその酒蔵も店を閉じた。確か、風の噂《うわさ》でそんなことを聞いた憶《おぼ》えがある。

いくらか緊張が緩《ゆる》むのを感じた。時間は凍結などしていない。この建物の奥に少年時代の自分や風間がいるなど、それこそ子供じみた恐れにすぎない。そうだ、もうひとつ思い出した。あの防空壕跡は、崩れるのを恐れた付近の住民たちの要請を受け、埋められてコンクリートで固められたのだ。もうあの闇など残っていはしない。

小松は改めて左右を見渡した。あの日、自分と風間のふたりは、どこからこの中へと忍び込んだのだろう。いや、どこか途中で小百合も加わっていて、忍び込む時からもう三人だったような気がする。

とりあえず板塀に沿って歩いてみることにした時、何かが気になった。小松は足をとめ、店の玄関口の板戸を見つめた。大きな板戸の右端に、潜《くぐ》り戸がある。そこも他と同じく平板で打ちつけられていた。

歩み寄り、潜り戸をとめた平板に手をかけた。指先に力を込めて引っ張ってみると、釘が僅《わず》かに緩んで板が動きそうな気がした。

小松はできるだけ指を入れやすそうな隙間《すきま》を見つけ、両手で力一杯引っ張った。何度か揺すっているうちにぐらぐらになって、外れた。

それとともに、潜り戸が内側にむけて動いた。錆《さ》びついた蝶番《ちょうつがい》がぎいと鳴る。昼の隙間から息を吐き落とした。右手を伸ばし、ゆっくりと押すと、戸はそのままむこう側に開いた。小松はゆっくりと息を吸い、吐いた。

思い切って中に足を踏み入れるとともに、息が喉元《のどもと》で立ち往生する。建物の中に屯《たむろ》した濃い闇に、一呑みにされてしまっていた。

しばらく目を凝《こ》らしていたが、一向に中の様子はわからない。どこも雨戸が完全に閉まっているせいで、月明かりは締め出され、鼻先すらちゃんと見えないほどなのだ。

振り返り、潜り戸の内側の閂《かんぬき》が開いているのを確かめる。思った通りだ。表の平板を外した瞬間に、潜り戸が内側にむけて動いたのは、中の閂が外れていたからだ。しかも、平板の釘は、隙間に指を突っ込んで抜けるぐらいに緩んでいた。

誰かが最近、平板と閂の双方を外した。その何者かは、内側の閂はそのままに、表の平板のみ一応は元通りにしてここを去った。おそらくは、そういうことだ。

それが何を意味するのか……。

その先は、今ここで考えたところでしょうがない。覚悟を決めろ。この足を前に進め、自分のこの目で確かめるのだ。

マッチを擦《す》った。

ほんの短い間、僅かに闇が追い払われただけで、小さな炎が消えたあとの闇のほうが一層深く感じられた。建物の中の様子は相変わらずわからず、闇の中から誰かがじっとこっちを凝視しているような気がする。

それでもそんなふうにして何歩か奥へと進んだ時、背後でけたたましい音がして、小松は背中をどやしつけられたような気がした。

振り返ると、潜り戸が揺れていた。風の悪戯《いたずら》だ。

心臓の鼓動が収《おさ》まらない自分に舌打ちした。小心者め。

肝《きも》の細さに胸の中で悪態をつきつつ、前へと進む。

なるべく近くの雨戸に、できるだけ早くたどり着き、家の庭へと出たかった。懐中電灯もなく、漆黒《しっこく》の闇の中をこのまま進むことは、到底無理だ。だが、庭に出れば再び月明かりがある。

土間から数十センチの段差を上がる。かつては帳場であったろう板の間を横切り、右側の壁に寄り、そこからは壁に沿って奥にむかった。

新たに擦ったマッチの炎が、少し先で反射する。ガラスだ。純和風の造りの店舗に、アルミサッシの引き戸が嵌《はま》っており、そのガラスに炎が映ったのだ。

小松は引き戸の一番端に近づいた。鍵を外して開ける。だが、そのむこうの雨戸が開かなかった。屈《かが》み込んで閂を外したが、すぐ隣りが戸袋だというのに、そちらへ滑《すべ》らすことができなかった。ここも表から打ちつけてあるのかもしれない。

蹴《け》りつけた。一度また一度と蹴りつける毎《ごと》に遠慮が減り、最後は渾身《こんしん》の力で蹴ると雨戸がむこう側へと外れた。前につんのめりかけた小松はかろうじて踏み留まり、柱に摑《つか》まって庭へと降りた。

右側は塀で、むかい側にはやはり二階建ての別棟がある。ここは中庭に当たる。すっかり寂《さび》れ、地面のコンクリートは細かいひび割れをいくつも走らせていた。だが、確かに見覚えがある。左には、月の光を浴びて、あの小高い丘が見えた。あの丘の麓《ふもと》に、防空壕跡の穴があったのだ。

誰かに肩を叩かれて振りむき、目が眩《くら》んだ。眩《まぶ》しい夏の陽射《ひざ》しが降っている。光を全身に浴びて、少年がふたりと少女がひとり立ち、じっとこっちを見上げていた。風間と小百合と、そして、この自分だ……。

小松の喉を、低い呻《うめ》き声が突き上げた。彼らの視線の先から飛び退《の》き、中庭の隅に蹲《うずくま》って頭を抱《かか》えた。心臓が喉から飛び出しそうな勢いで打っている。全身がびっしょりと汗ばんで、背中全体に小刻みな震えが走ってとまらなかった。

やっとの思いで顔を上げると、元の月明かりが射す庭に戻っていた。確かフラッシュバックと呼ぶ現象だ。強烈な心的ショックを受けた場合、それが強烈な現実感を伴《ともな》って蘇ることがある。だが、ただ聞きかじっただけのそんな心理学的な説明では、たった今自分を襲ったこの恐怖は、到底解き明かせはしなかった。

この庭に、自分と風間と小百合の三人は、ああして一緒にやって来たのだ。潰れた酒蔵にどこからか潜り込み、あの防空壕跡の穴を目指した。そして、その先でいったい何があったのだ。

耳が何かを捉《とら》え、物思いが中断された。ただの空耳か……。最初はそう思ったが、すぐに違うと確信した。何か動物の唸《うな》り声か。違う。誰かが、どこかで呻いている。

小松は辺《あた》りを見回した。両耳の後ろに掌《てのひら》を添《そ》わせて耳に神経を集める。やがて方向を見定めた。蔵のほうだ。

店舗として使われていた建物の奥に蔵がある。思い出した。その隣りが、冬の間だけ杜氏の男たちが寝泊まりをした建物で、そこから先は、特に何の手が加えられることもなく、自然に裏の丘の斜面へと繋《つな》がっていた。

小松は中庭を横切り、月明かりを浴びて漆喰《しっくい》塗りの壁が青白く光る蔵へと近づいた。厚い木の扉に耳を押し当てる。確かにここだ。呻き声だけじゃない。誰かがどこかを叩くか蹴るかして音を立てている。

扉から顔を離して力を込めると、鍵が掛かってはおらず、少しずつ横に滑っていく。月の光で、蔵の内部が明るくなる。

真ん中の通路の両側に、巨大な樽が一列ずつ、奥にむかっていくつも並んでいた。おそらく米を発酵させて酒にするための樽だろう。樽同士を行き来できるよう、樽の縁《ふち》の高さに合わせ、木材で櫓《やぐら》が組んである。

入り口の扉を開けるとともに、呻き声はやみ、蔵には静寂が降りていた。月明かりの届かない隅や奥のほうには色濃く闇が屯している。

「誰だ？　誰がいるのが？　警察だ。いるんだば、すぐに出できなさい」

小松は大声を上げた。

それから、すぐに猛烈な不安に襲われた。自分のあまりの愚かさに、腹立たしささえ覚えていた。もしかしたらここに、連続猟奇殺人のホシが隠れているかもしれないではないか。そういった危険な場所に、たったひとりで、何の武器も持たずにこうしてやって来てしまうなんて……。そう思うと、今にもあの闇のどこからか、誰かが飛び出してきそうな気がした。

過去の秘密が隠されている。過去の謎を解く鍵がここに眠っている。そんな気持ちに急《せ》き立てられて、病院からタクシーを飛ばしてきたが、それは刑事としてあまりに軽率《けいそつ》な行動ではなかったか。今は連続猟奇殺人の捜査の最中なのだ。

呻き声が再び聞こえた。誰かがまた、どこかを叩き始める。いや、蹴っている。どこかの樽の中だ。

警察だと聞いて、呻き、蹴ることを再開したのだ。ホシじゃない。たぶん助けを求めている。

「誰です。どこさいるんです?」

声を上げ、小松は足を踏み出した。櫓にかかった梯子《はしご》を登る。

櫓の上に立つと、下から見上げるよりもずっと高く感じた。それに、ある程度広い場所もあるにはあるが、樽同士を繋ぐ部分などは、四、五十センチほどの幅しかない。木が腐り始めているのだろう、小松の体重を受け、全体が軋んで不安な音を立てている。

見当をつけた樽にむかって慎重に進み、縁に両手をついて屈み込んだ。中を覗き込んで目を凝らす。

見えた。誰かが樽の底に横たわっている。両手を背中で縛られている様子だ。それに、猿轡《さるぐつわ》をされている。

「太一さん……」

小松は口の中で呟《つぶや》いた。全体の姿形から、そう思った。顔も、ぼんやりとだが見える。

そうだ、間違いない。風間太一だ。背広にポロシャツ姿は、警察に小松を訪ねてきた時と同じだった。

「太一さんですね」

今度は大声で呼びかけると、樽の底の暗闇に横たわった男は、それに反応して頭を激しく動かした。

「いったい誰がこったごとを――。待っててください。すぐに助けますから。だから、どうか落ち着いて」

すぐにそう言い直し、見回すでもなく気がついた。木の梯子が、隣りの樽とを結ぶ櫓の足場に横たえて置いてある。

それを両手で引きずり寄せ、樽の中へと降ろして立てかけた。太一は両手を縛られて転《ころ》がっている。下へ降りてやらなければ助け出せない。だが、警戒を怠るつもりはなかった。

梯子に足を掛け、降りた。樽に染みついた、酒臭いというよりもどこか甘ったるいような匂いが強くなる。樽の側面はぬるぬるしていた。黴《かび》だ。樽の底はもっと凄《すさ》まじく、気をつけないと靴底が今にも滑りそうだった。

太一を抱き起こし、猿轡を解《ほど》いてやる途中で気がついた。太一の躰《からだ》は焼けるように熱く、そして、小刻《こきざ》みに震えていた。かなりの熱だ。すぐに医者に連れていく必要がある。

「いったい、誰がこったごとを……。ここさ、いづがらいるんです？」

猿轡を解いてやって訊いた。

「水を……水をください……」

太一は小松を見つめて懇願した。声がかさかさに掠《かす》れており、か細かった。

「すぐに病院さ連れでいぎます。大丈夫ですが？　動げますか？」

頷《うなず》き、砂でも呑むような苦労をして唾《つば》を呑む。

「大丈夫です。動げます……。手を解いでください」

小松はそう乞《こ》われるままに、太一の両手を背中で縛ったロープを解いてやった。

太一は苦痛に顔を歪《ゆが》めながら左右の手首を順番に擦《こす》り、両肩を前後に繰り返し回した。

そんな動きが収まりかけるのを待ち、太一の顔を見つめて問いかけた。

「風間があなたをこごさ閉じ込めだんですが？」

太一ははっとした様子で小松を見つめ返したが、すぐに顔を背《そむ》けて目を逸《そ》らした。

沈黙が答えを告げていた。

「風間とあなたは、昨日の早朝、一緒に連れ立ってホテルを出た。チェックアウトの手続きをしたのは風間だった。いったい、やつとの間で何があったんです。順を追って話してください、太一さん。どうしてまだ、風間があなたにこった仕打ちをしたんです？」

「二十六年前に、俺が彼《わ》さしたごとへの復讐です――」

「復讐……。二十六年前に、あなたが風間さしたごととは、いったい何です？」そんな問いが口を突いたが、小松はほぼ同時に自分で答えを見つけた。「この裏手さある防空壕跡の穴さ、俺ら三人ば閉じ込めだ。そうですね。あれは、やはりあなたの仕業《しわざ》だったんですね」

太一は悲しげに小松を見つめ返した。助けられたことでほっとして、ぽろりと本当のことを口にしてしまったものの、それを悔やんでいるのがわかる。

「太一さん、風間ど俺と小百合の三人を、あの穴さ閉じ込めだのはあなただ。その復讐として、風間はあなたにこんな仕打ちをした。教えてください。あなたは、いったいなぜ、そったごとをしたんです」

太一は深く息を吸い込んだ。目を背け、唇を固く引き結ぶ。だが、そのうちに唇が小さく震え出し、隙間から低い嗚咽《おえつ》が漏《も》れ始めた。

やがて、堰《せき》が切れたように大声で泣き始めた。自《みずか》らを抱き締めるかのように両腕を胸の前で交叉させ、力を込める。小松はもっと問いつめたい衝動を抑《おさ》えつつ、目の前で子供のように泣きじゃくる男をしばらく見ているしかなかった。

「申し訳ない。一郎君、本当に申し訳ないごとをした……。だが、あの時の私には、自分だち兄弟にとって、そうするごとがどうしても必要さ思えだんです……」

「そった説明だばわがらない。太一さん、ちゃんとわがるように話してください」

「すまね、一郎君。すまね」

「詫《わ》びでるばりだばわがらないでしょ。太一さん、あんだには説明する義務がある。俺も風間も、未《いま》だにあの防空壕跡の暗闇がら抜げ出せねんでいる。死んだ小百合もそうでした。俺だち三人は、あの闇さ囚《とら》われだまま、この二十六年間ば過ごしでぎたんですよ」

小松がそう吐きつけると、太一ははっと息をとめた様子で泣くのをやめた。

「——未だにあの暗闇がら抜げ出せずにいる？」

「ええ、そうです」

「あなたも、小百合さんも、そう思ってだんですが？」

「そうです。あなたがたが泊まっていたホテルの風間の部屋で飲んだ時、そう言い合いました。風間が口にしたそんな言葉が、俺と小百合の心を抉《えぐ》ったんです」

「——————」

「太一さん、さあ話してください。あなたはなぜ俺たち三人を、あった場所さ閉じ込めだんです？」

「弟が……、次郎が何も喋らねように、あいつの口ば閉じさせるためです」

「風間の口を閉じさせる？」

「——ええ、そうです」

「わがらねな。そのために、あったことを……。いったい何を喋らねようにしたんです？」

「迷惑《めやく》だが（申し訳ないが）、それは言えね。私《わ》ど弟だけの秘密です。絶対に誰さも喋らねと約束した。そいだのに、まだ十二歳であった弟は、きちんとその覚悟ができでねがった。キングの事件がら時間が経《た》づうぢに、少しずつ弟の中で秘密ば守り通す決意が緩んでいぐのがわがりました。兄である私《わ》には、それがはっきりど感じられだ。そして、ついにあの日、弟はあなたを誘いに行った。親友のあんださ、何もかも打ち明げたいという衝動が、もう抑えきれねほどに強ぐなっていだんです。それがわがった私《わ》は、あった手段さ訴えるしかねがった。あんださも、小百合さんさも、本当にすまねごとをしてまったって思います。でも、あの時は、弟さ、もしもおめが喋ったりせば、あんだだぢまでもが巻き込まれでひどい目さ遭《あ》うんだって示すには、ああするのが一番いいように思えだんです。私自身が、きっとおがしぐなっていだんでしょう。私《わ》には、あった強引な手段ば取るごとしか思いつげねがった。そさねば私だち兄弟さは……、私《わ》どあれさには、幸せに生ぎられる道だのねど思った……」

　太一は何かに取り憑《つ》かれたように話すくせに、そんなにまでして守ろうとした兄弟の秘密とは何なのかについては、ただの一言も漏らそうとはしなかった。

「太一さん、いったい何を言っているんです。順を追ってきちんと話してください。あなたはいったいどった秘密ば守ろうとしたんです。あなたと風間の間さ、何があったんです?」

「――それは訊がねでください。小松さん、お願いだ。どうかそれだけは訊がねでけろ」

小松は樽の底に両手をついて泣き続ける太一を冷ややかに見下ろした。

頃合いを見計《みはか》らって、問いかけた。

「小百合を殺したのは、あなたですが?」

太一は一瞬、泣き声をとめた。息を嚙み殺したのだ。

頭を上げ、小松を見た。

「――そうです。私がやりました」

小松は両手を握り締めた。

怒りを押し込めるためにそうしたのだが、太一は自分が殴《なぐ》られると思ったらしく、怯《おび》えた様子で身を竦《すく》めた。だが、すぐに必死に小松を見つめた。殴られる覚悟を決めたのだ。

そんな様子を見て取るとともに、いよいよ小松の中で冷ややかな気分が大きくなった。

殴る価値すらないような男だ。

「動機は何です?　なして彼女を殺したんだ?」

「すみませんでした。でも、ああするしかねがった」

「だはんで、なしてああするしかねがったのがと訊いでるんです」

「警察で何もかも話します。私を逮捕してください」

小松は思った。この男は、必死になって何かを隠そうとしている。それは何なのかを、自分の手で知りたい。たとえ太一が約束を守り、警察で何もかも洗いざらい喋るとしても、それはこの自分に対してじゃない。捜査を外れた人間が、容疑者の取調に立ち会えるわけがないのだ。

「駄目だ。ここで何もかも洗いざらい話すんだ」

「あんださは言えない。あんたさは言えないんです」

「それはどういうことだ。俺は当事者だんだぞ」

「一郎君……」

縋るような目をむけてくる太一に、突然、激しい怒りを覚えた。

小松は太一の両肩を摑んで揺さぶった。

「二十六年前、あなたたち兄弟は、揃って井丸岡病院の精神科に通院していた。そして、小百合はそのごとを知っていた。そうですね」

太一の瞬《まばた》きが激しくなった。

「一昨日、あなたは俺を訪ねたあとで小百合と会っている。彼女は怯えで俺さ電話を寄越《よこ》したんですよ。あなただら、この意味がわがるはずだ。彼女は何がさ（何かに）気がついだ。一昨日、彼女はそれをあなたさ話したんじゃないんですが？　答えでくれ、太一さん。あなたと彼女は、どった話ばしたんだ？」

「勘弁してください、一郎君。警察で何もかも話します」

気がついた。この男には、何もかも洗いざらい話す気などない。警察での取調が始まったあとでもなお、自分が隠そうとしていることについては決して喋らず、じっと隠し通すつもりなのだ。

「秋田と弘前で起こった、連続猟奇殺人事件についてはどうです？　本木廉太郎と田中繁夫のふたりを殺したのは、あなたなんですが？」

「そうです。一郎君、私《わ》をあんだのその手で捕まえでけろ。あどは警察ですべて話します」

間違いない。この男には、殺人を自供してもなお、何か隠し通そうとしていることがあるのだ。

「キングさ会わせでやる。風間はあの日、そう言って俺を誘いました」

太一が息を呑むのがわかった。これが突破口になる。

「あれはどういう意味だったんです？　あなただぢどキングの間さ、いったい何があったんです。キングと名乗る犯人が、あなただぢの父親を、あなただぢの留守中に自宅で殺したのは、あの三月《みつき》ほど前であった。あなただぢ兄弟は、その後、キングの正体を知ったんですか？　当時の警察の調書では、そったごとは一言も出でこないが、本当はあなただぢはキングの正体を知っていだんですか？」

それにしても、キングに会わせてやると言って連れて来たのが、倒産して人気《ひとけ》のなくなった酒蔵だったのはどういうわけだ。こんな場所に、事件から三カ月もの時間が経ったあとになって、キングがいたわけがない。そんなわけが……。

小松は一瞬息を呑み、思わず小声で呟いた。

「まさか、そったごとが……」

当時、この太一は十六歳、弟の風間次郎は十二歳だった。

父親を殺され、錯乱し、精神科の治療を必要とするほどだった。

いや、兄弟が井丸岡病院へ通《かよ》って精神科の治療を受け始めたのは、兄が弟を小松たちともども、この酒蔵の裏庭にあった防空壕跡の穴に閉じ込めて以降だ。風間次郎は、あれから一年ほどの間ずっと、言語障害でまったく喋れなくなった。そうか、風間が喋れなくなったのは、兄にあの穴に閉じ込められ、自分たちの秘密を決して誰にも漏らさないようにと強要されたためなのだ。

そこまでして隠さねばならなかった秘密とは何なのか。

小松は顳顬《こめかみ》を指先で押さえた。遠い声に耳を澄ますようにして記憶の底をまさぐる。微かな声は、やがて囁き声へと変わり、段々と言葉として聞き取れるようになった。

「大丈夫だよ、だってキングはもう死んでらはんで――」

かさつく声しか出せなかった。

「そうだ、思い出しました。キングさ会うだの、恐ろしくて嫌だと尻込みする俺さ、風間は確かそう言ったんです。大丈夫だと、キングはもう死んでらはんで、と」

太一は苦しげに呼吸を繰り返すだけで、何も応えようとはしなかった。

「あなただち兄弟がキングを殺したんですが……？」

十代のふたりの少年が、残虐な連続殺人鬼を殺害したなど、突飛な想像というしかなかった。だが、キングは風間たち兄弟の父親を殺害したのち、二度と犯行を繰り返してはいない。被害者の死体が見つかった順番からすると、あれが四件目の犯行だったが、実際には風間たちの父親が二十六年前のあの連続猟奇殺人事件の最後の被害者なのだ。

太一は激しく首を振った。

「違う。あれは私がひとりでやったんです。やづは父を殺したあど、冷蔵庫さ作り置ぎしてあったカレーば温めもせずに御飯さかげで、悠々《ゆうゆう》と食べました。そして、出て行った。私《わ》はそれを追いかげで、後ろがらやづを刺しました。大変な雨降りの晩でった。雨が私《わ》の気配を消し、やづさ気づがれねんで近づげだんです。弟は、それをただ見でいるだげでした。その後、兄の私さ言われ、仕方ねぐ死体を隠すのを手伝っただげです」

「待ってください。待ってくれ、太一さん。キングは、留守宅であなただぢの父親を殺したんじゃないのか？　あなただぢは、その場に居合わせたんですか？」

「うん、そだてば」

「してから、あの防空壕跡の穴さ、キングの死体を隠したんですか？」

「――――」

「どうなんです、太一さん。ちゃんと答えてくれ。さっき言ったように、俺は当事者なんだ。あの日、風間ど一緒にあの穴さ閉じ込められながったなら、俺の人生も小百合の人生も何が違ったものさなっていだのがもしれない」

「丘の上です。丘の上の雑木林さ埋めました」

「丘の上？　しかし、それだばなして、あの日、風間は俺だぢをこの造り酒屋の裏庭に連れで来たんです？」

「私がそうさせました。あの日、私《わ》は弟のあどを尾《つ》けでいだ。弟があんだを誘い出したのを知り、弟の気持ぢがわがりました。あんだは憶えでいないみたいだども、途中で、私が弟ば呼びつけだんです。それで、丘の雑木林さ連れで行ったら承知さねって厳《きび》しぐ脅《おど》しつけだ上で、罰として、あんだだぢを防空壕跡の穴さ連れで行ぐようにと命じました。もしも一言でも自分だぢの秘密ば喋ったら、全員ば殺すと脅したんです」

　憶えていない。防空壕跡の穴へとむかう途中で、兄の太一が次郎を呼びつけたようなことがあったのだろうか。それとも、気づかれないようにそっとそうしたのか。いつか思い出すのかもしれないが、今の時点では記憶の彼方の出来事で、何ひとつ思い出せなかった。

「太一さん、何が嘘《うそ》ついてるんでないですが?」

「嘘だのついでどすんですば?」

「キングとは、どこの誰だったんです? なぜ決まって十九日の夜にばかり殺人を繰り返していだんでしょうが?」

「そうしたこどについては、何もわがりません。キングと名乗る殺人犯がいったいどした人間だったのか、私《わ》だぢにも何もわからないんです」

小松は唇の隙間から息を吐いた。

話すことでさらに体力が奪われたようで、今や太一は目に見えるほどにひどく震えており、声もか細く、一層苦しげな喋り方になっていた。

「行きましょう。まずは病院です。躰が快復したら、警察で何もかも話してください」

小松は太一に手を貸して立たせてやった。

ただし、警戒は決して解かなかった。熱があり、躰が弱っているとはいえ、三人もの人間を残虐な手口で殺《あや》めた猟奇殺人犯なのだ。

自分が先に梯子を登った。隙を突かれたらと思うと、手助けしてやる気にはなれなかった。

登り切り、櫓の足場に立ったところで、胸の携帯電話が鳴り出した。

抜き出して見ると、長岡の携帯の番号が表示されていた。通話ボタンを押す。

「長岡だ。風間兄弟ば治療した精神科医さ会えだじゃ。井丸岡病院の事務方の人間がら医者の名前ば訊ぎ出して、たった今訪ねだどごだ。幸い、高齢だばてまだ生ぎでらんだ。石和《いさわ》づ男だ。今度の連続猟奇殺人と二十六年前のキングの事件の関係性ばやはり気にし続げでたみたくて、渋々だばて口ば開いで話ば聞がへでけだね（聞かせてくれたぞ）。兄弟ふたりは、父親の復讐のために、自分だぢの手でキングば殺害したづ幻想さ囚《とら》われでいだみてだな」

「幻想……」

「ああ、んだ」

「それは本当に幻想だったんですか。医者が、はっきりとそう診断したんですね」

「それはって、おめ、知ってだのな？」

「ええ、たった今、風間太一の口がら聞ぎました」

「風間太一ば見つけだんだば、家の傍《そば》の丘の雑木林の中さ埋めだって聞いだな？」

「確かにそう言ってました」

「医者もそう言ってったよ。当時がら、兄弟でそう口さしていだそうだ」

「しかし、本当に幻想と決めつげでしまっていいのでしょうか」

「おいおい、真に受げだのな？　医者が言ってだけど、一応、警察に報《しら》せで、雑木林は調べだんだど。したばて、死体ば埋めだ形跡だの見つからねがった。ＰＴＳＤによる幻想だな。言語障害や人格障害の症状も出でだみてだ」

「人格障害とは、解離性同一性障害ということですか？」

「ああ。当時は多重人格って呼ばれでいだ病気だ。こう診断するには、少し時間がかかったそうだばて」

「どんな人格が現われたと――？」

「キングの息子だよ」

「キングの息子……。つまり、自分もキングと同じような手口で殺人を繰り返すと？」

「その通りだ。自分はキングさ殺されだ父親の息子だのでね。父親ば殺したキングの息子だんだって主張したんだど。石和づ医者は、彼らが弘前を離れるまでの二年の間ずっと、兄弟ば診察し続げだみてだ。最終的には、この症状は完治したって診断してらね。しかし、それが何かのきっかけによって再び現われねとは、誰さも断言はでぎねんだど」

「もしも病気が再発し、第二の人格が現われた場合、元の人格はその第二の人格がしていることを認識しているんでしょうか？」

「俺《わ》も真っ先にその質問をしたよ。解離性同一性障害の場合、基本的にはそれはねんだそうだ」

「つまり、第二の人格が現われない間は、まったく今まで通りに暮らしている」

「ああ、そういうごとだな。ただし、何がばきっかげにして（何かのきっかけで）元々の人格が、第二の人格の存在に気づくことはある。石和づ医者が言うのには、そごがポイントだそうだ。気づぐごとで、第二の人格が元の人格に統合されれば、これは治療となる。しかし、逆に第二の人格が元の人格を凌駕《りょうが》してまるごと（してしまうこと）もあり得るみてだ。そうしたら、その男はもう完全な殺人鬼だ」

小松は長岡の説明を聞きながら櫓を凝視《ぎょうし》した。梯子をゆっくりと登ってきた太一が、櫓の縁から顔を出したところだった。太一は今、櫓の上部に備わった櫓の足場へと、気怠《けだる》げに上半身を押し出そうとしていた。

熱で火照《ほて》ったような顔を小松のほうにむける。目が合い、小松は背筋がぞっとした。僅かな間に、もうひとつの人格が現われた可能性はないだろうか。

「とにかぐ、まずは病院さ連れで行ぎます。風間太一はすごい熱だんです。取調は、彼の体調が快復するのを待たねばならないでしょう」

「待でじゃ、待で待で。小松、おめ、勘違いしてねな？　俺《わ》は風間太一の話してらんでねじゃ。弟の次郎、つまり、風間警視正の話ばしてらんだ。兄弟そろって自分たちがキングを殺したという幻想に囚われだが、弟のほうには、それに加えて、言語障害や人格障害の症状が出たってことだ」

「――何ですって」

思考が途切れ、意味不明の言葉を吐きつけられたような気がした。

シは……。

莫迦《ばか》な。そんな莫迦なことのあるはずがない。それならば、この連続猟奇殺人事件のホシは……。

「聞いでらな、小松。気持ぢばしっかり持で。風間太一はどごさいだんだ？　おめ、今、どごだば？　太一ば病院さ連れで行ぐって言ったけど、やづさ何があった。弟の次郎が何がしたのな？　場所ば言え。すぐに捜査員ばそぢさ行がせる」

答えかけた時、小松は背後に人の気配を感じた。同時に、樽の縁にへたり込んだ太一の表情の変化に目が釘づけになった。

それが間違いだった。太一が大声を上げた。手振りで危険を報せようとしたのかもしれないが、よくはわからない。背後の気配へと顔を回しかけた小松は、もの凄い力で背中を押されてバランスを崩した。

櫓の足場から足が外れ、躰が宙にふわっと浮いた。

7

二メートル以上の高さがあったはずだ。蔵の地面に落ちてもろに腰と肩を打ち、痛みに声も出なかった。びーんと電流でも走ったような痛みが右足を襲い、腰から爪先《つまさき》にかけて痺《しび》れた。だが、動こうとするとすぐ、またもや激しい痛みに取って代わった。

呻き声を噛《か》み殺しながら躰のむきを変え、巨大な樽同士を繋ぐ櫓を見上げた時だった。悲鳴が聞こえ、樽の中に何かが落ちる音がした。

足場の端に人影が立った。じっとこっちを見下ろしている。顔まではっきりは見えなかった。だが、その姿形には見覚えがある。何ということだ……。小松は言葉をなくして友人を見上げた。

「逃げでけ！」

樽の中から太一の声がした。弟に中へと突き落とされたのだ。

「逃げろ、一郎君。今の弟は、弟でね。今だば、たとえあんたでも平気で殺す。逃げろ、一郎君」

そんな莫迦な……。どうしても信じられなかった。二十四年ぶりに再会してからの数日、風間がこの自分にデカとしての誇りを思い出させてくれたのだ。それなのに、その当人が、この街を騒がせ続けてきた連続猟奇殺人のホシだというのか。まったく違う人格があの聡明な友人に宿り、操り、殺人鬼に仕立て上げたというのか。

風間はゆっくりと櫓の上を移動した。

「兄《に》っちゃ、小松さ話してやってけ。俺《わ》だぢのことば話すんだば、もっとちゃんとした話ばさねば駄目だよ」

梯子を一段ずつ下りながら、そう喋り始めた。

「物陰がら、ずっとあんただぢの話ば聞いだじゃ。嫌だなあ、俺《わ》は性格的に、いい加減な話ばする人間って大嫌いだんだ。それだのに、兄っちゃ。あんだは随分《ずんぶ》ぺらぺらど嘘ばり喋った。どしてだば？　昔がらそんだね。すぐに底が割れるんた（ような）つまらね嘘を、あんだはいっつもついできた」

「風間……」

小松は思わず口の中で友の名を呼んだ。

確かに風間の声だった。だが、喋り方がまるで違う。再会してからの数日のみならず、一緒に過ごした子供時代にしても、こんなに強い方言で話したことなど一度もない。これは風間次郎ではなく、キングの息子の話し方なのか。

「次郎、頼むはで（から）正気さ戻れ。戻ってくれ。一郎君、まだいるのな？　逃げろ」

風間は梯子の途中から身軽に飛び降り、小松のすぐ前に立った。反射的に躰をずって逃げようとした小松は、右足にさらなる痛みを覚えて呻き声を漏らした。くそ、足首を捻挫《ねんざ》したらしい。

電話はどうした……。櫓から落ちた時に手から離れてしまった携帯電話は……。そう思って視線を巡《めぐ》らせると、風間はすぐに勘よく察したらしかった。顔の横に上げて振った左手に、携帯電話が握られていた。

「何探してらんだば？　これな？　上さ落ぢでらったはんで、俺が拾ったよ。電源は切ってある」

小松は舌打ちした。明らかにいたぶっている。風間はこんなことをする男じゃない。

「話してやれじゃ(話してやれよ)、兄っちゃ。二十六年前のあの夜、俺が、どうやってあの連続殺人鬼ば退治したのが」

風間は小松と対峙したまま、顔だけ樽のほうにむけてそう促《うなが》した。

「次郎、おめがひとりでやったんでね。俺とおめでやったごとだ」

「よぐ言うな。兄っちゃ、おめはただの意気地《いぐず》なすだね。踏ん切ったのは、この俺だね。俺がキングば一突きしたんだ」

「待でよ、次郎」

小松はふたりの話に割り込み、敢《あ》えてそう呼びかけた。

「おがしくねな? おめはキングの息子なんだべ? それだのに、おめが自分の手で父親のキングば殺したのな?」

「エディプスコンプレックスの例を引ぐまでもねぐ、息子づのは父親を葬《ほうむ》って乗り越えるもんだね。それは何の問題もね」

「いいや、よぐ聞いてけ。それは違う。おまえだぢ兄弟は、ふたりとも、その手でキングを殺してだのいない。おまえだぢは、キングによって父親を殺されたショックから、そった幻想を抱《いだ》ぐようになったんだ。おそらくは、父親を殺した犯人に、自分たちの手で復讐したいという強い欲求があり、それでそんなふうに思うようになったんじゃねのが」

風間は低い声で笑い始めた。

「わがってらよ。それは精神科医から聞いだ話だべ」

「――――」

「どうだのよ、小松。今の電話で、デカの誰かが、精神科医から聞いだ話ばおめに告げだんだべ」

「ああ、そうだ。長岡さんが、おめだちを治療した医師に会って話を聞いできた」

少しでも風間の人格に戻って欲しくて、長岡の名前も口にしてみたものの、風間は何の反応もしなかった。

「それは石和って医師だべ。したばって、やづは俺らがした話がら判断して、そう結論づけだんだべ。わがらねが。つまり、あれがそう診断するんた話し方を、俺らが敢えてしたってごとだ」

「違う。おめは幻想を抱いてるんだ。風間、頼むがら正気に戻ってくれ。おまえだぢはキングを殺してだのいない。ただ、ショックで――」

風間は小松の言葉を遮《さえぎ》った。

「俺はキングの息子だって言ってらべ。風間次郎は眠ってらよ。以前のやづの人格は、もうこのままずっと目覚めねよ。考えろ、小松。おらどの話が正しいが、石和づ医者の話が真実だのが。精神科医だのに、他人の心の闇がわがると思うな？」

「だが、雑木林にはキングの死体だのながった。聞いだぞ。当時、警察が、丘の上の雑木林を捜索してる。しかし、そごには死体だのながったんだ」

「あそごさはねえさ。言ってらべ。おらどは、精神科医が何もかもおらどの妄想だど判断させるんた話ばして聞がせだって。そったどごろさだの死体はねえさ。おめが風間次郎どともに閉じ込めらいだのは、どこだんだ？　風間次郎が、キングさ会わせるって言っておめを誘った場所はどごだのよ？」

「そんな、まさか……」

　それじゃあ、あの防空壕跡にキングの死体が隠されていたというのか。この自分と風間と小百合の三人は、三日三晩の間ずっと、キングの死体のすぐ傍で過ごしていたのか。

　あの日、風間はキングの死体の在処《ありか》を報せにきた。だが、それが兄の太一に見つかり、自分たち三人はあの防空壕跡の穴に閉じ込められることになった。一言でも喋れば殺す、このままずっと穴から出さないとでも言って弟を脅し、太一は三人をあそこに閉じ込め続けたのだろう。だからこそ風間はその後、言語障害になった。それから一年もの間ずっと、何も言葉が喋れなくなったのは、そのためにちがいない。

　しかし、あの穴の中にキングの死体が埋められていたなど、到底信じられない。

「——防空壕の中の地面が、子供の手で掘れるわけがねえ」

「掘れるさ。おめ、自分の親父がりんご園やってだのに、弘前の土壌《どじよう》さついで何も知らねんだな。こごらの土地は、岩木山の灰が堆積《たいせき》した火山灰土壌だんだ。簡単に掘れる。死体を隠すぐらいの穴だば、俺と兄っちゃで掘れだ。上がら元通りに土ばがげで、そいで終わりだね。しかも、我々兄弟は、あの穴が近々コンクリートで埋められるって聞いで知ってあった。あこさ隠せばいい。穴が塞《ふさ》がれば、この先、一生死体は見つからね。兄弟でそう相談したんだ。しかし、時間が経《た》づうぢに、俺は我慢でぎねぐなった。だはで、おめさ聞いで欲しがった。そいで巻き込んでまったんだ」

これは本当の話なのか、それとも、兄弟が頭の中ででっち上げた幻想にすぎないのか。

はっと気づき、小松は風間の顔を見つめ直した。

これは風間だ。風間の意識が言わせている。キングの息子の人格がさっき、風間次郎の人格は眠りに就《つ》き、もう目覚めることはないと言ったが、どうやらあれは嘘らしい。それとも、風間とキングの息子の人格が混じり始めているのだろうか。

長岡から聞いた話を思い出す。元の人格が第二の人格の存在に気づいた時がポイントらしい。元の人格が第二の人格を統合する場合もあれば、逆に第二の人格が元の人格を凌駕してしまう場合もある。後者なら、自分が知っている風間はもう存在しないということなのか。

低い啜《すす》り泣きが聞こえてきた。樽の中で、風間太一が泣いている。

「私《わ》の責任だ。俺が弟を暗い穴の中さ閉じ込めだばがりに、こったことさなってまった……。次郎、俺が何でもするがら、だがら、頼むがらもうこったことはやめてけろ」

風間の口から笑い声が漏れた。幾分ヒステリックな響きがあった。

「まだそったつまらね嘘ばつぐ。兄っちゃ、おめのどうしようもねえどごは、そうして嘘をつぐうぢに、自分でも何が真実だのがが見えねぐなってまったごとだ。ことの発端は違うべな。おめが俺を防空壕跡の穴さ閉じ込めだごとからでねのは、おめさもわがってるはずだ」

「やめろ、やめでけろ、次郎。その話はすな」

「おめはいつもそれだ。大事なごとからは目を背け続けている。いいだば。そへば、俺《わ》ば暗い穴蔵に閉じ込めたことの償《つぐな》いをして貰《もら》おう。おめが今度の連続殺人事件のホシさなるんだ。小松、最後の犠牲者は、おめだよ。風間警視正が駆けつけ、必死に兄を制しようとしたが、残念ながら今一歩で及ばなかった。だが、その手で兄のごとを射殺した。こったどごろだ。さあ、始めようか」

風間は言い、上着の内ポケットからナイフを抜き出した。

小松は地面をずって後じさった。壁に背中が当たる。出口まで四、五メートル。だが、そこにむかうには、風間の横を擦り抜けねばならない。たとえ上手《うま》く擦り抜けられたとしても、この足ではすぐに追いつかれる。

「そんな単純なシナリオが上手ぐいぐわげないだろ。風間、一緒に警察さ行ごう。そして、きちんとした治療を受けよう」

風間を見上げ、小松はできるだけ穏《おだ》やかに告げた。そうしながら少しずつ躰を起こし、体重を移動させる。

「自首を勧《すす》めるわけが」

「聞いてくれ。おめは病気だんだ」

「小松、俺を逮捕したいなら、そんなつまらね説得だのやめで立ちむがってきたらどうだ。それとも、腰が抜げで動げねが。わがってる。おめは、そした度胸だのないさ。おめは今、怯えきってるんだ。このナイフが怖《こわ》くてしょうがねえのさ。俺が何も知らないど思うなよ。長年、会計課の席を温め、上司の言いなりさなって裏金作りに精を出すうちに、デカの根性だの消え失せでまった。ホシを前にしても怖《お》じ気《け》づき、立ちむかう気概だのこれっぽっちもない。今のおめは、ただの臆病《おくびょう》な木偶《でく》の坊だな」

「やめろ」

「図星《ずぼし》を突かれで苦しいな？　悔しいな？　悔しがるほどの誇りももうねだべ」

これは連続殺人犯の人格が言っているのか、それとも、一緒に捜査を進める間、風間はどこかでこの自分のことをこんなふうに見ていたのだろうか。

「そうして俺を嬲《なぶ》って楽しいか。おまえはなして目覚めだんだ？　二十六年前、おまえは石和という医師の治療によって消えだんでねがったのな？」

「時間稼《かせ》ぎがしてるんだな（したいのか）？」

たとえ別の人格になったとしても、その鋭さは変わらない。風間はそう指摘し、唇の片端を歪めて笑った。

「違う。知りてんだ。なして二十六年もの歳月が経ったあとになって、キングの手口を真《ま》似《ね》た連続猟奇殺人が起こったのか。越沼雄一を殺したのは井丸岡惣太郎だったが、あとの本木廉太郎と田中繁夫の二人をやったのはおまえだな。なしてだんだ。なして、こんなに長い時間が経ったあとになって、あのふたりを殺したんだ。もしも井丸岡が越沼をやっていながったならば、越沼も自分の手で殺すつもりだったのが。なぜだ？　なぜ二十六年前に磯島良平に容疑を着せて追いつめた関係者ばかりを狙《ねら》った？　おまえと磯島良平の間には、いったいどった関係があるんだ？」

「関係だのないさ」

「――しかし、それなら」

「デカの仕事ばしろ。そうして他人に訊ぐんでなく、自分の頭で考えたらどうだ。足を使え」

「使ったさ。江渡ハナの家族さ会ってきた。そして、磯島に嫌疑をかけていた越沼たちは、磯島には事件当夜のアリバイがあったにもかかわらず、江渡ハナを脅しつけて証言をさせなかったこともわかった」

「呆《あき》れだな、それを知ってもなおわがらねのが。推測してみろ。捜査資料を読んだんだべ。警察がきちんと捜査をしていたら、四件目と五件目の殺人は防げだはずだ。本木が偏見によるくだらないたれ込みをし、それに乗った越沼たちが磯島良平を疑って強引な取調を続けている間に、キングによって四人目の被害者は殺されでいる。死体が見つかったのはうちの父親よりもあどだったばて、四人目の被害者が殺されだのは、磯島良平が取調を受けている間のことだったんだぞ」

「それが本木と田中を殺した動機だのが……」

思わず訊き返し、胸の中で呟いた。——狂っている。

これが親友の真の姿なのか。

「自分の追うホシが、この自分の頭の中さいるってわがった時、俺《わ》は本当に驚き、そして、絶望したね。だが、今ではやづの考えがわがる。やづにはやづの主張や考えがあると認められる。良い気分だよ。これで本当に暗い穴の中から出られるんだ」

「莫迦を言うな。こんな惨《むご》たらしい猟奇殺人を繰り返すことに、いったいどった主張や考えがあると言うんだ」

「小松、なしてそった顔ばするんだ？　おめ、俺《わ》を今、憐《あわ》れんだな。だがな、おめには俺《わ》をそった目で見る資格があるのが？　俺《わ》は警察官の道を選び、キャリアを積み、猟奇殺人事件の捜査のエキスパートとなって、いつも必死でホシを追ってきた。俺《わ》のような思いをする人間を、この先ひとりでも減らしたいと思ったからだ。くだらない偏見による見込み捜査を行ない、強引な取調を繰り返し、挙《あ》げ句《く》の果てにアリバイが証明されていたにもかかわらずそれを隠し、自分たちが嫌疑をかけた容疑者を強引に犯人に仕立て上げようとするなど、警察官のやることじゃない。それで磯島良平は自ら命を絶ったというのに、彼を死に追いやった人間たちの誰かひとりでも責任を取ったのな？　越沼雄一や田中繁夫のような人間は殺されて当然だんだ。人を過去への偏見で判断してたれ込むような本木廉太郎だって同罪だ。やつらのような人間たちがキングをのさばらせたんだ。やつらのような人間が、二十六年前のキングの事件に関わっていたなど、許せね。わがらねが、俺の気持ちが」

「わがるもんだが。ふたりの人間を、あんなに惨たらしく殺すなど、正気の人間のできることじゃない。小百合のことも殺したんだな。なしてだ。いったいなして彼女さまで手にかけた？」

「あれは仕方がねさ。このままさしておぐのは危険だった。彼女は、おまえよりもずっと記憶力がよくてな。あの防空壕跡での出来事を細かく記憶していた。無論のこと、あの三日三晩を通して、俺はあそこさキングの死体を埋めだことは、おめだぢふたりさは一言も喋ってはいない。だが、彼女は俺《わ》だぢ三人とばあの穴さ閉じ込めたのが兄だと気づいていだんだ。そして、その先を自分で繋いで考えようとしていた」

そこまで言うと、風間は左手の指先で顳顬《こめかみ》を押さえた。猛烈な頭痛に襲われた様子で顔を歪める。

頭の中で何かが起こっている。記憶の混濁《こんだく》か。それとも、ふたつの人格が闘《たたか》っているのか。

「とにかく、何もがも消し去らねばまいね（ならない）のさ」

やがて風間は、何かを振り切るようにして言った。

「それはどういう意味だ？」

小松は問い返した。話の脈絡が、今ひとつ摑めない。

「決まってるだろうが。何もかもと言えば、何もかもさ。俺はこの手で彼女を暗い穴の中から出してやった。もうこれで、彼女は何も思い悩むこともない。自分の境遇さも、おまえどの不倫にもだ。次はおまえさ。すぐに楽ねしてやるよ」

風間は言い、気味の悪い笑みを浮かべ、ナイフを構えて近づいてきた。

狙いを定めてその足を蹴りつけた。不意を突かれた風間がバランスを崩す。

小松は思いきって躰を起こし、無事な左足に体重を乗せて、風間の躰に飛びついた。

必死に右手に喰らいつき、両手で相手の手首を取ると、躰を巻き込むようにして腰投げに出た。基本的な逮捕術のひとつだ。投げ飛ばし、押さえつけ、武器を奪う。

だが、風間もそれをわかっていたらしく、小松の腰に自分の躰が乗らないように逃がし、逆に小松を振り回しにかかった。ふたりは縺《もつ》れ、方向を見失い、暗い蔵の中を動いていった。

櫓の脚《あし》に右肩が当たり、小松は低い呻き声を漏らした。櫓から落ちた時に打ったほうの肩だった。すぐに躰をずらすと、風間の右手をその脚にぶつけた。三度目でナイフが手を離れて飛んだ。

しかし、反撃はすぐに来た。左頬にもろに拳《こぶし》を喰らい、小松はよろめいた。月が翳《かげ》ったらしく、蔵の中が今までよりも暗くなっていた。正確には狙えなかったが、拳を繰り出し返すと、手応えがあった。風間の顔を捉《とら》えたのだ。

咄嗟《とっさ》に右腕を突き出したため、肩が軋《きし》んで悲鳴を上げた。それよりもひどいのは、腰と足首の痛みだった。足首には、重心が移動する度《たび》に、脳天まで突き上げるような痛みが走る。捻《ひね》ったのではなく、折れたのかもしれない。

攻撃の手は緩めなかった。上半身を逆に回し、今度は低い位置を狙って左手で殴りつけた。

だが、これは軽くかわされ、引き戻す前に腕を摑まれた。目の前に拳が迫るのが見え、避けようとしたが避けきれなかった。二発三発と殴られる。あっと思った時には肩まで摑まれて振り回され、櫓の脚に顔から突っ込んでいた。みしっという音がして、櫓が軋む。

小松はなんとか体勢を立て直して身構えた。風間は小松の躰を櫓の脚にぶつけるとともに手を放していた。

雲が流れたらしい。再び月明かりで蔵の中がぼんやりと明るくなりかけた瞬間、突っ込んでくる風間が見えた。その手にナイフがあることまでは見て取れなかったが、風間の姿勢がそれを連想させた。やつが一旦離れたのは、落ちたナイフを拾うためだ。

躰をずらし、相手の腕を払って切っ先を逸らした。

しかし、完全には逸らしきれなかった。

右の太股に焼き鏝《ごて》を押し当てられたような熱さを感じた。

「ぎゃあ」

苦痛が全身を貫き、小松は悲鳴を上げた。太股にナイフが突き立っていた。

目と鼻の先に風間の顔がある。風間の目には表情がなかった。ガラス玉のようだ。だが、顔全体の表情は、小松の苦痛を明らかに楽しんでいることを伝えていた。

さらなる激痛が太股を襲う。風間はナイフで肉を抉ろうとしている。小松は腹に力を溜《た》めた。

「このうすけねやづこの（このくそ野郎め）」

相手の額を目がけて思い切り頭突きを叩き込んだ。

風間がぐらっとする。

鳩尾《みぞおち》を狙って殴りつける。

「ぐえ」と苦しげな息の塊《かたまり》を漏らし、風間は躰をふたつに折った。

その両肩を摑み、思い切り押しやった。

風間は背後にあった櫓の脚に背中をぶつけ、地面に倒れた。躰をくの字に折っている。

小松は手錠を抜き出した。この隙を狙って手錠をかけなければ次のチャンスはない。そう思って動こうとした時のことだった。

何かの音を聞いた気がしたが、わからない。そんな気がした時にはもう、頭上に何かが落ちてきていた。咄嗟に躰を投げ出したが、間に合わなかった。崩れた櫓に腰から下を挟まれ、小松は身動きが取れなくなった。

風間が立った。前屈みの姿勢から、ゆっくりと躰を伸ばす。

痛みで頭が朦朧《もうろう》とするのを堪《こら》えつつ、なんとか躰を引き抜こうとすると、やっと何十センチか這《は》い出せた。しかし、それが限界だった。

「どうしたんだば？　何があったんだ？　一郎君、答えでけ」

樽の中から太一が喚《わめ》いていた。

崩れたのは、蔵の真ん中の通路を隔《へだ》て、太一が閉じ込められた樽とは反対側の列の樽同士を繋いだ櫓だった。こちらのほうが、木の腐蝕が進んでいたらしい。

風間が右手を上着の内側に入れた。拳銃を抜き出し、小松に狙いを定めた。

か。

小松は銃口を睨み返した。

「俺を射殺すれば、どした言い訳も立だねぞ。おまえがホシだと言ってるようなものだ」

痛みで声がかすれたが、恐怖による震えはなかった。こんなところで死んでなるものか。

風間が冷ややかな笑みを浮かべた。

「その通りだな。これはおめを牽制《けんせい》するためのものだね。だが、動けば容赦《ようしゃ》なく撃づ」

銃を突きつけたまま近づいてきて、小松の顔を蹴りつけた。硬い靴の先をもろに受け、目の奥に青い火花が散る。

一瞬、意識が遠退《の》いたのか。首に圧迫を覚えてはっと我に返ると、風間がのしかかり、両手で首を絞めていた。

小松はその手を解きにかかった。こんなところで死ぬものか。死にはしない。

しかし、力が入らなかった。

血管が顳顬で音を立てる。頭蓋骨の奥で小さな爆発が次々に起こり、自分の顔が何倍にも膨れ上がってしまったような気がする。苦しい。息ができない……。

突然、恐怖に搦《から》め取られた。

——俺が死ぬ。

そんな言葉だけが頭に気色《きしょく》悪く居坐《いすわ》り、冷たい恐怖が全身を侵《おか》したのち、吹雪が視界を掻《か》き消すように何もわからなくなりかけた。

ふっと力が緩み、呼吸ができた。

噎《む》せながら見やると、両手で頭を押さえた風間が、低い呻き声を漏らし続けながら蹲っていた。苦しげに両肩を上下させている。

「小松……」と、名を呼ばれた。

「小松、逃げろ。そこを抜け出し、ここから逃げろ」

「風間——」

小松は名前を呼び返した。

やつの中で、何かが起こっている。風間の人格が、キングの息子に対して闘いを挑《いど》んでいるのだ。

だが、それは非常に困難な闘いにちがいない。

「逃げろ……」

風間は両腕の間に頭を埋《うず》め、苦しげにそう繰り返した。

小松は完全に仰向《あおむ》けになり、躰にのし掛かっている櫓の残骸を必死に持ち上げた。そうしながら、なんとか躰をずらそうと試みる。絶望に陥《おちい》りそうな自分を励《はげ》まして何度か繰り返していると、腰骨が抜けた。

自分のものとは思えないような叫び声が喉を突いた。太股に刺さったままのナイフが、木材の重さをもろに受けて肉に食い込んでいる。

未だ経験したことがないような痛みに襲われ、悲鳴を上げ続けながらもなお、小松はやめなかった。躰を引き抜くと、ズボンが自分の血でびっしょりと湿っていた。

立った。死ぬものか。手錠を探したが、なくなっていた。足を引きずって出口を目指した。走ることはおろか、激しい動きすらもうできないかもしれない。痛みで頭が朦朧としている。どうすればいい。

中庭に転がり出て、小松は左右を見渡した。中庭を斜めに横切った先が、元店舗だった建物だ。あそこを通ってこの敷地に入ったのだ。そこを戻れば、表に出られる。そう思って足がむかいかけた時、蔵の中から声がした。

「無駄だことはよせ。逃げても無駄だぞ」

間に合わない。中庭を横切る途中で襲われるか、店舗だった建物に逃げ込んでも、すぐに中で追いつかれる。小松は咄嗟に蔵の脇へと回り、身を隠した。

顔が火を噴《ふ》きそうに熱かった。ややもすれば荒くなってしまう呼吸を必死で宥《なだ》めながら、そっと様子を窺《うかが》っていると、中庭を斜めに横切っていく風間が見えた。思った通り、やつはこっちが店舗から表へ逃げようとしているものと踏んだらしい。

どうする。——自分に問いかけ、頭の中で必死に記憶をたどった。子供の頃、どこからこの潰れた造り酒屋の敷地へと入り込んだのだろう。それを思い出せれば、そこから逃げられるかもしれない。

だが、記憶の端緒《たんしょ》すら見つからなかった。とにかく、なんとかして外へと逃げることだ。ここにいたのでは、じきに見つかり、殺される。

思い出した。裏の丘へは、裏庭から上れる。この酒蔵は、三方は高い板塀で囲まれていたが、背後だけは自然に丘へと続いていた。この足では、到底、塀は越えられない。丘に逃げるのだ。完全に上らずとも、途中でどこかの家の裏庭なり道なりに滑り降りられるだろう。

小松はよろよろと立ち上がり、蔵に沿って横合いから後ろへと回った。その先にもうひとつ、平屋が見えた。あれは冬の間、杜氏たちが寝起きしていた建物だ。あのむこうに丘がある。防空壕は、その丘の麓の斜面に掘られていた。

平屋に近づき、一旦後ろを振り返った。風間は見えない。平屋の周囲を回り込み、そっと首を突き出して様子を窺うと、月明かりを浴びて丘の稜線《りょうせん》が夜空に浮かんで見えた。裏庭との境目付近からかなりの高さに亘《わた》り、斜面がコンクリートで固められており、そこは月明かりでくっきりと白い。

そう、あのコンクリートの斜面の辺りに、昔は確かに防空壕跡の穴があったのだ。小松は平屋を離れ、よろよろと歩いた。

途中ではっと息を呑み、平屋の玄関付近の凹《へこ》みに身を隠した。雪対策で、ここもまた店舗の表と同様、出入り口に長い張り出し屋根がついており、左右の壁も戸口よりもいくらか外に突き出していた。

間一髪だった。そっと様子を窺うと、コンクリートで固められた斜面の前に風間が立っていた。右手に拳銃をぶら下げている。しばらくは何かに引き寄せられるようにぼんやりと防空壕跡の穴があった辺りを眺めていたが、そのうちに左右を見渡し始めた。

小松は頭を引っ込め、息を殺した。元店舗だった建物を確かめ、あっちに逃げた痕跡がないとわかったのだろう、それで、こちらを探しに来たというわけか。ああして陣取っていられては、丘を上ることはできない。そう思いかけ、何かが引っかかった。

そうだ、コンクリートで固められたのは防空壕跡の穴があった場所だけではなく、当然と言えば当然だろうが、丘の斜面全体が崖崩れ防止の目的で固められているではないか。さっき一目見て気づかなかったのは、よほど頭の働きが鈍《にぶ》くなっている証拠だ。これではたとえ風間があそこに陣取っていなくても、今ではもうどこからも丘に上ることなどできない。

風間の声がした。

「出で来い、小松。かくれんぼは終わりだ。一応教えてやるが、表への逃げ道は塞いだぞ。おまえはもう袋の鼠《ねずみ》だ。だいたい、その傷じゃあ長ぐは保《も》だねえ。楽にしてやるぞ」

小松はじっと息を潜《ひそ》めた。

躰に小さな震えが走り始めていた。寒い。大量の出血で、貧血を起こしかけている。いや、違う。俺は今、怖くて堪《たま》らないのだ。この震えは、そのためだ。

「怖いよ、いっちゃん。怖いよ」

きつく目を閉じると、風間のそんな声が聞こえた。現実の声ではなかった。二十六年前、あの防空壕跡の穴の中で、あいつはそういってこの俺にしがみついてきた。

小松は笑いを嚙み殺した。こんな時に、自分を殺そうとしている男との思い出が蘇るとは……。

きつく目を閉じ、開けた。太股には動脈が走っている。内臓が傷つけられたわけではないなどと考えて侮《あなど》ることはできない。出血多量で、じきに命に関わる。縛って出血をとめる物として見つかったのは、ズボンのベルトしかなかった。ベルトを抜き、右足の付け根をきつく縛った。

ナイフの柄に両手を当てた。僅かに力を入れただけで、新たなる激痛が襲った。肉が刃を締めつけ、がっちりと捉え始めている。ハンカチを口に押し込み、奥歯で嚙んだ。

嚙み締める。両手でナイフの柄を握り、力を込めた。その状態で、ゆっくりと数えながら呼吸を整える。ひとつ、ふたつ、みっつ。一息に引き抜いた。

呻き声は嚙み殺したが、息遣《づか》いが荒くなるのはどうしようもなかった。風間の耳に聞こえたかもしれない。完全な止血などできなかったので、ナイフを握った手に生暖かい血が噴き出した。だが、血で濡れたズボンは既《すで》にひんやりとしていた。寒い。この季節、弘前の夜はまだ冬の圏内にある。

小松は口から出したハンカチで、両手とナイフの柄を順番に拭《ふ》いた。血で滑る。

砂利《じやり》を踏む音がした。思ったよりもずっと近い。

凹みの端にぴたっと躰を寄せ、耳に神経を集める。だが、そうしながら両目が捉えていた。月明かりに照らされて、地面に点々と血の痕《あと》が落ちているのが見える。土に落ちた血は目立たないが、小砂利や石に付着した血痕は黒く光る。それに、この平屋の玄関前に敷かれたコンクリート部分には、はっきりと血の痕がついていた。風間があれに気づけば、終わりだ。ここに潜んでいることは、考えずともわかる。

「出で来いって小松。隠れだってわかってるんだ」

風間の声がし、心臓を鷲摑《わしづか》みにされたような気がした。

判断ができなかった。やつは俺がここに隠れていることをわかって言っているのか。反撃を喰うと警戒し、迂闊《うかつ》に近づくまいとしているのか。いや、どこに隠れているか見つけられず、はったりを利《き》かせているだけにちがいない。やつは拳銃を持っている。恐怖に駆《か》られてこっちが姿を現わしたりすれば、やつに主導権を渡すことになる。それこそが狙いなのだ。

また靴が砂利を嚙んだ。いよいよ近い。小松は自分を落ち着けようと努めた。充分に引きつけろ。必死にそう言い聞かせる。やつがこの隠れ場所に気づいていない可能性に賭《か》けるしかない。気づかれているなら、拳銃とナイフでは、既に雌雄《しゆう》は決している。

耳に再び神経を集める。気配が近づく。いつしか震えは収まっていた。

ナイフを構えた。利き腕はろくに力が入らない。左手で握っていた。そっと覗《のぞ》く。

風間がいた。目と鼻の先の距離だ。小松に気づき、慌てて銃口をむけてくる。

小松は飛び出し、足の痛みも忘れて突進した。撃《う》たれる。そう覚悟しつつ、跳《は》ね、できるだけ躰を低くして風間にぶつかっていった。

銃声がした。顔のすぐ傍だったので、耳がきーんとした。

縺れ合って倒れた。左手に力を込めるとともに初めて、既にナイフの切っ先が相手の腹に深く食い込んでいることに気がついた。風間が呻く。

小松は上半身を起こした。拳銃を持ち上げてくる右手をはね除《の》ける。拳銃が遠くに飛んだ。

もの凄い力で押し退けられ、小松はバランスを崩して横に転がった。一回転して膝立ちで身構え、次の攻撃に備えた。風間は小松以上の素早さで上半身を起こし、やはり膝立ちで小松を睨んでいた。

「小松――」

憎悪を両目に漲《みなぎ》らせ、低く押し殺した声で言った。

小松はできるだけ細く息を吐き、一気に吸った。呼吸の変わり目に、動きが生じる。相手はそこを狙うにちがいない。

——来る。

そう感じた瞬間だった。風間の膝が折れ、躰ががくんと沈んだ。

しゃがみ込んだ風間は、肩を落として頭《こうべ》を垂れ、そのまま石のように動かなくなった。

何秒かが流れ、風間は木枯らしが隙間を抜けていくような音を唇から漏らしながら背後に倒れた。小松は動かなかった。警戒を解けなかったのだ。さっき風間の手から飛んだ拳銃の在処を目で探すが、わからなかった。見つかったとしても、取りに行く力はないかもしれない。小松は腰を落としてしゃがみ込んだ。夜風が頬を撫でていく。

その風が、突然、ありもしない記憶を蘇らせた。若かった日。風間とふたり、春の野原に、やつは大の字になって寝ころび、この俺はその傍らに腰を下ろし、とりとめもない悩みや、思い出や、将来の夢を語り合った夜。——そんな夜などありはしなかった。二十四年前、少年の日に別れたまま、お互い、別々の時の流れの中を生きてきたのだ。

「小松——」

風間の声がした。風間は夜空にむけていた虚ろな視線を動かし、小松を見た。

目が合い、わかった。これは自分の親友の風間だ。キングの息子なんかじゃない。

「何も喋るな。携帯持ってらが？　すぐに医者ば呼んでけるはで（やる）」

風間は微かに首を振った。

「それはまいね（よせ）。友達だべ。へば（それなら）、わがってけ（くれ）」

「風間——」

「それよか、話聞いでけ」

「——何だば？」

「小松、俺《わ》はおめを欺いでだわけでね。本木廉太郎の時も、田中繁夫の時も、何も憶えでねがった」

「わがってら。もういいじゃ——」

「堪忍《かんにん》してけ、小松。俺《わ》は、小百合まで手にかげでまった」

許す、とは言えなかった。

「なして小百合の躰ば湯舟さ入れだんだ？」

「犯行時刻ば誤魔化《ごまか》すためだよ。我さ返ったきゃ、目の前さ彼女の死体が転がってった。それがら先は、俺《わ》が判断してやったごとだ。あの夜、お義父さんが釈放されることは、予め手を回してわかっていた。おまえは身元引受人として、必ず青森へ行く。その時刻に殺されだように工作せば、おめのアリバイはすぐに成り立づ。小百合との不倫が知れれば、おめは容疑者のひとりさなる。それを避けたがった。だから、本当は夕方に殺したのに、風呂で体温を保ち、犯行推定時刻を夜にずれ込ませたんだ。自分で殺しておいで、そったごとだげ気さかげで、莫迦だ話だ——」

「莫迦野郎が……」

風間は視線を夜空に戻し、見つめた。それに釣られて見上げると、たくさんの星が輝いていた。月明かりが、いくつかの雲の塊を浮き立たせている。オリオン座だ。無意識に目が見つけていた。星座の形など覚えてはいない。オリオン座の星の並びだけが唯一判別できる。

「父親ば殺したのば、俺《わ》だ」

風間の声に、小松は再び風間を見つめた。

「何言ってらんだば?」

「時間がない。黙って聞いでけ。キングは、自分の手でおらどの父親ば殺したわけでね。私《わ》だぢが止《とど》めば刺したんだ。そいが、さっき、兄貴が必死で隠そうとしてった秘密だ」

「まさが……。いったい、どしてそった……」

「やりてがったはんで（やりたかったからさ）。この俺がそう望んだんだ」

「——しかし、なしてそった?」

「なしてって訊ぐのな?　理由は、私《わ》だぢが父親ば憎んでだはんでだ。あいつは、私《わ》だぢふたりば虐待し続げだ。おふくろが逃げ出してがらの二年間は特に、おらどにとって地獄であったんだ」

「虐待って、正《まさ》に言葉通りの意味での虐待な？」

「んだ」

「知らねがった……。俺《わ》は何も知らねがったど。ひどい父親であったって聞いでだばって
……」

そう口にしかけ、わかった。風間は敢《あ》えて知らせないようにしていたのだ。父親が自殺し、晋造たちに引き取られてきた小松には……。

「小百合は知ってったんだな？」

代わりにそう訊くと、風間は目で頷いた。

「ああ、あいつは、うぢど似たり寄ったりの家庭環境であったはんでな」

「――」

「それより、あの夜の話だ。キングは俺《わ》だぢ兄弟の前で父親ば縛りつけで、頭蓋骨ば切り取る準備ば始めだ。キングはショーだと言ったよ。自分だけで人殺しを楽しむのはもう飽きた。これからは、観客のいる所でやることにしたとな。父は猿轡《さるぐつわ》を嚙まされ、怯《おび》えた目ばぎょろつがせで、研《と》ぎ上げだ刃物や糸鋸《いとのこ》、注射器だのばひとつずつ並べるキングさ必死に懇願してった。どうが殺さねでけ、頼むはで助けでけって、その目が喋ってだ。怖がったのは、俺だぢだって一緒だ。これがら目の前で父親が殺されようとしてる。その次は

自分だぢだっていうことは、子供さだってわがった。したけど、大雨の夜であったし、うぢは周りの家がら離れでいだべ。まして父は誰がらも嫌われでだがらな。誰がが偶然に訪ねできて助かるごとだの、あり得ねはで。兄貴だのは怯えきり、眠ったんた顔さなってだ。おめは知らねがもわがねけどさ、うぢの兄貴は恐ろしいごとさ直面せば、そった顔さなるんだ」

　風間はそこで言葉を切り、なぜか懐かしげな顔をした。

　この男は死にはしない。たぶん、俺の刺した傷は急所を外れたのだと、そんなあり得ない想像をしたくなるような話し方であり、表情だった。

「――あの瞬間、何がが、俺《わ》の中でひっくり返ったんだ。俺《わ》は思ってみだ。目の前のこの無様な父親が殺されでいぐのを見で、どうして悲しむ必要があるんだば。いったい何を恐れる必要があるんだばと。この男はむしろ死んだほうがいいんだ。そして、気がついだら、俺《わ》はキングさ懇願していだ。俺《わ》さやらせでけ。この俺《わ》さ、そいつば殺させでけ、とな。キングは俺《わ》を疑ってかがったばて、やがて面白半分に俺《わ》だぢの縄ば解《ほど》いた。そいで、おめだぢふたりでやれど命じだ。やつは退屈してたんだ。兄には事態がまだよぐ呑み込めでいねがったようだばて、俺《わ》は喜び勇んで刃物さ手を伸ばそうどした。したっきゃ、横面ばぶたがれだ（叩かれた）。これで絞めるんだって言って、キングは俺《わ》さ縄ば渡した。その時の俺《わ》は知らねがったが、そうして絞殺してがら頭蓋骨ば切り取るのがやづのスタイルだったべ。縄を手に目の前さ立った俺《わ》だぢさ、親父は憎悪の目ばむげだ。俺《わ》は父親の首さ縄ば巻ぎつけで、片方の端を兄さ渡した。その時にはもう、兄のほうさも躊躇《ためら》いはねがった。兄が何を考えでいだがはわがらね。そのあとも一度も訊いだごとねしな。俺《わ》だぢは縄を思い切り引っ張ったよ。父の口がら呻き声が漏れで、その目が恐怖へ、そして懇願さ変わるのを、俺《わ》はやけに冷静に眺めでいだ。いい気分だったな。この男が死んで、これで俺《わ》は幸せになるんだど思ったよ」

風間は苦しげに呼吸をした。

迫りつつある死を、懸命に拒《こば》もうとしているように見えた。まだ終われない。話しておくことがある。

「キングは満足そうだった。楽しげに刃物ど糸鋸ば使い、父の死体がら頭蓋骨ば切り取った。俺《わ》は隙を狙っていだわげではね。むしろ、キングの手際《てぎわ》のよさに見惚《みと》れでいだような気さえする。ただ、ふっと気がつくと、やつは無防備に俺《わ》さ背中ばむげてった。俺《わ》は、その首筋さ注射器ば突き立でだんだ。咄嗟《とっさ》になして刃物でねくて、注射器ば摑んだんだがわがんね。そごさ強力だ睡眠薬が入ってらごとは、縛られでる間にキングがら聞がされで知ってだ。たぶん、父親は殺されでも（殺せても）、それ以外の人間ば殺すごとは怖がったんだ。したばて、気ば失って床さ倒れで、鼾《いびき》みてんた鼾ば搔《か》ぎ始めたキングば前にして、兄がこう言い出したんだ。この男がこのまま警察さ捕まれば、自分だぢが父親ばこの手で殺したごとがみんなさ知られでまる、とな」

風間は噎《む》せ、それからはぜいぜいと苦しげな呼吸音がやまなくなった。

「それで殺し、あの防空壕跡の穴さ埋めだのな?」

はっきりと確かめねばならない。小松は訊き、先を促した。

「んだ。父さしたのど同じように、ふたりでキングの首さ縄を巻いで絞めだ。防空壕跡の穴とば埋めるごとは自然に思いついだ。俺《わ》は時々、家の近ぐのこの穴さこそっと入り込んでは遊んでだんだ。家がらリヤカーでごごさ運んで、穴掘って、埋めだ。家さ帰ったきゃ、父の死体がそのまま何も変わらずにあるごとさ、えらぐ妙だ気がしたのば憶えでらよ。この奇妙だ状況ば終わりさしてくて、俺《わ》だぢは警察さ電話をした」

「キングの身元は? 正体は?」

「それはわからない。本当さ」

「どった男だったんだ?」

「どごさでもいるみたぐ、ごくあたりまえの男であったよ」

「――――」

「もう時間がね。小松、聞いでけ。デカを辞《や》めるな。晋造さんの例の件だら、心配すな。俺《わ》が手を打った」

「何だって……」

「いいな。だがら、警官を辞めだりするな」

間があいたのは、今度は噎せたためではなかった。

「おめは、俺《わ》のたったひとりの友人だ」

「風間……」

小松は風間の手を取った。

「風間。しっかりしろ、風間――。しっかりすんだ、次郎」

だが、風間は虚ろな目を夜空にむけ、小松を見ようとはしなかった。もう声も聞こえてはいないのかもしれない。

「出られる……」

そう呟いたような気がした。

「――何だば？」

「これでやっと、闇から出られ……」

最後まで言い終わらぬうちに、息絶えた。

「次郎……」

小松はもう一度そう呼びかけ、開いたままの瞼《まぶた》をそっと閉じてやった。

遠くでパトカーのサイレンが聞こえ出している。

気を失いそうになる自分を必死で励《はげ》まし、腰を上げた。

8

コンクリートの斜面が壊され、防空壕跡の穴が掘り返されたのは、小松が入院中のことだった。多大な予算を割《さ》いて掘り返すことに、上層部が難色を示さなかったわけがないが、社会全体がこの事件を注視し続けていたために、ゴーサインを出さざるを得なかったのだろうと思われた。正確にいえば、事件の捜査に当たっていた警視庁のスペシャリスト自らが犯人であったことへの興味を少しでも他へと逸《そ》らし、そして、一刻も早く騒ぎの波が去って沈静化することを望んだ結果にちがいない。

風間次郎が小松に語って聞かせ、兄の太一がその後、警察で重たい口を開いて話した通り、そこからは白骨化した死体が見つかった。だが、その死体は、身元を調べる手がかりになるようなものを何ひとつ身に帯びてはいなかった。

そういった話を、小松は長岡に知らせて貰った。二十六年前の死体なのだ。身元が割れる可能性は極《きわ》めて低いと長岡は意見を述べ、小松もそれに同感だった。

風間が最期に言った通り、どこにでもいそうな、ごくあたりまえの男だったのだろう。そんな男がどこの誰だったのかを特定することなど、不可能なのだ。

傷が塞《ふさ》がり、体力が快復し始めた頃、小松は警察に留まる意志を妙子と晋造のふたりに告げた。妙子たちはさほど驚くこともなく、むしろ、小松がそう言い出すことを、心のどこかで予想していたようにも感じられた。

坊主頭を拝めるのはお預けだと妙子が軽口を言い、もしも青森の県警本部で勤務することになるのなら、自分のことは心配いらない。今度は妙子とふたりでむこうに暮らすべきだと晋造は主張した。

「ああ、んだよ。きっと今度の事件の手柄で、いっちゃんは県警本部さ戻ることさなるよ」

青森県警一課への転属は、木崎から電話で知らされた。木崎が小松の顔を見たくないと思っているのは考えるまでもなかった。

「正式だ辞令は退院を待ってがらだが、きみは県警本部さ異動だ。一課長が、ぜひともきみを欲しいと言ってきた」

突っ慳貪《つっけんどん》にそう告げたあと、すぐにこう釘を刺すことを忘れなかった。

「勘違いすなよ。この異動は、いわばマスコミ対策のひとつだ。だはんで、辞退するごとも許さね。もぢろん、前におめが言ったように警察ば辞めるごともだ。それに今度の事件さついで、おめが知った余計なごとは、決して誰にも喋ればまいねど。わがったな」

木崎は一方的に捲《まく》し立てるだけ捲し立てると、小松の答えも待たずに電話を切った。

晋造の言った通りに県警本部勤務となり、しかも一課のデカに復帰する道が開けたのだ。

ただし、それは、今度の事件の裏側のみならず、この十年小松が木崎たちに命じられ、会計課係長として秘密裡《り》に行なってきたことのすべてをもまた、一生胸の中ひとつに納め続けるのと引き換えに開かれた道に他ならなかった。

9

退院の日、弘前にも遅い春が来ていた。

その日の早朝、小松は病院の許しを得て、ひとり、タクシーであの潰れた造り酒屋を目指した。その時間帯を選んだのは、マスコミに煩《わずら》わされるのを嫌ったためと、車で迎えに来る約束の妙子と晋造には内緒で来たかったためだった。

松葉杖を突いて車を降り、運転手に少しだけ待っていてくれるようにと告げた小松は、現場保存のために立つ制服警官に近づいて警察手帳を呈示した。

薄暗い建物を抜けて中庭に出ると初めて、あの丘の上の木が桜だったことを知った。背後から射す朝日を受け、もっこりとした丘に点在するピンク色の群は、その花びらの一枚一枚が透けてきらきらと輝いて見えた。

慣れない松葉杖を操り、小松はゆっくりと庭を移動した。そうしなければかえって危険だったのか、それとも防空壕跡の正確な位置がわからなかったためか、崖のコンクリートは思ったよりもずっと広範囲に亘って壊され、取り除かれていた。そんな中にぽかりと開いた穴もまた、昔のように周囲を草で覆われてはいないせいか、間が抜けたほどに大きく見えた。

近づき、転ばないように注意して僅かな斜面を上り、その穴へと近づいた。そこから白骨体が掘り出されたことは、地面の四角い掘り跡が物語っていた。小松はしばらく伸び上がるようにして、その四角い穴の中を凝視していた。

そこに埋められた男の姿を想像しようとしている自分に気づいてやめ、斜面を下りかけた時だった。松葉杖の先が土の地面にめり込んで躰のバランスが崩れ、あっと思う間もなく尻餅《しりもち》を突いてしまった。

きまりの悪さを覚え、慌てて立ってズボンの汚れを払おうとした小松は、そうする途中でふっとどうでもいい気分になり、尻を突いたまま自由になる左足を動かして躰のむきだけを変えた。

線香は用意していなかった。だが、これでいいだろう。胸の内ポケットからたばこのパックを抜き出し、一本を口に銜えて火をつけた。

一服煙を吐き上げたのち、フィルター部分を目の前の地面に差して立てる。

それは酒を酌《く》み交わした夜に買い、風間と小百合の三人で一緒に喫ったたばこだった。禁煙生活が習慣になっていたため、入院中もとりたてて喫煙したい気分にはならなかったが、なぜか捨てられずにそのまま持っていたのだ。パックをポケットに戻しかけてやめ、細い煙を靡《なび》かせるたばこの隣りに置くと、小松は手を合わせて目を閉じた。

そうしながら、いつかしら胸の中で問いかけていた。

――なあ、俺はあの闇の中から出られたのだろうか。

ふたりはもういない。それなのにこの俺だけは、過去も、そこに染みついた汚れも引きずって生きている。

腰を上げ、松葉杖を突き直した。

丘の斜面に背中をむけ、庭を戻り始めたが、何歩か進んだところで立ちどまって振り返った。

しばらく黙っていた。やがて小松は、唇から漏れる自分の声を聞いた。

「デカさ戻るど、次郎」

風が運んだ桜の花びらが一枚、視界を横切った。目で追おうとしたが、しかし、すぐにどこかに消えて見えなくなった。

注・本書は、月刊『小説NON』（小社発行）平成一八年一一月号から平成二〇年六月号まで連載されたものに、著者が加筆・訂正し、平成二〇年七月に小社より単行本として刊行された作品です。

――編集部

解説・人間の闇と影

文芸評論家・関口苑生《せきぐちえんせい》

ミステリとは、つまるところ「過去を追求することで、見せかけの現実を再構成する物語である」と言ったのは結城昌治《ゆうきしょうじ》であった。謎もトリックも、そのための道具立てにすぎないのだと。

過去がない人など、もちろんいない。だがその一方で、過去は次々と忘れ去られていくものでもある。それもまあ当然で、すべての過去にいちいち付き合っていたら、頭と心のほうがおかしくなってしまうだろう。そういう意味では「忘却」という現象は、人間が生きていくうえでの、最も有効な精神衛生上の防御機能であったかもしれない。

とはいうものの、たとえ忘れたつもりであったとしても、過去そのものが無くなったわけでは決してない。それは意識の奥に眠ったふりをしているだけで、いつ眼を覚ますかわからないものなのだった。かりにそのような過去に復讐されることがあるとすれば、それは忘れたことに対する懲罰《ちょうばつ》なのかもしれないのである。

もちろん、ひとくちに過去といってもその内容はさまざまだ。二度と思い出したくない悲惨な過去もあれば、いつまでも大事にしておきたい懐かしい過去もある。また当人が忘れていても、ご丁寧《ていねい》に他人や周囲が憶《おぼ》えている過去だってあるだろう。そうした過去のあれこれが、現実という俎上《そじょう》に呼び起こされたとき、物語はおのずと生まれてくる。わけても底意地の悪いミステリは、いい意味でも悪い意味でも、最も生き生きとした形で描いていくのだった。

香納諒一《かのうりょういち》が描く人物たちも、その多くが過去に囚《とら》われ、拘泥《こうでい》することで日々の生活が破綻《はたん》し、翻弄《ほんろう》される運命を背負っていたように思う。しかしその描き方は、初期の頃と較《くら》べると、年を経《へ》るごとに徐々に変化してきている。ことにこの数年の変わりようにはちょっと驚く。作家の成長を考えれば、そんなことはよくある話で当たり前——なんだろうが、わたしはこの、変化というよりも深化と呼びたい香納諒一の人物描写の変遷《へんせん》に、そのまま彼の苦悩の跡を感じて仕方ないのだった。

多分に抽象的な表現になって申し訳ないのだが、物語を書く際には遠目と近目の感覚があると思う。遠目、近目というのは、舞台の芝居を例にとるとわかりやすいだろうか。舞台近くの特等席やテレビ中継で見る芝居は、役者の表情や細かな仕種《しぐさ》、演技が（アップで見られて）楽しめる反面、全体のスケールや物語の流れ、周囲の人物の動きなどが摑《つか》みづらくなるといったおそれがある。反対に一番遠い三階席から見る芝居は、物語（ストーリー展開）自体を楽しむぶんには絶好だろう。本当にいい芝居というのは、一番遠い席で見ても面白いものだ。

思いっきり乱暴な意見と承知で、これを小説に置き換《か》えて言うと、近目で書く小説は文学寄り、遠目で書く小説はエンターテインメントが主、と大雑把《おおざっぱ》な線引きができるかもしれない。いやむしろ逆に、上質のエンターテインメント小説を書くには、遠目の視線が必要だというほうが正しいだろうか。

　香納諒一の場合は、おそらくは遠目のスタンスで――三階席の読者の視線に応《こた》えるような、スケールが大きくて、しかも緻密《ちみつ》なドラマを書こうとしていたはずだ。というのも、香納諒一はデビュー当時から自らが信じるハードボイルドの理想形を目指し、翻訳文体からの脱却を念頭に置いて、物語構成、事件の背景、風景描写、人物描写……等々をどうするか、必死になって模索してきた作家であった。一概《いちがい》には言えないのだけれども、ハードボイルドは政治や組織の腐敗を含めた、社会状況のありようを客観視することで成立するジャンルでもある。つまりは、遠目で書く小説といってよい。しかし同時に彼は、人物造形と描写にも力を入れていくのだ。たとえばキャラクターに関して言えば、デビュー時こそ常道の私立探偵を主人公に据《す》えていたものの、やがて一作ごとに主要人物たちの造形に工夫を凝《こ》らし、時にはハードボイルドの定型をあえて外《はず》したような設定の人物も登場させていく。先にも触れたが、その多くは過去に囚われながら現在を生きており、それらの人物たちが背負っている過去を浮き彫りにすることで、物語に深みを持たせようという狙《ねら》いである。だが、単純なようでいて、これが実に難しい。人物のひとりひとりがスケールの大きい物語展開のなかに埋もれることなく、また邪魔をすることもなく、堂々と存在を主張していかなければならないのである。言葉を換えて言えば、遠目と近目という描写のバランス、せめぎ合いでもある。そしてそれはまた、作品を通して逐一《ちくいち》伝わってくる作者の苦心の跡と言ってよかったろう。変化というよりも深化と呼びたいというのはそうした意味によるが、小説に対して人一倍真摯《しんし》で、生真面目《きまじめ》な香納諒一は作風の幅を広げていきながらも、ひたすらそのことに腐心していたように思う。

そんな香納諒一が、ここ数年、大きく様変《さま》わりしている。ひとことで言うと、凄味《すごみ》が増してきたのだ。具体的には二〇〇六年～〇七年にかけての『贄《にえ》の夜会』『冬の砦《とりで》』（祥伝社文庫刊）『第四の闇』あたりからが顕著《けんちよ》となるだろうか。そこで描かれるのは、凄《すさ》まじい過去を持った人物たちの闇である。

本書『血の冠』でもそれは同様だ。

物語の舞台は青森《あおもり》県弘前《ひろさき》。この地で頭蓋骨が切断され、切り口に沿《そ》って飾り立てるように釘が刺さっている死体が発見される。まるで王冠を被《かぶ》っているように見えるその死体は、二十六年前に「キング」と呼ばれた殺人者が繰り返した、迷宮入り事件の手口と同じであった。

この事件を捜査することになるのが、弘前中央署会計課係長の小松一郎《こまついちろう》警部補・三十八歳である。内勤の警官がどうしてまた事件の捜査に加わることになったのかというと、東京からわざわざやってきた警視庁捜査一課の風間《かざま》警視正の要請によるものだった。ふたりは幼馴染《おさななじ》みであり、かつて「キング」が起こした拉致《らち》監禁事件の被害者だったのだ。小松は同僚であるはずの刑事たちからは冷たい視線を浴び、上司からもまた無言の圧力を受けながら、やむなく風間と行動を共にする。しかしその間にも猟奇殺人はさらに続き、やがて身近な人間にも危機が迫ってくる。

現在というのは、過去の積み重ねで出来上がっているものだ。その過去を追求していけば、否応《いやおう》なく現実が浮かび上がってくる――とはいえ、ここで描かれる人間たちの苛烈《かれつ》きわまる過去はどうだ。小松の父親は県会議員だったが、経営していた農園がつぶれ、選挙も落選。一年後、市営住宅の薄暗い部屋で首を吊って死んだ。母親は小松が生まれて間もなく亡《な》くなっており、小学生だった彼はひとりぼっちになってしまったのだ。父の口癖《くちぐせ》は「正しいことをやる人間さなれ」だったが、現在の彼は会計課係長の立場を利用して、署長たち上司のために裏金をつくることを仕事にしていた。だが、そんな悪事に手を染めることになったのも、やむなき過去の事情があったのだ。一方、風間の父親は「キング」の被害者だった。しかも少年だった風間は惨殺された父親の死体を発見し、のちに自らも小松らと一緒に防空壕《ごう》の穴に閉じ込められた体験を持っていたのである。

ほかにも、ここにはほんのわずか触《さわ》るだけでも血が出てきそうな、物哀《ものがな》しい過去を背負った人物が次々と登場する。それらの秘められた過去が浮かび上がってくるに従《したが》って、ようやく事件の真相が見えてくる。冒頭にも書いたが、過去を追求することによって、見せかけの現実が再構成されていくのである。

本書にはこうしたことに加えて、会話部分に津軽《つがる》弁を多用するなど地方色を強く打ち出し、旧弊《きゅうへい》な地方都市における濃密な人間関係を描いた面白さが存分に発揮されている。たとえば津軽の女性は包容力と、それを支《ささ》える芯の強さがあると言われる。俗に言えば「強情っぱり」である。そうした津軽女の性格は小松の妻・妙子《たえこ》と、幼馴染《おさななじ》みだった小百合《さゆり》の言動に見事に反映されている。表面的に窺《うかが》える行動は違っていても、このふたりはまさしく津軽女なのだった。あるいはまた、この地方と言えば岩木山《いわきさん》だ。もう随分《ずいぶん》前に聞いた話なのだが、弘前出身の友人が、ここらあたりでは何か新しいことをするときは必ず岩木山の方向に向かってする、と話していたのを覚えている。新しいことというのは——その友人は子供時代のことを話してくれ、新品の靴をおろすときだとか、ランドセルを初めて背負うときだとかは岩木山に向かってしたというのだ。本書でも小松と風間の兄が署の屋上から岩木山を眺《なが》める場面があるが、ほんのわずかな描写だったにもかかわらず、この地に生まれ育った人たちの岩木山に対する愛情が感じられたものだ。これらはすべて取材の賜物《たまもの》なんではあろうが、それをこんなにも巧《うま》く、自然に描写できるのはやはり作者の力量なのだろう。

そしてもうひとつ。本書の最大の読みどころであろう、人間の闇と影の問題がある。これに関しては、近年、香納諒一はさまざまな方向からアプローチしている。二〇〇八年の

『ステップ』では主人公が八回も死に、そのたびにタイムスリップしてもう一度同じことを繰り返すという物語を書いている。同じ年の『記念日』は記憶喪失の男が主人公だ。わたしは、この両者もまた人間の闇と影を描いたものと思っている。闇と影が言い過ぎなら、意識の相違と言ってもいい。同じ人間が何度も何度も生き返る。あるいは、過去の自分をすっかり忘れている。するとそこには当然、以前の自分と現在の自分との間にギャップが生じてくるはずだ。その意識の隙間《すきま》に作者はすべりこんでくるのだ。本当の自分はどこにいるのか。それを自分は選ぶことができるのかと。

本書ではさすがにそこまで突飛《とっぴ》な方法はとらないけれども、読者を驚かせるには十分の仕掛けがほどこされている。わたしはこれを読んで、ふっと梶井基次郎《かじいもとじろう》の「Kの昇天」を思い出していた。影に魅《み》せられた男の死を静かに描き出したこの短篇のピュアな部分を、本書はしっかりと受け継いでいると、そんなことを思ったのだ。

ああ、でもやはり、香納諒一は面白い小説を書く作家だなあと、つくづく感じる一作である。

二〇一一年二月

一〇〇字書評

切り取り線

購買動機（新聞、雑誌名を記入するか、あるいは○をつけてください）

□（　　　　　　　　　　　　）の広告を見て	
□（　　　　　　　　　　　　）の広告を見て	
□ 知人のすすめで	□ タイトルに惹かれて
□ カバーが良かったから	□ 内容が面白そうだから
□ 好きな作家だから	□ 好きな分野の本だから

・最近、最も感銘を受けた作品名をお書き下さい

・あなたのお好きな作家名をお書き下さい

・その他、ご要望がありましたらお書き下さい

住所	〒				
氏名		職業		年齢	
Eメール	※携帯には配信できません	新刊情報等のメール配信を 希望する・しない			

この本の感想を、編集部までお寄せいただけたらありがたく存じます。今後の企画の参考にさせていただきます。Eメールでも結構です。

いただいた「一〇〇字書評」は、新聞・雑誌等に紹介させていただくことがあります。その場合はお礼として特製図書カードを差し上げます。

前ページの原稿用紙に書評をお書きの上、切り取り、左記までお送り下さい。宛先の住所は不要です。

なお、ご記入いただいたお名前、ご住所等は、書評紹介の事前了解、謝礼のお届けのためだけに利用し、そのほかの目的のために利用することはありません。

〒一〇一‐八七〇一
祥伝社文庫編集長　加藤　淳
電話　〇三（三二六五）二〇八〇
bunko@shodensha.co.jp

祥伝社ホームページの「ブックレビュー」からも、書き込めます。

http://www.shodensha.co.jp/bookreview/

上質のエンターテインメントを！　珠玉のエスプリを！

祥伝社文庫は創刊十五周年を迎える二〇〇〇年を機に、ここに新たな宣言をいたします。いつの世にも変わらない価値観、つまり「豊かな心」「深い知恵」「大きな楽しみ」に満ちた作品を厳選し、次代を拓く書下ろし作品を大胆に起用し、読者の皆様の心に響く文庫を目指します。どうぞご意見、ご希望を編集部までお寄せくださるよう、お願いいたします。

二〇〇〇年一月一日　祥伝社文庫編集部

祥伝社文庫

血《ち》の冠《かんむり》

平成二十三年三月二十日　初版第一刷発行

著者　香納諒一《かのうりょういち》

発行者　竹内和芳

発行所　祥伝社

東京都千代田区神田神保町三－六－五

九段尚学ビル　〒一〇一－八七〇一

電話　〇三（三二六五）二〇八一（販売部）

電話　〇三（三二六五）二〇八〇（編集部）

電話　〇三（三二六五）三六二二（業務部）

http://www.shodensha.co.jp/

印刷所　錦明印刷

製本所　関川製本

カバーフォーマットデザイン　芥陽子

造本には十分注意しておりますが、万一、落丁、乱丁などの不良品がありましたら、「業務部」あてにお送り下さい。送料小社負担にてお取り替えいたします。

Printed in Japan　　ISBN978-4-396-33653-0 C0193